DE MYSTERIEUZE VROUW

JONATHAN KELLERMAN

De mysterieuze vrouw

Luitingh~Sijthoff

Uitgeverij Luitingh-Sijthoff en drukkerij Bariet vinden het belangrijk om op milieuvriendelijke en verantwoorde wijze met natuurlijke bronnen om te gaan.

Dit is voor Kim Hovey.

ISBN 978 90 218 0720 1
NUR 332

www.lsamsterdam.nl
www.boekenwereld.com
www.watleesjij.nu

I

L.A. verbergt het verleden als een voortvluchtige crimineel.

Misschien was het wel daarom dat niemand protesteerde toen het oordeel werd geveld dat de ondergang van het Fauborg betekende.

Ik woon in een *company town*, een stad die bestaat bij de gratie van een fabriek, en in deze fabriek produceren ze illusies. In het parallelle universum dat wordt geregeerd door psychopaten die films maken, is communicatie een flitsende uitwisseling van oneliners, wint de scalpel het van genetica, en is bestendigheid een doodzonde omdat het de opnamen vertraagt.

In L.A. stonden ooit meer victoriaanse herenhuizen dan in San Francisco, maar L.A. riep de sloopkogel te hulp. Al dat vakwerk maakte in de jaren dertig plaats voor bungalows, die in de jaren vijftig moesten wijken voor drive-inwoningen, die het op hun beurt moesten afleggen tegen gigantische slaapdozen voor volwassenen, met muren waar een peuter moeiteloos met zijn knuistje een gat in slaat.

Cultuurbeschermers proberen de erosie een halt toe te roepen, maar strijden uiteindelijk voor verloren zaken als tankstations en verlopen motels. Geld gaat van hand tot hand, bestemmingsplannen worden tactisch bijgesteld, en juweeltjes als het Ambassador Hotel verdwijnen als met botox platgespoten rimpels.

Het Fauborg Hotel was het Ambassador niet, maar bezat niettemin een eigen charme. Het oogde met zijn drie verdiepingen koloniale baksteen zwaarmoedig in een rustig huizenblok aan Crescent Drive in Beverly Hills, ingeklemd tussen een verzorgingshuis en een stomerij. Slechts een klein eindje lopen, maar lichtjaren verwijderd van de postmoderne cafés aan

Canon Drive en de koopwoede op Beverly en Rodeo. Het Fauborg kwam in weinig reisgidsen voor, maar er waren weinig hotels in de stad met een hogere bezettingsgraad.

Het was gebouwd in 1949 door Marcel Jabotinsky, een Fransman die de Holocaust had overleefd. Hij had in het ontwerp de villa's nagebootst die hem als tiener hadden gefascineerd in Amerikaanse films. Zijn eerste gasten waren andere naoorlogse vluchtelingen geweest die rust en vrede zochten. Datzelfde verlangen naar geborgenheid was door de jaren heen kenmerkend gebleven voor de clientèle, die bestond uit de elegante grootouders van de postmoderne leeghoofden, en die zeldzame Amerikaan die bereid is om glitter en scherpslijperij en vermoeide ironie in te ruilen voor een goede nachtrust.

Ik kende het Fauborg omdat ik er kwam om iets te drinken. De lounge achterin was klein. Het was er donker zonder bedoelingen, de lambrisering was van kwartiers gezaagd eiken fineer. Aan de wand hingen tweederangs romantische landschappen uit de school van Barbizon. De tachtig jaar oude bultenaar achter de bar brouwde de beste Sidecar in heel L.A. en Robin houdt van Sidecars. Achter de grote zwarte Steinway links in de hoek kon je allerlei pianisten aantreffen, voornamelijk voormalige studiomuzikanten met pensioen. Ze voegden zich onder alle omstandigheden naar het plezierige geroezemoes en het harmonische tinkelen van kristallen glazen. Het personeel was alert, maar niet opdringerig, hapjes waren redelijk, en als je het etablissement verliet, had je het gevoel dat je verkwikt was.

Robin en ik brachten er veel zondagavonden door in een zitje achterin, met gebarsten leren bekleding. We hielden elkaars hand vast, knabbelden op toastjes en zogen Gershwin op.

Op een zaterdagochtend in het voorjaar leverde Robin een nieuwe gitaar af bij een oude rocker die in de Beverly Hills Flats woonde, en op weg daar naartoe kwam ze langs het Fauborg. Een bord dat was opgehangen boven het waaiervormige bovenlicht kondigde het einde aan:

MORGEN LAATSTE AVOND
NEEM SAMEN MET ONS AFSCHEID
WIJ DANKEN U VOOR DE MOOIE JAREN

de familie Marcel Jabotinsky

Robin had er niet vreemd van moeten opkijken. Een week eerder hadden we een Thais restaurant opgezocht waar we al meer
dan vijf jaar heerlijk hadden gegeten, en troffen niet meer aan
dan een bouwput achter een hoog hek. Een maand daarvoor
was ze een oude schoolvriendin tegengekomen en had ze gevraagd hoe het met haar man ging.
   'Welke?'
   'Jeff.'
   De vrouw had gelachen. 'Jeff is verleden tijd, schat. Cliff is
minder lang geleden, maar toch.'
   Stad van de papieren zakdoekjes.

Robin zei: 'Weinig keus, hè? Je neerleggen bij het onvermijdelijke of een heleboel sentimentele nostalgie riskeren.'
   We zaten op de bank in de woonkamer met Blanche, onze
kleine Franse buldog, die zich tussen ons in had gewurmd en
het gesprek volgde als de bal bij een tenniswedstrijd.
   Ik zei: 'Ik wil er sowieso wel heen.'
   Ze trok aan een pijpenkrul en liet hem terugspringen. 'Ach,
verdorie, ik krijg nooit meer zo'n goede Sidecar, en het is een
goed excuus om weer eens een jurk aan te trekken.'
   'Dan trek ik een pak aan.'
   'Dat mag ik wel, schat, als jij een pak aantrekt. Maar niet
dat zwarte pak. Laten we de schijn ophouden dat het geen begrafenis is.'
   Wisten wij veel.

2

We arriveerden om negen uur. Achter het waaiervenster brandde zwakjes licht.

Crescent Drive was uitgestorven, op één enkele man na die met een walkietalkie tegen een parkeermeter leunde even voorbij het hotel. In de dertig, lang, breed, kortgeknipt gelig haar. Hij nam ons in een fractie van een seconde op door tot spleetjes toegeknepen ogen en concentreerde zich toen weer op het bestuderen van de lege straat.

Zijn pak was zwart en het plooide zich ongemakkelijk om zijn omvangrijke gestalte. Een interessante bobbel deed het borstzakje opbollen, een spiraalvormig snoer liep van een oortje en verdween onder zijn kraag.

Robin fluisterde: 'Als iemand serieus bewaking nodig heeft, waar zijn dan de paparazzi?'

Ik zei: 'Goede vraag. Ze komen als strontvliegen af op het eerste teken van moreel verval.'

'Soms worden de strontvliegen vertroeteld als huisdieren. Ik heb eens een mandoline afgeleverd bij Bite en ik zat bij hem in de keuken terwijl zijn agent de paparazzi belde om te laten weten waar De Ster zou gaan lunchen.'

Om de een of andere reden keek ik om naar meneer Zwartpak. Zijn hoofd schoot terug in de oude stand om het trottoir te onderzoeken. Hij had naar ons staan kijken. Ondanks de bestudeerde onverschilligheid hield hij zijn schouders gespannen, oogde hij versteender dan de vier presidenten van Mount Rushmore.

Onze aarzeling moet te lang hebben geduurd, want hij keerde zich half in onze richting en begon te staren. Robin glimlachte en wapperde met haar vingers naar hem. Haar wilde krullen glansden koperkleurig in het maanlicht, haar jurk oogde als een zwarte tulp, boven rode naaldhakken.

Meestal heeft dat wel effect.

Zwartpak vormde geen uitzondering op de regel en glimlachte terug. Toen verstrakte hij en richtte hij zich weer op het plaveisel.

Robin zei: 'Blijkbaar kan ik het niet meer.'

'Het is een robot.'

'Ik heb nooit problemen gehad met machines.'

Toen we de bronzen deur naar de lobby van het Fauborg openduwden, kwamen we in een roetige duisternis, die de damastpruimkleurige vloerbedekking een modderig aanzien gaf. Al het meubilair was verdwenen, er stond niemand achter de balie, op de muren was aan grauwe rechthoeken te zien waar de schilderijen hadden gehangen.

Eén ding was niet veranderd: de vertrouwde mengeling van geuren van gebraden vlees, ontsmettingsmiddelen en Frans parfum met een grasluchtje.

De antieke ventilator bonsde met onregelmatige tussenpozen tegen het plafond, maar er hing een benauwde, stoffige, bedompte lucht.

Robin kneep in mijn arm. 'Misschien is dit toch niet zo'n goed idee.'

'Wil je weer weg?'

'Jij en ik, en dan opgeven? Dat zit niet in ons DNA.'

De helft van de armaturen voor het licht in de lounge was verwijderd. De ruimte was een grot. Toen mijn ogen zich hadden aangepast aan de schemering, ontwaarde ik de ruimhartig gestoffeerde leren en tartan bekleding van het meubilair. Ook hier was alle kunst verdwenen.

Dat gold ook voor de grote zwarte Steinway met het enorme cognacglas voor fooien. Blikkerige muziek uit een onzichtbare luidspreker stroomde de ruimte in. Een FM-station met muzak. Terwijl we stonden te wachten tot ons een tafel zou worden toegewezen, maakte Barry Manilow plaats voor een reclame voor een autoverzekering.

Als voetgangers in de mist kregen de andere gasten geleidelijk vorm. Een groep goed verzorgde, grijzende zestigers die eruitzagen alsof ze net uit San Marino kwamen, twee Europees ogende stellen, een jaar of tien ouder. Beide mannen droegen een cravate.

Eén gast voldeed niet aan de regel van een gevorderde leeftijd: twee tafels verwijderd van ons gebruikelijke hoekje zat een jonge vrouw in het wit, die om de vijftien seconden op haar horloge keek.

Niemand benaderde ons om ons te begroeten, dus namen we plaats aan een gehavend tafeltje, waarop geen snacks, bloemen of kaarsen te zien waren.

De verzekeringsreclame zeurde verder. Bij de bar klonk gerinkel van glas.

Het was niet Gustave met zijn gebogen rug, die boven de plaat glanzend eikenhout stond. Zijn plaats werd ingenomen door een grimmige, rondborstige brunette die eruitzag alsof ze het vruchteloze streven een carrière op te bouwen in de filmindustrie eindelijk had opgegeven. Ze mixte iets wat leek op een doorsnee martini, terwijl ze een spiekbriefje raadpleegde. Ze keek verbeten en wekte de indruk dat gin met een scheutje vermout voor haar te hoog gegrepen was. Druppels vocht vormden kleine reflecterende plasjes op de bar terwijl ze onhandig evenveel drank morste als ze in het glas goot. Ze haalde diep adem, pakte een olijf, schudde haar hoofd en legde hem terug in de schaal. Hoezo hygiëne?

Haar derde poging om een schijfje citroen af te snijden lukte min of meer. Ze gaf het drankje aan een ober die ik nog niet eerder had gezien. Hij leek te jong om te worden toegelaten in een etablissement waar sterkedrank werd geschonken. Hij had slaphangend vuilblond haar, een weke kin, en een gevaarlijk grote vlinderstrik. Zijn rode jasje was een flodderig katoenen ding van een verhuurbedrijf, de pijpen van zijn zwarte broek hielden twee centimeter te vroeg op.

Witte sokken.

Zwarte tennisschoenen.

Ralph, tientallen jaren lang de ober van het Fauborg, had

nooit anders gedragen dan een onberispelijke smoking met sjaalkraag, een gesteven wit overhemd, een sjerp met een schotse ruit en gladde zwartleren halfhoge laarsjes.

Ralph was nergens te bekennen. Hetzelfde gold voor Marie, van middelbare leeftijd, maar met een zuidelijke schoonheid, die insprong als het druk was en pikante oneliners debiteerde bij het serveren van drankjes.

Roodjasje bracht de martini naar de jonge vrouw in het wit, behoedzaam manoeuvrerend als een vijf jaar oud jongetje dat bij een huwelijksplechtigheid de ringen op een kussentje komt aandragen. Toen hij bij haar aankwam, neeg ze haar hoofd koket en zei ze iets. Hij haastte zich terug naar de bar en keerde terug met drie olijven en een zilveruitje op een schaaltje.

Terwijl de reclame plaatsmaakte voor een verkooppraatje voor de nieuwste Disneyfilm, bleef Roodjasje kletsen met de jonge vrouw, met zijn rug naar ons toe. Ze was niet veel ouder dan hij, misschien vijfentwintig, en had een lief ovaal gezicht en grote ogen. Onder een wit zijden mini-jurkje stak een paar slanke benen uit. Aan haar voeten droeg ze zilverkleurige muiltjes. Een bijpassende zijden sjaal, romig als verse melk, omzoomde haar gezicht. Dat ze een sjaal droeg strookte niet met haar jurk; boven winters, onder zomers.

Haar blote armen waren glad en bleek, haar wimpers zo lang dat ze niet echt konden zijn. Ze verleidde er de ober mee.

De diamanten op het horloge om haar rechterpols schitterden toen ze er opnieuw op keek. De ober maakte nog geen aanstalten om te vertrekken toen ze iets uit een klein, wit tasje haalde. Een ivoren sigarettenpijpje dat ze bedachtzaam tussen haar slanke vingers liet rollen.

Robin zei: 'Iemand is bezig Audrey Hepburn na te doen.'

De jonge vrouw sloeg het ene been over het andere. De jurk kroop bijna tot haar kruis omhoog. Ze deed geen poging hem glad te trekken.

Ik zei: 'Audrey was heel wat subtieler.'

'Dan misschien wel iemand anders uit die tijd. Hé, misschien staat die klerenkast buiten haar wel te bewaken.'

Ik keek de lounge rond. 'Ik zie niemand anders die in aanmerking komt.'

'Zo'n snoepje en dan helemaal alleen?'

'Ze wacht op iemand,' zei ik. 'Ze kijkt al voor de vijfde keer op haar horloge.'

'Misschien moest ik daarom wel aan Audrey Hepburn denken. *Roman Holiday*, het arme kleine prinsesje, helemaal alleen.' Ze lachte en kroop tegen me aan. 'Moet je ons horen. Zijn we met zijn tweeën, steken we de neus in andermans zaken.'

De jonge vrouw pakte een sigaret, schoof hem in het pijpje, likte aan het ivoren mondstuk voordat ze het tussen haar lippen stak en keek glimlachend omhoog naar de ober.

Hij rommelde in zijn zakken en schudde zijn hoofd. Uit haar tasje kwam een ivoren aansteker tevoorschijn die ze hem voor hield. Hij gaf haar vuur. Ze inhaleerde gretig.

Roken in de horeca is al jaren verboden in Californië. Toen de jonge vrouw in het wit blauwe dampen begon te verspreiden, protesteerde niemand. Nog geen tien tellen later zat iemand anders aan de andere kant van de lounge ook nicotine te inhaleren. Even later lichtten er nog twee oranje puntjes op. En toen vier.

Weldra hing er een nevelige, giftige damp in de lounge, waardoor het vreemd genoeg niet minder aangenaam was om er te vertoeven. De reclameboodschappen waren voorbij. De muzak begon weer. Een of andere imitatie van Roberta Flack die zachtjes werd vermoord.

Robin en ik hadden er al bijna tien minuten gezeten zonder dat Roodjasje, die almaar bij de jonge vrouw in het wit bleef hangen, aandacht aan ons besteedde. Toen ze zich van hem afkeerde en zich concentreerde op haar martini, liep hij terug naar de bar en kletste met de onhandige brunette.

Robin lachte. 'Ik kan het écht niet meer.'

'Wil je weg?'

'En de kans mislopen om kanker te krijgen? Ben je gek?'

'Oké, ik zal Surfer Joe eens gaan opvoeden.'

'Kalm aan, schat. Hij worstelt nog met zijn puberteit.'

Toen ik opstond, zei de brunette iets tegen Roodjasje, die zich op zijn hakken omkeerde. Zijn mond vormde geluidloos de letter O.

Grijnzend kwam hij met grote passen op ons af. 'Hoi, komen jullie net binnen?'

Robin zei: 'Minuutje geleden.'

'Fantastisch... eh... oké... Welkom in het Vosburg. Willen jullie tweetjes iets drinken?'

'Wij tweetjes,' zei ik, 'willen graag een Sidecar, op ijs, met een flintertje suiker op de rand, en een Chivas puur, met een glas water ernaast.'

'Een Sidecar,' zei hij. 'Dat is een drankje, toch? Ik bedoel, het is niet een broodje. Want de keuken is in principe gesloten, we hebben alleen nootjes en crackertjes.'

'Het is een drankje,' zei ik. 'Heb je nog wasabi-erwtjes?'

'Er zijn hier nergens geen groenten meer.'

'Dat is een snack. Erwtjes met een laagje wasabi eromheen.'

Een lege blik.

Ondanks de zachtjes porrende elleboog van Robin in mijn ribben zei ik: 'Wasabi is die groene mierikswortel die ze over sushi doen.'

'O,' zei hij. 'We hebben geen sushi.'

'Doe maar iets wat je hebt dan.'

'Ik geloof dat we amandelen hebben.' Hij telde op zijn vingers. 'Dus dat wordt een champagne en een... Sidecar.'

'Een Sidecar en een Chivas,' zei ik. 'Dat is een blended whisky.'

'Tuurlijk. Zeker.' Hij sloeg met een vlakke hand tegen zijn voorhoofd. 'Ik heb dit nog nooit eerder gedaan.'

'Je meent het.'

Robin schopte tegen mijn scheenbeen.

'Een Sidecar,' zei hij en hij herhaalde het binnensmonds murmelend nog een keer. 'Ze belden gisteren van het uitzendbureau en zeiden dat er een tent dichtging. Je hebt vijf uur om te zorgen dat je er bent, als je het wilt, Neil. Meestal heb ik werk waar niet gedronken wordt.'

'McDonald's?' zei ik.

Schop, schop, schop.

'Helemaal in het begin,' zei Neil. 'Daarna heb ik twee jaar bij Marie Callender's gewerkt.' Grinnikend. 'Zoveel taart als je maar naar binnen kunt krijgen, man, ik werd moddervet. Toen raakte ik dat kwijt en heb ik me ingeschreven bij het uitzendbureau en die hebben me hierheen gestuurd. Jammer dat het maar één avond is. Die oude tent hier vind ik cool.'

'Is het ook. Jammer dat ze de boel gaan slopen.'

'Jaaa... Maar zo gaat dat, hè? Oude troep wordt opgeruimd.'

'Je mag ons nu wel die drankjes brengen. En die amandelen, als die er zijn.'

'De laatste keer dat ik heb gekeken, waren ze er, maar je weet maar nooit.'

Terwijl hij zich omdraaide, zette de jonge vrouw in het wit een oversized zonnebril met een verguld montuur op, met glazen zo donker dat je je niet kon voorstellen dat ze nog iets kon zien. Ze zoog aan haar sigaret, rolde het pijpje tussen haar vingers, strekte de jonge, speelse benen en liet een vingertop langs een fraaie, gladde kin glijden. Likte langs haar lippen.

Roodjasje keek naar haar, aan de grond genageld.

Robin zei: 'Ze is mooi, Neil.'

Hij keerde zich om. 'U ook, mevrouw. Hm... O, man, sorry, dat bedoelde ik niet zo. Sorry.'

Robin raakte even zijn hand aan. 'Geeft niet, joh.'

'Eh, ik kan maar beter uw drankjes halen.'

Toen hij vertrokken was, zei ik: 'Zie je wel, dat je het nog steeds kunt?'

'Waarschijnlijk vergelijkt hij mij met zijn moeder.'

Ik neuriede 'Mrs. Robinson'. Ze schopte harder tegen mijn scheenbeen. Maar niet zo hard dat het pijn deed. Zo'n ingewikkelde relatie hebben wij niet.

3

De Sidecar ontpopte zich als een Screwdriver, de Chivas als een whiskybrij, drabbig van het gemalen ijs.

We lachten, ik gooide dollarbiljetten op tafel en we maakten aanstalten om te vertrekken.

Aan de andere kant van de lounge spreidde Neil zijn handen, de handpalmen omhooggekeerd, in een gebaar dat moest uitdrukken: Jammer dan. Ik deed alsof ik het niet zag.

Toen we langs Sneeuwwitje liepen, ontmoetten onze ogen elkaar. Grote, donkere, vochtig glanzende ogen. Niet verleidelijk.

Op het punt in tranen uit te barsten?

Haar onderlip zakte omlaag en klampte zich weer vast aan de bovenlip. Ze vermeed het mij aan te kijken en rookte vastberaden.

Plotseling leek die hele vertoning droevig, niet meer dan een verpakking.

Neil struikelde bijna over zijn eigen benen in zijn haast om ons de rekening te brengen, maar toen hij het geld zag liggen, boog hij af naar de tafel van Sneeuwwitje.

Ze schudde haar hoofd en hij droop af.

Een reclameboodschap voor een ecologisch verantwoord waspoeder klonk krassend door de rokerige ruimte.

Toen we buiten kwamen, was de klerenkast verdwenen.

Robin zei: 'Kennelijk was hij toch niet de lijfwacht van Dame Blanche.'

'Kennelijk was het toch niet zo'n goed plan om nog één keer een tripje met de *Titanic* te maken. Kom op, we gaan ergens anders heen en proberen de avond te redden.'

Ze nam mijn arm en we liepen naar de Seville.

'Niks redden, ik heb jou, jij hebt mij, en ondanks die oog-verblindende benen heeft dat arme kind helemaal niemand. Maar zeker, iets wat echt lekker is, zou er wel in gaan. En daarna zien we wel weer verder.'

'Meesteres van de suspense,' zei ik.

Ze kroelde een hand door mijn haar. 'Niet echt, je weet hoe het afloopt.'

Toen ik de volgende ochtend om zes uur wakker werd, stond ze bij het keukenraam. Ze waste haar koffiekop af en staarde naar de dennen en platanen die onze tuin aan de oostkant begrenzen. Veelvormige roze en grijze stukjes lucht braken door het groen; diep verzadigde kleuren die bijna pijn aan de ogen deden. Zonsopkomst in Beverly Hills kan een broos spektakel zijn.

We liepen een uur met Blanche. Daarna ging Robin naar haar werkplaats en zette ik me aan het schrijven van een paar ondertoezichtstellingen voor de rechtbank. Tegen het middaguur was ik daarmee klaar en stuurde ik via e-mail aanbevelingen naar een aantal rechters. Sommigen van hen zouden de adviezen opvolgen. Toen ik de papieren opborg in een la en de zaken afsloot, ging de bel.

Het riedeltje van 'Shave and a haircut', zes tikken als antwoord en nog eens drie pieptonen.

Ik stapte naar de woonkamer. 'Hij is open, Grote Man.'

Milo duwde de deur open en stampte naar binnen, zwaaiend met zijn gehavende diplomatenkoffer van groen vinyl, alsof hij van plan was hem een eind weg te smijten. 'Kom gezellig binnen, meneer Manson, en houd vooral de deur even open voor Jack the Ripper.'

'Morgen.'

'Al die jaren en ik heb je nog steeds niet zover dat je een beetje voorzichtig doet.'

'Ik vertrouw op jou.'

'Daar koop je nog geen pleister voor, zelfs niet als je met een uzi om je nek gaat lopen, als je niet een beetje gezond verstand gebuikt.' Hij marcheerde me voorbij. 'Waar is het keffertje?'

'Bij Robin.'

'Tenminste iemand die haar verstand gebruikt.'

Mijn beste vriend is een homoseksuele inspecteur bij de LAPD met twijfelachtige sociale vaardigheden. Hij heeft al jaren een huissleutel, maar weigert die te gebruiken, tenzij Robin en ik op reis zijn en hij een oogje in het zeil houdt, ongevraagd.

Tegen de tijd dat ik de keuken bereikte, had hij een roggebrood geconfisqueerd, samen met een pot aardbeienjam, een halfvol vierliterpak sinaasappelsap en het restant van een vier dagen oud ribstuk.

Ik zei: 'Hé jongens, ribstuk met jam, de nieuwe sensatie voor je smaakpapillen.'

Hij ontdeed zich van een grijs windjack, trok een stropdas los die de kleur had van doperwtenpuree en zette zich met zijn kolossale omvang aan tafel. 'Eerste dilemma van de dag: koolhydraten of proteïnen. Ik kies voor beide.'

Hij streek een lok grof zwart haar van zijn voorhoofd en staarde naar het voedsel. Zijn oogleden hingen zwaarder dan anders over zijn lichtgroene ogen. Waar het licht verkeerd viel, kreeg zijn bleke, door acne getekende huid een tint die nog nooit door een schilder was vastgelegd.

Ik zei: 'Laat geworden, vannacht?'

'Vannacht niets aan de hand, de kloteochtend doet me de das om. Vier uur, waarom kunnen mensen hun gezicht niet aan flarden laten schieten op een beschaafd tijdstip?'

'Mensen, als in: meerdere slachtoffers?'

In plaats van antwoord te geven, plamuurde hij drie sneden brood met jam, kauwde de eerste snee bedachtzaam op, en inhaleerde min of meer de volgende twee. Hij draaide de dop van het vierliterpak, tuurde door de opening, mompelde 'niet veel meer' en sloeg het restant achterover.

Peinzend kijkend naar het vlees begon hij plakken te snijden, sneed die in stukjes en werkte die naar binnen alsof het snoepgoed was. 'Heb je nog van die pittige mayo?'

Ik pakte de aioli uit de koelkast. Hij dipte, kauwde, veegde zijn mond af, snoof en blies zijn adem uit.

Ik zei: 'Mannelijke of vrouwelijke lijken?'

'Eén lijk, een vrouw.' Hij verfrommelde het pak van het sinaasappelsap tot een pannenkoek van gecoat karton, trok dat als een harmonica weer uit elkaar, en drukte het nog verder samen. 'En mijn volgende nummer is "Lady of Spain".'

Na nog een tiental porties ribstuk zei hij: 'Vrouwelijk, en als ik mag afgaan op het figuur, jong. Maar ja, dit is L.A., dus misschien zijn al die vormen het resultaat van chirurgie, we moeten afwachten wat de lijkschouwer ervan vindt. Geen tasje en geen ID. Vanwege al het bloed moet je concluderen dat het ter plekke is gebeurd. Geen bandensporen en geen voetafdrukken. Geen sieraden, geen tasje, en de plunje die ze droeg, zag er duur uit. Iemand van wie ik nog nooit had gehoord. Patrice Lerange. Zegt jou dat wat?'

Ik schudde mijn hoofd. 'Roofmoord?'

'Het lijkt erop. Ze droeg ook nog elegante lingerie, zijde. Angelo Scuzzi, Milaan. Dus misschien is het een Europese, een ongelukkige toerist die is overvallen. Ze droeg schoenen van Manolo Blahnik, en díe ken ik tenminste wel.'

Hij kauwde driftig en de spieren van zijn kaak zwollen op. 'Het lijkt erop dat het om twee moordenaars gaat. De technische recherche heeft hagelkorrels en stukken prop in de wond aangetroffen, maar ook de huls van een .45-kogel op de grond. De kogel zelf achter haar, precies daar waar je hem zou verwachten na het wegblazen van de achterkant van haar schedel.'

Hij at nog meer vlees, bestudeerde een vreemd stuk en legde het opzij.

'Het was vooral haar gezicht dat was beschadigd, met nog wat schade van hagelkorrels in haar borst. Maar ze hebben haar handen heel gelaten, dus ik ben er niet zo van overtuigd dat dat gedoe met het gezicht bedoeld was om haar onherkenbaar te maken, misschien gewoon pure boosaardigheid.'

'Je geld of je leven,' zei ik. 'Bij nader inzien schiet ik toch maar.'

'Verdomde barbaren... Ik weet dat het met het gezicht vaak iets persoonlijks is, maar dit zou wel eens een heel akelige zaak kunnen zijn. Hollywood bij nacht, overal verdwaasde Europeanen die denken dat ze sterren tegen het lijf zullen lopen. Als

zij een toerist was, kan ze maar zo in de verkeerde buurt ver-
dwaald zijn.'

'Waar is ze gevonden?'

'De Palisades, iets meer dan een kilometer vanaf Topanga.
Als het tuig ook maar een beetje rekening met me had gehouden, zou het nu een probleem voor de sheriff zijn geweest.'

Ik zei: 'Dat is best wel een eindje van verkeerde buurten vandaan, en bij dure kleren denk je niet meteen aan naïeve toeris-
ten. Misschien is ze belaagd op de Strip of ergens anders in
Westside.'

'Waar ze dan ook is begonnen, ze is uiteindelijk een heel
eind van de binnenstad terechtgekomen. We hebben het daar
over heuvels, kloven, veel ruimte en weinig verkeer. Misschien
ging het daarom. Ze hebben haar vlak naast de weg achtergelaten, op een plek waar de helling niet erg steil is. Ik denk dat
ze haar hebben laten uitstappen, haar sieraden hebben gepakt
en zijn gaan schijfschieten.'

'Kogel en hagel.'

'Allemaal in het gezicht. Alsof het een ritueel was.'

'Wie heeft haar gevonden?'

'De een of andere negenentachtig jaar oude dominee van de
unitariërs die op fossielenjacht was.'

'Fossielenjacht om vier uur 's ochtends?'

'Kwart over drie om precies te zijn. Hij houdt ervan om dat
te doen als er geen verkeer is, neemt een zaklantaarn mee en
gaat z'n gangetje. Het enige wat hij ooit te zien krijgt, zijn bees-
ten – wasbeertjes, konijnen, prairiewolven – en die hebben niets
met archeologie. Hij zegt dat het hele gebied miljoenen jaren
geleden onder de zeespiegel lag en hij vindt nog steeds van alles.
Hij had twee gedraaide slakkenhuizen in zijn zak, en een paar
versteende slakken.'

'Maar geen *shotgun* en geen .45.'

'Dat zou mooi geweest zijn. Nee, de man is rechtschapen,
Alex, hij was helemaal van de kaart. Ik heb een ambulance laten komen, voor het geval dat, maar hij zei dat hij een sterk
hart had voor zijn leeftijd.' Hij trommelde op de tafel en veegde
met een hand over zijn gezicht, alsof hij zich waste zonder wa-

ter. 'Een kilometer verder naar het zuiden en het zou een klus zijn geweest voor wreed uit zoete dromen gerukte sheriffs met bruine overhemden.'

'Waar droomde jij van?'

'Dat ik niet ruw uit bed werd gebeld om vier uur 's nachts.'

'Je hebt je een beetje verveeld de afgelopen tijd.'

'Ben je bedonderd? Dat was de diepe rust van zen.'

Hij at nog meer ribstuk, met een beetje extra aioli.

'Pittig.'

'En wat kan ik voor je doen?'

'Zei ik iets? Ik kom de hond opzoeken.'

Hij haalde een nylon kauwbot uit de zak van zijn windjack. 'Mag ze dit hebben?'

'Ze geeft de voorkeur aan in truffels gemarineerde elandribben, maar als de nood aan de man komt. Ze is achter bij Robin. Ik moet nog wat achterstallige post wegwerken.'

'Heb je al ontbeten?'

'Alleen koffie.'

Hij zwaaide zijn diplomatenkoffer op de tafel, klikte hem open, haalde er zijn mobiele telefoon uit en downloadde een scherm vol miniatuurfoto's. Hij vergrootte er een uit en gaf mij de telefoon. 'Geen ontbijt, dan valt er ook niets te kotsen.'

Het lijk lag op de buik. Fraaie benen, zelfs dood.

Door de wind of door de val was de zoom van haar jurk omhooggeschoven tot bijna aan haar kruis, maar de benen waren niet gespreid, niets wat wees op seks.

Een korte jurk. De soepele val van witte zijde.

Ook zag ik nu de met bloed en gore blubber besmeurde, witte sjaal die gewikkeld was om wat eens een hoofd was geweest. Aan één voet nog een zilverkleurige schoen.

Wat een gezicht was geweest, was een gestolde verschrikking.

Milo zei: 'Je trok net akelig bleek weg. Sorry.'

'Enig idee hoe laat ze is vermoord?'

'Naar schatting tussen middernacht en vier uur en die oude man kwam om kwart over drie langs, dus dat perkt het een beetje in.'

'Ik heb haar gezien van negen uur tot halftien. Ze was jong, vijfentwintig of zo, ze zat drie meter bij Robin en mij vandaan. Uitzonderlijk knap, grote donkere ogen, maar ik kan je niets vertellen over het haar, want dat ging schuil onder die sjaal. Ze droeg een horloge met diamanten, had een klein wit tasje bij zich, rookte sigaretten in een ivoren pijpje en had een bijpassende aansteker. Toen we er een paar minuten zaten, zette ze een met nepdiamanten bezette zonnebril op. Het leek of ze op iemand zat te wachten. Ze gedroeg zich nogal theatraal. Robin dacht dat ze Audrey Hepburn nadeed. Je hoeft die foto's niet aan Robin te laten zien.'

Hij haalde diep adem. Zette zijn handen plat op de tafel. 'Waar. Was. Dat?'

Ik beschreef de laatste avond van het Fauborg.

'De zwanenzang van een hotel,' zei hij. 'En haar zwanenzang. O, man... Dus misschien had ze daar een kamer en staat haar naam in het register.'

'Zou mooi zijn, maar ik betwijfel het. Er was niemand bij de receptie en het zag eruit alsof alles al weg was.'

'Iemand moet iets hebben.' Hij krabde aan een neusvleugel. Een transpiratievlek glinsterde op het tafelblad waar zijn hand had gelegen. 'Dit is vreemd, Alex.'

'Misschien zat het eraan te komen, met al die zaken waar we aan gewerkt hebben.'

'Kun je me nog meer vertellen?'

'Er stond een kerel buiten voor de deur geheim agentje te spelen: zwart pak, wit overhemd, zwarte stropdas, oortje en microfoon, en iets wat eruitzag als een bobbel van een pistool. Robin en ik dachten dat het voor haar was, want er was verder niemand in de bar die eruitzag alsof hij bewaking nodig had.'

'Waarom zij wel?'

'Geen reden, maar zij was de meest waarschijnlijke kandidaat. Niet dat ze kwetsbaarheid uitstraalde, maar misschien deed ze dat wel. Ze zag er ook uit als iemand die beroemd was, maar geen van ons beiden kon haar thuisbrengen. Ze bleef maar op haar horloge kijken, maar toen wij vertrokken, was er nog niemand komen opdagen. En meneer Zwartpak was toen vertrokken, dus misschien had zijn klus helemaal niets met haar te maken.'

Hij haalde zijn aantekenboekje tevoorschijn. 'Hoe zag die vent er verder uit?'

Ik beschreef hem nog wat preciezer en hij krabbelde aantekeningen. 'Misschien weet de ober of er iemand is komen opdagen. Hij besteedde nogal veel aandacht aan haar. Een jongen van een uitzendbureau die Neil heet. Ze zat met hem te flirten en daar had hij het nogal moeilijk mee.'

'Hoe laat gingen ze dicht?'

'Geen idee. Je vraagt je af of ze daar allebei tot sluitingstijd zijn gebleven en dat hij probeerde haar te versieren en dat het fout ging?'

'Aan haar kleren en horloge af te meten was hij totaal geen partij voor haar, maar sommige jongens laten zich niet zo gemakkelijk overtuigen. Geef eens een duidelijke beschrijving van die amateur.'

4

Doden beantwoorden geen vragen. Soms geldt dat ook voor dode bedrijven.

Milo's pogingen om informatie los te peuteren bij de voormalige eigenaar van het Fauborg Hotel waren vruchteloos. De erfgenamen van Marcel Jabotinsky waren verhuisd naar Zürich, New York, Londen en Boulder, Colorado. Het hotel had al twee maanden leeggestaan, de meeste spullen waren op veilingen verkocht en de archieven waren weggegooid. Niemand wist iets van het tijdelijke personeel dat er die laatste avond had gewerkt.

Een nicht in Colorado dacht dat de avond was geregeld door een andere nicht in Scarsdale. Die vrouw ontkende er ook maar iets mee te maken te hebben gehad, maar dacht dat een oom in Zwitserland een evenementenbureau in de arm had genomen.

'Weggegooid geld, wat mij betreft, maar Herman is seniel en sentimenteel.'

Herman nam de telefoon niet op. Op de bonnefooi gebelde evenementenbureaus leverden niets op.

Ik zei: 'Neil zei dat hij het werk van een uitzendbureau had gekregen.'

Meer dan genoeg uitzendbureaus in Westside. Brite-Quick, het twaalfde uitzendbureau dat Milo belde, bevestigde dat het twee mensen had geleverd voor het Fauborg op verzoek van mevrouw Estelle Jabotinsky, Park Avenue.

'Ze klonk erg oud,' zei de eigenaar. 'Als ik het me goed herinner, ging het om een eerbetoon aan de man die de tent had opgebouwd of zoiets. Maar ze wilde er niets aan uitgeven en niet meer dan twee mensen inhuren.'

'Mag ik die twee namen van u, alstublieft?'

'Zijn ze in moeilijkheden?'

'Geenszins.'

'Ik wil het graag even benadrukken,' zei de eigenaar. 'We doen een onderzoek naar antecedenten. Dat mag geen problemen hebben opgeleverd, anders hadden we ze niet ingehuurd.'

'Fantastisch, de namen?'

Sherree Desmond, drieënveertig, barkeeper, adres in Mount Washington.

Nelson Neil Mutter, tweeëntwintig, ober, Gower Street, Hollywood.

Geen van beiden een strafblad. Sherree was niet dol op het betalen van parkeerboetes. Nelson, die zich liever Neil liet noemen, had net een voorlopig rijbewijs aangevraagd en overschrijving van zijn dossier bij de Dienst voor Wegverkeer in Nebraska.

Nebraska had gemeld dat Mutter een rijbewijs had gehad sinds zijn zestiende en geen overtredingen op zijn naam had staan.

'Voorzichtige chauffeur,' zei Milo, 'Maar als je denkt aan hoe ze eruitzag, zegt dat niets.'

We reden naar het adres van Mutter in Gower Street. Het gebouw besloeg een derde deel van het blok, had vier gebrokenwitte verdiepingen en zette de gebouwen ernaast in de schaduw. Nieuwbouw, maar nu al haveloos, vlekkerige sporen van regen op vensterbanken en pleisterwerk dat afbrokkelde op de hoeken. Planten in potten, satellietschotels en allerlei troep op de smalle balkons. Bijna honderd appartementen achter het ijzeren hek. Zonder enige alfabetische ordening kostte het een tijdje om *Mutter, N.* te vinden op het met knoppen bezaaide paneel.

Appartement 105, gedeeld met *Adams, T.* en *LaScola, B.*

Raampjes bij de deur lieten een glimp zien van een benauwd halletje en een lift met een rode deur. Milo's druk op de belknop werd beantwoord door een vrouwenstem. 'Ja?'

'Nelson Mutter, graag.'

'Het spijt me, die is er niet.'

'Ik ben inspecteur Sturgis, LAPD. Hebt u enig idee wanneer hij weer thuiskomt?'

'Is alles goed met Neil?'

'Voor zover ik weet wel, mevrouw. Ik wil hem graag spreken. Waar is hij?'

'Eh... Ik denk dat hij naar de 7-Eleven is om wat te drinken te halen. Of zoiets.'

'Bent u zijn huisgenote?'

'Een van zijn huisgenoten.'

'Zou u even naar buiten willen komen? Of mogen wij binnenkomen?'

Een aarzeling. 'Ik kom wel naar beneden.'

De jonge vrouw was zwart, bloedmooi, had ronde ogen, krulletjes, en een slank figuur, gehuld in een opwindend roze tricot. Een zweetband net onder de haarlijn. Zweetdruppels op haar grappige, kleine wipneusje. Haar armen glansden.

Milo wapperde met zijn penning en ze deed het hek open.

'Bedankt,' zei hij, 'Mevrouw...'

'Tasha Adams. Ik ken Neil niet echt, we zijn alleen maar huisgenoten.' Geen spoor van ironie te bekennen.

'Hoe lang delen jullie de voordeur al?'

'Iets meer dan twee maanden. We hebben één slaapkamer, die delen Brenda, mijn vriendin, en ik. Neil slaapt op de slaapbank in de kamer. Hij betaalt minder dan wij. Hij is heel aardig, dus het gaat goed.'

'Hoe zijn jullie zo bij elkaar gekomen?'

'Craigslist,' zei Tasha Adams, alsof dat vanzelfsprekend was. 'Brenda en ik dansen, wij zijn vanuit Chicago gekomen om auditie te doen voor *Rock on*. We zijn aangenomen en toen is de show nog in de voorbereidingsfase geannuleerd, maar we hadden het contract al getekend en bovendien wilden we toch proberen ergens een plekje te veroveren. Brenda heeft een baan als balletjuf voor kleine kinderen, maar ik leef van wat ik vorig jaar heb verdiend met cursussen modern. Neil betaalt netjes op tijd en bemoeit zich met zijn eigen zaken. Waarom wilt u met hem praten?'

'Over een klus die hij gisteravond heeft gedaan.'

'Dat hotel.'

'Hij heeft erover verteld.'

'Hij zei dat hij eindelijk iets gekregen had via dat uitzendbureau, maar dat het maar één avond was, en dat hij misschien wel weer terug zou moeten naar McDonald's of zo.'

'Wanneer heeft hij vanmorgen het appartement verlaten?'

'Hm,' zei Tasha Adams. 'Zeg maar iets meer dan een halfuur geleden?'

'Op weg naar de 7-Eleven?'

'Daar koopt hij meestal zijn drinken.'

'Bier?'

'Nee, frisdrank. Braver dan Neil vind je ze niet.'

'Hoe laat kwam hij gisteravond thuis?'

'Zeg maar... tegen elven?'

'Kan het ook later zijn geweest?' zei Milo.

'Hm... Waarschijnlijk was het eigenlijk vroeger... Ja, zeker weten. *Teen Cribs* was nog bezig, maar bijna afgelopen. Dus het moet wel vlak voor elf uur zijn geweest.'

Milo krabbelde aantekeningen.

'Is er iets wat u mij zou moeten vertellen?' vroeg Tasha Adams. 'Uiteindelijk woont hij bij ons in.'

'Problemen met een van de gasten in het hotel gisteravond, Tasha. Neil wordt nergens van verdacht, we verzamelen alleen informatie.'

'Problemen,' zei ze. 'Als in... O, daar is hij. Hé, Neil, deze mannen willen met je praten. Ze zijn van de politie.'

Nelson Mutter, gekleed in een T-shirt, een slobberende korte broek en teenslippers, bleef als aan de grond genageld staan. Hij bestudeerde Milo en daarna mij. Uitte een geluidloos: 'Hè?' In één hand hield hij een plastic beker van de Dodgers die groot genoeg was om een hele familie parkieten in te baden.

Milo gebaarde hem dichterbij te komen en schudde zijn hand. 'Neil? Inspecteur Sturgis.'

Mutter bleef naar mij staren.

Ik zei: 'Leuk je weer te zien, Neil.'

'Chi-vash,' zei hij, alsof hij een geheugenbestand raadpleegde op een nukkige computer. 'Veel ijs. U bent van de politie?'

'Ik werk samen met de politie.'

Tasha Adams zei: 'Het gaat over je klus van gisteravond, Neil.'

'Hè?'

Milo zei: 'Laten we naar binnen gaan.'

Zoals voorspeld was de privéruimte van Mutter, voor zover je daarvan kon spreken, smetteloos. De slaapbank was ingeklapt, er lagen drie kussens op met een bloemenpatroon. Links van de bank stonden twee plunjezakken met zijn wereldse bezittingen. Een glimp van de slaapkamer bood een schouwspel van uitbundige vrouwenprullaria.

Milo zei: 'Het spijt me, Tasha, maar we moeten met Neil alleen praten.'

'O, oké.' Pruilend liep ze de slaapkamer in, maar liet de deur open. Milo liep ernaartoe en sloot de deur, maakte een gebaar naar Mutter in de richting van de bank. 'Ga zitten, Neil.'

'Kan iemand me vertellen wat er aan de hand is?' Hij richtte de vraag tot mij.

Milo zei: 'Ga zitten, alsjeblieft,' en nam plaats naast hem toen Mutter gehoor gaf aan de uitnodiging. 'Gisteravond heb je een vrouw in een witte jurk bediend...'

'De prinses,' zei Mutter. Hij bloosde diep. 'Ik bedoel, zo noemde ik haar. In gedachten, bedoel ik, niet hardop.' Tegen mij: 'Dat snapt u wel toch? Het was toch een soort prinses?'

Ik zei: 'Zeker.'

'Jaah. Zo praatte ze ook. Hebt u haar horen praten?'

'Nee.'

'Net als Lady Di. Of zo iemand.'

'Brits?'

'Compleet. *Oh-right. Yes, of cawse. Aw-lihvs, please.* Chic, weet u? Ik snap niet hoe je iemand die zo chic is, kunt laten zitten.'

Ik zei: 'Zei ze dat tegen je, dat ze haar hadden laten zitten?'

'Nee, nee,' zei Mutter. 'Maar ze bleef steeds maar op haar horloge kijken en al die tijd kwam er niemand. Waarom zou iemand iemand die zo chic en opwindend is, laten zitten?'

'Dat horloge,' zei ik. 'Dat glitterde nogal.'

'O, man, blingbling. Alles goed met haar?'

'Heeft ze tegen jou gezegd hoe ze heette?'

'Uh-uh.' Mutter schudde zijn hoofd.

'Heeft ze met een creditcard betaald?'

'Uh-uh, contant.' Hij kneep in zijn bovenlip. Groezelige, af-gekloven nagels.

'Hoe vaak heeft ze iets besteld?'

'Twee keer. Hendrick's martini, citroenschilletje, schaaltje *aw-lihvs* ernaast, en zo'n klein uitje. Alleen hadden we geen Hendrick's, dus ik vroeg haar of Gilbey's ook goed was, en zij zei *Cuhtainly*.' Hij herhaalde het woord en sprak het nog be-kakter uit. 'Waarom vraagt u naar haar?'

'Er is haar iets naars overkomen, Neil,' zei Milo.

'Beroofd of zo?' zei Mutter. 'O, man, dat horloge? En die zonnebril dan? Ze zette die zonnebril op en ik dacht dat het gewoon nep was, maar misschien waren het wel echte diaman-ten.'

Ik zei: 'Je wist dat er op dat horloge echte diamanten zaten, want...'

'Ik... Dat dacht ik gewoon. Ik bedoel, het zag er chic uit en zij was chic.' Hij keek van Milo naar mij. 'Ik schatte haar niet in als nep.' Hij haalde zijn schouders op. 'Maar misschien die zonnebril wel.'

Milo zei: 'Het klinkt alsof je nogal goed hebt gekeken naar dat horloge.'

Alle kleur trok weg uit Mutters gezicht. 'Nee, ik bedoel ge-woon.'

'Wat bedoel je, Neil?'

'Ze keek steeds maar op haar horloge en het bleef maar schitteren, weet u? En het was het enige blingbling dat ze had. Behalve die zonnebril dan.'

'Geen ringen, geen oorringen.'

'Uh-uh, niet dat ik heb gezien.'

'Tot hoe laat is ze in het Fauborg gebleven?'

'Misschien nog een halfuur.' Mutter keerde zich naar mij.

'Ik bedoel nadat u en mevrouw waren vertrokken.'

Ik zei: 'Je weet zeker dat er geen gezelschap voor haar is komen opdagen.'

'Absoluut.'

'Hoe laat was jij klaar?'

'Tien uur.' Mutter fronste zijn wenkbrauwen. 'Ze betaalden Sherree, de barkeeper, langer, tot twaalf uur of zo, maar ze wilden mij niet langer dan tot tien uur.'

Ik zei: 'Ik ging rond halftien weg, dus als zij een halfuur later is vertrokken, moet dat rond tien uur zijn geweest.'

'Dat denk ik.'

'Dat betekent dat zij en jij rond dezelfde tijd vertrokken.'

'Uh-uh, zij was weg voordat ik vertrok,' zei Mutter. 'Ik was om tien uur klaar, maar toen moest ik dat stomme rode jasje nog uittrekken en tafels schoonmaken. Toen moest ik nog naar mijn auto lopen, die een heel eind verderop stond omdat ze bij dat hotel geen parkeerplaats hadden.'

'In welke straat had je je auto geparkeerd?'

'Dezelfde straat als dat hotel, maar dan in de buurt van Wilshire.'

'Crescent Drive.'

'Jaah.'

'Heb je een bonnetje van het parkeren?'

'Waarom zou ik?'

'Je hebt haar niet gezien toen je wegging?'

'Neu.'

'En waar ben je toen met de auto heen gegaan?'

'Waar naartoe?'

'Waar ben je toen heen gereden, Neil?'

'Nergens heen,' zei Mutter. 'Ik ben naar huis gereden.'

'Hoe laat was je thuis?'

'Om een uur of... halfelf, of zo. Tasha zat tv te kijken.'

'Waar keek ze naar?'

'*Teen Cribs*.' Hij glimlachte en ging verder met zachte stem: 'Slap, maar zij vindt het mooi. Soms kijk ik mee, want ik kan pas gaan maffen als zij en Brenda de bank niet meer nodig hebben.'

'Een beetje onhandig, Neil.'

'Ik betaal maar tweehonderd per maand. Als ik niet snel een echte baan vind, moet ik terug naar Omaha. Wat is er met Prinses gebeurd?'

'Voor iemand zonder vaste baan zou een horloge met diamanten een heleboel problemen kunnen oplossen.'

Mutters ogen puilden uit. 'O, nee, nooit een keer, zeker niet, nooit niet. Zo ben ik niet, zelfs toen ik voor Mickey D werkte, heb ik nooit ook maar een sesamzaadje extra gepikt, alleen maar gehad wat we met werknemerskorting kregen. Uh-uh, nooit een keer.'

Hij sloeg een kruis. Het protest klonk fermer en zijn stem werd zwaarder. Zijn kin leek zelfs krachtiger, alsof het verkondigen van zijn onschuld een uitbarsting van testosteron teweeg had gebracht.

Hij schudde zijn hoofd en zei: 'Uh-uh, nooit een keer en ik snap niet eens waarom u dat zegt, waarom zegt u zoiets?'

'Je bent een van de laatste mensen die haar gezien heeft.'

'Doorzoek mijn spullen maar, daar zit geen horloge bij, of wat dan ook. Zet me maar aan een leugendetector, doe maar wat.'

Ik zei: 'Heb je gisteravond in de bar ook iemand anders gezien die er verdacht uitzag?'

'Stelletje bejaarden,' zei hij. 'En u beiden.'

Milo en ik zwegen.

'Dit bestaat niet,' zei Mutter. 'Ik heb haar twee drankjes gebracht, ze heeft me een fooi gegeven van twintig dollar en is vertrokken.'

Ik zei: 'Heeft ze ook nog iets over zichzelf verteld?'

'Helemaal niets. Dat was het juist.'

'Wat was daarmee?'

'Ze was supervriendelijk en soms zijn mensen zo vriendelijk omdat ze je aandacht willen zodat ze over zichzelf kunnen praten. Niet zozeer bij Mickey D, want daar rent iedereen naar binnen en meteen weer weg. Maar bij Marie Callender's. Daar kreeg ik altijd verhalen te horen als ik taart serveerde. Maar zij was gewoon aardig omdat ze aardig was.'

'Ze probeerde geen aandacht te trekken,' zei ik, terugdenkend aan haar theatrale poses.

'Het is eigenlijk wel logisch zoals ze deed, als ze een beroemdheid is. Niet op een stomme manier – zoals die verwende blagen in *Teen Cribs*, met een eigen huis, Game Boys en zo.'

'Een ander soort beroemd.'

'Als een prinses die door niemand wordt herkend, alleen als ze dat zelf wil, begrijpt u?' zei Mutter. 'Dat is wat ik dacht toen ik haar voor het eerst zag. Ze is vast beroemd, maar ik weet niet genoeg.' Hij glimlachte. 'Ze was echt aardig en opwindend. Ik hoop dat ze haar horloge terugkrijgt.'

5

We lieten Mutter achter op zijn slaapbank, samen met zijn enorme beker.

Milo gleed achter het stuur van de ongemarkeerde wagen. 'Tenzij Tasha voor hem liegt, heeft hij een alibi.'

'Het heeft in ieder geval iets opgeleverd,' zei ik. 'Haar accent. Misschien is ze uiteindelijk toch gewoon een belaagde toerist.'

'Laten we eens kijken wat Big Brother te vertellen heeft over recent aangekomen knappe, jonge vrouwen uit het Verenigd Koninkrijk.'

Hij belde Ralph bij Homeland Security, kreeg een voicemailriedel aan de lijn die hem zes keer op knoppen liet drukken, en sprak een vage boodschap in over "de Britse invasie".'

Ik zei: 'Hebben ze dat soort gegevens daar zo voor het grijpen?'

'Dat beweren ze. Hoort allemaal bij de oorlog tegen het terrorisme, sorry, de zogenaamde strijd tegen zogenaamde door mensen ontketende rampen. En nu is het tijd om mijn eigen ramp te bestrijden.'

Op bureau West L.A. beklommen we de trap en staken we de recherchezaal over. Het bezemkastkantoor van Milo ligt een flink eind van de werkplekken van de andere rechercheurs, aan het einde van een smalle gang met trieste, te fel verlichte verhoorkamers waar levens werden gebroken.

Een eigen bezemkast. Hij beweert dat het de moeite waard is vanwege de privacy. Als je opgroeit in een groot gezin, waardeer je elke vierkante centimeter die je niet met anderen hoeft te delen.

Zijn status van einzelgänger begon jaren geleden toen hij de enige openlijk homoseksuele rechercheur was. Hij behield zijn baan nadat hij een deal had gesloten met de vorige Chief, een man die goed bevriend was met de media en er een glibberige ethiek op nahield. Milo werkte aan een zaak die al jaren een cold case was en kreeg daarbij genoeg materiaal in handen om zijn chef de das om te doen. De deal leverde de Chief een eervol pensioen op en Milo een promotie tot inspecteur en het recht te blijven werken als rechercheur zonder al het papierwerk dat een inspecteur nu eenmaal voor zijn kiezen krijgt.

De nieuwe Chief, meedogenloos en bezeten van cijfers, zag dat niemand op het bureau meer zaken oploste dan Milo en besloot niet in te grijpen.

Als Milo de deur van zijn kantoortje sluit, krijgt het de ambiance van een doodskist, maar ik begin er langzamerhand aan te wennen. Ik lijd al sinds ik kind was aan een milde vorm van claustrofobie, iets wat ik heb overgehouden aan al die keren dat ik me moest verstoppen in kolenhokken, kruipruimtes en dergelijke voor een razende, alcoholische vader. In veel opzichten is werken met Milo therapeutisch.

Ik wrikte me in een hoekje terwijl hij zijn bureaustoel zo verreed dat hij slechts centimeters van me verwijderd was. Hij zwaaide zijn lange benen op het bureau, trok zijn stropdas los en onderdrukte een boer. Toen hij naar een pen reikte, stootte hij een stapel papieren van het bureau. Bovenop lag een memo van Parker Center met een aantekening *Urgent*. Toen ik me bukte om het pak papier op te rapen, zei hij: 'Laat maar, het is allemaal troep.'

Hij haalde een panatella uit een bureaula, draaide het wikkel eraf, beet de punt er af en mikte die in de prullenbak. 'Nog andere boeiende wijsheden?'

Ik zei: 'Meneer Walkietalkie boeit me. Geen vriendelijk mens. En dat hij verdwenen was, zegt niets. Hij kan zich wel ergens verstopt hebben.'

'Lijfwacht keert zich tegen mevrouw?'

'Of hij moest zich bekommeren om degene op wie zij zat te wachten, en was ertussenuit geglipt om op zijn baas te passen. Iemand die zij graag wilde ontmoeten, omdat ze steeds maar op haar horloge keek. Iemand waar ze intiem mee was.'

'Een jonge vrouw in dure kleren en met een diamanten horloge trekt niet op met de eerste de beste boerenlul. Een rijke knul met genoeg zelfvertrouwen om haar te laten wachten.'

'En Zwartpak was misschien wel de chauffeur van beiden? Met die kleren kon hij ook best voor chauffeur doorgaan. Of hij volgde hen in een eigen auto. Op een gegeven moment ging het fout en hebben ze haar met z'n tweeën neergeschoten. Of ze waren al de hele tijd van plan haar koud te maken. Hoe dan ook, het zou ons verder kunnen helpen als we hem konden vinden om hem eens goed in de ogen te kijken.'

'Er lopen nogal wat spierbundels rond in de stad, maar goed, waarom niet.'

Hij startte de pc, zocht, drukte een lijst met beveiligingsbedrijven af, belde er een paar zonder resultaat. Er waren er nog genoeg die hij kon bellen, maar hij zwaaide zijn benen van het bureau. 'Wil je de plaats delict zien?'

Voordat we zijn kantoor verlieten, pakte hij het pak op de grond gevallen papier op, bestudeerde het urgente bericht en liet het hele zwikje in de prullenmand vallen.

'De lui op het bureau van de Chief zitten steeds maar te zeuren dat ik naar ComStat-vergaderingen moet. Meestal druk ik mijn snor, ook vandaag, maar om te voorkomen dat ze me klem rijden, kunnen we beter met twee auto's gaan.'

Hij reed naar mijn huis, waar ik de Seville pakte en achter hem aan naar Sunset reed. We reden een eind naar het westen en een stukje naar het noorden over de Pacific Coast Highway, sloegen haaks af naar het oosten, en reden omhoog naar de noordwestelijke kam van de Palisades.

Hij sloeg een straat in met huizen op palen die net deden alsof ze niet op een gevaarlijke helling stonden.

Na een tijdje passeerden we minder huizen en de bebouwing hield helemaal op toen de weg zich versmalde tot een lint dat zich boven een gapende afgrond kronkelend vastklampte aan de groene berghelling. De lucht was helder. De wereld was fris en zonnig als een kindertekening.

Het duurde even voordat hij stopte. Ik parkeerde achter hem en we staken de weg over.

Hij rekte zich uit, trok zijn stropdas los. 'Er gaat niets boven de lucht in de vrije natuur.'

Ik zei: 'Van je kantoor hiernaartoe was achtendertig minuten, als je die omweg naar mijn huis er aftrekt. Beverly Hills ligt verder naar het oosten, dus zelfs met minder verkeer 's nachts, kost het in ieder geval zoveel tijd om hier te komen. Als het klopt wat Mutter zegt, dat ze om tien uur uit het Fauborg vertrok, en als het tijdstip waarop ze vermoord is dichter bij twaalf uur dan twee uur ligt, dan hebben ze er geen gras over laten groeien. Dat kan wijzen op voorbedachten rade. Maar als het tijdstip van de moord dichter bij twee uur ligt, hebben ze genoeg tijd met haar door kunnen brengen en hebben we misschien wel met een gruwelijk sadistische, uitgesponnen toestand te maken. Was er iets te zien dat ze was vastgebonden of vastgehouden?'

'Geen krasje, Alex. Als ze haar in toom hebben gehouden, dan niet met geweld. Wil je het van dichtbij bekijken?'

Net als de set van een filmopname is een plaats delict ingewikkeld. Beide is ook maar een kort leven beschoren. Er worden monsters weggekrabd, gipsafdrukken gemaakt, er wordt gezocht naar patroonhulzen, spul wordt in zakjes gestopt en gelabeld en alles wordt gefotografeerd. Dan vertrekken de busjes, het gele politielint wordt weggeknipt, bloed wordt weggespoten en iedereen gaat naar huis behalve de vliegen.

Hier geen vliegen, ondanks resten bloed op de grond, die waren opgedroogd tot roestkleurig stof. Afgezien van de oneffenheid waar het lichaam had gelegen en de gaten van de paaltjes voor het politielint was het een prachtig stukje Californië.

Onder de karige sterrenhemel van gisteravond moest het er aardedonker zijn geweest.

Ik herinnerde me het gezicht van Prinses, de zorgvuldig over elkaar geslagen benen. Het poseren, de verblindende zonnebril. Het zelfverzekerde roken.

Prinses was gevonden op een soort plateau, een paar passen

verwijderd van de weg, maar niet zichtbaar voor automobilisten. Alleen als je er rondliep, zou je de plek kunnen vinden. Een meter of vijf bij drie, laag struikgewas, kiezel, takjes.

Ik zei: 'Geen krasje betekent ook dat ze niet omgerold of op de grond gedumpt is, maar voorzichtig neergelegd. Dat wijst ook op een al bestaande relatie.'

Ik liep rond over het terreintje. 'Het was een warme nacht, misschien dat seks onder de sterren wel een aantrekkelijk idee was. Als zij uit de auto is gestapt en wel zin had in een stoeipartij, was er geen reden om haar in bedwang te houden.'

'In plaats van zoete kusjes krijgt ze ka-boem? Akelig.'

'Akelig en van dichtbij en heel persoonlijk,' zei ik. 'In het donker waren de wapens misschien niet te zien. Misschien heeft ze wel nooit geweten wat er gebeurde. Mag ik je telefoon nog een keer zien?'

Hij laadde de foto's. Ik doorstond alle gruwelijke beelden. 'Zoals ze ligt, is ze duidelijk neergelegd. En afgezien van dat opgeblazen hoofd, is de rest van haar lichaam intact. Dit is geen roofoverval geweest, Grote Man. Misschien heeft haar date haar horloge meegenomen omdat het een cadeautje van hem was.'

'Slechte manier om het uit te maken.'

'De slechtste manier.'

Milo snoof de lucht op als een hond, ramde zijn handen in zijn broekzakken en sloot zijn ogen. Een paar roofvogels cirkelden hoog in de lucht, te ver weg om ze te kunnen herkennen. De een maakte een duikvlucht, de ander hield de wacht. De eerste vogel schoot weer omhoog, begroette de ander uitbundig, *kijk eens wat ik heb*, en beide vogels gleden uit het zicht.

Een nieuw slachtoffer. Tijd om wat te eten.

Milo zei: 'Heeft Robin Zwartpak ook gezien?'

Ik knikte.

'En zij is een artistiek meisje. Denk je dat ze hem voor me kan uittekenen?'

'Ik denk het wel.'

'Probleem?'

36

'Ze kan beter tekenen dan anderen, maar ze is niet echt iemand die tekent.'

'Ah.'

'Bovendien,' zei ik, 'heb ik haar nog niets verteld.'

'O.'

Terug boven bij de weg zei ik: 'Ik zal het haar uiteindelijk toch moeten vertellen, dus laten we het haar maar vragen.'

'Als het haar van streek maakt, Alex, doen we het niet. Als jij hem een beetje nauwkeurig kunt beschrijven, vraag ik Petra wel, of een van die andere striptekenaars. En als ik beet heb bij een van die verhuurbedrijven voor klerenkasten, heb ik misschien helemaal geen tekentalent nodig. Kom op, weg hier.'

Ik liep met hem mee naar de ongemarkeerde auto.

'Bedankt voor je bespiegelingen,' zei hij. 'Dat hele idee van intimiteit voelt niet verkeerd.'

'Vraag Robin maar of ze wil tekenen.'

'Zeker weten?'

'Doe maar.'

Hij haalde zijn schouders op. 'Oké, als jij het zegt. Ik weet dat je haar graag in bescherming neemt.'

'Ze werkt aan een project met een deadline, dus ik had haar liever niet gestoord.'

'Tuurlijk,' zei hij. 'Dat was het.'

Ik reed achter hem aan naar het bureau, waar hij nog een paar beveiligingsbedrijven belde, zonder succes. Ondertussen belde ik met mijn antwoordservice.

Ondanks alle gemakken van de moderne tijd houd ik een antwoordservice aan omdat ik liever met levende mensen praat. Lucette, een van de telefonistes die er al lang zat, zei: 'Hé, dr. Delaware. Ik heb... laat eens zien, vijf berichten voor u.'

Een rechter van wie ik nog nooit had gehoord, wilde me spreken over een voogdijzaak. Zijn achternaam zat vol medeklinkers en ik liet Lucette de naam spellen.

Het tweede bericht was van een kinderarts in Glendale, die co-assistent was geweest in het Western Pediatric toen ik daar onderzoeksassistent was. Ze vroeg advies over een baby die zich niet goed ontwikkelde, waarbij misschien sprake was van münchhausen-by-proxy.

Lucette zei: 'De andere drie berichten zijn allemaal van dezelfde persoon, het eerste om negen uur en daarna nog twee keer een halfuur later. En met een halfuur bedoel ik precies dertig minuten. Mevrouw Gretchen Stengel.' Ze las het nummer op. 'De eerste twee keer gaf ze alleen haar naam en nummer, de derde keer was een beetje een vreemd gesprek. Als u me niet kwalijk neemt dat ik dat zo zeg.'

'Vreemd? Hoezo?'

'Ze klonk nogal nerveus, dr. Delaware, dus ik vroeg of het een noodgeval was. Ze viel stil, alsof ze daarover moest nadenken, en toen zei ze dat ze in alle eerlijkheid niet kon zeggen dat het een noodgeval was, en dat ze tegenwoordig eerlijk moest zijn. Dat klonk me een beetje in de oren als zo'n afkickprogramma, weet u wel? Maar u kent mij, dr. Delaware, ik zit hier alleen maar om te helpen, ik houd mijn mening voor me.'

De laatste keer dat ik de Madam van Westside had ontmoet, was bijna tien jaar geleden. Het was ook de enige keer geweest.

Het was een restaurant in het trendy deel van Robertson net voorbij Beverly Boulevard. Een paar winkelpuien van de zeer tijdelijke boetiek van Gretchen Stengel.

Haar poging een legaal leven te leiden. Een leven zonder misdaad loont niet.

Ik had me laten meeslepen door Milo in het onderzoek naar de dood van een knappe jonge vrouw die Lauren Teague heette en ooit had behoord tot de stal met callgirls van Gretchen Stengel. Gretchen had net twee derde van een veroordeling van dertig maanden wegens belastingontduiking achter de rug. Ze kwam over als een vroegoude, trieste, onverzorgde vrouw, nog geen veertig jaar, die waarschijnlijk stoned was.

Haar arrestatie en het erop volgende proces, vier jaar eerder, waren smullen geweest voor de media. Elke verkeerde wending die haar leven tot dan toe had genomen, werd opengesneden, blootgelegd, binnenstebuiten gekeerd en uitgezogen alsof het een chirurgische ingreep betrof.

Ze was opgegroeid in een rijk en beschermd milieu, de dochter van twee juristen bij Munchley, Zabella en Carter, een advocatenkantoor dat uiteindelijk ten onder is gegaan aan malversaties en corruptie. Misschien zaten persoonlijkheidsproblemen wel in de genen van het gezin.

Ze had onderwijs genoten op een Peabody School, de zomers doorgebracht in Venetië en de Provence, de status van *frequent flier* met de Concorde, ging om met beroemdheden en de mensen die beroemdheden beroemd maken.

Dat alles had geleid tot alcohol- en drugsmisbruik in haar puberteit, zes abortussen tegen de tijd dat ze veertien was, een afgebroken studie en vernederende rollen in verachtelijke pornofilms. Op de een of andere manier had dat weer geleid tot een inkomen met zes nullen dat werd opgebracht door mooie jonge vrouwen met frisse gezichtjes, sommige met eveneens een achtergrond op een Peabody School, maar allemaal afkomstig uit de wijken van L.A. met de duurdere postcodes.

Er werd beweerd dat je uren geboeid kon lezen in de agenda van Gretchen, maar op een bepaald moment was die verdwenen en ondanks geruchten dat de LAPD haar vijandig gezind was, kwam ze er uiterst genadig vanaf toen ze schuldig pleitte.

Nu belde ze mij. Drie keer op één ochtend. Precies om het halfuur. Psychiaters en prostituees hebben een zesde zintuig voor de klok.

Geen noodgeval. Ik moet eerlijk zijn.

Dat klonk inderdaad als een afkickmantra.

Milo klapte de hoorn op de haak en bestudeerde de lange lijst met beveiligingsbedrijven. De plek waar zijn vinger rustte, maakte duidelijk dat hij nog maar net begonnen was.

'Dit gaat wel even duren.'

'Als je mij niet nodig hebt...'

'Jaah, jaah, tuurlijk, geniet van het leven, dan is er tenminste iemand...'

Op weg naar huis belde ik de rechter en de kinderarts. De voogdijzaak klonk akelig en weinig bevredigend, dus ik verontschuldigde me. De baby die zich niet goed ontwikkelde, vertoonde geen enkel symptoom van het münchhausen-by-proxy-syndroom. Ik gaf de kinderarts een paar aanwijzingen voor het stellen van een diagnose en stelde voor dat ze maag- en darmonderzoek zou doen en een neuroloog naar de baby zou laten kijken, en ondertussen een oogje zou houden op de ouders.

Bleef alleen Gretchen Stengel over.

Die graag met me wilde praten. Maar het was geen noodgeval.

Ik schakelde de handsfree uit, zette muziek aan en nam de lange weg naar huis.

Prachtige muziek vulde de auto. Meer dan muziek. Oscar Peterson die onmogelijke dingen deed met een piano.

Vuistregel nummer één in L.A.: als je zit te piekeren, ga autorijden.

6

Robin huilde.

Ze veegde haar tranen weg, legde haar beitel neer en stapte bij haar werkbank weg. Lachte, alsof ze daarmee het emotionele tij kon keren. 'Het heeft geen zin om ook nog eens vlekken te maken op een mooi stuk Adirondack.'

Ze volgde met een vinger de rand van het stuk vurenhout waaraan ze had gewerkt. Het begin van de hals van een gitaar. Een speciale klus, zonder deadline.

Ik zei: 'Ik dacht dat je het zou willen weten. Het spijt me als dat niet zo is.'

'Ik stel me aan, we kenden haar helemaal niet.' Druppels vielen in het zaagsel en ze haalde opnieuw haar hand over haar ogen. 'Verdomme.'

Blanche waggelde naar haar toe en snuffelde in de houtkrullen. Ik bukte me en klopte haar op de rug. Haar ogen bleven op Robin gericht.

'Wanneer is het gebeurd?'

'Een paar uur nadat wij haar hebben gezien.'

'Pure waanzin,' zei ze. 'Hoe kwam je erop dat zij het was?'

'Milo kwam langs vanochtend en liet me foto's zien van de plaats delict.'

'Hoe is ze gestorven?'

'Doodgeschoten.'

'Waar is ze geraakt?'

'Is dat belangrijk?'

'Je kent me, schatje, ik ben visueel ingesteld.'

Precies.

Ik zei: 'In haar gezicht.'

Ze verstrakte. 'Wat gemeen. Zo'n mooi gezicht. En nu ben jij er mee bezig?'

'Het is vooral meehobbelen.'

'Het is goed, ik zal hem wel tekenen, maar ik weet niet of het wat wordt. Als het niet lukt, help ik wel een echte tekenaar.'

'Dat zou ik kunnen doen.'

'Ik ook,' zei ze. 'Ik zou graag iets willen doen.'

Ze leunde op de werkbank. 'Arme, arme meid. Het lijkt wel of het voorbestemd was dat we daar waren, Alex.'

Ik sloeg mijn arm om haar heen.

Ze zei: 'Laat het maar weten wanneer ze me nodig hebben.'

'Oké.'

Ik kuste haar.

Ze zei: 'Je hebt het me niet eerder verteld, omdat...'

'Ik moest het eerst zelf verwerken.'

'Tuurlijk. Dat verklaart het.'

'Ik...'

'Ik ook van jou, schatje.' Ze liep naar haar tekentafel. 'Ik ga het meteen proberen.'

Vier pogingen werden verfrommeld. Ze bestudeerde de vijfde en zei: 'Zo moet het maar.'

Een zuinige, maar afdoende gelijkenis van de jonge vrouw in het wit en de man in het zwart. Meer dan afdoende voor het avondnieuws.

Ik zei: 'Een tien.'

'Meer een zesje. Het zijn alleen maar lijnen en schaduwen. Ik heb er helemaal niets van hun persoonlijkheid in gestopt.'

'Ik weet niet zo zeker of we haar ware persoonlijkheid wel hebben gezien, Rob.'

'Wat bedoel je?'

'Wanneer heb jij voor het laatst iemand gezien met een sigarettenpijpje? Het geeft me het gevoel dat ze een rol speelde.'

Ze klom van haar kruk. 'Dat wás theater van de bovenste plank, hè?' Ze bestudeerde de tekening opnieuw en veegde een restje vlakgum van de mond van de vrouw. 'Ik ben er niet zo gelukkig mee, er ontbreekt iets.'

'Ik weet zeker dat Milo er heel blij mee zal zijn.'

'Ik wil er graag met een echte tekenaar aan werken tot het perfect is, Alex. Ik ken wel een paar mensen die ik zou kunnen bellen. Vraag Milo maar of het oké is om er iemand van buiten de politie bij te halen.'

Van buiten de politie, in tegenstelling tot ons.

Ze keek fronsend naar de tekening van de man. Pakte de tekening van de vrouw op. 'Zo waanzinnig je best doen om er mooi uit te zien voor iemand die je laat zitten en je uiteindelijk zoiets aandoet.'

'Of hij heeft haar laten zitten, maar ze heeft iemand anders ontmoet. Op dit moment is alles nog mogelijk.'

'Ik wist dat er iets niet klopte aan hem.' Ze priemde met een vinger naar de man. 'Hij zag er zo vijandig uit. Als hij echt iemand van de geheime dienst was die echt aan het werk was, zou ik me dat kunnen voorstellen. Maar meedoen in zo'n foute toestand? Eng, hartstikke eng. Als Milo het goedvindt, bel ik Nigel Brooks om te kijken of hij me wil helpen met een echte tekening. Of nog beter, Sam Ansbach, die doet portretten, hij is net terug van een expositie in New York.'

Ze fronste haar wenkbrauwen. 'Aan de andere kant is Sam niet dol op gezagsdragers, helemaal niet met dat contactverbod waar zijn ex hem mee opgezadeld heeft, en dat stomme misverstand waardoor hij drie dagen in de bak heeft gezeten. Dus eerst Nigel.'

Ze belde Brooks atelier in Venice. Hij was een maand lang de stad uit.

'Ik bel Sam. Het ergste wat ons kan gebeuren is dat hij nee zegt.'

'Misschien hebben we geen professionele tekenaar nodig,' zei ik. 'Petra Connor is kunstenaar geweest.'

'Heel goed, ik heb haar werk gezien, zij kan tekenen. Oké, maak maar een afspraak, dan ga ik naar Hollywood. Als Milo die beide koppen op tv kan krijgen, is de zaak misschien snel genoeg opgelost.'

Milo zat nog aan zijn bureau. 'Fantastisch, even geduld.'

Een paar minuten later: 'Petra is in Atlanta voor een conferentie, maar ze zei dat er een nieuwe is in Hollenbeck, met de naam Shimoff, ook een Alexander, die een soort opleiding heeft gehad bij Otis, voordat hij bij de politie kwam. Kan Robin vandaag als die man beschikbaar is?'

'Ze staat te trappelen.'

'Ze heeft het goed verwerkt.'

'Het is een taaie meid,' zei ik. 'Nog niets met die beveiligingsbedrijven?'

'Tot nu toe heeft niemand een klus bij het Fauborg bekend. Jernigan belde vanuit het lab van de lijkschouwer, net voordat jij belde. Onze prinses was van nature een blondine die de kleur nog wat aanzette met een spoeling. Er zijn geen tekenen van wurging, geen steekwonden, geen trauma van stompe voorwerpen, doodsoorzaak doodbloeden als gevolg van de schotwonden. Sectie laat nog op zich wachten, maar monsters van alle intacte lichaamsopeningen leveren geen zaad, bloed of tekenen van trauma op. Wat betreft haar mond, is de schade zo groot dat niets uit te sluiten valt. Maar Jernigan heeft niet het gevoel dat ze seksueel belaagd is. Ze vond het gek dat twee mannen op hetzelfde moment geschoten hebben op zo'n relatief klein doelwit. Ze zei dat het haar deed denken aan een vuurpeloton. En dat heeft mij weer aan het denken gezet: als een in razernij ontstoken vriendje haar uit de weg wil ruimen en het horloge weer in zijn eigen zak wil stoppen, waarom dan dat pleziertje delen met een ander? Ik kan me voorstellen dat Spierballen meegaat voor de veiligheid, maar op het moment dat de trekker moet worden overgehaald, doe je dat toch alleen?'

'Misschien lafhartigheid,' zei ik. 'Of gebrek aan ervaring. Iemand die niet gewend is met vuurwapens om te gaan, heeft misschien een beetje aanmoediging nodig.'

'Klaar, richten, vuur,' zei Milo. 'Misschien is het ook wel een ziek spelletje. Goed, laten we die tronies maar eens op het scherm zetten, misschien worden ze door iemand herkend. Ik heb trouwens gezocht naar de ontwerpers van die kleren, Lerange en Scuzzi. Allebei dure jongens, maar niet zo bekend. En niet te koop in winkels hier. Een paar winkels in New York hebben een paar kledingstukken in de verkoop, maar ze konden niet veel meer vertellen. Samen met dat Britse accent van Prinses wijst dat erop dat ik de mogelijkheid van een toerist nog niet kan doorstrepen, maar de herrieschoppers van Homeland Security hebben nog niet gereageerd. Dus vanaf nu geef ik me volledig over aan de kunst. Laten we eens kijken wat die knul van Otis in zijn mars heeft.'

Tien minuten later belde hij en liet hij een boodschap achter. Rechercheur Alexander Shimoff had een vrije dag, maar was bereid Robin thuis te ontvangen in het Pico-Robertsondistrict wanneer ze maar wilde komen, tot negen uur 's avonds.

Toen hij belde, kreeg hij me niet zelf aan de lijn, omdat ik met iemand anders in gesprek was.

7

Gretchen Stengel nam de telefoon aan toen hij één keer was overgegaan. 'Ik ben ik, wie ben jij?'

Haar stem was laag, schor. Het laatste deel van elk woord zakte weg in vaagheid.

'Met dr. Delaware, je hebt me gebeld.'

'Dok,' zei ze. 'Dat is een tijdje geleden, hè?'

'Wat kan ik...'

'Je weet nog wie ik ben.'

'Dat weet ik.'

'Hebben ze me wel eens verteld, dat ze me niet zo gauw vergeten,' zei ze.

Ik wachtte.

'Al die jaren geleden, hè, dok?' Ze hoestte. 'Niet echt alles was beter toen.'

'Niemand ontvangt graag bezoek van de politie.'

'Niet uitgesproken boodschap: vooral een pooier niet.'

Ik zei: 'Mijn boodschappen worden meestal uitgesproken. Wat kan ik voor je doen, Gretchen?'

Ze lachte blaffend, verslikte zich en kreeg een hoestaanval, herpakte zich door scherp en diep adem te halen. 'Nu we zulke goede vrienden zijn, mag ik je zeker wel dokter noemen?' Giechelde.

Ik gaf geen antwoord.

Ze zei: 'Ik zie je daar zitten, met zo'n ijzige zielenknijpersblik.'

'Siberisch.'

'Wat... O, haha, grappig. Oké, ik zal niet meer van die opmerkingen maken. Als ik doodga, gebeurt dat soort dingen nu eenmaal gewoon.'

Ze hoestte opnieuw. 'Ik bedoel niet zoiets van dat ze bommen gooien in stripverhalen. Echt doodgaan. Als in: de cellen doen binnenkort voorgoed de oogjes dicht.'

'Dat spijt me.'

'Geloof me, het spijt mij meer dan jou. Beetje stout, hè? Om je daar zo mee te overvallen. Maar makkelijker kan het niet. Net zoals wanneer de politie aan nabestaanden gaat vertellen dat er iemand is vermoord. Dat homovriendje van jou moet daar dol op zijn, niet?'

Ik gaf geen antwoord.

Ze zei: 'Ik heb naar een heleboel politieseries gekeken. Erg leerzaam, om het zo van de andere kant te bekijken.' Ze zuchtte en schraapte haar keel. 'Hoe dan ook, ik ben op weg naar de uitgang. Kaput.'

'Wil je een afspraak maken om erover te praten?'

'Ik peins er niet over,' zei ze. 'Er valt niets te zeggen. Ik heb een gevaarlijk leven geleid, zoals ze dat noemen. Schoon en nuchter de laatste zeven jaar, maar nog wel veelvuldig afspraakjes met Toontje Tabak. Mijn longen hebben geen kans voorbij laten gaan om me duidelijk te maken dat ik moest stoppen, maar dat heb ik niet gedaan, dus werden ze pissig en hebben ze een aardig megastalletje aan tumoren bij elkaar gefokt. Ik heb een chemokuur gedaan, aan de oncoloog gevraagd wat het nut was, en de man piste bijna in zijn broek. Hij zat zo te draaien en te wiebelen, dat het antwoord wel duidelijk was. Dus ik zei: stop dat maar in je reet, het wordt tijd om waardig afscheid te nemen.'

Er valt niets te zeggen.

Ze haalde moeizaam adem. 'Het voelt alsof ik net een marathon heb gelopen. Niet dat ik dat ooit heb gedaan. Ik heb alleen maar gezond geleefd.' Ze lachte. 'Je bent een goede zielenknijper, ik voel me nu al beter.' Haalde adem. 'Niet dus.'

'Wat kan ik voor je doen, Gretchen?'

'Je bedoelt: waarom val ik jou lastig als ik begin te snotteren? Het gaat niet om mij, maar om mijn kind. Een van de eerste dingen die ik heb gedaan toen ik uit de afkickkliniek kwam, was een fijne anonieme spermadonor zoeken. Vraag me niet waarom, ik vond gewoon dat ik dat moest doen. Een beetje makkelijk, ik hoefde zelfs geen verhalen op te hangen over hoe groot zijn pik was. Hoe dan ook, het resultaat heet Chad. Dus nu heb ik een zes jaar oud maatje en verkloot ik zijn leven door de pijp uit te gaan en ik weet niet...' – ze haalde moeizaam adem – 'wat ik daaraan moet doen. Dus ik dacht, waarom jij niet? Dus wat doe jij met een kind van zes? Speltherapie? Cognitieve gedragstherapie? Alsjeblieft geen existentiële therapie, ik bedoel, Chads grootste angst is dat hij niet genoeg tv mag kijken.'

Scheurend lachen. 'Ik heb ook zitten lezen in boeken voor zielenknijpers.'

'Ik wil je graag helpen, maar voordat ik met Chad praat, moeten jij en ik eerst praten.'

'Waarom?'

'Ik moet een beeld van het verleden hebben.'

'Dat kan ik je nu zo geven.'

'Dat moet van persoon tot persoon.'

'Waarom?'

'Zo werk ik, Gretchen.'

'Je houdt de touwtjes in handen, hè?'

'Als jij daar niet gelukkig mee bent, wil ik je graag...'

'Is goed, is goed,' zei ze. 'Wanneer maken we dat beeld?'

'Ben je fit genoeg om naar mij toe te komen?'

'Mobiliteit is een kwestie van dag tot dag, schat. Maar maak je geen zorgen, als ik afzeg, betaal ik gewoon, ik weet hoe jouw soort aan dat soort dingen hecht.'

'Als het niet te ver is, kan ik ook naar jou toe komen.'

'Als een huisbezoek?' zei ze. 'Je verneukt me.'

'Waar woon je?'

'Bij de Hills, ik heb een fijn, klein flatje aan Willamon, bij Burton.'

'Dat is niet zo ver. Wat voor tijd schikt het beste?'

'Elke tijd. Ik sta niet bepaald op het punt naar Parijs te vliegen.'

Ik keek in mijn agenda. 'Wat dacht je van morgenvroeg om elf uur?'

'Een huisbezoek,' zei ze. 'Je komt echt.'

'Tenzij jij dat een probleem vindt.'

'Mijn enige probleem is dat ik doodga, en je kunt nooit weten of de hel niet toch bestaat,' zei ze. 'Hé, betekent dat dat je ook voorrijkosten in rekening brengt, net als advocaten? Aardige manier om je uurtarief op te krikken.'

'Het uurtarief blijft hetzelfde.'

Stilte.

'Sorry,' zei ze. 'Dat was een verdomd ondankbare opmerking. Ik heb nooit mijn muil kunnen houden en kanker is niet echt bevorderlijk voor je humeur.'

'Morgen om elf uur,' zei ik.

'Niet alleen kan ik mijn muil niet houden, ik ben ook een vreselijke controlfreak die alle puntjes op de i wil zetten. Hoeveel vraag je per uur?'

Ik noemde het bedrag.

'Niet gek,' zei ze. 'Destijds had ik meisjes die meer kregen voor pijpen.'

Ik zei: 'Het vrije ondernemerschap heeft allerlei kanten.'

Ze lachte. 'Misschien ben je toch niet zo ijzig als ik dacht. Misschien leidt dit wel tot iets goeds.'

8

Om halfacht die avond arriveerden Milo, Robin en ik bij het appartement in Shenandoah Street van Alexander Shimoff, de tot politieman omgeschoolde kunstenaar.

Het appartement van Shimoff lag op de begane grond. Hij stond buiten voor zijn deur in een grijze joggingbroek te drinken uit een tweeliterfles gemberbier. Een jaar of dertig, vroegtijdig grijs haar, kort en strak geknipt, gebouwd als een tennisser en een gezicht dat net iets te hoekig was voor zijn bleke huid.

Milo stelde iedereen aan elkaar voor.

Shimoff glimlachte en schudde een beetje slap de hand. Hij sprak niet echt met een accent, maar rekte de lettergrepen net iets uit, wat deed vermoeden dat hij in het buitenland was geboren.

In de woonkamer stond zijn jonge, blozende vrouw met platinablond haar en twee dochtertjes van vier en zes jaar oud. De kinderen waren nieuwsgierig, maar gehoorzaamden meteen toen de moeder hen naar hun kamer dirigeerde, in het Russisch. De helft van de krappe ruimte werd in beslag genomen door Shimoffs ezel, zijn tekentafel en de ladekast van verweerd eikenhout voor tekeningen. De andere helft lag voornamelijk bezaaid met speelgoed. Op de ladekast stonden een Macintosh met een groot scherm en kwasten, penselen, potloden en pennen in potten. Op de ezel stond een bijna voltooid schilderij, een niet van echt te onderscheiden kopie van *De oude gitarist* van Picasso.

Milo floot bewonderend. 'Dat kan je een hoop ellende bezorgen.'

Shimoff grijnsde scheef. 'Alleen als ik het op eBay zet voor tien dollar.' Hij keerde zich naar Robin. 'Ik heb je website opgezocht. Prachtige instrumenten. Het lijkt me dat iemand die dat kan, ook best goed kan tekenen.'

'Niet goed genoeg,' zei ze.

'Laat eens zien wat je gemaakt hebt.'

Robin gaf hem de schetsen van Prinses en Zwartpak. Shimoff bekeek ze aandachtig. 'Als de verhoudingen goed zijn, kan ik hier wel mee werken. Beschrijf hen maar als aan een vreemde. Begin maar met die man, want die is het gemakkelijkst. Als we de draad eenmaal te pakken hebben, gaan we met haar aan de slag.'

Milo vroeg: 'Waarom is hij gemakkelijker?'

'Omdat vrouwen complexe wezens zijn.' Shimoff klom op zijn kruk, legde een stuk wit bristolpapier klaar en rekte zijn nekspieren alsof hij zich voorbereidde op een worstelwedstrijd. Hij zei tegen Robin: 'Vertel eens hoe lang hij is, ook al doen we alleen het gezicht.'

'Eén vijfentachtig, één negentig. Zwaargebouwd, maar niet dik.'

'*Football*, geen sumo,' zei Shimoff.

'Geen verdediger, misschien een halfback. Een jaar of dertig, vijfendertig. Misschien oorspronkelijk van Scandinavische of Duitse afkomst...'

'Misschien of waarschijnlijk?'

Ze dacht na. 'Hij zou ook wel wat Keltisch bloed kunnen hebben, Schots of Iers. Of misschien wel Nederlands. Maar als ik moet kiezen, zou ik zeggen Scandinavisch. In ieder geval niet mediterraan, en ook niet Noord-Italië.'

'Je hebt hem getekend met een lichte kleur haar. Was hij blond?'

'Het was avond. Wat ik zag was licht.'

Shimoff maakte een gebaar naar zijn eigen staalgrijze kapsel. 'Er zijn een heleboel knullen met een zilveren kroon die er aardig uitzien. Maar jij denkt blond, hè?'

'Ja.'

'Kleur ogen?'

'Kon ik niet zien.'

'Hij is blond, daar past wel een anonieme bleke kleur ogen

bij.' Hij wierp een blik op haar schets. 'Je hebt er een soort varkensoogjes van gemaakt.'

'Het waren ook varkensoogjes,' zei Robin. 'Maar ver uit elkaar. Misschien nog wel verder uit elkaar dan ik heb getekend. Een beetje loensend, misschien kwam dat omdat hij stoer wilde kijken, maar misschien loenste hij ook wel echt. Ik herinner me nu iets wat ik niet heb getekend, hij had zware wenkbrauwen, een hele rand hier. En een laag voorhoofd. Maar zijn haar lag niet plat, zoals dat van jou, het stond omhoog.'

'Mousse of gel?'

'Kan allebei. Geen bakkebaarden. Hij had ze helemaal tot hier opgeschoren. Een stompe neus, misschien nog wel kleiner dan ik heb getekend.'

'Gebroken misschien?' zei Shimoff. 'Dat zou heel goed kunnen met de lichaamsbouw van een football-speler.'

'Daar zeg je wat,' zei ze.

'Stompe neus met een brede bovenlip.'

'Niet zo breed als die van Milo, maar zeker aan de brede kant.'

Milo mat de afstand tussen zijn neus en zijn bovenlip met twee vingers. Haalde zijn schouders op.

Robin zei: 'Zijn oren stonden dicht tegen zijn hoofd.' Ze fronste haar wenkbrauwen. 'Ik herinner me steeds meer dingen die ik niet heb getekend. Hij had geen oorlelletjes. En zijn oren waren boven een beetje puntig. Daar. Elfachtig, denk ik. Maar hij had niets grappigs. Zijn lippen zijn vrij goed gelukt: zijn bovenlip was echt zo dun. Bijna onzichtbaar terwijl zijn onderlip heel vol was.'

Shimoff pakte een potlood. 'Ik wou dat ze allemaal zo gemakkelijk waren.'

Hij werkte langzaam, nauwgezet, deed zo nu en dan een stap achteruit om het van een afstandje te bekijken, gebruikte zijn vlakgum amper. Veertig minuten later waren twee gelijkende portretten ontstaan. In mijn ogen verbazingwekkend nauwkeurig.

Robin zei: 'Wat vind jij, Alex?'

'Perfect.'

Ze bestudeerde de tekeningen. 'Ik zou haar wenkbrauw rechts wat hoger zetten. En zijn nek zou nog wel wat dikker mogen, zodat er een richel ontstaat net boven de kraag.'

Shimoff paste de tekeningen aan, ging rechtop zitten en nam zijn werk in ogenschouw. 'Prachtige vrouw. Nu terug naar Picasso.'

Milo zei: 'Volgens mij is Picasso af.'

Shimoff glimlachte. 'De pijn wordt je bespaard, inspecteur.'

'Pijn?'

'De pijn van het kunstenaarschap.'

Milo belde de afdeling Voorlichting van de LAPD vanuit de Seville, zette de telefoon in handsfree.

'Ik heb een paar tekeningen die zo snel mogelijk de ether in moeten. Een onbekende vermoorde vrouw en een mogelijke verdachte.'

De man van Voorlichting zei: 'Momentje.' Het klonk alsof alles belangrijker was dan dit.

Gedurende de volgende vier minuten nam een boodschap van overheidswege over huiselijk geweld de plaats in van menselijk stemgeluid.

Een nieuwe stem zei: 'Hallo, inspecteur Sturgis. Je spreekt met inspecteur Emma Roldan van het bureau van de Chief.'

'Ik had net iemand aan de lijn van...'

'Voorlichting,' zei Roldan. 'Ze hebben je verzoek doorgespeeld. Het zal met de nodige spoed in behandeling worden genomen. Je zou morgen tegen het middaguur bericht moeten krijgen wanneer het zal worden afgehandeld.'

'Het enige wat ik heb gevraagd, was om een paar tekeningen...'

'We zullen ons best doen, inspecteur. Tot ziens.'

'Als wie dan ook Voorlichting belt, handelt Voorlichting het af. Als ik Voorlichting bel, handelen jullie het af.'

'Oekaze van de Chief,' zei Roldan. 'Voor jou geldt een speciaal reglement.'

De volgende ochtend belde Milo om halfelf, net toen ik op het punt stond te vertrekken naar Gretchen Stengel.

'Het gezicht van Prinses krijgt een plekje in het nieuws van-avond, maar ik heb bot gevangen met Zwartpak. Ik ben er niet in geslaagd aannemelijk te maken dat er een verband is tussen beiden en onnodige blootstelling aan publiciteit kan heel nare juridische gevolgen hebben. Laten we maar hopen dat zij de nodige tips oplevert. Eén ding is zeker, ze heeft geen blauw bloed. Als we Homeland Security mogen geloven.'

'Geen prinsessen op vakantie in SoCal?'

'Alleen prinsessen die in de Hills en Bel Air zijn geboren. Ze hebben me pasfoto's gestuurd van jonge vrouwen die min of meer aan het signalement voldeden. Die heb ik nagetrokken, maar ze leven allemaal nog. Ik heb het portret dat Shimoff van Zwartpak heeft gemaakt naar de beveiligingsbedrijven ge-stuurd. Nada. Van al dat vruchteloze geploeter heb ik honger gekregen. Zin om te lunchen?'

'Wanneer?'

'Nu.'

'Ik heb een afspraak om elf uur.'

'Doe je weer patiënten?'

Ik bromde.

'Ik snap het,' zei hij. 'Hoezeer ik je gezelschap ook op prijs stel, mijn gastro-intestinale stelsel kent geen geduld, dus hier scheiden onze wegen. *Sayonara*.'

9

Little Santa Monica Boulevard gaat voorbij Crescent over in Burton Way, dus het was voorbestemd dat ik op weg naar Gretchen langs het Fauborg reed.

Er stonden nog twee brokkelige verdiepingen waar het er ooit vier waren geweest. Een gigantische kraan torende boven de ruïne uit, een stalen bidsprinkhaan, gereed om toe te slaan. Het kolossale gevaarte nam rust terwijl mannen met bouwhelmen hun lunch kochten bij een rijdende cafetaria. Een man met het woord SUPERVISOR op de rug van zijn oranje hesje, die op een burrito kauwde, zag me.

'Kan ik iets voor u doen?'

'Ik kijk even. Ik ben hier pas nog geweest.'

'Wat is dit geweest, een soort bejaardenhuis?'

'Zoiets.'

'Revolutiebouw,' zei hij. 'Zakt als een kaartenhuis in elkaar.'

Het appartementencomplex waar Gretchen woonde, besloeg vier verdiepingen saliegroene, pseudo-Italiaanse uitbundigheid, aangekleed met knoestige olijfbomen in grindbakken. Boven een bord waarop appartementen te koop werden aangeboden, stond met vergulde letters IL TREVI. Vijftien luxe appartementen met twee of drie badkamers (ALLEMAAL VERKOCHT! GA KIJKEN BIJ ONS PROJECT IN THIRD STREET!) zagen uit op een atrium dat, weliswaar open naar de straat, was afgesloten met een ijzeren hekwerk. Er borrelde een fontein.

Ik werd zonder commentaar tot het terrein toegelaten en begaf me naar het appartement van Gretchen op de bovenste verdieping. Ze stond in de deuropening te wachten, gekleed in een roze ochtendjas en donzige witte sloffen, en ademde met behulp van een zuurstoftank op wielen. Een plastic buisje bungelde aan haar neus. Ze trok het uit haar neus. Het siste als een slang. Ze glimlachte bruine, aangetaste tanden bloot, pakte mijn hand met haar beide handen beet en kneep.

Haar huis was koud en droog. De ochtendjas bolde op rond een uitgemergeld lichaam, maar haar gezicht was gezwollen. Wat er over was van haar haar, was spierwit, ragfijn dons.

Ik had haar gisteravond op internet opgezocht. Ondanks de verstreken jaren leverde haar naam meer hits op dan tien jaar Nobelprijswinnaars bij elkaar. In verschillende biografieën stonden verschillende geboortedatums, maar allemaal waren ze het erover eens dat ze nu van middelbare leeftijd moest zijn. Ze zag eruit alsof ze vijfenzeventig was.

'Rozen verwelken,' zei ze, 'en stinkzwammen stinken. Kom erin.'

Haar woonkamer was twee keer zo groot als die van Alex Shimoff, maar omdat er tien keer zoveel speelgoed rondslingerde, leek het er even benauwd.

De drie passen naar de dichtstbijzijnde bank deden haar naar adem happen. Ze stond stil om haar luchtbuis weer aan te brengen.

Ze ging voorzichtig op de bank zitten. Ik trok een stoel bij tot op anderhalve meter van haar en ging tegenover haar zitten.

'Huisbezoek van een zielenknijper, dat moet een noviteit zijn. Of misschien speelt mijn narcistische inborst wel weer op en doe je dit gewoon voor iedereen.'

Ik glimlachte.

'Niet doen,' zei ze. 'Niet die lege, neutrale zielenknijpersglimlach zodat ik me onzeker ga voelen bij elke kutzin die ik uitspreek. Ik knok een beetje tegen een deadline.' Een puntige, witte knokkel trommelde op de zijkant van de zuurstoftank. 'Dat was geen verspreking.'

Ik zei: 'Nee, dat doe ik niet voor iedereen.'

Ze klapte in haar handen. 'Dus ikke wel speciaal!'

Waar de kamer niet bedolven was onder speelgoed, stond nietszeggend meubilair op saaie vloerkleden, op de muren was behang met een bloemenmotief zichtbaar waar er geen kindertekeningen overheen geplakt waren. Het licht in de kamer was door de gesloten gordijnen net één tint grijzer dan Gretchens gezicht.

'Chad is kunstzinnig,' zei ze. 'En slim. Ik heb bij de sperma-bank een lot uit de loterij getrokken. Ooit waren de sperma-donors allemaal studenten medicijnen, dus wie weet? Het enige wat ik van mijn persoonlijke masturbator weet, is dat hij van Angelsaksisch-Germaanse afkomst is, langer dan gemiddeld en vrij van genetisch overdraagbare ziekten. Het eerste jaar pro-beerde ik me hem steeds voor te stellen, of eigenlijk meerdere hems, ze wisselden elkaar als filmbeelden af. Uiteindelijk werd het een soort mix van Brad Pitt en Albert Einstein. Toen begon Chad te praten en werd het een echt klein mensje en was het alleen nog maar wij tweeën en ben ik opgehouden te denken aan mijn zwijgende partner.'

Ze liet haar blik over een paar tekeningen gaan. 'Wat vind je van Chads kunstwerken? Ik wil wedden dat je er niets neu-rotisch of psychotisch in kunt vinden.'

De tekeningen waren tekeningen zoals een zesjarige jongen ze maakt. Op veel ervan stond MAMA IK HOU FAN JOU.

'Briljant, hè?'

'Schitterend.'

'We zijn begonnen met krijt, en toen hij te goed was voor krijt heb ik fantastische potloden voor hem gekocht uit Japan. Daar heeft hij die pauw mee gedaan, daar in de hoek. Ga maar kijken.'

Zoekend naar die tekening kreeg ik zicht op haar keukentje. Blikken spaghetti, dozen met koekjes, zakken chips. De koel-kast was behangen met foto's waar zij samen met een jongetje met een bolle toet en donker haar op stond. Op de oudere foto's zag Gretchen er nog uit als Gretchen.

De pauw vocht met een dinosaurus. Als ik afging op het rondspattende bloed en de rondvliegende veren was het één-nul voor het reptiel.

'Levendig,' zei ik.

'Helemaal fout,' zei ze. 'Je had moeten zeggen: wat ben jij een fantastische moeder, Gretchen, de moeder van de nieuwe Michelangelo.'

'Je doet het fantastisch als moeder, Gret...'

'Omdat het allemaal om mij gaat. Ik, ik, ik,' zei ze. 'Ik ben een ik'erd, zo heb ik mezelf altijd gezien. "Narcistische persoonlijkheidsstoornis met theatrale elementen." O, ja, "verergerd door misbruik van drugs en alcohol". Vind je ook niet?'

'Ik ben hier niet om voor jou een diagnose op te stellen.'

'Dat is wat de zielenknijper zei die door de verdediging was ingehuurd. Narcistisch en verslaafd. Het ging erom me zo verknipt mogelijk voor te stellen, zodat ik ontoerekeningsvatbaar zou zijn. Het was niet de bedoeling dat ik het rapport te zien kreeg, maar ik stond erop om het te lezen, want ik had ervoor betaald. Dat is logisch, toch?'

'Technisch gesproken was het jouw...'

'Dat bedoel ik niet,' zei ze. 'Ik bedoel wat die oen over me heeft geschreven. "Narcisme, theatraal, drugs." Past dat in jouw diagnose?'

'Laten we eens over Chad praten.'

Ze knipperde met haar ogen. Ze frutselde met de luchtslang.

'Alleen dit dan: hoe narcistisch kan ik zijn als ik de laatste zes jaar van mijn leven wijd aan mijn kind? Hoe theatraal kan ik zijn als ik hem nooit iets anders laat zien dan een gezicht dat rust en geluk uitstraalt? Wat voor verschrikkelijke junkie ben ik als ik de afgelopen zeven jaar schoon en nuchter ben geweest?'

'Raak.'

'Maar ik zit wel vast aan die stomme diagnose. In mijn hoofd, alsof die klootzak me veroordeeld heeft. Alsof het de kleur van mijn ogen is, waar niets aan te veranderen valt.'

Ze schraapte haar keel, hoestte, hapte naar adem en draaide aan een kraan op de zuurstoftank. 'Ik had die zielenknijper wel willen vermoorden. Zo'n vonnis over me uit te spreken. Nu zou ik er ik weet niet wat voor overhebben als het mijn enige diagnose was.'

Ik knikte.

'Jaah, jaah... en op en neer gaat het hoofd,' zei ze. 'Ik heb heel wat van jouw soort gezien, mijn ouders hebben me pas opgegeven toen ik veertien was. En ik moet zeggen: de meesten van je collega's waren losers. Dus hoe kan ik nu respect hebben voor wat ze beweren? Weet je waarom ik jou heb gebeld? Niet omdat ik me jou herinnerde toen dat flikkervriendje van je me het leven zuur maakte. Ik bedoel, ik herinner me je wel, maar daar ging het niet om. Weet je waarom?'

'Geen idee.'

'Een vrouw waar ik samen yoga mee heb gedaan, een van de weinigen die genoeg kloten heeft om me te blijven opzoeken, heeft je aanbevolen. Marie Blunt.'

Marie, nu een topinterieurontwerpster, was ooit een danseresje in nachtclubs. De rechtbank had me gevraagd een advies te geven voor de voogdij over haar kinderen. Het enige wat het onderzoek had opgeleverd, was haar verleden als danseres. Ik begon me nu af te vragen of ze misschien ook bijkluste in de wereld van Gretchen.

'Tactisch zwijgen, dok. Jaah, jaah... Je kunt niet laten merken dat je haar kent, ik snap het. Maar ik denk dat we het er wel over eens kunnen zijn dat Marie een engel is. Zelfs die idioot van een ex van haar heeft dat nu door, maar ze is te slim om hem weer binnen te laten. Ze zei dat ze de zenuwen had gekregen toen de rechtbank jou had ingehuurd voor de voogdij over haar kinderen, omdat hij geld had en ze bang was dat jij net zo corrupt zou zijn als al die anderen en zijn kant zou kiezen. In plaats daarvan was je integer en kreeg je het voor elkaar dat de kinderen geen slachtoffer werden van de situatie. En dat is niet niks, als je nagaat wat voor onvoorstelbare smeerlap die ex is.'

Ik sloeg het ene been over het andere.

Ze zei: 'Non-verbaal signaal aan zeurende cliënt: hou op met ontwijken. Goed, o ja, ik zal eerst je geld pakken. Ik hoop dat je geen bezwaar hebt tegen contanten, wel? Ik ben al heel lang een meisje van boter bij de vis.' Knipoog. 'Oude gewoonten en zo.'

'Dat kunnen we later wel regelen,' zei ik.

'Nee, ik wil dat nu regelen.' Harde stem. Harde glimlach. 'Ik wil zeker weten dat ik het niet vergeet.' Ze tikte tegen haar slaap. 'Ik vergeet veel, misschien zijn dat wel tumoren die omhoogkruipen in de kokosnoot, hè? Of misschien is er niet zoveel meer wat nog de moeite waard is om te onthouden? Wat denk jij van de oprukkende seniliteit, dok?'

'Het is...'

'Jaah, jaah... Je kent me niet goed genoeg. Oké, betaling en erkentelijkheid zijn onderweg.'

Ze stond moeizaam op, waggelde door een deuropening, bleef een paar minuten weg en kwam terug met dikke, vuurrode envelop die ze me toegooide.

Tenzij er uitsluitend briefjes van één dollar in zaten, was het pakket veel te dik voor een enkele sessie. Ik legde de envelop op een bijzettafeltje. 'Wat Chad betreft...'

'Ik zéí al, dit gaat allemaal om mijn kleine, oude, narcistische, verslaafde ikje. Tel de poen, kijk goed of ik je niet belazer.'

'Ik opende de envelop, liet mijn duim langs een reeks briefjes van vijftig gaan. Genoeg voor twintig sessies. 'Dit is veel te veel, Gretchen. Ik stel voor dat we per sessie afrekenen.'

'Hoezo, ben je bang dat ik morgen de pijp uitga?'

'Nee,' zei ik. 'Zo werk ik.'

'Nou, laten we het dan maar eens anders doen, een beetje flexibel, hè? Als we steeds per sessie afrekenen, kun jij ertussenuit knijpen wanneer je maar wilt. In mijn situatie heb je meer vastigheid nodig.'

'Ik ben van plan je te helpen. Hoe je me betaalt, heeft daar geen invloed op.'

'Ja, natuurlijk.'

Ik reageerde niet.

Ze zei: 'Jij bent anders dan al die anderen? Waarom dan wel die blazer van kasjmier en die Engelse pantalon en die snoezige instappers van, eh... Ferragamo?'

'Ik hou net zo goed als andere mensen van mooie spullen, Gretchen. Maar dat is niet relevant. Ik kom hier voor Chad en je hoeft me niet van tevoren af te kopen.' Ik nam een aantal dollarbiljetten uit de envelop, genoeg voor één sessie, sloot de envelop en legde die naast haar neer.

'Ik geloof je niet. Je wilt je handen vrij houden.'

'Als dat zo was, zou ik op zo'n moment gewoon geld terug kunnen storten. Goed, zullen we geen tijd meer verspillen en over Chad praten?'

Ze staarde me aan. Haalde hijgend adem. Lachte gesmoord. 'Jezus, ik heb een echte in huis gehaald.'

De neiging af te dwalen bleef, maar ik stuurde haar steeds terug naar een samenhangend beeld van het verleden. Te beginnen bij de geboorte van Chad, dan zijn peuterjaren, de kleuterschool en nu als leerling op een van de duurste privéscholen in de stad, een klein instituut dat zich oorspronkelijk baseerde op psychoanalytische theorieën, maar nu ruimere opvattingen huldigde. Ik had er een paar keer een lezing gehouden, vond de school te duur, niet beter dan andere scholen, maar ook niet schadelijk voor de gezondheid van jonge kinderen. Als het erop aankwam, kon je bouwen op het hoofd van de school.

Er was nu geen aanleiding voor, maar misschien zou het nog interessant zijn om te ontdekken in hoeverre het beeld dat dr. Lisette Auerbach had, strookte met de beschrijving die Gretchen gaf van Chad als samensmelting van Louis Pasteur, Leonardo da Vinci en Sint-Joris.

Ondanks haar woelige verleden en het uiterst beroerde toekomstperspectief zou Gretchen kunnen doorgaan voor een doorsnee trotse, nerveuze, veel te beschermende, veel te toegeeflijke moeder in Westside.

'O ja,' zei ze. 'Hij is ook geweldig in sport. Voetbal en basketbal. Meneer Kwakkie in 't Bakkie moet wel een geweldige fokhengst zijn geweest. Brad en Albert en Pelé.'

Ik zei: 'De helft van zijn chromosomen komen van jou. En jij bent verantwoordelijk voor zijn omgeving.'

'Drie keer hoera voor mezelf. Ik hoop alleen maar dat sommige van die chromosomen hem niet zullen verneuken. Zoals mijn ADD, mijn neiging...'

'Gretchen, waarover in het bijzonder maak je je zorgen?'

'Wat denk je?' schreeuwde ze. 'Wat ik hem moet vertellen.'

'Wat heb je hem tot nu toe verteld?'

'Dat ik ziek ben.'

'Heb je die ziekte ook benoemd?'

'Nee, waarom zou ik?'

'Als kinderen geen feiten hebben, verzinnen ze die soms zelf.'

'En?'

'Hun fantasie kan erger zijn dan de werkelijkheid.'

'Wat kan er erger zijn dan het feit dat ik kutkanker heb en het voor hem verkloot door hem in de steek te laten?'

'Welke maatregelen heb je getroffen voor zijn zorg?'

'Wat kun jij toch goed uit je woorden komen,' zei ze.

'Heb je dingen geregeld?'

'Jezus, natuurlijk. Mijn regeling is mijn zuster. Ik heb er twee. Katrine is een nog grotere stommeling dan ik, een complete mislukkeling, maar Bunny heeft een hart van goud. Misschien komt het omdat ze het middelste kind was en op die manier geen last heeft gehad van alle familie-ellende. Hoe dan ook, het is een prima mens en zij gaat voor Chad zorgen.'

'Waar woont Bunny?'

'Berkeley. Haar man is hoogleraar fysica, zij geeft Engels, haar beide kinderen zijn de deur uit, naar de universiteit. Chad vindt het altijd leuk om bij haar en Leonard op bezoek te gaan. Ze hebben een mooi huis in de Berkeley Hills, met een mooi uitzicht over zee. Ze hebben ook een fantastische hond, een straathond die Waldo heet. Die mag Chad ook heel graag.'

Ze snoof. Streelde haar zuurstoftank. 'Vanuit hun achtertuin kun je de Golden Gate Bridge zien.' Ze ging rechtop zitten. 'Bunny wordt een fantastische moeder voor Chad, beter dan ik.'

'Heb je met Chad gepraat over wonen bij Bunny en Leonard?'

'Waarom zou ik daar überhaupt over beginnen? Hij zou er doodsbenauwd van worden.'

'Denk je dat hij niet weet hoe ziek je bent?'

'Ik denk dat hij er niet zoveel aandacht aan besteedt, als hij zelf maar genoeg aandacht krijgt.'

Ik zei niets.

'Jij denkt dat ik uit mijn nek lul.'

Ik stond op en tikte tegen de tank. 'Hier kun je niet omheen, Gretchen.'

Ze barstte in huilen uit.

Ze stond toe dat ik haar tranen droogde. Sloeg een arm om mijn nek en hield me even tegen zich aan gedrukt voordat ze zich terug liet zakken, gierend ademhalend.

'Dank je. Dat je me vasthield. Ze laten allemaal los.' Ze snoof. 'Niemand zorgt voor me. Ik raak verloren.'

'Ik kan met iemand praten over een hospice.'

'Dat bedoel ik niet, dat heb ik al geregeld, een soort thuiszorg, die weten alles van pijnbestrijding, dat soort dingen. Ik bedoel... hoe dan ook... waarom ook niet een beetje meer dope?'

'Wat dan?'

'De mensen moeten me niet,' zei ze. 'Ik ben geneigd om te zeggen dat het mijn eigen schuld is, maar het is altijd al zo geweest. Zo lang als ik me kan herinneren.'

'Ik vind je aardig.'

'Vuile leugenaar.'

'Je maakt het me inderdaad wel een beetje moeilijk.'

Ze keek me woedend aan. Barstte uit in een drabbig lachen. 'O, jij bent me er eentje. Het sieraad onder de zielenknijpers.'

Ik pakte haar hand. 'Het klinkt alsof je in praktische zin alles hebt gedaan wat je moest doen. Maar ik vermoed dat Chad veel meer weet dan jij denkt. Ik kan met hem praten om te proberen een idee te krijgen van waar hij mee bezig is. Als er misverstanden zijn, kunnen we proberen die recht te zetten...'

'Wat voor misverstanden?'

'Soms denkt een kind dat het zijn schuld is als zijn moeder ziek is.'

'O, nee, onmogelijk, dat overkomt hem niet.'

'Misschien heb je gelijk, maar het is de moeite waard om het te onderzoeken.'

Ze kneep in mijn hand. Haar hand glipte uit de mijne. 'Maar misschien heb ik wel ongelijk, want wat weet ik nu van kinderen en jij hebt met duizenden kinderen gewerkt, toch? Denk je echt dat Chad zich schuldig voelt?'

'Ik denk niets, maar we moeten er wel naar kijken.'

'Oké, oké... Maar ik moet wel een garantie hebben dat je er voor mij bent. Daarom wilde ik je dat geld van tevoren geven, ik heb je nodig... als... aan een touwtje. Want laten we wel wezen, geen gelul, cijferspul.'

Ze graaide naar de rode envelop en gooide hem bij me op schoot. 'Aanpakken, verdomme, anders slaap ik vannacht niet en is het jouw schuld dat een arme, terminale kankerlijder achteruitgaat.'

Ik pakte de envelop.

'Bedankt,' zei ze. 'Niet daarvoor. Maar voor het drogen van mijn tranen.'

10

De vrouw in het wit stond op de rol voor het avondnieuws, maar werd geschrapt. Het grote nieuws van de dag: twee actrices hadden helemaal onafhankelijk van elkaar een pak slaag gekregen van hun vriend.

De volgende ochtend om negen uur 's ochtends zaten Milo en ik in mijn keuken te kijken naar een kleine zender die de tekening tien seconden op het scherm liet zien.

Hij zei: 'Eén keer knipperen met je ogen en je hebt het gemist,' liep naar de koelkast en pakte een tweeliterpak melk. 'Met hun kijkcijfers maakt dat ook niet uit. Dat helpt ongeveer net zoveel als een paling met een onderbroek aan.'

Voordat hij het pak aan zijn mond kon zetten, piepte zijn mobiel de *Messiah* van Händel. Hij luisterde met wijd open ogen naar rechercheur Moe Reed, die zo luid sprak dat ik kon meeluisteren.

'Anonieme tip, meneer, dat u eens moest gaan kijken op een website die SukRose.net heet.'

'Klinkt exotisch, Moses. Spel het eens.'

Reed zei: 'S-U-K, rose, net als de bloem, punt net.'

Milo verbrak de verbinding en herhaalde wat Reed had gezegd.

Ik zei: 'Voordat hij het had gespeld, hoorde ik *sucrose*, als in suiker. Zoiets als van suikeroompje?'

Hij zette de melk neer en liep de keuken uit. Voordat ik bij mijn kantoor was, zat hij al achter de computer.

De startpagina van SukRose.net schitterde ons in paars en goud met felrode belettering tegemoet.

'Chic,' zei hij. 'Wat er aan subtiliteit ontbreekt, wordt gecompenseerd door vulgariteit.'

Waarom wij een streepje voor hebben op de rest.
Je hebt het werk van die anderen gezien. Je bent misschien wel
bij die anderen geweest. En je hebt ontdekt dat beloften
waarmaken heel iets anders is dan beloften doen.
Nergens anders dan bij SukRose.net vind je Suikeroompjes die
financieel, medisch en op moreel gehalte zijn gescreend.
Nergens anders dan bij SukRose.net vind je Snoepjes die echt
zoet zijn: slimme, subtiele, beminnelijke jonge vrouwen, die
meer willen dan wat oppervlakkigs en die liefhebben vanuit het
diepst van hun ziel.
Nergens anders dan bij SukRose.net zul je persoonlijk ontdekken
hoe rigoureus onze geografische screening is. Zeker, het land is
groot. Maar niet voor kritische Suikeroompjes en Snoepjes.
Daarom is het lidmaatschap bij SukRose.net beperkt tot twee
regio's met uiterst nauwgezet geresearchte postcodes: de elite
van New York en de elite van Los Angeles. En als dat zo nu en
dan eens een transcontinentale vlucht tot gevolg heeft in
Suikeroompjes Gulfstream, nippend van een Moët & Chandon
en knabbelend aan een toastje met Beluga-kaviaar?
Je weet het antwoord al: *c'est la vie.*
Dus start je zoektocht vanuit deze vergulde entree en ontdek
wat SukRose.net je te bieden heeft. Geen verplichtingen voor
potentiële Suikeroompjes die eens willen rondkijken. *Nooit*
verplichtingen voor Snoepjes. Als je onze rigoureuze screening
doorstaat, mag je jezelf beschouwen als lid van een van de
meest exclusieve clubs ter wereld.
ENTER

'Slim en beminnelijk,' zei Milo.

Ik zei: 'En ze hebben lief vanuit het diepst van hun ziel. Wie
had kunnen vermoeden dat het gedachtegoed van Proust nog
eens zo populair zou worden.'

'Gratis rondneuzen. Laten we eens een kijkje nemen. Ook

al zullen we geen van beiden ooit in het plaatje passen.' Hij lachte. 'Om meerdere redenen.'

Langs de rand van de eerste pagina uit de database met Snoepjes stonden foto's van een verrukkelijke jonge vrouw met lange benen en golvend, goudkleurig haar.

Portretfoto, foto in bikini, balletstandje in een tricotpakje, met een schitterend decolleté gebogen over een pooltafel, met een schitterend decolleté leunend tegen de reling van een jacht, met een schitterend decolleté gezeten op een sofa.

Dezelfde stralende glimlach op alle foto's. Schalkse combinatie van puur natuur en verdorvenheid.

SukRose Snoepje nr. 22532
Codenaam: Bambie
Leeftijd: 22
Locatie: Elite West
Lengte: 1,65 m
Gewicht: 50 kg
Lichaamsclassificatie: sylfide (weinig lichaamsvet, maar begiftigd daar waar het telt)
Kleur ogen: amber
Kleur haar: blond
Opleiding: dans
Beroep: yoga-instructrice
Voorkeuren: sociaal drinken, niet-roker

Profiel: verhuisd naar L.A. vanuit een grappig klein stadje in een niet-zo-grappige staat waar je alleen overheen vliegt waar niemand was zoals ik omdat ik van de diepere en betere dingen in het leven houd en ze me daar het gevoel gaven dat ik als een faun gevangenzat tussen de bizons. Ik houd van dansen, welke dans dan ook, ik houd van reizen, waarheen dan ook en ik sta altijd open voor een ontdekkingsreis naar de wereld van het karma, het samenspel van fysieke, kosmische en intellectuele sferen.
Lievelingseten: Sushi, maar alleen als het supervers is!

Favoriete muziek: John Mayer. Maroon 5. Favoriete boek: zo-, zo-, zoveel boeken want ik hou van lezen maar ik heb een oude pocket van The Bridges of Madison County die ik vorig jaar op een vliegveld heb gevonden minstens tig keer gelezen, ik zal wel een hopeloze romanticus zijn! Ik ben fit, energiek en flexibel – in alle opzichten. Avontuurlijk ook en sta open voor alles. Nou ja, bijna alles. LOL. Maar dan blijft er nog heel veel over.

Ik zoek: een Oompje die de betere dingen van het leven weet te waarderen – en mij! Je kunt me verwennen met snoezige presentjes of poker met me spelen of we kunnen samen naar football kijken als dat nodig is om je te laten spinnen als een Ferrari. Ik doe elk spelletje mee als jij het maar goed speelt.
XXXOOO BAMBIE
Contact opnemen met dit Snoepje: je moet je eerst aanmelden voor je platina Suikeroompjes-accountnummer. We accepteren de belangrijkste creditcards en *paypal*.

De volgende pagina: *brunette met groene ogen, 23 jaar oud. Codenaam: Sorbet. Beroep: fotomodel. Ben dol op films met Jane Austen en seks. Niet per se in die volgorde* LOL.

Codenaam Surfmeisje, 24. *Instructrice pilates en fitness-fanaat. Titanium buikspieren. Bilspieren idem. Veganistisch maar niet bang voor álle vlees* LOL. *Ik neem graag een kansrijke positie in. Groet.*

Leilani, 21 jaar. *Interieurontwerpster, maar ik laat mezelf graag decoreren, ik sta open voor elke lay-out.*

Milo zei: 'Zoveel wijsheid. Misschien moet Harvard maar een dependance openen aan de Westkust.'

'Voor de Elite van het Westen.' Anonieme tip. Het had geen zin je af te vragen waarvandaan, maar ik had wel een donkerbruin vermoeden.

Nadat we nog een paar profielen hadden doorgelezen, belde Milo assistent-officier van justitie John Nguyen. Hij beschreef de site en vroeg waarom dit geen prostitutie was.

'Ik wist niet dat jij je zorgen maakte om dat soort dingen, Milo.'

'Alleen als het om aantrekkelijke jonge vrouwen gaat die op een gewelddadige manier gezichtsverlies lijden.'

'Au,' zei Nguyen. 'Oké, ik zal eens kijken... Ik heb het op mijn scherm... mooie kleurtjes... oké... oké... oké... mooie plaatjes... oké... oké. Nee, vriend, het komt niet eens in de buurt. De rechtbank heeft dit probleem al jaren geleden uit de wereld geholpen. Zelfs als seks wordt aangeboden als deel van de transactie – en dat kan nog heel wat opener dan deze huppelkutjes doen – zolang er naast seks andere diensten worden aangeboden, is het koosjer. Voor de wet verkopen deze dames gezelschap en vleierij en aangenaam tijdverdrijf en als dat vleselijk wordt, geen probleem. Zie het maar als een alternatief voor het huwelijk.'

'Ik heb altijd wel geweten dat je diep vanbinnen een romanticus was, John.'

'Zelfs als je het zou beschouwen als prostitutie, zie je het al voor je? Dat Zeden op kruistocht gaat in cyberspace, terwijl we nog niet eens alle zieke crackhoertjes van de straat kunnen halen? Wow!'

'Wat is er, John?'

'Deze. Aardig. Er zit een aantal heel aardige juffertjes bij.'

Milo drukte de startpagina van SukRose.net af, belde Darnell Wolf, een rechercheur downtown die goed met computers overweg kon, en vroeg naar het adres van de site.

'Het is een beetje druk, Milo. Het blijkt dat de naleving van de nieuwe prestatie-index voor rechercheurs blijft steken op veertig procent.'

'En dat is jouw probleem?'

'Het is de bedoeling dat ik het systeem gebruikersvriendelijker maak voor de cowboys en cowgirls.'

'Probeer het eens met dikke hoofdletters en woorden van één lettergreep, Darnell. Ondertussen blijf ik de witte raaf die waardeert wat je doet, dus doe me een lol en lever me eens een adres. Gewoon met stucwerk en een tuintje, geen cyberspace.'

'Oké, je moet me even een beetje tijd gunnen,' zei Wolf. 'Minuten en uren, geen astrale projectie.'

Milo las de startpagina nog een keer. 'Ah, de dromen van het grote geld. Afgaande op jouw beschrijving zou onze prinses daar prima bij passen.'

Ik zei: 'En dat geldt ook voor Suikeroompjes met genoeg geld om een schurk als Zwartpak in te huren.'

'Die screening op moreel gehalte zal wel niet helemaal waterdicht zijn geweest.' Hij vouwde het vel papier op en schoof het in zijn diplomatenkoffer. 'Als ze al iets hebben gedaan, was het vast niet meer dan een oppervlakkig onderzoekje naar een strafblad.'

Zijn telefoon begon te trillen op de tafel.

Darnell Wolf zei: 'Dat was makkelijk, man, je had het zelf kunnen doen. Het bedrijf staat gewoon in de bedrijvengids van Californië, dus ze proberen zich niet te verstoppen. Het moederbedrijf heet SRS Limited, geregistreerd in Panama, maar ze hebben kantoren in West Fifty-eighth Street in New York en hier aan Wilshire.'

Hij las het adres voor.

'Ik sta bij je in het krijt, Darnell.'

'Ik heb op die site gekeken.' Wolf floot tussen de tanden. 'Ik wou dat ik rijk was.'

Filiaal Elite West van SukRose.net hield kantoor op de tweede verdieping van een uit staal en blauw glas opgetrokken kantoorgebouw aan Wilshire, vijf straten westelijk van de grens tussen Beverly Hills en L.A. Ik kende het gebouw, het was ooit voorbestemd geweest voor organisaties in de gezondheidszorg. Nu bood het onderdak aan artsen, tandartsen, psychologen, chiropractors en een hele trits bedrijven met vage namen waarin vaak het woordje *tech* voorkwam.

De gangen in het gebouw waren schoon, maar uitgewoond, met bruine vloerbedekking die op de naden kaal gesleten was, muren en deuren geschilderd in een glanzende kleur die het midden hield tussen roze en beige en garant stond voor diepe depressies. En als je stemming dat per ongeluk toch mocht doorstaan, dan deed het grauwe tl-licht je wel de das om.

De deur van nummer 313 droeg het opschrift srs *Ltd*. Hij was op slot. Niemand reageerde op de roffel van Milo's knokkels. Hij viste een visitekaartje tevoorschijn en stond op het punt dat door de brievenbus te schuiven toen we werden begroet door een vrouwenstem: 'Hé, jongens!'

Twee vrouwen kwamen met energieke tred op ons af uit de lift. Beiden hielden een bakje van piepschuim met een meeneemmaaltijd vast. De geur van citroengras die ons tegemoetkwam, deed vermoeden dat het om Thais eten ging.

Beiden waren jong, hadden een licht getinte gelaatskleur, een krachtige neus en een mooi gezicht met volle lippen onder een bos weelderig zwart haar. De grootste van de twee, iets slanker dan de andere, droeg een nauwsluitende zwartzijden blouse boven een heupbroek en rode sandalen met hakken van tien centimeter. De ander had een ronder gezicht, was molliger en steviger gebouwd, droeg eenzelfde combinatie in chocoladebruin.

De Lange zwaaide met haar eten. De Kleine zei: 'Hi.'

'Hi. Ik ben inspecteur Sturgis, LAPD.'

'Inspecteur. Wow,' zei De Kleine. 'Eindelijk.'

'Eindelijk?'

'We gingen er vanuit dat het wel een keer zou gebeuren,' zei De Lange. 'Gezien de aard van ons werk. Maar maak je geen zorgen, wij hebben een keurig bedrijf, niks viezigs. In feite zijn we allergisch voor vieze dingen, daar krijgen we jeuk van.'

Beiden lachten. Beiden gooiden een bos haar over de schouder.

'Kom binnen, jongens, dan vertellen we alles over ons.'

Het geheel bestond uit een kleine ontvangstruimte, zonder personeel en leeg, en twee grotere kantoren, elk uitgerust met een antiek bureau met houtsnijwerk, roze sofa's van suède met kwastjes, en een reeks computers met flatscreens.

'Wat dachten jullie van mijn kantoor?' zei De Lange. 'Ik heb nog hete koffie in mijn Krups.'

De Kleine zei: 'Klinkt goed,' en ze liet ons binnengaan in het linkerkantoor. De gordijnen waren dicht. Ze trok ze open en onthulde een uitzicht op grotere kantoorgebouwen aan Wilshire. 'Maak het jezelf gemakkelijk, jongens. Zwart, melk, suiker?'

'Helemaal niets, dank je.'

De Lange ging achter haar bureau zitten, wierp een snelle blik op de computerschermen voordat ze zich tot ons richtte. 'Ik ben Suki Agajanian en dit is mijn zuster Rosalynn.'

'Vandaar SukRose,' zei De Kleine. 'Iedereen zegt Rose.'

Ik zei: 'Toen ik het hoorde, dacht ik dat het een woordspeling was met sucrose – suiker.'

Rosalynn Agajanian tikte af op vingers met chocoladekleurige nagels. 'Koolstof twaalf waterstof tweeëntwintig zuurstof elf. Of, als je echt indruk wilt maken, bla, bla, bla glucopyranosyl bla, bla, bla fructofuranoside.'

Milo zei: 'Ik ben meer dan onder de indruk. Suk en Rose, hè?'

Suki Agajanian zei: 'Onze ouders wilden grappig zijn. Papa is biochemicus en mama moleculair fysicus. De grap was dat wij zulke zoete schatjes waren.' Ze trok haar neus op. 'Toen we opgroeiden, vonden we het maar stom, verachtelijk dat ze ons zo bij elkaar zetten als een tweewaardig element.'

'Zijn jullie een tweeling?'

'Nee,' zei Suki. 'Ik ben een jaar ouder. Zij,' ze wees, 'was een ongelukje.'

Rosalynn pruilde en begon toen te giechelen. 'Wie de klok luidt, kan kerkgangers verwachten.'

'Hoe dan ook,' zei Suki, 'we hebben van de nood een deugd gemaakt toen we met het bedrijf begonnen. Prima naam, niet?'

'Prima,' zei Milo. 'Dus de zaken gaan goed?'

'De zaken gaan fantastisch,' zei Rosalynn. 'We zijn iets meer dan een jaar geleden begonnen en hebben al meer dan tienduizend namen in de database.'

Suki zei: 'Eigenlijk al tegen de twaalfduizend bij de laatste telling.' Ze sloeg toetsen aan. 'Drieduizend zeshonderdzevenentachtig Suikeroompjes en zevenduizend negenhonderdtweeënvijftig Snoepjes. Nieuwe inschrijvingen van vandaag niet meegeteld.'

Ik zei: 'Wie doet het kantoor in New York? Jullie zusje Honey?'

Beide vrouwen lachten.

'Nee, dat is niet meer dan een brievenbus,' zei Rosalynn. 'Oom Lou heeft daar een bagagedepot en hij stuurt de post door. Dat hebben we gedaan zodat het lijkt alsof we op twee fronten opereren. Het betekent wel dat we ook belasting moeten betalen in New York, maar we dachten dat het de moeite wel waard zou zijn en dat is het ook gebleken.'

'Jullie zijn gevestigd in Panama.'

'Nou en of,' zei Suki. 'Onze broer is fiscaal jurist en hij zei dat we moesten oppassen en niet de indruk moesten wekken dat we de belasting wilden ontduiken, maar dat er toch nog wel degelijk voordeel te behalen valt door in het buitenland geregistreerd te staan.'

'We gaan dit jaar een massa belasting betalen,' zei Rosalynn. 'Een heleboel meer dan wat we ooit een mooi inkomen zouden hebben genoemd.'

'Internet zij geprezen,' zei Suki. 'Onze uitgaven zijn minimaal, we zijn maar met zijn tweeën, we hebben computers, we betalen huur en freelance adviezen voor technische zaken. Het nadeel is dat we niet veel aftrekposten hebben, maar de mooie kant van de medaille is dat de winstmarge enorm is.'

'We betalen die belasting netjes, we zijn niet krenterig,' zei Rosalynn. 'We weten maar al te goed dat ons bedrijfsmodel heel snel waardeloos kan worden als anderen het in de smiezen krijgen en de concurrentie begint te groeien. Einddoel is natuurlijk verkopen aan een groter bedrijf, maar tot het zover is, zijn we heel gelukkig met wat we hebben. En we zijn blij dat we het in de chiquere kringen hebben gezocht.'

'Fendi, niet Loehmann's,' zei haar zus. 'Als je bedenkt dat het begon als een project op school, dan is het niet gek gegaan.'

'Project op school,' zei Milo. 'Mooi cijfer?'

'Hoog.'

'Waar?'

Rosalynn zei: 'We hebben allebei een bachelor behaald aan Columbia, en toen Suk haar MBA haalde aan Wharton moest ze voor haar afstudeerproject op de proppen komen met een nieuw bedrijfsmodel. Ik ben geen techneut, maar ik heb wel twee jaar masters gedaan in neurotechnisch onderzoek op de universiteit, dus al het elementaire spul krijg ik wel voor elkaar.'

'En jullie broer regelt de juridische zaken.'

'Broer Brian. Hij is de oudste. Broer Michael, dat is de jongste, maakt zijn bachelor economie af aan Columbia. Hij speurt naar vastgoedinvesteringen voor ons. Voor als het gebeurd is en we gaan genieten van een passief inkomen.'

Suki sloeg toetsen aan op een ander toetsenbord. 'Er komen net weer drie nieuwe Snoepjes binnen, Rosie.'

'Yes!'

Milo zei: 'Het verbaasde jullie niet dat wij voor de deur stonden.'

'Ik neem aan,' zei Suki, 'dat jullie ons zijn tegengekomen bij het zoeken naar prostitutie op internet. Sinds die Craigslistpsychopaat in Boston zitten ze sites voor volwassenen op allerlei manieren dwars. Maar wij doen niet op die manier volwassen. Wij kopen geen seks, wij verkopen geen seks en wij regelen geen seksuele contacten. Wij zijn niet meer dan een platform waarop verwante zielen elkaar kunnen ontmoeten.'

'Of verwante lichaamsdelen.'

Rosalynn zei: 'We hebben uitgebreid onderzoek gedaan voordat we begonnen. Er is al een berg jurisprudentie over meervoudige dienstverlening en...'

'Ik weet het,' zei Milo. Hij boog voorover. 'Het spijt me dat ik je moet teleurstellen, maar je vermoeden klopt niet.'

'Welk vermoeden?'

Hij liet haar zijn kaartje zien.

Suki sperde haar ogen wijd open. 'Moordzaken?'

Rosalynn zei: 'Nog een Craigslist-psychopaat? Shit. Maar niet in onze database, dat kan ik je wel vertellen, onmogelijk. Wij screenen grondig. En dan bedoel ik niet alleen maar een paar routineonderzoekjes zoals andere sites dat doen. Wij trekken alle databases met overtredingen en misdrijven waar we maar in kunnen stuk voor stuk na. We scannen zelfs de rechtbankverslagen op civiele zaken.'

Suki zei: 'Wat alleen maar in ons eigen belang is, overigens. Wie wil er nu te maken hebben met iemand die van de ene in de andere rechtszaak rolt?'

Ik zei: 'Wordt iedereen die ooit bij een civiele zaak betrokken is geweest uitgesloten?'

'Natuurlijk niet, want dan zou je zo ongeveer iedereen die geld heeft uitsluiten. Wat wij doen, wat Brian doet, is beoordelen of er een duidelijk patroon is van herhaling, iets van financiële onbetamelijkheid of habitueel ongepast gedrag. Wat wij vijverkeitjes noemen, het soort waar je over onderuitgaat als je gaat pootjebaden in een rustig kabbelend beekje.'

'Zoals bij ons stukje grond in Lake Arrowhead,' zei Rosalynn. 'Tachtig are, hebben we net gekocht.'

'Ze speelde met Milo's kaartje. 'En, wie is er vermoord?'

'Een jonge vrouw die zich aan zou bieden via jullie site.'

'Zou aanbieden?' zei Suki. Haar handen vlogen naar het toetsenbord. 'Noem een naam, dan kan ik het je vertellen.'

'We hebben nog geen naam.'

Ze leunde achterover en liet haar stoel een paar keer ronddraaien. 'Hoe kom je er dan bij dat ze een Snoepje was?'

'We hebben een tip gehad.'

'Van wie.'

'Dat kan ik je niet vertellen.'

De zusters keken elkaar aan. Beiden schudden het hoofd, alsof ze het slechte nieuws van zich af wilden schudden.

Suki zei: 'Hé jongens, kom op. Met dat soort bluf kom je er niet. Zelfs als het waar is, kan jullie informant heel goed een concurrent zijn die ons zwart wil maken. Of iemand die we hebben afgewezen die wraak wil nemen.'

'Of gewoon een vervelende vieze hacker,' zei haar zuster. 'Dat krijg je met internet.'

'Hebben ze je een naam gegeven?' zei Suki. 'Zodat we die op zijn minst kunnen natrekken?'

'Anonieme tip.'

Beide vrouwen lachten.

Suki zei: 'Net als op tv, hè?'

'Ze bestaan echt,' zei Milo. 'En je lost er moorden mee op.'

'Anonieme tip,' herhaalde Rosalynn. 'Ik snap dat jullie gewoon je werk doen, maar het natrekken van zoiets is op zijn zachtst gezegd een twijfelachtige klus. Wie zegt dat er ook maar iets van waar is?'

'Er is maar één manier om daarachter te komen,' zei Milo. 'Lever ons een lijst met Snoepjes, met foto's.'

De zusters keken elkaar aan. Wikten en wogen stilzwijgend wie de strijd aan zou gaan.

Uiteindelijk zei Rosalynn: 'Jullie lijken me best aardige kerels, maar noem mij eens één goede reden waarom wij onze hele database zouden afstaan op grond van zo'n dun verhaal.'

'Omdat er misschien een moord mee opgelost kan worden.'

'Kan, misschien, zou kunnen, mogelijk, wellicht?' zei Suki. 'De mogelijke kosten-bateneffecten zijn afgrijselijk. Zeker als je erbij betrekt wat een gigantische inbreuk op privacy het prijsgeven van al die data inhoudt.'

Milo maakte zijn diplomatenkoffer open, haalde er een van

de foto's van de vermoorde Prinses uit en gaf die aan Suki.

Ze staarde er een ogenblik naar en duwde hem toen van zich af. 'Oké, het is je gelukt om me te choqueren, dat is walgelijk. Maar hoe walgelijk ik die foto ook vind, hij maakt ook meteen de kardinale vraag duidelijk: als ze geen gezicht meer heeft, hoe kun je haar dan vergelijken met foto's in onze database?'

Rosalynn zei: 'Laat mij eens kijken, Suk.'

'Geloof me, je wilt het niet zien.'

'Als jij het hebt gezien, moet ik het ook zien, Suk, anders heb ik om zeven uur trek terwijl jij geen eetlust hebt, en dan raken onze schema's ontregeld en dan hebben we daar dagen last van.'

Suki speelde met haar haar. Gaf de foto door.

Rosalynn stak haar tong uit. 'Meer dan walgelijk. Bijna niet te geloven dat het echt is, het heeft bijna de kwaliteit van special effects.'

'Het is echt,' zei Milo.

'Ik zeg het maar. Het is zo verschrikkelijk, dat het bijna nep lijkt.'

Suki zei: 'Wij respecteren de politie, onze overgrootvader was politieman in Armenië. Maar zonder gezicht, het is erger dan twijfelachtig, het is verwegistan.'

Rosalynn reikte Milo de foto aan. Hij nam de tijd om hem aan te pakken, zocht in zijn diplomatenkoffer en haalde er het door Alexander Shimoff getekende portret uit.

Suki Agajanian fronste haar wenkbrauwen. 'Waarom heb je ons die afgrijselijke foto laten zien als je een compleet gezicht hebt?'

Haar zus zei: 'Om ons te choqueren, Suk, om ons te bewegen om braaf te zijn. Jullie hoeven ons niet te manipuleren, jongens. We staan aan jullie kant.'

Suki zei: 'Wij zijn geen *First Amendment*-sukkels die pas iets vrijgeven als de rechter eraan te pas komt. Als je ons een naam geeft, kunnen we je in een vloek en een zucht vertellen of ze bij ons hoorde. En zo ja, dan vertellen we je er meteen bij aan wie ze gekoppeld was. Maar zonder naam is er niets wat we kunnen doen en is er geen logische reden om onze database prijs te geven. Zoals we al zeiden, er staan twaalfduizend namen in, en de meesten zijn Snoepjes.'

Milo zei: 'Ik ben een geduldig man.'

'Zou je al die foto's langsgaan? Dat lijkt me heel erg inefficiënt.'

Ik zei: 'Brengen jullie ze onder in categorieën? Het slachtoffer was blond en had donkere ogen.'

'We hebben categorieën,' zei Rosalynn. 'Maar dat zou je niet verder helpen, want ongeveer tachtig procent van onze Snoepjes is blond, dus dan hebben we het nog steeds over duizenden.'

'Blijkbaar staat blond haar voor jeugdigheid en vitaliteit,' zei Suki, terwijl ze haar eigen ravenzwarte haar losschudde.

'Net als kleine neusjes,' zei Rose, terwijl ze haar haviksneus optrok. 'Alles wat maar iets kinderlijks heeft bij een in grote lijnen volwassen seksueel pakket, zet de knop om bij mannetjes.'

Haar zus lachte. 'Blijkbaar zijn mannen diep vanbinnen allemaal pedofiel.'

Ik zei: 'Hoeveel van de blonde vrouwen hebben donkere ogen?'

'Uh-uh,' zei Suki. 'Je komt er niet in door de achterdeur.'

Milo zei: 'Een meter zestig, achtenveertig kilo.'

'We hebben geen categorie voor gewicht, want gewicht fluctueert en mensen liegen over hun gewicht en we willen niet op zoiets worden vastgepind. Bovendien zitten we niet in de vleesindustrie.'

Ik zei: 'Meer in de delicatessenbranche.'

Beide zusters staarden me aan. Begonnen gelijktijdig te glimlachen alsof er een cluster gedeelde neuronen in actie was gekomen.

'Dát vind ik leuk,' zei Suki. 'Misschien kunnen we dat op de een of andere manier voor promotie gebruiken.'

'Delicatessen,' zei Rosalynn. 'Het is nogal openlijk oraal, maar ja, misschien een variant, de haute cuisine van de romantiek.'

'Wat dacht je van het concept van slowfood, Rosie. Kijk eens naar de aandacht die al die koks krijgen.'

'Delicatessen... voedsel... voor de ziel.'

'Uitgelezen spijzen voor lichaam en ziel.'

'Lichaam, geest en ziel verzadigd.'

'Het hele rijk van de zintuigen...'

Milo zei: 'Wat dachten jullie van een beetje voedsel voor de nieuwsgierigheid?'

'Luister,' zei Suki. 'We zullen het overleggen met Brian.'

'Mooi, dan wachten we wel even.'

'O, nee, sorry,' zei Rosalynn. 'Dit soort besluiten kun je niet overhaast nemen.'

Haar zus zei: 'Brian is wel de laatste die overhaaste besluiten neemt.'

'Ah, kom op, meisjes,' zei Milo.

'Je bent een schat,' zei Suki. 'Maar het spijt me heel, heel erg, het gaat niet. En als puntje bij paaltje komt, is het ook nog in jouw eigen belang. Goed doordachte besluiten zijn beter voor alle betrokkenen.'

'Oneindig veel beter,' zei haar zus.

Ze liep met ons mee het kantoor uit.

Milo zei: 'Je moet me bellen zodra jullie met Brian hebben gepraat.'

'Reken er maar op. En als jij iemand kent die baat zou hebben bij onze diensten, stuur hem dan maar door. Wij zijn werkelijk de allerbesten.'

12

Chad Stengel zei: 'Mama gaat dood.'

Het was vier uur 's middags en hij had iets gegeten en een paar videofilmpjes gekeken, nadat hij was thuisgekomen uit school.

We zaten in zijn kamer, een hemelsblauw parallel heelal, gevuld met boeken, speelgoed, verkleedspullen en allerlei gerei om te tekenen en te schilderen. Toen ik kwam, zat hij naast Gretchen in de woonkamer en deed hij alsof hij er niet bij hoorde toen ze ons aan elkaar voorstelde. Hij liep de kamer uit voordat ze daarmee klaar was.

Ze zei: 'Hij heeft een eigen willetje.' Glimlach. Hoesten. 'Ik weet wat je denkt, hoe zou hij daar nu aan komen?'

Ik glimlachte terug. Maar ze had wel gelijk.

Toen ik zijn kamer binnenkwam, lag hij op zijn rug op bed naar het plafond te staren.

Ik zei: 'Hoi.'

'Hoi.'

Ik ging in kleermakerszit op de vloer zitten. Hij knipperde met zijn ogen.

'Zo word je vies.'

'Moet ik ergens anders gaan zitten?'

Hij wees naar een stoel met in gouden letters CHAD op de rugleuning.

'Weet je wie ik ben, Chad?'

'Een dokter.'

'Ik ben psycholoog, het soort dokters dat geen injecties geeft...'

'Ze wil dat wij over gevoelens praten.'

'Heeft je moeder dat gezegd?'

'Tante Bunny.'

'Wat heeft tante Bunny nog meer gezegd?'

'Mama durft er niet over te praten.'

'Waarover?'

'Dat ze doodgaat.'

Hij sloeg zijn potige armen op zijn borst over elkaar. Zijn gezicht was een zachte, bleke, met sproeten bespikkelde schijf. Een ernstige kleine jongen, breed en massief met een laag zwaartepunt. Zijn oversized gele T-shirt was smetteloos. Dat gold ook voor de slobberige skatebroek met pijpen tot op zijn knieën, en de rood-met-zwarte Nikes. Donker, onberispelijk geknipt haar hing tot op zijn schouders. Een jochie van zes met een metalband-kapsel uit de jaren tachtig.

Zijn actieve ogen waren net niet helemaal zwart. Ze keken naar van alles en nog wat, behalve naar mij.

'Tante Bunny heeft je verteld dat mama doodgaat?'

Hij klemde de armen vaster om zijn borst. 'Ze is ziek. Het gaat niet meer over.'

'De ziekte van mama gaat niet over.'

'Tante Bunny zegt...'

Hij maakte de zin niet af, maar greep een actiepoppetje uit een groepje met een stuk of tien. Een spaceranger in een leger van miniatuurcenturions die waren opgesteld om slag te leveren, groene schubben, gemene slagtanden, spieren die stijf stonden van de steroïden.

'Tante Bunny zegt...'

'Dat ze het niet van mij heeft.'

'Dat is zo.'

Stilte. De mond samengetrokken tot een zuur klein knoopje.

'Tante Bunny heeft je de waarheid verteld, Chad. Jij hebt mama niet ziek gemaakt.'

Uit zijn kleine borstkas klonk een gruizig, laag stemgeluid. Het geluid dat een oude man produceert die chagrijnig is, of het benauwd heeft of net wakker wordt.

'Geloof je het niet?'

'Op school zeggen ze altijd dat je thuis moet blijven als je ziek bent, zodat een ander het niet krijgt.' Hij gooide het actiepoppetje van zich af, op de manier waarop je een stofje weggooit. Het poppetje kwam tegen de muur en viel geluidloos op het bed. 'Zij blijft thuis.'

'Er zijn verschillende soorten ziektes,' zei ik.

Stilte.

'De ziekte waar ze het op school over hebben, is verkoudheid. De ziekte die mama heeft kun je niet van iemand anders krijgen. Nooit.'

Hij pakte de groene krijger en probeerde er het hoofd af te trekken. Toen het niet lukte, hield hij ermee op.

'Weet je hoe die ziekte van mama heet?'

'Ik heb haar verkouden gemaakt.'

'Verkoudheid is anders. Je kunt verkouden worden als iemand vlak bij je moet niezen.'

'Ik ben een keer heel ziek geweest.' Hij tikte op zijn buik. Hij gooide het groene poppetje door de kamer. Het raakte de muur en viel op de vloer.

'Een keer toen je buik pijn deed?'

'Vroeger.'

'Vroeger. Voordat mama ziek werd.'

Een kreun. 'Ik moest hoesten.'

'Mama moet hoesten.'

'Ja.'

'Er zijn een heleboel redenen waarom je moet hoesten, Chad. Mama is niet door jou ziek geworden. Echt niet.'

Wiebelend op kleine voetjes klom hij van het bed, liet zich op zijn knieën vallen alsof hij wilde gaan bidden, zocht onder het bed en haalde een schetsboek tevoorschijn.

Bristolpapier, professionele kwaliteit. Een met de hand geschreven briefje in ronde, grote, rode letters met de tekst *Voor mijn geniale kunstenaar, van je grote fan Ma-ma.*

Chad liet het schetsboek vallen. Het klapte op de vloerbedekking. Hij tikte opnieuw op zijn buik. 'Ik moest overgeven.'

'Toen je buik...'

'Mama moet ook overgeven. De hele tijd.'

'Er zijn allerlei redenen waarom mensen moeten overgeven, Chad.'

Hij schopte tegen het schetsboek. En nog een keer, harder.

'Ook al zegt iedereen de hele tijd dat mama niet door jou is ziek geworden, maak je je toch zorgen dat het wel zo is.'

Met zijn teen tikte hij tegen het schetsboek.

'Je gelooft ze niet.'

'Hnng.'

'Ze zeggen zoveel,' zei ik. 'Steeds maar weer.'

'Hnng.'

'Misschien maak je je daarom wel zorgen. Omdat iedereen zoveel praat.'

Hij ging rechtop staan. Klemde beide handen boven zijn hoofd samen als een bokser die zich aan het publiek presenteert en schopte hard tegen het bed. Nog een keer. Vijf keer.

Liet zich op de grond vallen en trommelde met beide vuisten op de vloer.

Sprong weer overeind en keek me aan.

Ik deed niets.

'Ik ga tekenen.'

'Oké.'

'Alleen.'

'Je wilt dat ik wegga.'

'Jaah.'

'Vind je het erg als ik nog wat langer blijf?'

Stilte.

'Chad, wat vind je ervan als ik hier gewoon zit als jij aan het tekenen bent, zonder te praten.'

'Uh-uh.'

'Oké, dan zal ik tegen mama zeggen dat we klaar zijn voor vandaag.'

Hij schuifelde op zijn knieën naar een doos in de hoek, pakte een rode marker, ging languit op zijn buik liggen, klapte het schetsboek open en begon cirkels te tekenen. Grote, rode, pagina vullende cirkels die hij inkleurde.

Grote rode bellen.

'Dag, Chad. Ik vond het leuk met je te praten.'

'*Unh*. Nee!'

'Nee?'

'Jij moet ook tekenen,' beval hij zonder op te kijken. 'We

gaan een wedstrijd doen.' Hij rukte zijn tekening met cirkels uit het schetsboek, scheurde een tweede vel los en gooide dat naar mij.

'Tekenen!'

'Welke kleur moet ik gebruiken?'

'Zwart.' Hij voerde met gebalde vuisten een schijngevecht uit. 'We gaan een wedstrijd doen. Ik win.'

Tien minuten later had hij zichzelf veertien keer uitgeroepen tot winnaar, toen hij zei: 'Nu moet je weggaan.'

Ik liet hem achter en keerde terug naar Gretchen die nog steeds in de woonkamer zat, precies op de plek waar ik haar had achtergelaten.

'En?'

'Een fantastische kerel.'

'Dat hoef je mij niet te vertellen. Wat zit er allemaal in zijn hoofd?'

'Niets wat er niet hoort te zitten.'

'Dit is ongelooflijk,' zei ze. 'Jezus, het is nou niet bepaald dat ik hier nog eeuwenlang ben, ik wil feiten, geen gebakken lucht! Waarvoor betaal ik jou anders?'

'Hij maakt door wat elk kind zou doormaken.'

'En dat is?'

'Boosheid, angst. Ik ga je niets dramatisch vertellen, omdat er niets dramatisch te vertellen valt.'

'Ik dacht dat jij de superzielenknijper was.'

'Er is één ding waar je wel op moet letten,' zei ik. 'Iedereen heeft steeds maar weer tegen hem gezegd dat het niet zijn schuld is dat jij ziek bent. Dat is beter dan wanneer er helemaal niets wordt gezegd, maar soms maakt te veel herhaling kinderen bang.'

'Heeft hij dat gezegd?'

'Dat kon ik eruit opmaken.' Ik glimlachte. 'Omdat ik een superzielenknijper ben.'

'Nou, ík heb daar in ieder geval niet voortdurend over lopen zeuren. Ik heb het hem één keer verteld, misschien twee keer om er zeker van te zijn dat het tot hem zou doordringen, want zo staat het in de boeken. Wie is iedereen?'

'Wie heeft er nog meer met hem gepraat?'

'Alleen Bunny,' zei ze. 'O, shit, ik heb tegen Bunny gezegd dat ze het hem moest vertellen, hoezo, heeft zij het overdreven? Echt iets voor haar. De enige reden waarom ik haar erbij betrokken heb, was zodat hij één verhaal te horen zou krijgen. En omdat zij straks zijn... omdat zij degene is die...' Ze begroef haar gezicht in haar handen en kreunde: 'O, mijn god.' Keek op en zei: 'Zou je me verdomme willen vasthouden?'

Ik hield haar in mijn armen toen Chad de kamer inkwam met een vel papier vol zwarte cirkels.

'Ben je verliefd op haar?' vroeg hij.

Gretchen maakte zich los, wreef furieus over haar ogen. 'Nee, nee, schatje, wij...'

'Jij bent verdrietig. Hij wil jou blij maken. Misschien is hij wel verliefd op jou.'

'O, jochie, je bent zo slim.' Ze spreidde haar armen. 'Nee, hij is een vriend en hij helpt ons. En weet je wat ik echt wil? Dat jíj blij bent.'

Chad reageerde niet.

'Kom es hier, schatje, geef mama es een knuffel.'

Hij liep naar mij toe en hield me de tekening voor. 'Voor jou.'

'Bedankt, Chad.'

'Je mag nog een keer komen. Samen maken we mama blij.'

Gretchen klemde hem aan haar borst. 'Ik bén blij, schatje, jij maakt mij zó blij.'

Door de beweging was de luchtslang losgeschoten bij haar neus.

Een sissend geluid vulde de kamer.

Chad zei: 'Stop hem er weer in, zodat je beter wordt.'

'Wat je maar zegt, schatje, snoepje van me, slimmerd. Wat je maar zegt.' Ze sloot de slang weer aan en zei: 'Nou, en kom nu eens bij mij op schoot, dan zal ik je een verhaal vertellen.'

'Nee,' zei hij. 'Ik ben te zwaar.'

'Je bent...'

'Ik ben groot. Ik ben zwaar.' Hij keerde zich naar mij. 'Jij mag wel weggaan. Ik help haar.'

Twee uur later belde Gretchen. Ze praatte met een heel andere stem: laag, ingehouden en met ronde kantjes aan de klanken.

'Ik weet niet wat je hebt gedaan, maar het is verbazend. Hij deed niets anders dan afstand nemen en als ik met hem probeerde te praten, negeerde hij me. Nadat jij weg was, hingen we wat op de bank en was hij ineens weer knuffelig. Ik mocht hem zelfs verhaaltjes vertellen over toen hij klein was. Het was fantastisch. Alsof ik mijn kleine jongetje weer terug had. Dank je, dank je, dank je.'

'Daar ben ik blij om, Gretchen.'

Even stilte. 'Ik weet niet of ik daar wel blij mee ben.'

'Waarmee?'

'Je toon,' zei ze. 'Gereserveerd. Zoals van: niet al te gelukkig worden, juffie, het kan allemaal zo maar weer in elkaar storten?'

'Als ik jou was, Gretchen, zou ik niet te veel interpreteren. Ik ben blij dat het heeft gewerkt. Het is een fantastische knul.'

Stilte.

'Het valt niet mee om jou te doorgronden,' zei ze. 'Ik krijg er geen hoogte van of je me om de tuin leidt. Wie weet, zit je wel naar porno te kijken op je computer terwijl we praten.'

Ik lachte. 'Zo laat op de dag doe ik niet aan multitasken.'

'Maar zo is het wel, toch? Vandaag was een goede dag, maar voor hetzelfde geld gaat het weer helemaal fout en sluit hij me weer buiten.'

'Kinderen hebben ook een humeur, net als iedereen. Dat valt niet te voorspellen.'

'Pluk de dag, hè? Hou nu eindelijk je muil eens dicht en stop met altijd maar te denken aan mij, mij, mij, en geniet van wat je overkomt.'

'Klinkt als een goed plan,' zei ik.

'Geef eens antwoord op één vraag: kun je een onmogelijk mens zijn en toch een goede moeder?'

'Jij bent een goede moeder, Gretchen.'

'Je hebt geen antwoord gegeven op mijn vraag.'

'Vanuit mijn perspectief ben je een zorgzame, bekwame moeder.'

'Ik heb hem niet al te veel verpest?'

'Chad is een gewone jongen die een moeilijke tijd door moet. Afgaand op wat ik tot nu toe heb gezien, doe je het geweldig, dus je hoeft jezelf niets kwalijk te nemen.'

'Oké, oké, wanneer kom je weer?'

'We kunnen de dingen beter even een paar dagen op hun beloop laten, zodat hij zich niet in het nauw gedreven voelt.'

'Als in: dat niet iedereen maar voortdurend in zijn ziel zit te knijpen tot op het punt waarop hij er wel van kan kotsen.'

'Je weet je wel aardig uit te drukken,' zei ik.

'Eigenlijk kon ik nooit zo goed uit mijn woorden komen, dok. Op de middelbare school heb ik nooit een voldoende gehaald voor Engels. En voor een heleboel andere dingen ook niet. Dag en nacht stoned en nooit huiswerk maken is nu niet bepaald de aangewezen weg voor een academische carrière.'

'Maar je hebt wel lol gehad.'

Ze lachte. 'Het gaat om meer dan alleen leren, toch? Stuur een klootzak naar de zielenknijpersschool en je krijgt een goed opgeleide klootzak. Wat, als ik daar zo over nadenk, een mooie titel is voor een pornofilm. Analytische Anale Avonturen: Robina's Robijnrode Holletje.'

Ik zei: 'Wat betreft de volgende afspraak voor Chad...'

'Hou op met dat ongepaste geklets, Gretchen. Ik mag dan een betrokken therapeut zijn, mijn geduld is niet eindeloos.'

Ik noemde een dag.

Ze zei: 'Oké, oké, oké, fijn. Misschien is Bunny er dan. Het wordt tijd voor haar volgende bemoeizieke bezoek. Ze heeft besloten dat zij mij vroegtijdig van terminale zorg moet voorzien, ook al blijf ik maar tegen haar roepen dat het goed met me gaat.'

'Maar je belet haar niet te komen.'

'Op dit moment,' zei ze, 'is zij de enige die van me houdt.'

'Afgezien van Chad.'

'Jaah, jaah, ik heb het over iemand die me werkelijk kan helpen. Met de vervelende dingen, de walgelijke dingen. Want uiteindelijk, zeggen ze, wordt het een gore bende.' Haar stem bleef steken. 'Misschien is het ook wel goed als je haar een keer ziet. Aangezien zij de zaak overneemt.'

'Goed.'

'Je bent een snoes,' zei ze. 'Ik begin bijna te geloven dat je echt een goed mens bent, sorry, ik moet leren die vuile bek in bedwang te houden. Er zijn gewoon aardige mensen, ik ben ze alleen nooit tegengekomen.' Een schrille lach. 'Ik, ik, ik, oké, nu iets voor jou: als blijk van mijn waardering, krijg je een bonus.'

'Geen sprake van, Gretchen...'

'Wacht, wacht, voordat je me afpoeiert, slimme jongen, ik heb het niet over geld. Wat je van me krijgt, is beter dan geld. Informatie. Voor Sturgis met die zaak waar hij mee bezig is, die zaak die vanochtend in het nieuws was.'

Ik zei niets.

Ze zei: 'Aha, nu is hij een en al oor! Oké, let op: ik zat te wachten hoe je het vandaag met Chad zou doen om erachter te komen of je nog een, eh... speciaal presentje verdiende. En wat denk je? Je bent geslaagd voor de test.'

'Gretchen, als je informatie hebt voor inspecteur Sturgis, moet je hem dat zelf vertellen.'

'Jullie zijn geen maatjes meer?'

'Ruilhandel is onethisch.'

'Dit is geen ruilhandel, ik bied je een gratis tip aan over die vrouw van wie het portret in het nieuws was. Iedereen weet dat de politie geen fuck bereikt als ze het slachtoffer niet kunnen identificeren. Als Sturgis haar portret op tv laat zien, zit hij helemaal vast en ik weet misschien toevallig wel wie ze is.'

'Dat hoop ik, Gretchen, maar ik kan onmogelijk optreden als tussenpersoon.'

'Waarom niet?'

'Ik ben jou onverdeeld loyaliteit schuldig en jij bent mij niet meer schuldig dan wat we al eerder hebben afgesproken.'

'Dat is heel formeel.'

'Ik ben je therapeut.'

'Het is geen betaling, het is een bonus.'

'Bekijk het eens van deze kant,' zei ik. 'Als ik een cliënt had met een juwelierszaak, zou ik geen Rolex accepteren voor mijn diensten.'

'Waarom niet?'

'Omdat het verkeerd is.'

'Ik snap het niet,' zei ze. 'Je gedraagt je als een bureaucraat.'

'Het spijt me.'

'Je wilt niet horen wat ik te vertellen heb?'

'Ik weet zeker dat inspecteur Sturgis het graag wil horen.'

'Die wil ik niet bellen,' zei ze. 'Ik kan hem niet uitstaan.'

De ontmoeting tussen haar en Milo had hooguit twintig minuten geduurd. IJzig, maar niet uitgesproken vijandig.

'Het is helemaal aan jou, Gretchen. Tot over een paar dagen.'

'Ik zeg tegen je dat ik misschien weet wie een dode vrouw is en het kan jou geen flikker schelen?"

'Het contact tussen jou en mij gaat niet over mij.'

'Punt uit?'

'Punt uit.'

'Dus nu moet ik die onbeschofte vette flikker bellen, persoonlijk?' zei ze. 'Man, je zou voor de belastingdienst moeten gaan werken, daar zit nog eens een stelletje rigide klootzakken. Trouwens, ik wil nog over iets anders met je praten, ja, het is weer helemaal ik, ik, ik. Kan ik nog een afspraak met je maken voor mij, mij, mij? Een keer als Chad naar school is en voordat Bunny hier komt en de regie over mijn leven overneemt?'

'We kunnen nu wel praten.'

'Alleen als je het in rekening brengt, meneer de ethicus. Gretchen heeft geleerd van haar vroegere beroep: alleen sukkels doen dingen voor niets.'

'Je hebt me een groot bedrag vooruitbetaald,' zei ik. 'Laten we ervan uitgaan dat je een beroep doet op die rekening.'

'Kassa! Kassa! Hé, wat gebeurt er als ik niet lang genoeg leef om waar voor al mijn geld te krijgen?'

'Waar zit je over in, Gretchen?'

'Is jouw telefoon veilig?'

'Voor zover ik weet.'

'Hmm... Jaah, waarom zou ook maar iemand geïnteresseerd zijn in een zielenknijper? Niet kwaad bedoeld. Oké, het gaat over dat minderwaardige tuig, die kontlikkers oftewel de belastingdienst. Toen ze me te grazen namen met die vuile belastingzaak, moest ik ook alles terugbetalen wat ik zogenaamd aan belasting had ontdoken. Ik heb allerlei shit verkocht, al mijn vastgoed verloren.'

'Maar...'

'Precies,' zei ze. 'Ik heb een appeltje voor de dorst bewaard. Ik moet zeker weten dat er niemand met zijn poten aan het fonds voor Chad komt. Mijn adviseurs-die-anoniem-moeten-blijven zeggen dat de belastingdienst zelf helemaal niks zal doen omdat ze zo stom zijn als het achtereind van een varken, die kunnen nog geen scheet opsporen als je een pan chili hebt leeg gevreten. Maar als de LAPD mijn zaak weer opent en de Feds opjut om mij te pakken, kan de hele boel wel eens een grote kutzooi worden. Het gaat om mijn kind, dat mag niet gebeuren.'

'Waarom zou de politie zich opnieuw met jou gaan bemoeien?'

'Goeie vraag, waarom.'

'Ben je weer in zaken gegaan?'

'Nou,' zei ze, 'laten we zeggen dat ik een beetje advieswerk doe. Al een tijdje. Zo ben ik ook aan dat informatiepresentje voor jou gekomen, herstel, het presentje voor de vette flikker. De reden waarom ik erover begin, is omdat jij connecties hebt bij de politie.'

'Mijn enige connectie is...'

'Vetklep, jaah, jaah, jaah, maar die heeft een direct lijntje naar de top.'

'Niet echt, Gretchen.'

'Nee? Hoeveel inspecteurs worden net als hij uitgenodigd voor een gesprekje in het kantoor van de Chief?' Ze giechelde. 'Je vraagt je af of de Chief er misschien een geheim leven op nahoudt, misschien vindt hij het wel lekker om die dikke te pijpen. Heb je daar ooit iets van gemerkt?'

'Wat denk je dat ik voor je kan doen, Gretchen?'

'Het gaat niet om wat ik denk, maar om wat ik nodig heb. Je moet ervoor zorgen dat ik bij die vetklep in een goed blaadje kom, zodat de politie de toekomst van mijn kind niet verneukt als ik er niet meer ben.'

'Is dat de reden waarom je me eigenlijk hebt gebeld?'

'Hoezo, heb ik je gekwetst? Nee, ik heb je gebeld omdat iemand die ik vertrouw, zei dat je integer was en bekwaam. Toen dacht ik aan de band tussen jou en Sturgis en kwam er een nieuw idee bij me op. Waar je, nu ik er zo over nadenk, wel in mee moet gaan. Want Chad is jouw cliënt en dit gaat over Chad en als jij hem niet in bescherming neemt, past dat natuurlijk niet bij jouw hoge morele normen.'

Ik dacht na hoe ik daarop zou antwoorden.

Ze zei: 'Het is niet zo ingewikkeld. Het is jouw taak om mijn kind te helpen, dus doe dat maar.'

'Ik geloof niet dat Sturgis zoveel invloed heeft op dat soort dingen, maar als het ooit aan de orde komt, zal ik mijn best doen.'

'Beloof je dat?'

'Dat beloof ik.'

'Op het graf van Freud?'

'En op het graf van Adler, Jung en B.F. Skinner.'

'Als het ooit aan de orde is, moet je tegen Sturgis zeggen dat ik een goede moeder ben geweest. Anders vreet hij zich van plezier te barsten op het moment dat ik er niet meer ben.'

'Dat betwijfel ik, Gretchen.'

'Hoezo, omdat hij een gevoelig, weekhartig spekje is in plaats van een grote, dikke pestkop die mijn lunch heeft versjteerd, terwijl ik alleen maar bezig was overeind te krabbelen na de gevangenis?'

'Ik zal voor je doen wat ik kan, Gretchen. Dat beloof ik.'

'Mooi. Ga hem dan nu maar vertellen dat SukRose een eerste stapje was en dat het tijd wordt om op zoek te gaan naar een smeerlap die Stefan heet.'

Ze sprak het uit als Ste-*faan*.

Ik dacht: Stefan wie?

Ze zei: 'Wil je zijn achternaam niet weten?'

'Sturgis vast en zeker wel.'

'Man, je bent een harde noot om te kraken, ballen van titanium. Heb je er wel eens over gedacht om spermadonor te worden?'

13

Milo goot truffelolie in de pan. Dertig dollar voor een fles van een halve liter. Hij was het huis binnen komen lopen, wuivend met de kassabon, en verkondigde luidkeels de prijs. Vervolgens liet hij me een kopie zien van een rijbewijs.

Acht eieren uit mijn koelkast, losgeklopt met melk en bieslook en paddenstoelen, reageerden op de verhitte olie met een pittig, scherp knetteren. Het aardse aroma van eersteklas paddenstoelen vulde de keuken.

Ik zei: 'Dat is voor het eerst dat ik jou zie koken.'

'Zo zit ik in elkaar. Emotioneel flexibel.' Neuriënd. 'Jammer dat Robin er niet is. Ik ben het eigenlijk aan haar verschuldigd, maar laten wij dan maar even bijtanken.'

Het was negen uur 's ochtends. Hij was aan komen zetten met glad geschoren wangen, glad gekamd haar, gekleed in zijn geheel eigen opvatting van haute couture: een slobberig blauw pak, gekocht voor een begrafenis tien jaar eerder, een wit noiron shirt, een foute blauwe stropdas, zwarte leren brogues in plaats van de kleurloze veterbooties.

Hij verdeelde de eieren in twee porties, bracht de borden naar de tafel en was al begonnen het eten weg te werken voordat hij goed en wel zat.

Ik was meer geïnteresseerd in het rijbewijs.

Zwartpak, alias Steven Jay Muhrmann. Een meter tweeënnegentig, honderdvijftien kilo, donkerblond haar, blauwe ogen, een postbus in Hollywood, waarbij Milo *opgezegd* had geschreven.

'Zijn laatste energierekening is verstuurd naar Russell Avenue in Los Feliz, hij heeft geen geregistreerd voertuig en ik kan nergens iets vinden wat erop wijst dat hij recentelijk nog in loondienst is geweest.'

De foto was vijf jaar daarvoor genomen, toen Muhrmann negenentwintig was en zijn haar in de nek als een matje droeg. Het rijbewijs was een jaar later ingetrokken en nooit vernieuwd.

Een boze blik. Niemand vindt het leuk om in de rij te staan bij de Dienst voor Wegverkeer, maar de chagrijnige frons boven de stierennek deed vermoeden dat er meer in het spel was dan een lange wachtrij.

Ik zei: 'Vriendelijke jongeman.'

Milo legde zijn vork neer. 'Chefkok Julius Child serveert persoonlijk aan jouw tafel en je pakt niet eens je vork? Dit is een feestontbijt, omdat ik nu een verdachte heb met een levensechte naam. Eet voordat het afkoelt.'

Ik nam een hap.

'En?' zei hij.

'Heerlijk. Geen baan en geen auto betekent dat Muhrmann een weinig solide burger is. Strafblad?'

'Een paar keer rijden onder invloed heeft hem zijn rijbewijs gekost, bij de tweede keer had hij ook een zakje bij zich met sporen van meth, dacht de agent die hem bekeurde, maar dat bleken anabole steroïden te zijn. Gewelddadigheid mag dan niet zijn bewezen, toch mag ik hem wel. Omdat hij zijn mama zenuwachtig maakt. Dat is degene van wie de tip kwam. Ze belde vanochtend om zeven uur en zei dat de vrouw die in het nieuws was misschien een kennis was van haar zoon. Ik hoefde niet eens aan te dringen op meer details, het klonk alsof ze haar hart wilde luchten, het leek me dat een persoonlijk gesprek beter zou zijn. Wat ze me wel toevertrouwde, was dat ze hem voor het laatst acht maanden geleden had gezien en dat hij zich Ste-*faan* liet noemen.'

Hij sprak het uit op precies dezelfde manier als Gretchen. Voordat Milo zijn opwachting had gemaakt, had ik me het hoofd gebroken over de vraag wat ik aan moest met haar tip. Ergens moest een welwillende god zijn.

Hij zei: 'Dat is de kerel die jij hebt gezien, toch?'

Ik knikte. 'Mama levert junior uit? Waar moet dat heen met de wereld?'

'Wat belangrijker is, is dat mama junior met Prinses heeft gezien. Prinses is weliswaar niet bij haar binnen geweest, maar toen mama met "Stefaan" naar de auto liep, zat ze daar. Hij stelde haar voor als "Mystery". Mama zei dat ze dacht dat het "Miss Terry" was, maar Stevie corrigeerde haar. De vrouw zei geen woord, mama vond dat ze er een beetje triest uitzag. Of anders verlegen.'

'Heeft Stefan wapens op zijn naam?'

'Nee en ik heb niet aangedrongen bij mammie, ik wilde haar niet kopschuw maken voordat we elkaar in levenden lijve zouden spreken. Wat over een uur staat te gebeuren, ze woont in Covina. Dat betekent dat we net genoeg tijd hebben om dit maal te nuttigen. Tast toe, jongen, tast toe.'

East Dexter Street in Covina was een ritje van een halfuur over de 10E, gevolgd door een aantal malen links en rechts afslaan door de zonnige straten van een woonwijk. Het huis van Harriet Muhrmann verschilde niet van dat van de meeste van haar buren: een laag boerderijtype met de kleur van koffie waaraan te veel melk was toegevoegd. Witgeverfde lavablokken rondom het bouwwerk. Halvemaanvormige ramen in de bruine deuren van de dubbele garage. Acht monumentale dadelpalmen maakten een laan van de oprit. De rest van de tuin bestond uit een fluwelig gazon waarin kleine perkjes met vlijtig liesjes en begonia's waren uitgespaard. Het was er stil.

Een deurmat van sisal droeg de tekst WELKOM!

De vrouw die ons stond op te wachten bij de deur, was slank, had een grijs mannenkapsel, een lang vriendelijk gezicht en zachte ogen achter een bril met een goudkleurig montuur. Ze droeg een kaneelkleurige coltrui, een bruine spijkerbroek en witte bootschoenen.

'Mevrouw Muhrmann?'

'Harriet.' Ze keek de straat in beide richtingen langs. 'U kunt beter binnenkomen, ik wil niemand ongerust maken.'

Meteen achter de voordeur lag een woonkamer van vier bij vier. Banken van bruin velours op een druifkleurige vloerbedekking. De tv, fors en grijs, was afkomstig uit een andere eeuw.

Op een boekenplank stonden paperbackbestsellers, souvenirs uit pretparken, een verzameling porseleinen hertjes en ingelijste kiekjes van lieve kleine kindertjes.

Harriet Muhrmann liep naar het raam, trok de gordijnen een paar centimeter open en gluurde naar buiten. 'Maak het u gemakkelijk. Koffie of thee?'

Milo zei: 'Nee, dank u. Maakt u zich ergens zorgen om, mevrouw?'

Ze bleef uit het raam kijken. 'Dit is een aardige straat, iedereen bekommert zich om zijn buren. Ze zien alles wat er gebeurt.'

We waren komen aanrijden in de Seville.

'Komt uw zoon vaak op bezoek, mevrouw Muhrmann?'

Het gordijn gleed uit haar vingers. 'Stevie? Nee, maar als hij komt, zijn er soms mensen die ernaar vragen.'

'Stevie houdt hen bezig.'

'Ze maken zich zorgen om Stevie.' Ze keerde zich om en beet op haar lip. 'Stevie heeft zo zijn problemen gehad. Ik moet u zeggen dat ik spijt kreeg meteen nadat ik u had gebeld. Welke moeder belt nu de politie op over haar zoon? Ik heb respect voor de politie, mijn man is MP geweest in het leger, maar... Ik weet niet waarom ik het heb gedaan. Maar toen ik die vrouw op tv zag... Ik vond dat het mijn plicht was om te bellen.'

'Dat stellen wij op prijs.'

'Als zij het wás.'

'U leek behoorlijk overtuigd.'

'Dat weet ik,' zei ze. 'Maar nu weet ik het niet zo zeker meer. Er zijn zoveel van dat soort vrouwen.'

'Wat voor soort, mevrouw?'

'Mooi, slank, blond, het soort dat actrice wil worden.' Ze liep weg van het raam, pakte het kleinste porseleinen hertje en zette het weer neer. 'Krijgt Stevie nu door mij een heleboel problemen?'

'Helemaal niet, mevrouw. Wat wij willen, is het slachtoffer identificeren en als Stevie ons daarbij kan helpen, bewijst hij ons een geweldige dienst.'

'Dus u verdenkt hem niet ergens van?'

'We hadden geen idee wie hij was totdat u belde.'

'Oké,' zei ze. 'Dan voel ik me weer wat beter. Maar ik moet u wel zeggen, dat ze misschien wel heel iemand anders was. Je ziet ze overal, die mooie vrouwen. Mooie vrouwen, ja, maar waar komen ze toch vandaan? Vindt u ook niet dat de mensen er steeds beter gaan uitzien?'

'In mijn werk,' zei Milo, 'krijg ik de mensen meestal niet op hun best onder ogen.'

Harriet Muhrmann verstrakte. 'Nee, natuurlijk niet. Weet u zeker dat ik u niets kan aanbieden? Iets te knabbelen? Ik heb in honing geroosterde pinda's.'

'Nee, dank u, mevrouw. We hebben net gegeten. Dus de mensen in de buurt maken zich zorgen over Stevie als hij op bezoek komt. Is hij ziek geweest?'

'Moeten we echt over Stevie praten, inspecteur? Het gaat er toch om of die vrouw wel of niet de vrouw is die bij hem was, toen hij hier voor het laatst was?'

'Acht maanden geleden.'

'Ongeveer. Het was onverwacht, Stevie kwam gewoon ineens langs.'

'En zij bleef in de auto zitten.'

'Er zat een vrouw in de auto. Ik wist niet eens dat er iemand bij hem was, totdat ik met hem naar de auto liep.'

'Hij noemde haar Mystery.'

'Natuurlijk is dat niet haar echte naam. Om u de waarheid te zeggen, klonk het mij in de oren als de naam van een stripper. Maar ik heb er niets van gezegd, ik zei alleen: "Leuk u te ontmoeten," en stak mijn hand uit. Haar vingers raakten mijn hand amper. Alsof ze zich niet wilde laten aanraken.'

'Zei ze ook nog iets?'

'Geen woord, ze glimlachte alleen. Een soort verdwaasde glimlach.'

'Alsof ze iets gebruikt had?'

Haar mond vertrok tot een grimas. 'Die gedachte kwam wel bij me op.'

'Dat is u wel eerder opgevallen bij vrienden van Stevie.'

Ze beende naar een stoel en ging zitten. 'Jullie van de politie

96

weten meteen wat ik bedoel als ik zeg dat de buren zich zorgen maken. Stevie gebruikt al van alles sinds zijn veertiende. Zijn vader kreeg het door, Glenn denkt als een politieman, misschien wel te veel als een politieman. Hij zit nu in Irak, op contract-basis. Vraag me niet wat hij doet.'

Ik zei: 'Glenn wist waar hij naar moest kijken.'

'Ik dacht altijd dat hij paranoïde was, maar hij had gelijk. Hij confronteerde Stevie er meteen mee en toen brak de hel los.' Ze liet haar schouders hangen. 'Dat was geen gemakke-lijke tijd voor ons gezin. Stevie had nergens spijt van. Iedereen deed het, zei hij. Ook Brett, zijn oudere broer. Brett werd kwaad en er kwamen bijna ongelukken van. Glenn keek toe, ik had het niet meer.'

Ze sloeg haar armen om zich heen. 'Onze vuile was is voor u niet belangrijk.'

Milo zei: 'Het klinkt alsof Stevie als kind niet de gemakke-lijkste was.'

'Het gekke is dat hij dat wel was toen ze klein waren. Het was Brett die ons echt tot razernij kon brengen, hij was vanaf zijn geboorte een deugniet, terwijl Stevie heel lief en stil was. Toen Stevie klein was, zei ik altijd, godzijdank heb ik er één die stil kan zitten. En nu is Brett opticien in San Dimas. Hij heeft vier kinderen en het gaat fantastisch met hem. Soms denk ik wel eens dat ze vanaf de geboorte zijn geprogrammeerd en dat je er zelf helemaal geen vat op hebt hoe het zal gaan.'

Ik zei: 'Wanneer begon Stevie met verkeerde vrienden om te gaan?'

'Op de *junior high school*. Een echt foute groep, het was alsof iemand een knop omdraaide.' Haar lippen trilden. 'He-laas hebben we nooit ontdekt hoe we die knop weer terug moesten draaien. Terwijl we er alles aan hebben gedaan. Kosten noch moeite gespaard. Als er één ding is dat Brett vreselijk heeft dwarsgezeten, is het al het geld dat we hebben uitgegeven om te proberen Stevie weer op het rechte spoor te krijgen. Dus misschien heeft Stevie daar die vrouw wel ontmoet.' Ze lachte. 'Sorry, dat is een beetje verwarrend.'

Ik zei: 'Misschien heeft hij haar in de verslavingskliniek ont-moet.'

Ze staarde me aan. 'Ja, dat bedoelde ik. Glenn zegt dat dat het stomste is wat je kunt doen, in een kliniek met iemand aanpappen, junkies moeten juist uit de buurt blijven van andere junkies. Maar zoals zij die dag keek: verdwaasd. Daar zit iets in, zou u denken?'

'Zeker, hoe vaak hebt u voor een ontwenningskuur betaald?'

'Drie keer. Toen het de derde keer niet aansloeg, hebben we gezegd: nu is het uit, Stevie moet zelf de verantwoording dragen.'

'En is dat gebeurd?'

'Nou,' zei ze, 'Hij voorziet kennelijk in zijn eigen onderhoud. Hij is slim genoeg, weet u. Hij kwam ver boven het gemiddelde uit de tests, afgezien van lichte concentratieproblemen. De counselor op de highschool wilde hem aan de Ritalin hebben, maar Glenn zei: absoluut niet, het laatste wat je een junkie moet geven is legale drugs.'

Milo zei: 'Wat voor soort werk doet hij?'

'Allerlei werk. Glenn had een vriend die in de havens werkte bij Wilmington, die voor Stevie een proefcontract regelde voor het lossen van schepen. Dat was een paar jaar na de highschool, toen Stevie losgeslagen was. Stevie is altijd vreselijk sterk geweest, het leek ons een prima baan voor hem en het leek heel goed te gaan. Maar toen betrapte de voorman hem op het roken van wiet terwijl hij een vorkheftruck bestuurde. En daarna... Wat heeft hij toen gedaan?... In de bouw. Hij heeft een heleboel baantjes in de bouw gehad. Volgens mij is het voor hem vooral de bouw geweest.'

'Timmerman?'

'Constructiewerk, grondwerk, rijden op een afvaltruck.' Ze glimlachte. 'Hij is ook nog verkoper geweest, langs de deuren, tijdschriften, dat soort dingen. Hij heeft nog kleren, die hij zelf kocht bij uitdragerijen, verkocht aan dure winkels. Hij heeft een keer gewerkt voor een bedrijf dat de beveiliging doet voor winkelcentra. Ze trokken hem een uniform aan en hij kreeg een pet. Hij moest zijn haar, dat in die tijd erg lang was, bij elkaar onder die pet proppen en hij zag eruit alsof hij een waterhoofd had. Glenn zei dat een junk met zo'n baan net zoiets was als een vos om het kippenhok te bewaken. Maar Stevie deed het goed als bewaker, hij heeft nooit problemen gehad. Ik denk dat het hem begon te vervelen, want hij zegde zijn baan op. En ik denk dat wij hem ook gingen vervelen, want op een bepaald moment heeft hij zijn spullen gepakt en is hij naar L.A. vertrokken.'

'Wanneer was dat, mevrouw?'

'Zes, zeven jaar geleden.'

'Tot die tijd woonde hij bij u?'

'Soms was hij er en dan was hij er een tijdje weer niet.' Ze kneep haar ogen tot spleetjes. 'Waarom al die vragen over Stevie als het u alleen maar om die vrouw gaat? Waarvan ik nu niet eens zo zeker weet of het wel dezelfde was.'

'Er is op de avond van de moord een man in de buurt van die vrouw gezien die op Stevie leek.'

Harriet Muhrmann hapte naar adem.

'Mevrouw, het is de waarheid als ik zeg dat Stevie daarom nog geen verdachte is. Maar we willen wel graag met hem praten omdat hij haar misschien voor ons kan identificeren. Want op het moment weten we nog niet wie ze was en dat maakt ons werk erg moeilijk.'

'Dat geloof ik graag, maar ik kan u verder niets vertellen.'

'Het minste wat we kunnen doen, is Stevie van de lijst schrappen zodat we u niet meer hoeven lastig te vallen.'

'Dat zou heel fijn zijn, maar ik kan u nu niets meer vertellen.'

'Die keer, acht maanden geleden, kwam Stevie toen zomaar langs?'

Ze slikte tranen weg. 'Ik kan helemaal niets voor u verbergen, geloof ik. Nee, Stevie had geld nodig.'

'Hebt u hem geld gegeven?'

Ze peuterde aan een nagelriem. 'Zijn vader mag het absoluut niet weten.'

'We hebben geen enkele reden om met zijn vader te praten, tenzij hij ons iets kan vertellen wat u ons niet vertelt.'

'Dat kan hij niet, Glenn is al twee jaar in Irak, met tussenpozen. En gelooft u mij maar, het enige wat hij u zal vertellen is dat Stevie een junk is en dat hij zwaar in hem is teleurgesteld.'

Haar ogen vulden zich met tranen. 'Glenn is een goede man, maar hij kan heel hard zijn. Maar ik begrijp hoe dat gekomen is.'

Dat klonk erg afstandelijk. Ik had het zoveel ouders van kinderen met problemen horen zeggen nadat alle hoop was omgeslagen in wanhoop.

Milo zei: 'Dus u gaf Stevie geld.'

'Meestal moet hij me een prikkaart laten zien of een werkbriefje, iets waarmee hij kan aantonen dat hij heeft gewerkt. Of dat hij op zijn minst heeft geprobeerd om werk te vinden. Die keer had hij niets, maar hij beweerde dat hij bezig was een rol in een film te krijgen. Onder de naam Ste-*faan*, dat zou zijn toneelnaam zijn. Toen ik vroeg wat voor soort film, zei hij: een onafhankelijke productie, als het allemaal goed zou gaan, zou hij er geweldig op vooruitgaan. Hij had alleen tijdelijk geld nodig, hij zou me met rente terugbetalen.'

Ze zuchtte. 'Ik was moe die dag, ik verlangde naar Glenn en ik had net griep gehad.'

Ik zei: 'Hoeveel hebt u hem gegeven?'

'Hij vroeg vier, ik heb hem twee gegeven.'

'Duizend,' zei Milo.

'Ik weet het, ik weet het,' zei Harriet Muhrmann. 'Maar Ste-*faan* klinkt echt als een filmnaam en die vrouw was mooi genoeg om actrice te zijn. Eigenlijk dacht ik ook dat ze dat was.'

'Hoe vaak hebt u Stevie sindsdien gezien?'

'Niet. En nee, hij heeft het nooit terugbetaald. Maar het was mijn geld, geen geld van Glenn, dus ik mag ermee doen wat ik wil, toch?'

'Natuurlijk.'

'U zegt het niet tegen Glenn. Alstublieft, dat zou vreselijk zijn.'

'Geen enkele reden om dat te doen. Dus het doel van Stevies bezoek was...'

'Mij geld aftroggelen,' zei ze. 'Dat is niks nieuws, ik ben moeder. Maar hij houdt van me, hij is altijd lief voor me. Het zijn alleen die problemen waar hij mee zit.'

Ik zei: 'U bent bang dat hij drugs heeft gekocht met het geld.'

'Ik heb het niet gevraagd en hij heeft het niet gezegd.' Ze kneep haar ogen dicht. 'Denkt u dat Stevie die vrouw iets heeft aangedaan?'

Milo zei: 'Daar zijn geen bewijzen voor.'

'Hij heeft nog nooit een vrouw kwaad gedaan. Nooit.'

'Hebt u een telefoonnummer van hem?'

'Hij heeft geen vaste lijn, alleen een mobiel. Maar die is afgesloten.'

'In wat voor auto reed hij acht maanden geleden?'

'Zo'n kleintje, ik kan ze nooit uit elkaar houden.'

'Welke kleur?'

'Donker? Eerlijk, ik weet het echt niet. Het is een hele tijd geleden en ik heb niet op de kleur van de auto gelet.'

'Zou u ons een lijst met de verslavingsklinieken kunnen geven waar hij is geweest, mevrouw?'

'U vraagt me om Stevies privacy te schenden.'

'Het gaat om haar, niet om hem,' zei Milo.

'Hmm, nou,' zei ze, 'Glenn zou zeggen: absoluut, het is mijn plicht u zo goed mogelijk te helpen. Hij staat pal voor wetshandhaving, hij vindt u... Oké, een moment.'

Ze verdween een paar tellen en kwam terug met een schaal pinda's. 'Om u iets te doen te geven terwijl ik aan het zoeken ben.'

Ze verdween opnieuw, ditmaal een aantal minuten. 'Alstublieft, ik heb ze allemaal opgeschreven. Maar nu heb ik een afspraak om bij mijn kleinkinderen op bezoek te gaan in San Dimas, dus als u me wilt verontschuldigen.'

Milo zei: 'Hartelijk dank voor uw tijd, mevrouw. Nog één vraag: het laatste adres dat we van Stevie hebben, is in Los Feliz.'

'Oké,' zei ze.

'Heeft hij nog een nieuwer adres?'

'Ik wist zelfs niets van dat adres, dus dat moet u kennelijk niet aan mij vragen. Mag ik dat adres van u? Of nee, bij nader inzien, laat maar. Als Stevie met me wil praten, weet hij waar hij me kan vinden.'

Bij de deur zei ze: 'Als u hem ziet, zeg dan dat zijn oude moeder hem groet.'

14

Terwijl ik terugreed naar L.A., belde Milo de zusters Agajanian.

Rosalynn zei: 'We praten nog met Brian over hoe we u het
beste van dienst kunnen zijn.'

'Het is net een stuk eenvoudiger geworden,' zei hij. 'Je moet
zoeken naar een vrouw die zich Mystery laat noemen.'

'Als u al hebt ontdekt wie ze is, waar hebt u ons dan nog
voor nodig?'

'We weten dat ze zich Mystery liet noemen.'

'Hmm,' zei ze. 'Ik zal met mijn broer en zus praten.'

'Wat dacht je ervan om gewoon op "Mystery" te zoeken in
de database?'

'Zo eenvoudig ligt het niet.'

'Volgens Brian?'

'Brian beschermt ons,' zei ze. 'Ik zal u terugbellen.'

'Hoe eerder hoe beter.'

'Als ik u iets te melden heb.'

Hij liet zijn tanden zien. Liet de volgende zin tandenknarsend
in kleine wolkjes lucht ontsnappen: 'Dank je, Rosalynn.'

'Geheel mijn genoegen, inspecteur.'

De laatste energierekening voor Steven Jay Muhrmann, nooit
betaald, was verzonden naar een grijze houten bungalow aan
Russell Avenue aan de oostkant van Los Feliz Boulevard. Een
kleine, scheefgezakte veranda lag als een wrat tegen de gevel aan
geplakt. Een stoffige vlakte moest dienstdoen als gazon. Aan
weerszijden stonden andere huizen, de meeste opgedeeld in
appartementen. Twee uitzonderingen werden gevormd door
Vlateks Auto Paint and Body, een Volvo-Saab-garage, en een af-
bladderende zwart gestuukte kubus waar tweedehands kleding

te koop was. Uit de garage dreef een giftige stank en klonk het geluid van metaal dat op metaal werd geslagen. Zelfs onder een stralend blauwe lucht zou het buurtje er slonzig hebben uitgezien. Een moeizaam wegtrekkende koude zeelucht gaf het een begrafenissfeer.

Het grijze huis had geen bel. Toen Milo op de deur klopte, klonken binnen voetstappen, maar het vergde nog een paar keer kloppen voordat de deurkruk in beweging kwam.

Drie jonge mensen van begin twintig gaapten ons slaperig aan. De lucht achter hen rook naar lichaamsgeuren en popcorn.

Een slungel met zandkleurig haar, geknipt in retrostijl.

Een slungel met zwart haar, geknipt in retrostijl.

Een knappe bebrilde latina met een woeste bos krullen in twee knotten achter haar oren gedraaid.

T-shirts, pyjamabroeken, blote voeten. Het decor werd gevormd door gitaren, versterkers, een drumstel en stapels fastfood-afval. Een gigantische zak U-Pop Movie Corn leunde tegen een Stratocaster.

Milo stelde zich voor.

Zwarthaar gaapte. Aanstekelijk.

'Zouden jullie even naar buiten willen komen?'

Als robots voldeed het trio aan het verzoek. Het meisje ging voor haar beide metgezellen staan en probeerde te glimlachen, maar kwam niet verder dan een wijde gaap.

'Hoe kunnen ze nu klagen over geluidsoverlast? We zijn nog niet eens begonnen.'

'Niemand heeft ergens over geklaagd. We zoeken Steven Muhrmann.'

'Wie?'

Milo liet hun de foto van het rijbewijs zien.

Zwarthaar zei: 'Die ziet er gevaarlijk uit.'

'Helemaal commando's en zo,' zei Zandkleur.

'Ik wou eigenlijk zeggen dat hij eruitzag alsof hij bij de politie zat,' zei Zwart. 'Maar dat zou nogal grof zijn geweest. Want jullie zien er helemaal niet uit als politiemensen. Meer als... hmm, misschien zien jullie er toch wel zo uit. Jullie zijn groot genoeg.'

Het meisje gaf hem een zet. 'Armand, aardig zijn.'

Zwart peuterde iets uit zijn ooghoek. 'Te vroeg om aardig te zijn. Mogen we weer naar binnen, agent?'

Milo zei: 'Steven woont hier niet meer?'

'We kennen Steven niet,' zei het meisje.

'We kennen Stephen Stills,' zei Armand. Hij speelde lucht-gitaar. 'Niet persoonlijk. "Something is happening here", en wat het is, is me niet duidelijk, meneer.'

'Hoe lang wonen jullie hier al?'

'Drie maanden.'

'Gehuurd of gekocht?'

Armand zei: 'Als we een deal hadden om een plaat te maken en genoeg geld om dit te kopen, zou het niet zo'n puinhoop zijn.'

Zandkleur zei: 'Voor mij Bel Air. Een boerenkinkel in Bel Air.'

Zwart zei: 'Bel Air wordt zwaar overdreven.'

'Dat zeg je omdat jij er vandaan komt.'

Milo zei: 'Wie is de huisbaas?'

Zandkleur zei: 'Een of ander bedrijf.'

'Kun je dat iets preciezer omschrijven?'

'Wat heeft die Steven gedaan?'

'Naam van het bedrijf graag.'

Zandkleur zei: 'Lisa?'

'Zephyr Property Management,' zei het meisje. 'Ik ben de hoofdhuurder.'

Zandkleur zei: 'De bassist krijgt altijd de beste rollen.'

Milo zei: 'Heb je ook een telefoonnummer van ze, Lisa?'

Het meisje kromp in elkaar toen ze haar naam hoorde noemen. 'Jazeker, wacht.' Ze ging naar binnen en kwam weer naar buiten met een visitekaartje.

Leonid Caspar, vastgoedmanager, een mobiel telefoonnummer dat je niets wijzer maakte over plaats van vestiging, postbus in Sunland.

Ik zei: 'Toen jullie hier introkken, waren er toen nog spullen achtergebleven van de vorige huurder?'

Zandkleur grijnsde: 'Als een aanwijzing?'

'Een aanwijzing zou fantastisch zijn.'

Lisa zei: 'Let maar niet op die twee. Nee, het spijt me, agent, het huis was leeg en alles net geschilderd. De man van Zephyr zei dat de vorige huurder hem was gesmeerd met een betalingsachterstand van drie maanden.'

'Foei voor Steven Mermaid,' zei Armand.

'Een smerige streek van Steven Mermaid,' zei Zandkleur.

'Hou eens op met dat stomme gedoe, jongens. Gaan jullie maar douchen.'

Beide jongens maakten een buiging en draaiden zich om om naar binnen te gaan.

Armand zei: 'De bas regeert. Paul McCartney zij met ons.'

Leonid Caspar nam op met een schor: 'Jaah?'

Milo bracht hem op de hoogte.

Caspar zei: 'Die. Arbeidsverleden van niks, kredietwaardigheid beroerder dan de staat Californië. Dus waarom hebben we aan hem verhuurd? Omdat we stom zijn. Bovendien heeft hij een jaar huur vooruitbetaald, en sleutelgeld.'

'En toen dat op was, is hij hem gesmeerd.'

'Wat zal ik ervan zeggen, inspecteur?'

'Voor hoeveel maanden heeft hij je opgelicht?'

'Twee, nee, hier staat drie. Bijna vier eigenlijk, mijn zoon kan niet rekenen. O, jongen, dus waarom hebben we het zover laten komen? Omdat we het niet goed hebben gedaan, omdat we hem door de mazen hebben laten glippen. We beheren zesentwintig complexen, hier en in Arizona en Nevada, stuk voor stuk minstens dertig appartementen, los van dat krot aan Russell. Mijn vrouw heeft het geërfd van haar grootvader, het was zijn eerste investering, daar komt het kapitaal vandaan waarmee hij het bedrijf heeft opgebouwd, dus het is een teer punt in de familie. Als het aan mij lag, verkochten we het, maar zij is sentimenteel.'

'Heeft Muhrmann nog iets achtergelaten?'

'Even zien... Hier staat alleen afval. Een heleboel afval, we hebben er een container voor moeten huren. Dus technisch gezien is hij ons daarvoor ook nog geld schuldig.'

'Hebt u hem ooit ontmoet, meneer Caspar?'

'Dat genoegen heb ik niet gesmaakt.'

'Hoe is hij met u in contact gekomen?'

'We werken met advertenties in lokale bladen, met Craigslist, andere websites. Wat heeft hij gedaan, nog iemand opgelicht?'

'Wie was er in het bedrijf voor hem verantwoordelijk?'

'U klinkt serieus. Meer dan oplichting?' zei Caspar. 'Heeft hij echt iets uitgevreten?'

'We willen alleen graag met hem praten, meneer.'

'Ik ook. Ik heb er een incassobureau op gezet, maar niemand kan hem vinden.'

'Heeft hij dat jaar vooruit contant betaald?'

'Dat staat hier. Ik weet wat u denkt, maar het is niet onze verantwoordelijkheid om uit te zoeken hoe ze aan hun geld komen.'

'Letterlijk contant of een cheque?'

'Er staat contant.'

'En om hoeveel gaat het?'

'De huur was achthonderd per maand, keer dertien is tienduizend vierhonderd. We hebben het sleutelgeld afgerond op zeshonderd, dus alles met elkaar elfduizend.'

'Elfduizend contant,' zei Milo.

'Gaat u me vertellen dat hij drugsdealer is?' zei Caspar. 'Ik krijg contant geld van Jan en alleman. Tenzij iemand me vertelt dat er iets aan de hand is, is het mijn zaak niet.'

'Om in aanmerking te komen moet hij u oudere adressen hebben gegeven om na te trekken. Mag ik die van u?'

'We hebben niet moeilijk gedaan over oudere adressen, omdat hij meteen heeft gezegd dat zijn krediet nul komma nul was.'

'En referenties?'

'Even kijken... Jaah, eentje. C, de C van cookie, Longellos.' Hij spelde de naam. 'Hier staat dat zij heeft bevestigd dat hij haar persoonlijke assistent was, eerlijk, betrouwbaar en blauwe ogen.'

'Zij,' zei Milo.

'In mijn aantekening staat Ms. C. Longellos.'

'En haar telefoonnummer, meneer Caspar?'

Hij las een nummer voor dat begon met de cijfers 310, de strook L.A. langs de kust. 'Ik zou het niet erg vinden als u me een seintje zou geven, als u hem vindt.'

'Met genoegen,' zei Milo. 'En mijn genoegen zou nog groter zijn als een van uw medewerkers die hem in levenden lijve heeft ontmoet mij voor het einde van de dag zou willen bellen.'

'Tuurlijk,' zei Caspar. 'Quid pro dinges.'

Het telefoonnummer van C. Longellos verwees naar Pacific Palisades.

Opgeheven.

De Dienst voor Wegverkeer had geen dossier voor het adres, maar de database hoestte wel een twee jaar oud proces-verbaal op wegens rijden onder invloed voor een vrouw die Constance Rebecca Longellos heette. Veertig jaar oud, geboren in Encino.

Ik zei: 'Nog een stiekeme liefhebster. Misschien had Harriet Muhrmann het goed en zocht de alcoholmisère gezelschap.'

Milo bladerde door zijn aantekeningen. 'De laatste keer dat Stevie een kuur deed, was tweeënhalf jaar geleden. Kliniek die Awakenings heet, in Pasadena.'

Hij keek op zijn Timex. 'Het verkeer zal het hele eind naar het oosten niet mee zitten, maar misschien redden we het in een uur, kunnen we nog wat eten voordat we teruggaan. Kun je je die fish-and-chips-tent nog herinneren die ik vorig jaar zocht toen we aan die zaak met dat droogijs werkten? Die Thai was geworden? Ik ben er nog eens geweest en je kunt er best goed eten. Rij jij?'

'Prima.'

'Vergeet niet je kilometers te declareren.'

'Jij houdt wel van buitenissige rituelen, hè?'

'Hoezo?'

'Ik heb nog geen cent gezien van de laatste drie declaraties die ik heb ingestuurd.'

'Waarom heb je niets gezegd?'

'Het leek me niet belangrijk,' zei ik.

'Shit. Op de burelen van Zijne Arrogantie zeiden ze dat je

boven op de stapel zou komen.' Hij klapte zijn telefoon open. 'Klootzakken.'

Voordat hij het snelkiesnummer van de Chief kon intoetsen, kondigden een paar maten van *Eine kleine Nachtmusik* een binnenkomende oproep aan. Dit jaar klassiek, vorig jaar rockmuziek uit de jaren zeventig.

'Sturgis.'

De stem van een jonge man zei: 'Bent u van de politie?'

'De laatste keer dat ik het heb opgezocht, nog wel.'

'Eh... Dat weet u zeker?'

'Je spreekt met inspecteur Sturgis. Wat kan ik voor je doen?'

'Mijn naam is Brandon Caspar, mijn vader zei dat ik u moest bellen over een huurder van een appartement aan Russell.'

'Steven Muhrmann,' zei Milo.

'Ja, meneer.'

'Goed dat je belt, Brandon. Wat kun je me vertellen over meneer Muhrmann?'

'Ik heb hem maar één keer gezien,' zei Brandon. 'Toen ik hem de sleutel heb gegeven. Dat is bijna anderhalf jaar geleden, dus ik kan me niet meer zoveel herinneren, behalve dat hij een beetje... niet echt eng, maar meer onvriendelijk was. Alsof hij... net wou doen alsof hij een zware jongen was.'

'Wat deed hij dan, Brandon?'

'Dat is moeilijk precies te zeggen, weet u wel? Hij graaide gewoon die sleutel uit mijn handen en wilde geen rondleiding zoals we die altijd geven. Waar de hoofdschakelaar zit, de hoofdkraan van het water, de meter. Hij zei dat hij het zelf wel zou uitzoeken. Toen ik probeerde hem te vertellen dat ik dat altijd even uitlegde aan nieuwe huurders, zei hij: "Nou, deze keer niet." En dat was niet grappig bedoeld, het was meer dat hij me zo een oplazer kon geven als hij daar zin in had, begrijpt u?'

'Vijandig,' zei Milo.

'Hij hád me ook zo een oplazer kunnen geven,' zei Brandon. 'Het is een grote kerel, niet dik, maar gespierd, als een gewichtheffer. Een joekel van een stierennek.'

'Was hij alleen?'

'Ja, binnen wel,' zei Brandon Caspar. 'Maar later, toen ik hem de sleutel had gegeven, zag ik buiten een jonge vrouw in een auto, voor de deur. Ik wist niet zeker of ze bij hem hoorde, maar ik dacht, misschien wel, want het leek alsof ze zat te wachten. Dus toen ik wegreed, keek ik nog een keer in de spiegel en toen stapte zij uit en liep naar binnen. Toen begon ik me af te vragen of we ons zorgen moesten maken. We hadden een heel strikt contract met hem afgesloten, omdat het contant was: geen inwoning, we hadden geen zin in toestanden met een soort hippie-inloophuis.'

'Of een drugspand.'

Geen reactie.

Milo zei: 'Je vader vroeg zich af of Muhrmann een drugsdealer was omdat hij elfduizend contant vooruitbetaalde.'

'Ik weet het, ik heb het geld geïncasseerd.'

'Heeft hij het je zo gegeven?'

'Nee, het was door de brievenbus gegooid op kantoor. Ik was degene die het vond.'

'Wie had het door de brievenbus gegooid?'

'We gingen ervan uit dat hij dat zelf had gedaan, ik bedoel, met zo'n bedrag, dan doe je dat liever zelf, toch?'

'Zo'n bedrag zou ik nooit door een brievenbus gooien.'

'De brievenbus zit op slot,' zei Brandon. 'Aan de binnenkant van de buitenmuur.'

'In wat voor soort auto zat die jonge vrouw?'

'Zo'n kleintje. Ik heb niet gezien wat voor merk het was.'

'Hoe zag ze eruit?'

'Hot.'

'Kun je dat wat toelichten?'

'Lang, blond haar, fantastische vormen. Een beetje als Scarlett Johanssen. Of die andere, van vroeger, waar mijn vader weg van was. Brigitte nog wat.'

'Bardot?'

'Die, ja.'

'Scarlett of Brigitte.'

'Hot en blond,' zei Brandon. 'Ik heb haar alleen van een afstand gezien.'

'Maar je kon wel zien dat ze hot was.'

'Bij sommige vrouwen weet je dat, die hebben het gewoon, dat zie je direct.'

'Als ik je een foto stuur met de fax, zou jij dan kunnen zeggen of het dezelfde vrouw is?'

'Weet ik niet.'

'Kun je je nog meer van die vrouw herinneren, Brandon?'

'Neu. Hoezo?'

'We zijn gewoon nieuwsgierig. Verder niets.'

'Neu. Sorry.'

'Oké, bedankt.'

'Maar ze brachten me wel op een idee, meneer. Die twee, wilt u weten wat ik dacht?'

'Absoluut, Brandon.'

'Nou, zo opgepompt als hij erbij liep en dan zo'n vrouw, toen dacht ik ineens aan pornoacteurs. Die hebben we voortdurend. Vraag naar tijdelijke ruimte, meestal leegstaande appartementen in de Valley. Het verdient hartstikke goed, maar pa wil er niet aan, te gelovig.'

'Maar pa let niet zo op het complex aan Russell.'

'Dat hebt u goed geraden,' zei Brandon. 'Hangt hem als een molensteen om de nek, zegt hij. Voor ma is het een soort heiligdom, maar zij hoeft het niet te verhuren en te onderhouden.'

'Je vroeg je af of Muhrmann de boel huurde om opnamen te maken, en daarom al dat contante geld vooruit.'

'Mijn vader zou woest zijn, dus ik ben er een week later langs gereden om te kijken of er ook rare dingen gebeurden, maar er was niets aan de hand.'

'Wat had je gedacht te vinden?'

'Een heleboel auto's, mensen die komen en gaan, wat dan ook. Ik heb er zelfs Vlatek nog naar gevraagd, dat is die kerel van dat autoschadebedrijf. Hij zei dat niets anders dan anders was sinds Muhrmann erin was getrokken. Hij zag hem zelfs nooit.'

'Klinkt alsof je een beetje speurwerk hebt gedaan,' zei Milo.

'Ik was nieuwsgierig,' zei Brandon. 'Pa wil dat ik nieuwsgierig ben.'

15

Op weg naar Pasadena zei ik: 'Muhrmann zei tegen zijn moeder dat hij auditie deed voor een film en C. Longellos is geboren in de Valley. Misschien zat die jongen er nog niet zo ver naast.'

'Misschien is dit zo'n dag waarop ik alleen maar burgers tegenkom met diepe inzichten. Laten we maar eens gaan kijken of jouw collega's in de geestelijke gezondheidszorg net zo bekwaam zijn. Als ze in de buurt komen, vieren we dat met Thais.'

Het adres van Awakenings, A Healing Place, leverde, niet ver van de Santa Anita-renbaan, een drietal witgekalkte bungalows uit de jaren vijftig op, die één geheel vormden dankzij de kunststof omheining. Een hek met een slot en een bel, een tuin met planten die gedijen in een droog klimaat.

Geen naambord. Milo controleerde het adres. 'Het nummer klopt.'

We stapten uit. We hadden er meer dan een uur over gedaan. We rekten ons uit. Een rustig blok appartementencomplexen en een paar andere particuliere woningen. Waren de buren op de hoogte?

Een vage geur van paardenzweet en uitwerpselen verschafte de afkoelende lucht een speciaal aroma.

Ik zei: 'Misschien behandelen ze ook gokverslaafden.'

'Hengelen waar de vissen zwemmen? Slimme marketing. Maar met al die fantastische instellingen die beweren dat ze je hoofd weer recht op je schouders zetten, zou je toch denken dat mevrouw C. Longellos iets chiquers uit zou zoeken.'

'Groene gazons, tai chi, therapeutische massage, regressie- en reïncarnatietherapie?'

'Toefje veganistische keuken erbij en ik ben verkocht.'

Ik zei: 'Aan de andere kant komt zo'n onopvallende setting mensen die echt iets te verbergen hebben misschien wel goed uit.'

We wachtten tot het hek met een zoemer werd opengedaan, liepen het klinkerpaadje op naar het middelste huis en kwamen binnen in een benauwde, lege hal met een loket in de achterwand dat was afgesloten met matglas. Degene die ons had binnengelaten, had zich niet achter het loket laten zien. Links was een zwarte deur met veiligheidsscharnieren.

Strakke procedures omdat de clientèle onvoorspelbaar was?

In de hal rook het bitterzoet en doordringend, als in een centrum voor gezondheidszorg op een dag met massavaccinaties. Er stond hard, niet uitnodigend meubilair op roestbruin linoleum. De wanden waren bedekt met schrootjes, in een soort sigarettenas-grijs geverfd. Dwars door het chemische luchtje dat er hing, sijpelde een ranzige geur van vettig voedsel dat te lang in grote stoompannen heeft gestaan.

Op een whiteboard rechts van het raam stond een dagvullend schema met groepstherapieën, individuele therapieën, zowel psychologisch als fysiek.

Op dat moment moest er een sessie aan de gang zijn die was aangekondigd als: *Jezelf gefocust onder ogen komen: constructieve mindfulness, Beth E.A. Manlow, M.D., Ph.D.*

Milo mompelde: 'Ik moet gapen van de empathie.' Hij klopte op het matglas van het loket.

Er werd aan een slot gedraaid, het glas schoof open. Een aantrekkelijke Aziatische uitziende vrouw, het haar samengebonden in een blauwzwart knoetje, zei: 'Waar kan ik u mee van dienst zijn?'

Milo presenteerde zijn ID en meteen er achteraan de foto van Steven Muhrmann. 'Herkent u deze man?'

'Het spijt me, nee, ik werk hier nog maar twee maanden.'

'Zouden we kunnen praten met iemand die hier al een tijdje werkt, laten we zeggen, twee, drie jaar?'

'Mag ik vragen waar dit over gaat?'

'Een ernstig misdrijf.'

Ze legde haar hand op de telefoon. 'Hoe ernstig?'

'Zo ernstig dat wij hiernaartoe zijn gekomen. Wie runt de zaak hier?'

'Ik ga proberen de directrice op te roepen, dr. Manlow.'

'Op het whiteboard staat dat ze een sessie heeft.'

'Als dat zo is, zal ze niet reageren en dan moeten we maar verder kijken. Ik moet nog leren omgaan met de regels, dus alstublieft een beetje geduld.'

Ze deed haar best het matglazen paneel behoedzaam dicht te schuiven. Na een gesprek op gedempte toon dat even duurde, verscheen ze weer. Met een opgeluchte glimlach. 'Dr. Manlow komt eraan. Als u misschien even wilt gaan zitten?' Ze maakte een gebaar naar de harde stoelen.

Voordat ons zitvlees de zittingen raakte, zwaaide de zwarte deur open. De vrouw die op ons afmarcheerde, was een jaar of veertig, had dik golvend kastanjebruin haar en bleekblauwe ogen, een langwerpig gezicht met een doorschijnende, porseleinen tint die deed vermoeden dat ze niet erg van de zon hield. Volle lippen, een snavelachtige neus en iets te veel kin om echt mooi te zijn.

Niettemin een aantrekkelijke vrouw, vooral door haar zelfbewuste houding.

Ze droeg een geelbruine kasjmieren trui, een broek met een schotse ruit in zachte bruine tinten en krokodillenleren pumps in de kleur van pure chocola. Een leren agenda kleurde fraai bij de schoenen, evenals het leren etui dat aan haar ceintuur hing, samen met een mobiele telefoon en twee piepers, waarvan er een was afgedekt met een strook rood plakband.

Genoeg uitrusting om even zwierig te lopen als een patrouillerende agent, maar zij schreed op ons af zonder ook maar een enkele overbodige beweging van heup of been.

Geen sieraden. Bang om ergens achter te blijven haken?

'Ik ben dr. Manlow.' Een kristalachtige, meisjesachtige stem, maar met stembuigingen die gezag uitstraalden.

'Fijn dat u even met ons wilt praten, dr. Manlow. Milo Sturgis, Alex Delaware.' Hij reikte haar zijn kaartje aan. De meeste mensen werpen er een snelle blik op. Dr. Beth E.A. Manlow zette een bril met een gouden montuur op, las het kaartje nauwgezet en schoof het vervolgens in haar agenda.

'Moordzaken. Wie is er vermoord?'

'Een vrouw die we nog steeds proberen te identificeren.' Milo liet haar de tekening zien van Mystery, geboren Prinses.

Manlow zei: 'Het spijt me, zij behoort niet tot onze cliënten. In ieder geval niet in de laatste vijf jaar sinds ik hier ben.'

'U kunt zich van al uw cliënten herinneren hoe ze eruitzien?'

'Ik heb een goed oog voor details en ik ben hier nog maar vijf jaar. Ik heb die tekening in het nieuws gezien en er ging geen belletje rinkelen. Dat geldt nu nog steeds. Annie zei dat u haar een foto van een man hebt laten zien.'

Milo haalde de foto van Muhrmann tevoorschijn.

Ze staarde ernaar, nam haar bril af en schudde haar hoofd. Berusting, geen ontkenning.

'In welk opzicht is hij met uw zaak verbonden?'

'U kent hem.'

'Vertelt u eens onder welke naam u hem kent.'

'Steven Muhrmann.'

Ze knikte.

Milo zei: 'Wat kunt u me over hem vertellen?'

'Waarom bent u zo geïnteresseerd?'

'Hij kende het slachtoffer.'

'Hij kende haar? Meer niet?' zei ze. 'Of bedoelt u dat hij verdacht wordt?'

'Zou dat iets uitmaken voor hoeveel u ons gaat vertellen, dr. Manlow?'

Manlow tikte met een voet op de vloer. Plukte een draadje van haar trui, fronste haar wenkbrauwen terwijl ze het draadje om haar vinger wond, en zei: 'Laten we in mijn kantoor verder praten.'

Achter de zwarte veiligheidsdeur lag een smalle gang die eindigde bij een deur met draadglas.

Er hing een rood bord met GEEN TOEGANG VOOR ONBEVOEGDEN meteen onder de bovenste van twee zware grendels. En mocht je dat bord over het hoofd zien, dan was er nog een tweede bord met de tekst VANAF HIER ALLEEN STAF EN CLIËNTEN.

Meteen achter die deur lag het kantoor van Manlow. Toen we naar binnen gingen, wierp ik een blik door het draadglas en ving ik een glimp op van een tweede, langere gang waarvan de wanden bekleed waren met knoestig vurenhout. Er zat een vrouw op de vloer te lezen. Een tweede vrouw was bezig met een kruiswoordpuzzel. Helemaal achterin stond een man strekoefeningen te doen. Hij raakte zijn tenen aan en draaide zijn hoofd rond op zijn nek.

Ze droegen allemaal gewone kleren, er was niets klinisch aan de ambiance. Maar iets in de manier waarop ze bewogen, traag, afgemeten gebaren, mechanisch, maakte duidelijk dat frivoliteit een reeds lang gepasseerd station was.

Het kantoor van Manlow had bescheiden afmetingen, boekenkasten langs de wanden, dossierkasten, en een verzameling ingelijste diploma's. Elizabeth Emma Allison Manlow had een B.A. van Cornell toen ze nog steeds Elizabeth Emma Allison was, een M.D. van de universiteit van San Francisco, en een Ph.D. in neurofarmacologie van Stanford. Coassistentschap en specialisatie in psychiatrie in het Massachusetts General. Er hing een getuigschrift voor cognitieve gedragstherapie van een instituut in Philadelphia.

Zes jaar geleden was ze uitgestudeerd. Dit was haar eerste baan en de enige tot nu toe.

Geen gezinsfoto's. Dat zag ik graag. Bij een echte professional draait het allemaal om de cliënt.

Milo zei: 'Waar is uw behandeling hier zoal op gericht?'

'Uitsluitend misbruik van middelen.'

'Geen gokverslaving?'

'Pardon?'

'Zo dicht bij de renbaan.' Milo herhaalde zijn opmerking over hengelen en vissen.

Beth Manlow glimlachte. 'Misschien moeten we daar maar eens een programma voor ontwikkelen. Nee, we concentreren ons op verslavende chemische stoffen. En daar horen evenmin overactieve seksuele hormonen bij, want seksverslaving is in mijn ogen geweldige flauwekul.'

'Vertel eens over Steven Muhrmann.'

Manlows glimlach bevroor. 'Weet u iets van rehabilitatie-programma's?'

Milo zei: 'Niet echt.'

'De meeste zijn volstrekt waardeloos.'

Milo lachte. 'Zet hem op, dok.'

Beth Manlow zei: 'Als er iets is wat ik heb geleerd in dit werk, is het dat je alleen maar effectief kunt zijn als je stevig greep houdt op de werkelijkheid. Dit is een keiharde wereld en slagingspercentages, afgemeten aan een periode van vijf jaar zonder terugval, variëren van twee tot vijfenzeventig procent.'

Milo floot.

'Precies, inspecteur.'

'Niemand weet precies wat wel en niet werkt.'

'We weten wel iets,' zei Manlow. 'Maar u hebt gelijk, er valt nog veel werk te verzetten om criteria vast te stellen voor succes. En ik kan u wel vertellen dat alles wat in de buurt komt van de zeventig procent, ofwel een grove leugen is, of uitsluitend gebaseerd op eigen rapportage, een vrij doorzichtige manier van opscheppen. Daarmee wil ik niet zeggen dat de meeste klinieken alleen maar op winst uit zijn, al zijn die er ook. Het gaat meer om de aard van het beest dat we najagen: verslaving is geen zonde en evenmin een combinatie van slechte gewoontes, al zijn slechte gewoontes een onvermijdelijk gevolg van verslaving. De crux van het probleem is dat wanneer mensen verslaafd raken aan chemische middelen, de chemie van de hersenen verandert. Je kunt een verslaafde in de acute fase wel ontgiften en je kunt hem wel leren zich af te keren van destructieve gedragspatronen als hij gemotiveerd is, maar ik moet degene nog tegenkomen die beweert dat hij de biologische afhankelijkheid van een verslaafde ongedaan kan maken.'

Milo knipperde met zijn ogen. Klikte met zijn tong. Een teken dat ik nog niet eerder had gezien, maar niet erg moeilijk uit te leggen. Nou jij, maatje.

Ik zei: 'Dat klinkt als een chronische ziekte.'

'Precies, chronische zorg is het beste behandelplan,' zei Beth Manlow.

116

'En dit is van belang voor Steven Muhrmann, omdat...'

'Ik heb dat verhaaltje afgedraaid omdat ik wil dat u realistisch aankijkt tegen wat ik u kan vertellen. We zijn een van de beste klinieken in het land, maar we maken geen winst en dat is ook niet de bedoeling. Awakenings is opgezet door een man die twee kinderen is kwijtgeraakt aan verslaving, en die andere gezinnen die tragedie wilde besparen. Solon Wechsman is vijf jaar geleden overleden en heeft een fonds nagelaten waarmee de kliniek in stand wordt gehouden, al is het maar ten dele. Ik ben aangenomen nadat hij was overleden en dankzij een beetje financiële onafhankelijkheid kan ik me de luxe permitteren van nietsontziende zelfkritiek. Ons slagingspercentage is zesendertig procent, en dat is heel nauwkeurig bepaald. Het klinkt misschien niet zo bijzonder, maar ik vind het een knappe prestatie. Het is net als bij een oncoloog, een kankerspecialist. Als je erin slaagt iemand nog een paar constructieve jaren te geven, heb je iets waardevols verricht.'

'U bedoelt dat Steven Muhrmann deel uitmaakte van de categorie van vierenzestig procent.'

'Ik kan niets specifieks zeggen over hem of over enige andere cliënt. Maar ik zal ook niet zeggen dat u geen gelijk hebt.'

'Heeft hij bijzondere problemen veroorzaakt toen hij hier was?'

Ze schudde haar hoofd. 'Ik kan niet ingaan op details.'

'Kunt u wel vertellen waarvoor hij hier was?'

'Het enige wat ik u kan zeggen is dat de meeste cliënten uit eigen vrije wil naar ons toe komen, en dat maar een paar worden gestuurd.'

Ik zei: 'Tegen Muhrmann is een paar keer proces-verbaal opgemaakt wegens rijden onder invloed en de rechter heeft opname in een kliniek opgelegd.'

'In een perfecte wereld,' zei Beth Manlow, 'zou iedereen voldoende zelfinzicht hebben om te weten wanneer de motor aan een grote beurt toe is. In onze wereld moeten sommige auto's naar de garage worden gesleept.'

'Is er een verschil tussen gedwongen opgenomen cliënten en cliënten die uit vrije wil komen?'

'Mijn voorlopige gegevens duiden op een verschil.'

'Door de rechter gestuurde cliënten zijn moeilijker te behandelen.'

'Laten we zeggen dat ze minder gefocust zijn op oplossingen voor de lange termijn.'

'Zorg dat ik schoon word, onderteken een formulier en laat me weer gaan.'

Ze haalde haar schouders op.

Ik vroeg: 'Vertoonde Muhrmann een neiging tot gewelddadig gedrag?'

'Daarop geef ik geen antwoord,' zei ze. 'Maar beschouw die weigering iets te zeggen niet als een ja.'

'Was er iets aan hem wat u problematisch leek in termen van agressiviteit?'

'Dat kan ik u evenmin vertellen,' zei ze.

'Misschien hebt u dat net gedaan.'

'Ik zou niet te veel uitgaan van veronderstellingen. Nu, tenzij er verder nog iets is... Ik moet een groep leiden...'

Ik zei: 'Constance Longellos.'

Manlow streek haar dikke haar glad. Stond op, hing een ingelijst diploma dat recht hing, opnieuw recht. 'Ik moet echt weg, de groep wacht op me. Het is niet verkeerd om verslaafden te leren de bevrediging van behoeften uit te stellen, maar het is niet nodig om dat te ver door te drijven.'

Terwijl ze naar de deur liep, zei ik: 'Mevrouw Longellos heeft als referentie gefungeerd voor Muhrmann, zodat hij een huis kon huren. Evenals Muhrmann is zij veroordeeld voor rijden onder invloed. Dat kan een basis zijn geweest voor contact.'

Manlow tikte op het deurkozijn.

Milo zei: 'De vrouw op tv is in het gezelschap van Muhrmann gezien, een paar uur voordat haar gezicht aan flarden is geschoten.'

Het bloed trok weg uit de knokkels van Manlow. 'Het is de bedoeling mij met bloederige details zover te krijgen dat ik mij door emoties laat leiden? Ik ben arts, van zoiets lig ik niet wakker.'

'Ligt u er wel wakker van als een voormalige cliënt die u niet hebt kunnen helpen, nu misschien een moord heeft gepleegd?'

Het bleke gezicht van Manlow kleurde rood aan de randen, langs de haarlijn, de hoeken van de kaken, de jukbeenderen, als een versnelde opname van een wegterende appel.

Een van haar piepers ging af. De pieper zonder tape. Ze greep hem van haar ceintuur en las het nummer. 'Ik moet nu meteen weg. Ik zal u uitlaten en wil u nog graag meegeven dat een tweede bezoek voor niemand nuttig zal zijn.'

16

Milo bleef staan en staarde naar de drie bungalows voordat hij zich op de passagiersstoel liet zakken.

'Ze noemen zichzelf Awakenings, maar Manlow gaf toe dat de meeste cliënten weer in slaap vallen. Inclusief Stevie. Dat ze zo nerveus werd toen de naam Longellos viel, wijst erop dat die twee contact hadden. En Muhrmann was een probleem-kind. Wat is een probleem in zo'n kliniek als deze?'

'Chronische onaangepastheid,' zei ik. 'Of het gezelschap zoeken van een andere cliënt. In dit geval een oudere vrouw met haar eigen problemen.'

'Het gezelschap zoeken van,' zei Milo. 'Ik ben dol op de ma-nier waarop jij dingen kunt zeggen. Ja, misschien zocht hij het gezelschap van Connie Alcomobiel. Die nergens te vinden is.' Hij trok een grimas. 'Die jongen van Caspar beschreef Muhr-mann als vijandig en agressief. Misschien loopt het slecht af met vrouwen wier gezelschap hij zoekt. Toch wilde dr. Manlow niet ronduit verklaren dat hij gevaarlijk was.'

'Misschien was hij dat ook niet toen hij hier was. We hebben in ieder geval iets, langzamerhand komt er een tijdlijn: Longel-los en Muhrmann worden ongeveer op hetzelfde moment ge-pakt, Muhrmann loopt alweer een jaar of zo vrij rond als hij haar als referentie gebruikt voor het huis aan Russell. Tegen die tijd trekt hij op met Mystery, misschien om een pornofilm te maken. Hij heeft elfduizend dollar op zak, maar komt acht maanden geleden bij zijn moeder voor meer geld. Ze geeft hem tweeduizend, die hij waarschijnlijk voor drugs gebruikt, want op het moment dat zijn vooruitbetaalde huur op is, stopt hij met betalen. Wat dan ook de aard van zijn relatie met Longellos mag zijn, hij blijft Mystery ontmoeten. Misschien voor seks, misschien voor zaken, misschien beide. Wat misschien ook wel weer zou kunnen passen bij wat ik in het Fauborg hebt gezien: een soort fantasiespelletje waar zij tweeën samen met een derde bij betrokken waren.'

'Het afspraakje van Mystery,' zei Milo. 'We zijn er steeds van uitgegaan dat het een man was, maar als de derde partij nu eens onze Connie was? Dat zou ook kunnen verklaren waarom er met twee wapens geschoten is toen het tijd werd voor Mystery om in te slapen. Een vrouw had misschien te weinig ervaring met wapens om het alleen te doen.'

'Terwijl het haar misschien wel een kick opleverde om deel uit te maken van een vuurpeloton.'

Milo dacht daar over na. 'Ziek. Goed, tijd voor de Thai, maar je moet eerst nog even stoppen.'

'Waar?'

'Als ik het zie, zal ik het zeggen.'

We hadden een kilometer over Colorado gereden toen Milo zei: 'Hier.'

Een vierentwintiguurs copyshop. Faxen een dubbeltje de pagina.

Hij belde Brandon Caspar bij Zephyr Property, gaf hem opdracht stand-by te blijven bij de fax, en schoof de tekening van Mystery in een faxapparaat.

Luttele tellen later belde Brandon terug.

Milo zei: 'Waarschijnlijk? Je weet het niet zeker?' Luisterde. 'Niemand vraagt je om een weddenschap af te sluiten, Brandon, volg gewoon je intuïtie... nee, we zijn nog helemaal niet bezig met wie dan ook waar dan ook voor aan te klagen, dus maak je geen zorgen over de rechtbank... Ja, ik herinner me Brigitte Bardot... Ja, ik zie de overeenkomst wel, maar wat ik wil weten, is... Oké, dan houden we het op hoogstwaarschijnlijk.'

Hij verbrak de verbinding en zei: 'Vergeet de Thai maar, tenzij je echt vergaat van de honger.'

'Ben je je eetlust kwijtgeraakt?'

'Meer een kwestie van parkeerstand. Ik had gehoopt dat die jongen haar zou herkennen, dan kon de kop van Muhrmann in het nieuws.' Hij graaide de tekening uit het faxapparaat.

Terug in de auto zei hij: 'Ach, verdomme, niet geschoten, altijd mis.'

Terwijl ik richting de freeway koerste, belde hij Voorlichting en kneep zo hard in de telefoon toen hij even later de verbinding weer verbrak, dat het ding begon te kraken.

'Wat hun betreft heb ik nog steeds niet aannemelijk gemaakt dat er een verband is, maar zelfs als dat wel zo zou zijn, zou de kans dat ik tijd op de zenders zou krijgen, uiterst klein tot nul komma nul zijn. Omdat dat in strijd zou zijn met "de regel van één keer".'

Ik zei: 'Je mag maar één keer per zaak?'

'Officieel nee, maar in de praktijk blijkbaar wel. Tenzij het om de jacht op een afgrijselijke seriemoordenaar gaat, of iets anders wat ze daarboven bijzonder mediawaardig achten.'

'Sterren met problemen?'

'Werkt altijd.'

'Je zou verwachten dat ze hun lesje wel hadden geleerd met O.J.'

'Jaah, precies. Elke idioot wil een ster zijn of er op zijn minst mee naar bed.'

'Wat dacht je van een beetje goedkoop rationaliseren? Als je Muhrmann te snel op tv gooit, jaag je hem alleen maar ondergronds?'

'Dat risico loop je altijd,' zei hij. 'Maar Muhrmann is niet de eerste de beste zestienjarige gangbanger die nog nooit in een vliegtuig heeft gezeten. Wie weet, is hij allang uit zicht verdwenen. Bovendien kan het scenario met twee moordenaars betekenen dat hij een partner heeft die bereid is een ontsnapping te financieren.'

'Moorddadig Suikeroompje.'

'Of Suikertante, als het voortvluchtige Connie is of zo iemand. Heeft SukRose daar iets over gezegd?'

'Niet dat ik me kan herinneren.'

'Hoe dan ook, er zit een naam in die database van de Agajanians waarmee we de hele zaak in één keer op tafel kunnen krijgen, maar daar kan ik niet aan komen, omdat grote broer

Brian verdomme advocaat is.'

Hij zocht het nummer van Brian Agajanians kantoor op. Een reusachtige firma in Century City. Meneer Agajanian was buiten de deur en zijn secretaresse had geen idee wanneer hij weer terug zou zijn. Toen Milo zich voorstelde, verloor haar stem alle vriendelijkheid en klonk haar belofte dat ze de boodschap zou doorgeven, even welgemeend als het gekeuvel van diplomaten aan een diner.

Een zoekopdracht in de bestanden van de Dienst voor Wegverkeer leverde het thuisadres op van Agajanian, in Glendale, afrit Brand Boulevard.

Lag op onze weg terwijl we ons naar het westen spoedden over de 210.

'Als je het over karma hebt,' zei Milo. 'Laten we eens aan de riem van die kerel trekken, kijken of het echt een goede waakhond is.'

Het huis was gebouwd in Spaanse stijl, had één verdieping en lag boven aan een helling die begroeid was met verbena. De avond viel. Terwijl de contouren van de bergen langzamerhand onzichtbaar werden, floepten links en rechts stadslichten aan.

De oprit naar het geplaveide plateau dat dienstdeed als parkeerterrein voor Agajanian, liep steil omhoog. Er stonden daarboven twee auto's, zodat er geen ruimte meer vrij was. We lieten de Seville beneden staan en klommen naar boven.

Halverwege begon Milo te puffen. 'O wee, als dit lijden vergeefs is.'

Tegen de tijd dat we boven waren, hijgde hij als een postpaard en mompelde hij, tussen diep opgesnoven lucht door, een woedende mantra.

Agajanian reed in een staalgrijze Lexus RX SUV met een sticker met de tekst BABY AAN BOORD. De achterbank werd ingenomen door twee kinderzitjes. In de hoofdsteunen van de voorstoelen ingebouwde dvd-schermen. Naast de wagen stond een smetteloos witte Porsche Boxster met BRY ATT op de kentekenplaten.

'Nogal met zichzelf ingenomen,' zei Milo, die nog steeds op adem probeerde te komen. 'Het zal wel te veel gevraagd zijn om te veronderstellen dat hij ook nog zoiets als een gevoel van schaamte kent.'

Hij prikte met zijn vinger op een bel die was ingebed in een kleine gelakte krans van dennenappels en esdoornbladeren. Een aantrekkelijke, mollige vrouw met rood haar, die een rood topje en een zwarte legging droeg, deed de deur open. Ze hield een slapende baby op haar arm, ingebakerd in iets wat het midden hield tussen een wikkeldoek en een pyjama met een stripfiguurtje erop.

'O, ik dacht dat u...?' Een verwachtingsvolle glimlach maakte plaats voor bezorgdheid.

'Mevrouw Agajanian? Los Angeles politie. Wij willen graag meneer Brian Agajanian spreken.'

'Ik dacht dat u mijn moeder was,' zei ze. 'Die kan elk moment komen. Er is toch niets aan de hand, wel?'

Milo zei: 'Helemaal niets. We willen alleen even met uw echtgenoot praten. Is hij thuis?'

Ze deed een stap achteruit op de smetteloze travertinvloer, klemde de baby aan haar borst. 'Bri-an!'

Een lange, magere man met zwart haar, een kromme neus en een verzorgd sikje kwam de hal in lopen. Hij droeg een wit T-shirt, een blauwe joggingbroek met een witte streep langs het been omlaag, geel-zwarte loopschoenen. 'Alles oké, Mel?'

Ze wees.

Zwarte ogen keerden zich naar ons. 'Kan ik ergens mee van dienst zijn?'

'Het is politie, Bri.'

'Wat?' De vraag was aan ons gericht, niet aan zijn vrouw.

Ze zei: 'Ze zijn...'

'Ga naar binnen, Mel.'

'Is alles goed?' Ze wiegde de sluimerende baby.

'Natuurlijk. Ga naar binnen.' Zijn woeste blik daagde ons uit hem tegen te spreken.

Milo zei: 'Alles is kits.' De baby werd onrustig. Mel Agajanian suste het kind, 'Sh-sh, sh, sh,' en wiegde het.

Brian Agajanians ogen vernauwden zich tot spleetjes. 'Breng hem naar bed. Ik regel het hier.'

Toen ze deed wat hij haar had opgedragen, liep hij naar buiten, met grote passen naar de rand van het geëffende parkeerterreintje, en bleef centimeters verwijderd van de rand staan. Eén misstap en hij zou omlaag tuimelen door de verbena. Hij kruiste zijn armen voor de borst en bestudeerde ons beiden, bestudeerde de donker wordende lucht en daarna de lichtjes ver weg beneden. Een jonge man, maar zijn haar werd al dunner en diepe groeven liepen langs zijn wangen omlaag tot in zijn baardharen. 'Dit moet iets anders zijn dan wat ik denk dat het is.'

Milo zei: 'Dat is een behoorlijk ingewikkelde zin, meneer Agajanian.'

'Oké, deze is eenvoudiger: Waar. Gaat. Dit. Over?'

'Een naam in de database van uw zusters.'

Brian Agajanian sloeg met een vuist in zijn handpalm. 'Ongelooflijk. Voor zoiets verstoort u mijn privacy en jaagt u mijn vrouw de stuipen op het lijf?'

'Beschouwt u dit maar als een vriendelijk bedoeld bezoek.'

Agajanian sloeg opnieuw zijn armen over elkaar. Zijn gepijnigde uitdrukking maakte duidelijk dat hij het allerstrakste sporthemd droeg dat er maar te krijgen was. 'Ik weet dat u een klus te klaren hebt, maar dit is werkelijk ongehoord.'

Milo klikte zijn diplomatenkoffer open en zwaaide een foto tevoorschijn. Een close-up van de bloederige pulp die ooit het gezicht was geweest van de jonge vrouw die Mystery heette.

'*Iegh*.' Brian Agajanian wankelde en helde vervaarlijk over naar de helling. Milo pakte zijn linkerarm.

Agajanian maakte zich los, voorzichtig, langzaam en zonder onverhoedse bewegingen.

Milo zei: 'Het leek alsof u uit balans raakte.'

'Niets aan de hand,' zei Agajanian, wegkijkend van de foto. 'Dat is walgelijk, dat had u niet hoeven doen. Waarom hebt u me niet gewoon gebeld op kantoor?'

'Dat hebben we gedaan. Uw secretaresse beloofde dat ze u meteen zou bellen, maar we hebben nooit meer iets gehoord.'

'Ik was elders aan het werk en heb mijn voicemail niet afgeluisterd.'

'Elders, in het kantoor van uw zusters?'

'Elders, meer hoeft u niet te weten. Nu moet u vertrekken. Dit is volstrekt ongepast.'

Milo zei: 'Als we u aan de telefoon hadden gekregen, had u ons dan de echte naam van die arme vrouw gegeven?'

'Wat geeft u het idee dat u hier iets mee bereikt?'

'Ik kies altijd een persoonlijke benadering.'

'Hoe zei u dat u heet?'

'Sturgis, bureau West L.A.'

'En u bent inspecteur.'

Milo glimlachte. 'En u bent advocaat.'

Agajanian zei: 'Inspecteur Sturgis,' alsof hij een wapen registreerde.

Milo zei: 'Als u het in uw PDA wilt opslaan, wacht ik wel even.'

'Niet nodig, ik heb een goed geheugen.'

'Geldt dat ook voor de naam van die arme vrouw?'

Agajanian reageerde niet.

Milo zei: 'Ik heb ook de namen nodig van alle mannen aan wie uw zusters haar hebben gekoppeld.'

'Mijn zusters koppelen niemand, ze runnen een site voor sociaal netwerken.'

'Voor mensen die hun betalen om iemand aan de haak te slaan.'

'Dat is geen onbenullig detail, inspecteur, daar gaat het om. Er is geen sprake van een daadwerkelijk bureau, in die zin dat SukRose geen partij is in enige transactie op zich...'

'Ze mikken op de status van eBay voor Vluggertjes en Tussendoortjes,' zei Milo. 'Ik hoop dat ze er miljoenen aan verdienen. Ondertussen wil ik graag de namen van één Vluggertje en alle Tussendoortjes waar ze mee te maken heeft gehad, zodat wij kunnen uitzoeken wie haar gepromoveerd heeft tot hamburger. Op zijn minst kunnen we dan haar familie inlichten zodat wat er van haar over is, de resterende onderdelen, niet tot in het oneindige in een vriesla blijft liggen.'

'Ik begríjp het, inspecteur Sturgis. Maar het spijt me, ik kan u niet helpen.'

Milo maakte zich breed. 'Waarom niet?'

'Waarom niet? Omdat het heel wel mogelijk is dat SukRose juridisch aansprakelijk wordt gesteld voor alle persoonlijke schade die zou kunnen voortvloeien uit uw onderzoek. Daarnaast is er een algemeen aspect van schending van vertrouwelijke...'

'Ik begrijp ú, meneer Agajanian.'

'En wat bedoelt u daarmee?'

'U bent een goede student geweest, maar u kon niet tegen bloed en dus bent u geen arts geworden, zodat u daadwerkelijk mensen zou kunnen helpen, maar hebt u een beroep gekozen waarbij u wordt betaald om van eenvoudige dingen ingewikkelde zaken te maken. Dus creëert u een vreemde taal die je juristenjargon noemt, zodat u arme sloebers opdracht kunt geven dat weer te vertalen.'

Met een duim in de richting van de Porsche met Agajanians eigen naam op de kentekenplaten knipoogde Milo. 'Mooi leventje, niet?'

Brian Agajanians mond zakte open, klapte dicht en trok bij wijze van compensatie strak. 'Ik ga hier niet mijn beroep rechtvaardigen. Sommige zaken zíjn gecompliceerd en uw situatie valt ook in die categorie.'

Milo liet de foto in zijn koffer vallen. 'Moet u zelf weten, meneer Agajanian. Hebt u met uw zusters besproken dat hoe minder u ons vertelt, hoe meer aandacht hun bedrijf zal krijgen? En dan niet het soort aandacht waar ze op uit zijn? Bijvoorbeeld als item in het nieuws van morgenavond zes uur? Dat een van hun Snoepjes is vermoord en dat ze weigeren mee te werken aan het verzamelen van bewijsmateriaal?'

'Dat,' zei Agajanian, 'zou op zich consequenties hebben.'

'Zeker weten, meneer Agajanian. Als ik een rijke oude zak ben op zoek naar een lenig jong lijf, ga ik niet naar een website waar een lenig jong lijf is verwerkt tot pulp, waar de politie de neus in steekt.'

'Dat bedoel ik! Uw gespioneer is potentieel nadelig voor de overlevingskansen...'

'Wat werkelijk nadelig is, meneer Agajanian, is dat u de zaak zo ver laat komen dat alles voor het voetlicht komt.'

'U bent degene die alles voor het voetlicht gooit.'

'Zaken zijn zaken,' zei Milo. 'Het is mijn zaak om boeven achter tralies te zetten en als uw zusters geld aannemen van een moordenaar aan wie zij jonge vrouwen leveren, direct of indirect, lijkt me dat niet bevorderlijk voor hun zaken. Het is in hun eigen belang om mee te werken aan het ophelderen van deze zaak. Hoe het ook loopt, ik kom erachter wie die arme vrouw heeft vermoord en waarom. De enige vraag is of Suki en Rosalynn onderdeel worden van de oplossing of van het probleem.'

Agajanian ademde zwaar. Hij staarde naar de lucht.

'Meneer Agajanian?'

'Geen van beide, omdat ze er niet meer bij betrokken zijn dan het telefoonbedrijf bij iemand die rare telefoontjes pleegt.'

'Wij dagvaarden telefoonbedrijven voor telefoonlogboeken,' zei Milo. 'Krijgen altijd alle medewerking.'

'Misschien moet u ons dan maar dagvaarden.'

'Wat u maar wilt, meneer Agajanian. Ondertussen heb ik begrepen van onze afdeling Voorlichting dat er een tv-verslaggever is die een documentaire maakt over datingsites, een nogal opdringerige kerel, die staat te popelen meer te weten te komen over uw zusters.'

'Mijn zusters hebben niets illegaals gedaan.'

'U zegt het. Wij zijn klaar. Geniet maar weer van uw gezinnetje.' Milo keerde zich om om te vertrekken.

Brian Agajanian zei: 'U zegt dat er een gerichte vraag is om een reportage te maken over SukRose.net?'

'Het was eerst heel algemene interesse, maar het werd gerichter toen het nieuws over die arme vrouw bekend werd.'

'U hebt die verslaggever niet doelbewust naar mijn zusters verwezen?'

'Nee.'

'Maar als ik niet meewerk, doet u dat wel?'

'Meneer Agajanian, hoe minder ik te maken heb met de media, hoe beter. Maar als een zaak eenmaal gaat rollen, is het moeilijk die weer tot stilstand te brengen.'

'Dit is fout. Dit is helemaal fout.' Agajanian tikte met een voet op de grond, keek over de daken van de huizen lager op de helling. 'Oké, ik had erbuiten willen blijven, maar misschien helpt het om te voorkomen dat u uw tijd en onze tijd verdoet. Gelooft u mij, er is geen enkel verband tussen de cliënt van mijn zusters en de moord op uw slachtoffer. Helemaal geen enkel verband.'

'Eén cliënt,' zei Milo. 'U zegt dat ze aan niet meer dan één Suikeroompje gekoppeld was?'

'Ik zeg dat u uw tijd verspilt door u überhaupt te richten op cliënten van mijn zusters. Dat kan ik u persoonlijk verzekeren.'

'Is dat zo?'

'Ik zweer het.' Een zelfgenoegzaam glimlachje. Het genot weer de overhand te hebben.

Milo zei: 'Goed, dit kan ik u persoonlijk verzekeren: als u wilt dat het bedrijf van uw zusters het goed blijft doen, zult u moeten ophouden met al dit gedonder en gedraai, en me twee namen moeten geven. Die van haar en die van haar date. Zodra u dat doet, val ik u niet meer lastig.'

'En als u besluit me wel weer lastig te vallen?'

'Dan hebt u behoorlijk pech gehad.'

'Heel leuk.'

'Het is niet leuk, meneer Agajanian. Er is helemaal niets leuks aan. Iemand heeft het gezicht van een jonge vrouw aan flarden geschoten, en als ik al ooit een gevoel voor humor heb gehad, ben ik dat nu wel helemaal kwijtgeraakt. U krijgt tien seconden de tijd om een besluit te nemen voordat de zaken gaan rollen.'

De adamsappel van Agajanian wipte op en neer. Hij likte zijn lippen.

Een nieuwe glimlach. Strak, koud, geconcentreerd.

Milo zei: 'Het was me een genoegen, meneer Agajanian.'

Agajanian zei: 'Mocht SukRose opteren u te helpen bij het uitvoeren van het onderzoek, en mocht SukRose op enig moment bevestiging verlangen van haar bereidheid tot medewerking, dan eis ik een waarborg dat genoemde bevestiging zal worden gedaan zonder uitstel of anderszins vertragende verwikkelingen. Bovendien moet de politie verzekeren dat zij haar uiterste best zal doen om SukRose te beschermen tegen ongegronde aandacht van de media, met uitzondering van die aandacht die SukRose nastreeft bij het uitoefenen van de eigen legitieme activiteiten en het verwezenlijken van de eigen belangen, met inbegrip van, maar niet beperkt tot film, tv en gedrukte media.'

'Van plan een filmscenario te schrijven?'

'Ik probeer de mazen te dichten, inspecteur. Tot slot, het is absoluut imperatief dat SukRose niet wordt genoemd als bron van de informatie die u wenst, in dier voege dat het bedrijf, noch de wettige vertegenwoordigers, als gevolg van het verstrekken van die informatie civielrechtelijk dan wel strafrechtelijk aansprakelijk kan worden gesteld.'

Dat klonk als een clausule die hij ooit had opgesteld en vervolgens uit zijn hoofd had geleerd. Het kwam op mij over als betekenisloze gebakken lucht die niemand zou kunnen afdwingen.

Misschien moest hij zijn gezicht redden voor de eerstvolgende familiereünie.

Milo glimlachte. 'U bent een fijn mens, meneer Agajanian. Dat klinkt mij allemaal goed in de oren.'

Brian Agajanian haalde diep adem en sloot zijn ogen. 'De naam in onze dossiers is Tara Sly.'

'Sly...'

'Sly, Engels voor slim, sluw. En dat is alles wat ik van haar weet, behalve wat ze op haar pagina heeft geschreven. Vrouwen hoeven niets te betalen, dus hebben we ook geen persoonlijke gegevens van ze. Ik kan u dus geen adres of financiële informatie geven, alleen het e-mailadres dat ze destijds gebruikte, taracuteee@gmail.com. Ik heb geprobeerd er een e-mail naar te sturen, maar dat kwam terug omdat het account niet actief is. En inderdaad, ze had met slechts één cliënt contact, maar zoals ik al zei, is die niet belangrijk.'

'Omdat dat een heilige is?'

'Nog beter,' zei Agajanian. 'Hij is dood.'

'Kwam zijn e-mail ook terug?'

'Ik heb het opgezocht in openbare registers en ik heb zijn overlijdensakte gevonden. Natuurlijke doodsoorzaak.'

'Heel grondig, meneer Agajanian.'

'U hoeft me niet te bedanken.'

'Ik ga u bedanken als ik een kopie heb van de pagina van Tara Sly, zoals die was toen ze hem op SukRose heeft gezet. En datzelfde geldt voor het betreurde Suikeroompje en zijn persoonlijke informatie.'

'Ik heb u net verteld dat hij is overleden,' zei Agajanian. 'Negen maanden geleden.'

'Ik ben een grondig man, meneer Agajanian.'

Agajanian rolde met spierbundels in zijn bovenarm. 'U mag zijn gezin niet onthullen dat uw gegevens afkomstig zijn van SukRose.'

'Ik peins er niet over.'

'Goed, goed.' Het zweet droop van Agajanians gezicht. 'Als u me belooft dat dat het laatste is wat u wilt.'

'Ik zweer het, meneer Agajanian.'

'Wacht hier. Ik zal het halen.'

'Heel erg bedankt, meneer Agajanian.'

'Ik begrijp nog steeds niet wat een dode man u kan schelen.'

'Vastgeroeste gewoontes,' zei Milo.

SukRose Snoepje nr. 21667
Codenaam: Mystery
Leeftijd: 24
Locatie: Elite West
Lengte: 1,68 m
Gewicht: 51 kg
Lichaamsclassificatie: sylfide met een bonus van curven
Kleur ogen: bruin (chocolade)
Kleur haar: blond (honing)
Opleiding: communicatiewetenschappen
Beroep: model, actrice, specialiste persoonlijke verzorging
Gewoontes: geen slechte. Denk ik, tenminste! LOL. Niet-roker
maar ik vind het niet erg als jij bijvoorbeeld een lekkere dikke
Cohiba opsteekt, ik hou wel van die geur.

Profiel: honderd procent California Girl, ik houd van die staat
van noord naar zuid en in het midden want laten we wel wezen
wolken zijn saai en de zon is geweldig goed voor je stemming
en ook voor je huid als je niet overdrijft want het doet je
glanzen. Waarom niet blij zijn als van blij zijn iedereen blij word
is mijn mantra. Mijn ding is avontuur en vrijheid. Vooral vrijheid.
Maar avontuur komt daar vlak achteraan. Ik ben dol op reizen
maar om eerlijk te zijn heb ik minder reizen gemaakt dan ik zou
hebben gedaan als ik een goede vriend had die ook van reizen
hield. Lievelingseten: Mexicaans als het zonder wreedheid
gemaakt word en wie beweert dat Mexicaans niet veganistisch
kan zijn het zijn fantastische vega's. Lievelingsmuziek: Pink,
Lifehouse, Lady Gaga, Katy Perry, The Termals, Maroon Five.
Favoriet leesvoer: Elle, Marie Claire, Architecture Digest, People,
Us. Geheim genoegen: The Enquirer. Ik doe graag yoga en pilates

en eigenlijk alles waarbij ik centraal sta en waarbij ik kan onderzoeken. Ik houd van lange wandelingen ze mogen kalmpjes zijn maar ook aerobic. Ik ben heel erg fysiek maar ook spiritueel en ik smelt bij dieren maar als jij allergieën hebt kunnen we ook gewoon naar de dierentuin gaan en van een afstandje kijken. Alles wat jij leuk vind vind ik leuk. Ik ben een pleaser dus please laat me pleasen.

Ik zoek: een Suikeroompje leeftijd onbelangrijk maar wel een die sterk kan zijn en lief, spiritueel maar ook praktisch, vriendelijk maar ook een leider die verandering omarmd. Ik ben niet zo iemand die denkt dat je van geld alleen maar hoofdpijn krijgt of je leven overhoop haalt het gaat om balans en waarom niet van het leven genieten als je er niemand kwaad mee doet? Ik zoek avontuur met de juiste persoon en ik doe geen deuren dicht ik doe ze liever open.

Het profiel werd geflankeerd door vier foto's.

Op de eerste stond de vrouw die ik in het Fauborg had gezien, vanaf het middel. Ze droeg dezelfde witte jurk, zonder de sjaal. Een serieuze trek op het gezicht alsof ze iets probeerde duidelijk te maken. Haar haar was strak naar achteren getrokken en in een ingewikkeld patroon om haar hoofd gevlochten. Geen glinstering van diamanten om haar pols of elders.

Op de volgende twee foto's poseerde ze in stringbikini; lang, verwaaid haar; sleutelbeenderen in een scherp reliëf boven een perfect decolleté; lippen iets van elkaar. Rotsen en oceaan op de achtergrond, zonnebril met hartvormige glazen die aan Lolita deed denken.

Op de vierde foto droeg ze een krijtstreeppak, en zat ze op een hoekje van een bureau, schalks glimlachend.

Een lang, soepel lichaam, een zacht gezicht zonder rimpels, grote, zachte, een beetje wazige ogen. Zelfs op de foto's in bikini slaagde ze erin iets onschuldigs, iets wat grensde aan verwondering uit te stralen.

Een man die eropuit was in de huid van haar weldoener te kruipen, zou zich aangetrokken voelen.

Maar ook een machtswellusteling die uit was op ongebreidelde dominantie.

Milo zei: 'Het was een schatje, niet?' Hij las het profiel nog een keer. 'Veganistische Mexicaanse tentjes en schuilhutten voor dieren, dat is nog eens een spoor voor het onderzoek. Shit, misschien ontdek ik wel een tent waar ze lief zijn voor pluizenbolletjes en met bakken tegelijk gratis *menudo* uitdelen, dan kunnen we onderweg nog een lunch meepikken.' Zijn ogen gleden omlaag naar het laatste deel van de biografie. 'Spelling en grammatica waren niet haar grootste hobby's, geloof ik. De zusters hebben kennelijk ook niet zoveel gecorrigeerd.'

Ik vertelde hem wat ik in haar ogen had gezien.

'Juffrouw Hulpeloos? Ja, dan kun je zomaar in de problemen komen.'

Hij sloeg het blad om.

SukRose Suikeroompje nr. 2198
Codenaam: Stijlfreak
Locaties: Elite West & Oost
Opleiding: meer dan ik nodig had
Beroep: heerlijk niets doen
Gewoontes: gedestilleerd en wijn maar met mate, ditto Cohiba's
en andere premium Cubaanse sigaren. Premium is mijn maatstaf
en praat me niet van het embargo (definieer: 'onvoorstelbaar
absurd')

Profiel: na een rijk, productief leven gekruid met 'been there, done
that' zou ik gemakkelijk kunnen wegzakken in het grote vervelen
en de waarde van toekomstige ontdekkingsreizen kunnen
ontkennen.
In plaats daarvan geef ik er de voorkeur aan mijn fortuin te
omarmen en op een creatieve, samenhangende en constructieve
manier gebruik te maken van mijn nieuwe vrijheid door het
avontuur te zoeken en een traject in te slaan van emotionele,
fysieke en spirituele samenwerking met een even gefortuneerde
vrouw.
Oppervlakkig is voor moestuintjes; zoek je heil elders als je niet

verder dan het superficiële wilt kijken. Ik heb een sterk ethos
ontwikkeld, geworteld in het principe dat relationele stabiliteit
weliswaar het fundament is onder sociale continuïteit, maar dat
verandering en hang naar het nieuwe nodig zijn om te
voorkomen dat die continuïteit niet meer is dan dat: steriel en
doods.
Rots. Het leven gaat niet om het minerale, het gaat om het
animale, maar dan niet in vulgaire zin. Ik denk hierbij aan libido
zoals Herr Professor Freud het heeft bedoeld: een vibrerende, geest
verrijkende levenskracht die de raison d'être vormt van onze
existentie. Zonder passie, verbinding, synchroniciteit is er slechts
existentie, geen leven.

Ik zoek: een vrouw die dit allemaal begrijpt.

Onder op het vel had Brian Agajanian met forse blokletters de
naam geschreven:

MARKHAM MCREYNOLD SUSS

Daaronder twee datums tussen haakjes, een samenvatting van
het leven van Suss dat achtenzestig jaar had geduurd.

De overlijdensakte was acht maanden eerder afgegeven door
de county, zesentwintig dagen na de natuurlijke dood van Suss.

Milo belde en verifieerde het nummer van de akte.

Hij pakte opnieuw het profiel van Tara Sly, alias Mystery.
'Een kerel van tegen de zeventig die zich daaraan waagt. Ik zie
steeds maar beelden voor me waarbij je natuurlijke doodsoorzaak moet opvatten als "zich doodgeneukt".'

Hij belde nog een paar keer om vast te stellen dat er niemand
anders was met de naam Suss met een rijbewijs of een adres
in Californië of New York.

'Hoe komt hij bij jou over, Alex?'

'Als een vent die zichzelf briljant vond en die wilde dat de
hele wereld dat zou weten. Het lijkt me zo'n student aan een
gerenommeerde universiteit, die op een gegeven moment alles
aan de kant gooit om geld te gaan verdienen.'

'Misschien een intellectueel die probeert de Snoepjes te lij-men met syntactisch en semantisch geweld? Alsof dat de dames op die site ook maar iets kan schelen.'

Ik zei: 'Misschien was het voor hem nodig dat ze hem die indruk gaven. Om het meer te laten lijken dan het was.'

'Zoals hij tekeergaat, zou je denken dat hij op zoek is naar Madame Curie. En met wie gaat hij dus aan de haal? Met onze Prinses met de dromerige ogen.'

Ik zei: 'Hé, ze houden allebei van sigaren.'

'Dat is een basis voor een betekenisvolle relatie. Nog andere ideeën?'

Ik las de gebakken lucht van Suss nog een keer door. '"Stijl-freak" betekent misschien wel dat hij zijn geld in de modewereld heeft verdiend. Tara beweerde dat ze *Elle* en *Marie Claire* las, misschien vormde dat ook wel een aanknopingspunt voor iets moois. En ze hebben het allebei over avontuur, misschien heeft dat hem ook aangetrokken... "Nieuwe vrijheid" zou kunnen be-tekenen dat hij net met pensioen is, of gescheiden. Of hij is ge-trouwd en liegt gewoon. De rest is vooral gebakken lucht.'

'Zij verkoopt flauwekul, hij verkoopt flauwekul en ze lezen allebei tussen de regels. Omdat de echte raison d'être voor al die spelletjes is dat ouwe zakken hun tentakels uitslaan naar jonge tutjes die bereid zijn hun ogen dicht te doen en te geloven dat ze zich laten pakken door een dekhengst.'

Hij liet de afdrukken in zijn koffer glijden. Zocht Tara Sly op in de database. Niets.

'Dat is een schok, dat is onmogelijk een echte naam. Denk je dat dat een subtiel grapje was, zoiets als: ik ben sluwer dan je denkt?'

Ik zei: 'Dat is nogal vergezocht, tenzij ze een stuk slimmer was dan haar proza doet vermoeden. Maar bovendien kan *Sly* wel nep zijn terwijl *Tara* echt was, want van *Ms. Tara* kun je heel makkelijk *Mystery* maken.'

'En hoe past Muhrmann hierin?'

'Misschien trad hij als bescherming op voor een deel van de winst.'

'Zeg maar pooier.'

Ik zei: 'In deze stad noemen ze zo iemand producent.'

Hij lachte. 'Ik maak een ster van je, kindje, en het enige wat je hoeft te doen is geriatrische seks en de gouden eieren uit de kip persen.'

'Helaas was de kip zo ongemanierd om te sterven. Dat Muhrmann niet zo lang daarna zijn moeder geld aftroggelde, ondersteunt de gedachte dat hij erbij betrokken was. Het past ook bij wat wij bij het Fauborg hebben gezien, als dat een auditie was voor een nieuwe kip. Maar het eind van het liedje is dat Tara gezichtsverlies lijdt, misschien wel omdat de nieuwe kip een roofkip was met een eigen agenda.'

'Als Muhrmann en Tara op zoek waren naar een nieuw Suikeroompje, waarom gingen ze dan niet gewoon weer naar Suk-Rose?'

'Misschien zagen ze ergens anders hun kans schoon. Of misschien zijn ze wel teruggegaan, maar heeft Brian Agajanian zijn veto uitgesproken omdat hij niet wil dat de site meegezogen wordt in een nachtmerrie van publiciteit. SukRose beweert dat ze hun leden nauwkeurig screenen, maar Brian heeft ons net verteld dat ze van de vrouwen niet echt gegevens registreren. Als ze bij mannen net zo inschikkelijk zijn, zal een beetje slimme psychopaat er weinig moeite mee hebben om erin te komen.'

Hij belde Agajanian. De advocaat bezwoer hem dat Markham Suss Tara Sly's enige Suikeroompje was geweest. 'De deur staat al open, inspecteur, er is geen enkele reden voor me om spelletjes te spelen.'

Milo reageerde niet.

Agajanian zei: 'Wat wilt u van me?'

'De waarheid.'

'Die hebt u al. Eén cliënt. Punt. Als er nog een was geweest die haar had vermoord, zou ik willen dat u dat wist, omdat ik zou willen dat u hem zou pakken, omdat een geflipte idioot die ons misbruikt, het laatste is waar wij behoefte aan hebben. Zij had één Suikeroompje en dat was Suss. Eén. One. Uno. *Mek*, dat is Armeens. Oké?'

Milo rolde met zijn ogen. 'Uw zusters beweren dat ze iedereen screenen.'

'Dat doen ze ook. Bij iedere cliënt wordt nagetrokken of hij een strafblad heeft.'

'Dus u hebt Tara Sly ook nagetrokken.'

'En dat leverde een schone lei op.'

'Dat denk ik ook, meneer Agajanian, aangezien Tara Sly niet haar echte naam is.'

Stilte. 'Daar zijn wij niet voor verantwoordelijk.'

Milo zei: 'Ooit overwogen om voor de federale overheid te gaan werken?'

'Luister eens, inspecteur, als puntje bij paaltje komt, kunnen we alleen maar afgaan op wat ze ons vertellen. Dat heeft nog nooit een probleem opgeleverd.'

'Tot nu.'

'We hebben nog steeds geen probleem. Markham Suss is negen maanden geleden overleden. De laatste keer dat ik het heb opgezocht, konden mensen nog geen moorden plegen vanuit het graf. We hebben alle medewerking verleend. Waarom zet u ons steeds zo zwaar onder druk?'

'Gewicht is mijn geheime wapen,' zei Milo. 'En dat maakt de lunch aftrekbaar van de belasting.'

Hij verbrak de verbinding. 'Oké, laten we er eens van uitgaan dat Muhrmann en Tara een soort dinnertheater opvoerden in het Fauborg. Als de productie echt de mist in is gegaan, zou Muhrmann een tweede slachtoffer zijn, geen verdachte. Dat zou goed passen bij twee moordenaars, meneer Fout Afspraakje had iemand meegenomen die een grote, agressieve kerel voor zijn rekening nam.'

'Klinkt aannemelijk.'

Hij rukte zijn stropdas los. 'Klinkt aannemelijk, maar het betekent ook dag-met-je-handje tegen onze belangrijkste verdachte en terug naar af. De Vluchtige mevrouw Longellos komt me niet meteen voor als iemand waar ik achteraan moet. Muhrmann was een vriendje in Awakenings, en ze heeft een referentie voor hem geschreven, nou en? Oké, terug naar de beschaving. Ik zag een kip in je koelkast vanochtend en die zag er goed uit, dus de Thai zal nog even moeten wachten op het voorrecht mijn smaakpapillen te mogen strelen.'

Robin was in de woonkamer. Ze knuffelde Blanche en las een boek.

Milo boog en kuste haar op de wang. Hij las de titel op de omslag en grinnikte. *Probleem*. 'Heeft iemand nu al een autobiografie van me geschreven?'

'Het is een roman, schat.'

'Mijn leven ook,' zei hij. 'In de categorie Horror of Humor, dat hangt van de dag af.'

'Nog niet verder met die arme vrouw?'

'Het lijkt meer op stapjes terug.'

'Vertel eens.'

'Geloof me, dat wil je allemaal niet weten.'

'Geloof me, Milo, dat wil ik wel.'

Blanche produceerde een zacht, hijgerig blafje.

'Twee tegen één,' zei hij. 'Daar kan ik niet tegenop.' Hij gaf een samenvatting.

Robin zei: 'Mystery. Een vrouw die zich verkoopt aan de hoogste bieder, is allesbehalve mysterieus. Hoe oud was ze?'

'Volgens haar profiel vierentwintig.'

'Zielig.'

Ze stond op en gaf me een knuffel. 'Hebben jullie al gegeten, jongens? Ik heb spaghetti gemaakt met *porcini*, er is nog genoeg over.'

Ik zei: 'De gourmet hier geeft de voorkeur aan koude kip.'

Milo zei: 'De gourmet zal spaghetti met porcini eten en het lekker vinden.'

'Je kunt het ook allebei krijgen,' zei Robin.

'Jij bent een wijze, wijze vrouw.'

Ze vertrokken met zijn tweeën naar de keuken, terwijl ik een omweg maakte naar mijn kantoor en in cyberspace zocht naar *tara sly*.

Het leverde drie MySpace-pagina's op voor drie verschillende vrouwen, waarvan er een overigens Tarra heette. Geen van drieën was de jonge vrouw die zich Mystery liet noemen.

Ik probeerde allerlei varianten: *torra, terri, sligh, sleigh*, zonder succes.

markham mcreynold suss leverde meer op: negen hits, de meeste in zakelijke tijdschriften en bedrijfsbladen. Ze gingen vooral over de verkoop, twee jaar en een maand geleden, van Markham Industries aan een groep investeerders in Abu Dhabi.

Markham was een kledingfabrikant geweest met een hoofdkwartier in Los Angeles en fabrieken in Macao en Taiwan, die was gespecialiseerd in goedkope lingerie en panty's die er duur uit moesten zien. Het bedrijf was in 1946 opgericht door Alger en Marjorie Suss die na de oorlog van Ohio naar L.A. waren getrokken. In Ohio had het stel een keten textiel- en kledingwinkels gehad in Dayton, Columbus en Akron tot de chronische bronchitis van Marjorie aanleiding was om naar het westen te verhuizen.

Haar ontwerpen hadden de basis gevormd voor het nieuwe bedrijf. Ze waren ervan overtuigd dat alleen een vrouw kon begrijpen wat lingerie comfortabel maakte. In de loop van de tijd, toen Markham, de zoon van Alger en Marjorie, het roer overnam, moest die praktische instelling plaatsmaken voor 'geavanceerde concepten in combinatie met economisch verantwoorde materialen'.

'In deze wereld gaat het om bevrediging van de zintuigen, niet om duurzaamheid,' liet hij optekenen door *Barron's*. 'Er is geen enkele reden om te veronderstellen dat een bh of een slip mee moet gaan tot in eeuwigheid. Vrouwen willen stijl, ze willen klasse, ze willen die ongrijpbare, maar meedogenloze, tastbare sensualiteit die hun vrouwelijkheid stimuleert. En dat kan net zo goed met polyester als met zijde.'

Een zwart-witfoto van de ouders van Suss die deed denken aan het schilderij *American Gothic*. Als Grant Wood meer onbuigzaamheid in zijn schilderij had willen leggen, had hij hen als model kunnen nemen. De gelijkenis tussen Markham en zijn vader was opvallend. Beide mannen waren kaal en hadden een sprekend gezicht: lang, pezig, ingevallen kaken, dunne lippen. Maar terwijl Algers fatsoenlijke gezicht vooral zelfverloochening uitstraalde, spetterde de levenslust er bij Markham van af.

Alger zag eruit alsof hij zijn dagen binnenshuis sleet. Tara Sly's Suikeroompje was opzichtig bruin.

De kale, door de zon vlekkerige schedel van Markham, met alleen twee plukjes wit haar boven de oren, impliceerde niets anders dan het klimmen der jaren. Datzelfde gold voor de sneeuwwitte wenkbrauwen en de stompe neus. Maar dat viel allemaal weg bij de rimpeltjes rond de heldere ogen en de wat jongensachtige gekrulde bovenlip. Het eindresultaat was een knappe man van zekere leeftijd die jeugdige vitaliteit uitstraalde.

Misschien had die vitaliteit iets te maken met het bedrag dat hij had gevangen voor het bedrijf: vierentachtig miljoen dollar, contant.

Toen *L.A. Trade Quarterly* hem had gevraagd of hij nog van plan was iets nieuws op te zetten in de kledingindustrie, luidde Markham Suss' antwoord ondubbelzinnig: 'Ik peins er niet over, en dat antwoord zou je ook krijgen als er bij de verkoop geen antimededingingsclausule was bedongen. Ik ga mijn fortuin omarmen en op een creatieve manier gebruikmaken van mijn nieuwe vrijheid.'

Diezelfde gemoedsgesteldheid had zijn weg gevonden naar het profiel bij SukRose.

Was dit, ondanks alle bravoure, een sterveling als alle andere, die smeekte: kijk naar mij?

Ik bekeek de pagina's die niet zakelijk waren.

Op twee pagina's werden Markham en Leona Suss genoemd als sponsoren van liefdadigheidsdoelen. Een verzorgingshuis voor filmacteurs en een kunstmanifestatie in de binnenstad.

Op de derde pagina stond een verslag van een benefietbijeenkomst in de Crystal Visions Art Glass Gallery in Enrico.

Bij het artikel was een kleurenfoto geplaatst.

Markham en Leona Suss poseerden voor een verzameling glazige abstracties, geflankeerd door twee zonen en schoondochters.

Tara Sly's Suikeroompje droeg een marineblauwe blazer, een bleek blauwgroen T-shirt en een indigo spijkerbroek. Een man in goede conditie, maar het T-shirt spande om een buikje dat hij niet probeerde te verbergen.

Leona Suss was een lange, benige vrouw met zwart haar, ongeveer even oud als haar man. Ze droeg een roze leren jumpsuit dat haar lichaamsvormen accentueerde. Een enorme bril met een hoornen montuur leidde de aandacht van de rest van haar gezicht af.

Zoals Markham Suss op zijn vader had geleken, leek dr. Franklin Suss op Markham, kaal, schraal maar met buikje, vrijwel identiek gekleed op een kastanjebruin T-shirt na. Dr. Isabel Suss, een kleine, gedrongen gebouwde brunette in een grijsbruin broekpak, klemde zich vast aan zijn arm.

Het genetische spoor liep abrupt dood bij Philip Suss, die ongeveer even oud leek als zijn broer. Hij was bijna tien centimeter langer dan Markham en Frank, had een dikke bos donker, golvend haar, was zwaarder, breder gebouwd, en had een platte buik. Een roestbruin kaftanachtig kledingstuk hing bijna tot op zijn knieën.

Zijn goedgevormde blonde vrouw ging getooid in een oranje sari, geborduurd met gouddraad. Zij werd beschreven als de eigenaresse van de galerie.

Connie Longellos-Suss.

Ik zocht met haar naam als trefwoord, maar vond niets. Ik probeerde *crystal visions* en kwam er op een website voor glaskunst achter dat de galerie een halfjaar geleden de deuren had gesloten.

Ik zocht op de namen van de beide zoons en kwam daarbij ook informatie over Isabel tegen. Zij en Franklin waren beiden dermatoloog en hadden een praktijk in Beverly Hills.

Als Philip Suss werkte voor een inkomen, was dat nog niet tot internet doorgedrongen.

Ik drukte af wat ik nodig had en begaf me naar de keuken.

Milo hoopte met een vork spaghetti op drie borden. Blanche knabbelde wuft op een hondenkoekje. Robin schonk rode wijn in.

Ze zei: 'Goed getimed, het eten is klaar, jochie.'

Ik zei: 'En ik heb een toetje meegebracht.'

18

Robin verbrak de stilte. 'Mensen komen elkaar op de site tegen door willekeurig profielen door te bladeren. Maar Muhrmann slaagt erin om Tara te koppelen aan de schoonvader van die taart op leeftijd die zijn vriendinnetje was?'

Ik zei: 'Misschien kunnen Suikeroompjes zoekopdrachten verfijnen met trefwoorden. Het woord 'Cohiba' schiet me ineens te binnen.'

'Wat is een Cohiba?'

'Een prijzige Cubaanse sigaar. Suss geeft aan dat hij ze graag rookt, en Tara schrijft dat ze niet rookt, maar het niet erg vindt als haar date een Cohiba opsteekt. Gezien wat wij weten, begint dat aardig op handel met voorkennis te lijken.'

Milo verfrommelde een smetteloos servetje. 'Muhrmann en Connie hebben Tara gebruikt als lokaas voor Suss. Rijkelui, dus het moet iets met geld te maken hebben.'

Robin zei: 'De enterhaak in de ouwe en geld overhevelen.'

Ik zei: 'Connie heeft een motief. Haar galerie heeft een half-jaar geleden het loodje gelegd, maar ze moet al veel eerder geweten hebben dat het niet goed zou gaan. Broer Frank is arts, maar broer Phil lijkt geen baan te hebben.'

Robin zei: 'Misschien had Phil een baan bij de lingeriefabriek en voelde hij zich verraden toen pa de boel verkocht.'

'Geld en wraak,' zei Milo. 'Wat een rijkdom, wat een weelde.'

Met zijn drieën keerden we terug naar mijn kantoor, waar ik zocht op *markham industries*. De meeste hits hadden te maken met de verkoop, die werd beschouwd als een meesterzet van Markham Suss. Maar er was ook een catalogus van een lingeriebeurs in Hongkong waarin de leden van de bestuursraad werden genoemd.

Markham M. Suss, algemeen directeur, bestuursvoorzitter, **CEO, COO**
Leona A. Suss, directeur en **CFO**
Franklin D. Suss, M.D., materials consultant
Philip M. Suss, design consultant

Milo zei: 'Pa reserveert vier titels voor zichzelf, geen twijfel mogelijk wie er de baas is. Officieel beheert ma de portemonnee, en misschien is dat ook wel echt zo. Of ze krijgt gewoon een mooi salaris om pa zijn gang te laten gaan. De jongeheren krijgen een titel voor de sier, misschien met een mooi honorarium.'

Ik zei: 'Wat ik interessant vind is, dat Franklin boven Philip wordt genoemd, terwijl hij toch een eigen carrière heeft. Misschien staan ze gewoon op alfabet, maar als het een kwestie van bevoorrechting is, is de rancunescore van Connie net weer met stip gestegen.'

Milo zei: 'Frank is dermatodinges, wie weet werd hij betaald om plechtig te verklaren dat polyester huidvriendelijk is. Terwijl Phil... jaah, interessant.'

Robin zei: 'Dat soort banen is vrij gebruikelijk bij rijke families. Een mooie manier om onder schenkingsrecht en successierechten uit te komen.'

We keken haar beiden aan.

'Toen mijn vader ziek werd, zei hij dat hij mij zoveel als maar mogelijk was, wilde nalaten, maar dat het niet uitmaakte wat hij in zijn testament zou zetten, mijn moeder zou alles voor zichzelf houden. Dus maakte hij een bv van zijn meubelmakerij en gaf hij mij een meerderheidsaandeel. Daarmee werden al zijn gereedschap, zijn werkbanken en een grote voorraad hout juridisch mijn eigendom. Daar kwam nog een beetje geld bij dat hij in de bedrijfskas had gestort. Als ik dat allemaal niet had gehad, had ik nooit voor mezelf kunnen beginnen.'

Ik vroeg: 'Wat zei ma?'

'We hebben het er nooit over gehad, maar ik weet dat ze kwaad was, want toen ik haar vroeg naar de slaapkamermeubels die mijn vader voor me had gemaakt toen ik zeven was, zei ze dat hij ervoor gezorgd had dat alles was ingebouwd, omdat hij wilde dat het bij het huis zou blijven. Ik wist dat hij de zaak had vastgezet met bouten om ongelukken te voorkomen bij aardbevingen, maar waarom zou ik me druk maken?'

Ze haalde haar schouders op. 'Waar het om gaat is dat geld altijd samengaat met ego. Families met veel geld zijn een vaatje buskruit.'

Milo zei: 'Frankie en Philly de consultants. Dat doet me denken aan de haan die de kippen het leven zo zuur maakte, dat ze hem castreerden en een consultant van hem maakten. Maar ik heb wel een vraag: als Phil een aardig bedrag opstreek vanuit het bedrijf, waarom ging de galerie van Connie er dan onderdoor?'

Ik zei: 'Het gaat niet om wat er binnenkomt, het gaat om wat je binnen kunt houden. Of misschien had Phil Connie best wel kunnen redden, maar koos hij ervoor om dat niet te doen. Misschien stond hun huwelijk onder spanning vanwege Connies alcoholprobleem. Als hij erachter is gekomen dat ze in de kliniek maatjes is geworden met Muhrmann, is dat misschien wel de druppel geweest.'

Milo zei: 'Ja, dat zou de echtgenoot warmpjes omarmd hebben.'

'Connie was in een positie waarin ze kon weten dat haar schoonvader de liefde in cyberspace zocht. Samen met Muhrmann besloot ze Tara als lokaas te gebruiken. En wat Robin net zei over ego's die groeien als er geld in de buurt is, wordt nog versterkt door het idee dat Connie op die manier de hele familie te grazen kon nemen.'

Hij nam een hap kip, kauwde loom, genoot van een hap pasta, nam toen nog een hap. Daarna legde hij min of meer afwezig zijn vork neer. 'Wat heeft dat allemaal te maken met het feit dat Tara's gezicht aan flarden is geschoten? Als Markham nu nog leefde, zou er iets van een strijd om de macht achter kunnen zitten. Tara krijgt in de gaten dat zij al het vuile werk mag opknappen en eist een groter aandeel, of probeert voor zichzelf te gaan werken, zodat Muhrmann en Connie achter het net vissen. Zij worden kwaad en laten dat merken met een .45 en een shotgun. Maar nu Markham dood is, is er niets om over te vechten.'

Robin zei: 'Tenzij Markham Tara in zijn testament rijkelijk bedeeld heeft met spullen waar Connie haar zinnen op heeft gezet.'

'Een beetje buiten de deur rotzooien is tot daaraan toe, Robin. Dingen vastleggen in je testament is de eerste stap op weg naar een gigantisch schandaal.'

'En dat is precies waarom hij het in de vorm gegoten zou hebben van een bericht vanuit het graf. In zijn profiel legt hij sterk de nadruk op creativiteit. Zijn minnares vertroetelen en tegelijkertijd zijn gezin een hak zetten kan maar zo zijn laatste grote project zijn geweest.'

Ik zei: 'Na de dood van Markham zou Tara nog steeds van waarde zijn geweest voor Muhrmann en Connie als zij ermee had ingestemd om met hen een nieuw Suikeroompje aan de haak te slaan. Maar wat als ze dat nu eens heeft geweigerd? En wat als dat besluit nu eens een stevig fundament kreeg, juist doordat Markham haar flink wat had nagelaten? Dan zouden Muhrmann en Connie dubbel gefrustreerd zijn. En dat past heel goed bij het feit dat Muhrmann zijn moeder meteen na de dood van Markham geld aftroggelde. Tara kreeg zelfvertrouwen en draaide de kraan dicht.'

'Te veel zelfvertrouwen,' zei Robin. 'Ze had geen idee wie ze tegen zich in het harnas joeg.'

Milo legde zijn vork neer. 'Dank jullie wel, dat klinkt allemaal geloofwaardig.' Hij hees zich overeind. 'Het wordt tijd eens wat meer te weten te komen over dat lieftallige stelletje.'

19

De rode Audi TT Roadster van Samantha 'Suki' Agajanian schoof om vijf over halfelf de parkeerplaats op achter het gebouw waar het kantoor van SukRose gevestigd was.

Milo wist dat het haar auto was en dat haar echte naam Samantha was, omdat hij de vroege ochtenduren had doorgebracht met het natrekken van haar en haar zuster.

Daaraan voorafgaand had hij de familie Suss onder de loep genomen met behulp van internet en aangiftes voor de vermogensbelasting.

Hij had geen nieuwe financiële informatie gevonden na de verkoop van het bedrijf. Markham Industries was niet alleen een familiebedrijf geweest, ze waren er ook uitstekend in geslaagd om de informatie binnen de familie te houden.

Eén verrassing: de gedeelde geboortedatum van Franklin en Philip maakte hen tot een tweeling.

'Minder eeneiig dan dat ben ik ze nog nooit tegengekomen,' zei Milo.

Ondanks de teloorgang van Connies galerie en haar mogelijke partnerschap met Steven Muhrmann, bleven zij en Philip getrouwd en woonden ze samen aan Portico Place, niet ver van het Encino Reservoir. De postbus die ze had genoemd in haar referentie voor Muhrmann, was op een adres een paar kilometer daarvandaan, maar de postbus was al tijden verhuurd aan iemand anders en de eigenaars van het bedrijf dat de postbussen verhuurde, konden zich haar niet herinneren.

Dr. Franklin Suss en dr. Isabel Suss betaalden ondertussen voor het tiende jaar belasting voor een huis aan North Camden Drive in Beverly Hills Flats. Daarvoor hadden ze in een kleiner huis gewoond aan Roxbury, aan de zuidkant van Wilshire.

Leona Suss was de enige bewoner van een landhuis op tachtig are grond aan Hartford Way, net ten noorden van het Beverly Hills Hotel, en een flatje in Palm Desert. Het landhuis en het flatje waren beide zevenentwintig jaar geleden gekocht met kapitaal uit een door de familie beheerd fonds.

Geen van de Susses was ooit meer dan één keer getrouwd geweest.

'Veel te veel stabiliteit, het is goddomme on-Amerikaans,' zei Milo.

De zusjes Agajanian daarentegen waren beiden gescheiden toen ze nog geen dertig waren, in het geval van Rosalynn zelfs twee keer. De oprichters van SukRose.net hadden de waarheid gesproken toen ze hadden beweerd dat ze eigenaar waren van een huisje in Lake Arrowhead, maar hun onderkomen in de stad was een huurhuis in Hollywood Hills, net ten zuiden van de Bird Streets.

Rosalynn reed in hetzelfde model Audi als haar zus, maar dan een zilverkleurige. Columbia, Penn en de universiteit bevestigden dat de vrouwen daar hadden gestudeerd. Een boete voor fout parkeren, braaf betaald, was het enige contact dat ze ooit hadden gehad met justitie.

Ik had een parkeerplaats gevonden aan het einde van het parkeerterrein. Vanaf die plek konden we Suki observeren terwijl ze naar het gebouw liep, een iPhone tegen haar oor gedrukt. Ze luisterde glimlachend en praatte glimlachend. Verbrak de verbinding, begon aan een sms-bericht en bleef glimlachen. De split van een getailleerd tweedjasje viel open over twee stevige, gevulde billen, en ook haar benen mochten er wezen in de *skinny* jeans. Bijna bij elke tweede stap wankelde ze op de tien centimeter hoge, rode naaldhakken, maar het gebrek aan evenwicht ging geenszins ten koste van haar goede humeur.

Alsof ze een bod op het heelal had gedaan in het volste vertrouwen dat het zou worden geaccepteerd.

We wachtten tot ze in het gebouw was verdwenen en zagen haar de lift ingaan. Ze keek op van haar telefoon op het moment dat de deuren begonnen dicht te schuiven. Zag ons en trok een onberispelijk geplukte wenkbrauw op toen we in de lift stapten.

Milo maakte een gebaar als een klein saluut.

Ze keerde zich weer naar het scherm van de telefoon.

De lift stopte op de eerste verdieping. Twee andere personen stapten uit, zodat alleen een slecht opgemaakte, oudere vrouw in een flodderige wollen jas met een schotse ruit, die eruitzag alsof ze elk moment iemand een standje kon geven, achterbleef. Ze had dicht bij Suki gestaan en ging snel ergens anders staan waar ze een maximale afstand tot Suki in acht kon nemen. Snoof alsof de jongere vrouw naar alles behalve Chanel No. 10 rook.

Ting. Tweede verdieping.

Suki aarzelde.

Milo zei: 'Dames gaan voor.'

De oude vrouw zei: 'Wil íémand even opschieten?'

Op de gang buiten de lift ging het sms'en door.

'Morgen Suki.'

'Morgen.'

'We moeten even praten.'

'Ik dacht van niet. Brian heeft jullie gegeven wat je nodig hebt.'

'Brian heeft ons de basis gegeven. Daarna is het leven ingewikkelder geworden.'

'Voor wie?

'Hangt ervan af.'

Ze keek op van het schermpje. 'Ik houd er niet van als ik onder druk word gezet.'

'Dat klinkt als iets wat je van Brian moet zeggen.'

'Nee, dat is het gevoel dat ik van jullie krijg. Dat verdien ik niet.'

'Laten we in je kantoor praten.'

'Heb je een bevel?'

'Dat kan ik gaan halen, maar ik hoop dat het niet zover komt, Suki. Voor jullie bestwil, want als je daaraan begint, gaat zoiets een eigen leven leiden. Dan worden jullie zaken net zo lang bevroren als de techneuten nodig hebben om jullie harde schijven te kopiëren en de dossiers door te ploegen.'

'Dat kun je niet doen.'

Milo klakte met zijn tong. 'Dat zeggen ze allemaal, Suki.'

'We zijn hier niet in Syrië of Iran,' zei ze. 'Je moet een aanleiding hebben voor een huiszoeking.'

'Die hebben we,' zei Milo. 'Wat je ook gezien mag hebben op tv, moord telt.'

'Nooit een keer,' zei ze, maar haar stem beefde.

'Suki, het trieste is dat we waarschijnlijk je harde schijven helemaal niet nodig hebben en dat het bekijken van alles wat erop staat een kloteklus is. Uiteindelijk zijn we alleen maar op zoek naar een paar antwoorden op een paar eenvoudige vragen, dus waarom zouden we het niet iedereen naar de zin maken?'

'Net zei je dat het allemaal ingewikkeld was.'

'Maar jij kunt het weer eenvoudig maken.'

De deur van een kantoor ging open. Twee mannen in maatkostuum, bovenste knoopje van het overhemd los, kwamen lachend naar buiten.

'Morgen,' zei de een.

Suki's groet was bijna onhoorbaar en beide mannen keken haar aan alsof ze hen had afgewezen in de kroeg.

'Oeps,' zei de een. 'Tijd om door te lopen.'

Terwijl ze de lift instapten zei de ander: 'Was dat politie? Maf.'

Suki mompelde onhoorbaar *verdomme*.

Milo zei: 'Laten we in je kantoor praten.'

'Goed, maar ik beloof niets.'

Het werd licht in de donkere, lege ontvangstruimte van Suk-Rose.net toen Suki op lichtschakelaars drukte, op weg naar haar kantoor. Sporen van een stofzuiger en een soort chemische sinaasappelgeur verraadden dat het kantoor 's nachts was schoongemaakt, maar de strijd moest aangaan met het aroma van een Mexicaanse meeneemmaaltijd. Naast een van de computerschermen van Suki lagen pakjes pikante saus die de schoonmaakploeg vergeten was op te ruimen.

Ze fronste haar wenkbrauwen, veegde de pakjes in een prullenbak en keek langs ons heen.

De computers zoemden. Hardware en software in eendrachtige samenwerking om oude mannen aan jong vrouwenvlees te helpen.

Ik vermoed dat het niet zo heel veel verschilde van wat het huwelijk eeuwenlang is geweest voordat het ideaal van romantische liefde van onderwerp voor fictie werd verheven tot sociale norm. En wie weet? Misschien zou op een dag de definitie van hartsvriend of hartsvriendin wel helemaal een kwestie van bytes en bits worden.

Op dit moment, met in gedachten een mooie vrouw zonder gezicht, voelde het allemaal echter niet zo goed.

Toen we hadden zitten wachten op het parkeerterrein, had Milo mij gevraagd het gesprek te beginnen: 'Je weet wat ik vind van al die pseudowetenschappelijke onzin.'

Ik vroeg: 'Suki, hoe groot is de toevalsfactor in jullie proces?'

'Je zult preciezer moeten formuleren wat je bedoelt met "proces".'

'Een match zoeken tussen Suikeroompjes en Snoepjes.'

'Het proces is dat wij de gegevens aanleveren en dat mensen daar zelf hun weg in zoeken.'

'Helemaal op eigen houtje?'

Haar ogen schoten naar links. 'Dat zei ik.'

Milo liep naar het raam en trok de gordijnen open. De plas licht die naar binnen viel, was hard en wit.

Haar ogen bleven op hem gericht terwijl hij terugliep naar zijn stoel en weer ging zitten. 'Waar keek je naar? Zijn er nog meer van jullie daarbuiten?'

Hij zei: 'Schitterend uitzicht. Jullie hebben het echt goed voor elkaar hier.'

Hij kan zo over koetjes en kalfjes praten dat elk woord onheilspellend klinkt. Suki Agajanian slikte. 'Zal wel.'

Ik houd niet zo van leugentjes, maar ik ben er beter in dan ik zelf zou willen. 'Suki, we hebben een paar wiskundejongens naar jullie site laten kijken. Ze waren het erover eens dat de kans dat jullie succesvol zijn op een terrein met zoveel concurrentie, vrijwel nihil is, als jullie voornaamste werkwijze erop berust dat de cliënten zelf op zoek gaan naar een geschikte date. De kans op succes is dan ongeveer even groot als de kans dat een aap die je met krijtjes en papier opsluit in een kamer, aan het einde van het weekend een shakespearesonnet heeft geproduceerd.'

Ze wiegde heen en weer. Als ze een boot was, zou ze nu water maken. 'Is dat zo?'

Ik knikte.

'Dan weten die zogenaamde wiskundejongens van jou niet waar ze het over hebben.'

'Je wilt zeggen dat jullie nooit zoekopdrachten verfijnen om de kans op compatibiliteit zo groot mogelijk te maken.'

Haar ogen maakten opnieuw een draai richting bakboord. 'Er zijn stappen die we kunnen zetten als een cliënt daarom vraagt. Hoezo?'

'Wat voor stappen?'

'Constructieve focus.'

'Inhaken op gedeelde interesses.'

Ze knikte.

'Lievelingseten en zo?'

'Dieper dan dat,' zei ze. 'Waarden, ervaringen, intellectuele interesses.'

Ik probeerde me een diepzinnig gesprek voor te stellen tussen Markham Suss en Tara Sly.

'Om dat mogelijk te maken gebruiken jullie software om op trefwoorden te zoeken.'

Ze strekte haar armen met twee vlakke handpalmen voor zich uit. 'O nee, ik ga niet met jullie over technische details praten. Dat zou ik zelfs niet doen als we auteursrechten hadden, en daar zijn we nog mee bezig. Want alles kan gejat worden en met een beetje aanpassing zo weer worden gebruikt.'

'Wij zijn wel de laatsten waar je wat dat betreft bang voor hoeft te zijn,' zei ik.

Ze sloeg haar armen over elkaar voor haar borst. 'Nee, gebeurt niet. Goed, als er nog iets anders is...'

'We kunnen dus aannemen dat het in theorie een aangenaam

tijdverdrijf is om willekeurig rond te neuzen op zoek naar de ware liefde, maar dat het significant gunstiger uitpakt als het een beetje wordt bijgestuurd.'

'"Significant" is een begrip uit de statistiek,' zei ze. 'Je bedoelt belangrijk.'

'Oké, focus is belangrijk.'

'Dat hangt ervan af, denk ik.'

'Zoeken jullie routinematig op trefwoorden of is het een optie?'

Ze gaf geen antwoord.

Ik zei: 'Ik zou denken dat het een betaalde extra optie is. De oudjes betalen een doe-het-zelfbasistarief, maar voor een beetje meer worden ze geholpen in de liefde.'

Suki Agajanian trok haar gekruiste armen vaster om zich heen, trok haar schouders omlaag, alsof iemand haar in een veel te strak korset had gesnoerd. 'Relaties zijn geen grapjes.'

Ik zei: 'Allesbehalve. Rekenen jullie per woord of is het een pakket?'

'Ik zie niet in waarom het belangrijk is voor jullie om dat te weten.'

'Kunnen Suikeroompjes en Snoepjes allebei hulp inroepen?'

'Iedereen zoekt zijn eigen weg, dat is het mooie...'

'Suikeroompjes betalen voor toegang tot de site, maar Snoepjes doen dat niet.'

'Dat heeft Brian jullie al uitgelegd.'

'Dus als er een betaalde extra service wordt verleend, geldt dat alleen voor Suikeroompjes, toch?'

Het bleef lange tijd stil. Toen volgde een nukkig knikje.

Ik zei: 'Snoepjes zorgen wel voor zichzelf.'

Zweetdruppeltjes vormden zich op haar fraaie Levantijnse neus. Ze liet haar armen zakken en strengelde haar vingers in elkaar. Er kraakte een knokkel. Ze schrok van het geluid.

Als je eigen lichaam je doet schrikken, ben je een gemakkelijke prooi.

Ik zei: 'Je begrijpt natuurlijk wel waar we heen gaan.'

'Natuurlijk begrijp ik dat niet.'

'Cohiba's.'

Ze rolde abrupt haar stoel achteruit. Raakte een hindernis en kwam even abrupt weer tot stilstand. Ze zette zich schrap tegen de rand van haar bureau. 'Wij hebben absoluut niets illegaals gedaan.'

'Dat beweert ook niemand, Suki.'

'Willen jullie dan alsjeblieft vertrekken zodat ik aan het werk kan gaan? Ik moet een karrenvracht e-mails afwerken.'

'Zodra we de precieze datums hebben waarop Tara Sly en Markham Suss zich bij jullie hebben geregistreerd.'

'O nee, niets daarvan, daar kan ik niet aan beginnen,' zei ze. 'Dat moet ik eerst met Brian overleggen.'

Haar iPhone lag op het bureau, een sprankelend roze geval, het soort speelgoed dat je aan een meisje van drie geeft. Ik reikte hem haar aan.

Ze verroerde zich niet.

'Bel hem maar, Suki, dan kunnen we allemaal weer verder met waar we mee bezig waren.'

'Dat is alles wat jullie willen?' zei ze. 'Alleen die datums? En dan laten jullie me met rust?'

'Nou en of.'

Ze lachte. 'Dan hebben jullie mooi je tijd zitten te verdoen, want die datums staan voor iedereen zichtbaar boven het profiel.'

Juist ja.

Milo haalde de oefeningen in creatief schrijven van Stijlfreak en Mystery tevoorschijn. 'Volgens dit hier heeft meneer Suss zich drieëntwintig maanden en vier dagen geleden laten registreren.'

'Als dat er staat.'

'En Tara Sly vrij snel daarna, om precies te zijn, drie dagen later.'

'Oké.'

Ik zei: 'Hoeveel vragen jullie voor het zoeken op trefwoorden?'

'Dat heb je al gevraagd.'

'Ik kan me geen antwoord herinneren, Suki. En eerlijk gezegd begrijpen we ook niet zo goed waarom je zo ontwijkend doet als betalen voor extra trefwoorden een optie is die alle Suikeroompjes krijgen aangeboden als ze zich laten registreren. Tenzij dat natuurlijk niet zo is en jullie rotzooien met dat tarief op basis van een of ander geheim criterium. Zoals bijvoorbeeld wat je denkt te kunnen vangen van iemand.'

'Nee! Iedereen betaalt veertig dollar voor drie woorden, en elk volgend woord is twintig dollar per woord.'

'Per maand?'

'Per twee maanden, maar ze kunnen andere trefwoorden kiezen als hun trefwoorden niets opleveren, en dat is gratis.'

'Hoeveel Suikeroompjes opteren voor het extra pakket?'

'Dat weet ik niet.'

'Het merendeel?'

'We hebben ze nooit geteld.'

'Cijferfreaks als jij en je zuster?' zei ik. 'Dat is moeilijk te geloven.'

Ze liet haar schouders zakken. 'Ongeveer de helft.'

Een snel rekensommetje leerde dat dat een aardig inkomen opleverde.

Ze zei: 'Kan ik nu met mijn e-mail...'

'De helft van de Suikeroompjes betaalt voor geavanceerd zoeken, terwijl de Snoepjes vertrouwen op hun slimheid.' Ik glimlachte. 'Zal ik maar zeggen.'

'Je zou versteld staan,' zei ze. 'Sommigen zijn echt slim en hoogopgeleid.'

'Tara Sly moet wel heel erg slim zijn geweest dat ze Suikeroompje zo snel aan de haak wist te slaan,' zei ik. 'Al zou je dat niet zeggen met al die spelfouten en grammaticale fouten.'

'Zal wel.'

'Als dat het niet is, dan moet ze bovennatuurlijk begaafd zijn geweest.'

'Wat bedoel je?'

'Geen idee?'

Opnieuw een beweging met de ogen.

Ik zei: 'Raad eens op hoeveel woorden er een match was tussen haar en Stijlfreak.'

Stilte.

'Vijf, Suki. *Avontuur, vrijheid, omarming, spiritueel*. Maar het opvallendste woord was *Cohiba*. Onze wiskundejongens beweren dat de kans dat dat gebeurt oneindig klein is. Wij denken dat Mystery niet zomaar een beetje door het bestand op zoek was naar een Suikeroompje. Vanaf het begin was ze eropuit om Stijlfreak aan de haak te slaan. Dat zou ook niet zo moeilijk zijn als de Snoepjes al toegang hadden tot de profielen van Suikeroompjes voordat ze zich laten registreren. Dan hoeven ze alleen maar zijn interesses op een rijtje te zetten en in haar eigen profiel te verwerken. Maar dat zou natuurlijk een puinhoop maken van jullie site, dat zou een soort wedstrijd in trefwoorden worden. Dus blijft iedereen die geen gebruikersnaam en wachtwoord heeft, verstoken van de profielen van Suikeroompjes. Tenzij jullie die regel tegen betaling aan je laars lappen.'

'Dat doen wij niet.'

Ik zei: '*Avontuur, vrijheid, omarming* en *spiritueel* zijn woorden die waarschijnlijk veel worden gebezigd op SukRose.net. Vooral *spiritueel*, iedereen beweert dat hij spiritueel is. En dan nog zou een match van vier woorden een kolossale prestatie zijn. Als je daar nog eens een woord aan toevoegt dat bijna niemand gebruikt, zoals *Cohiba's*, dan lijkt het heel voor de hand liggend dat Tara over bovennatuurlijke gaven beschikt. Tenzij jullie onder de tafel informatie doorverkopen aan Snoepjes, maar natuurlijk doen jullie dat niet.'

'Dat doen we niet, ik zweer het.'

'Dan is het toch wel heel merkwaardig, Suki. We hebben een willekeurig aantal van jullie profielen doorzocht. Wat denk je hoe vaak *Cohiba* of *Cohiba's* opdook, als je de pagina's van Mystery en Stijlfreak niet meerekent?'

Stilte.

'Elk ander antwoord dan nul zou fout zijn, Suki.'

'Oké, nou en?' zei ze. 'Iemand met een gebruikersnaam en een wachtwoord heeft haar het profiel laten zien.'

'Een ander Snoepje dat haar liet meedelen in de weelde?'

'Ja.'

'Al die jonge vrouwen die elkaar beconcurreren om in de

gunst te komen van een select gezelschap rijke ouwe kerels, gaan vriendschappelijk met elkaar om en wisselen gegevens uit?'

Ze haalde haar schouders op.

Milo zei: 'Wij hebben een andere verklaring.'

'Wat?'

Hij liet haar een uitvergroting zien van de foto van het rijbewijs van Steven Muhrmann. 'Wat denk je, is dat iemand die graag dingen deelt?'

Suki Agajanians mond viel open. 'Hij?'

'Nou, kijk eens aan,' zei Milo. 'Een spontane reactie.'

Ze hapte naar adem.

Hij zei: 'Volgens mij ken je hem.'

'Stefan hoeheetieookalweer... Moore,' zei ze. 'Wat heeft hij hiermee te maken?'

'In het echt heet hij Steven Muhrmann.'

'Ik ken hem als Stefan Moore.'

'En waar ken je hem van, Suki?'

'Hij heeft voor ons gewerkt, ja? Een tijdje maar, niets bijzonders.'

'Wanneer?'

Ze ratelde op toetsen. Hapte opnieuw naar adem. Liet zich tegen de rugleuning van haar stoel vallen en staarde naar het plafond. 'O, shit.'

Milo zei: 'De datum graag, Suki.'

'Precies rond die tijd.'

'Dié tijd...?'

'De tijd dat hij zich liet registreren, Stijlfreak, Suss.'

'De datum,' zei Milo opnieuw.

Ze las de datum stijfjes voor.

Milo zei: 'Dat is twee dagen nadat Stijlfreak op de radar verscheen en één dag voordat Mystery ging meedoen.'

'Shit.'

'Hoe lang heeft hij voor jullie gewerkt, Suki?'

'Minder dan twee weken. Wacht.' Klik, klik. 'Kennelijk heb ik geen dossier, maar het was niet erg lang, misschien een week, anderhalve week.'

'Het lijkt erop dat hij op de eerste dag van zijn nieuwe baan in jullie database heeft gezeten.'

'Onmogelijk,' zei ze. 'Hij kon helemaal niets met computers.'

Ik zei: 'En dat weet je omdat...'

'Dat zei hij van tevoren al.'

'Wat een eerlijke jongen.'

'Shit.'

'Ik wil wedden dat hij er nogal een punt van heeft gemaakt dat hij helemaal niets met computers kon, Suki. Ik wil wedden dat hij grote indruk op jou en Rosalynn heeft gemaakt met al die eerlijkheid van tevoren.'

Ze sloot haar ogen. Masseerde haar voorhoofd. 'Ik krijg vreselijke hoofdpijn.'

Ik zei: 'Dat hij niets van computers afwist, gaf jullie een aangenaam gevoel. Dat hij niet met jullie gegevens kon rotzooien.'

Ze ging rechtop zitten. 'Die smeerlap, maar nee, hij heeft geen schijn van kans gehad om in die profielen te komen, wij zijn hartstikke paranoïde als het op beveiliging aankomt. Alles wordt twee keer gecodeerd, we hebben allerlei firewalls, het is net het Pentagon. Brian zegt dat ze bij het Pentagon mochten willen dat ze zo goed beveiligd waren. Wij doen alles wat maar kan om onze data te bewaken, want zonder die data zijn we geen cent waard.'

'Wat moest Stefan precies doen?'

'Hij was loopjongen, hij deed boodschappen en nam pakjes aan.'

'Zat hij ook aan de telefoon?'

'Soms.'

'Wanneer?'

'Hoe bedoel je?'

'Werkte hij alleen als Rose en jij hier waren? Of zat hij aan de telefoon als jullie de deur uit waren voor de lunch?'

Stilte.

Ze fluisterde hels: 'O, fuck.'

Ik zei: 'Jullie hebben de computers gewoon nooit uitgezet

omdat Stefan een computerdummy was.'

Het geluid dat ze vervolgens produceerde, viel moeilijk te omschrijven. Deels lach, deels gekakel, deels een verstopte hoest diep vanuit de longen. 'Shit, shit, shit, hoe hebben we zo... Onmogelijk, ik kan het niet geloven...'

Ik zei: 'Hebben jullie hem ontslagen?'

'Nee, hij is gestopt.'

'Heeft hij ook een reden gegeven?'

'Hij kwam gewoon niet meer opdagen.'

'Dus hij heeft niet officieel zijn baan opgezegd, hij heeft jullie gewoon laten zitten. Omdat zijn echte klus was geklaard.'

Haar hoofd klapte op haar borst, alsof ze plotseling een ondragelijk gewicht te torsen kreeg. 'Het spijt me. Maar je bedoelt toch niet, dat dat de oorzaak is... van wat haar overkomen is. Dat bedoel je toch niet?'

Milo zei: 'Op de een of andere manier is Tara Sly op het spoor gezet van Markham Suss. Als Stefan jullie data gestolen heeft, is dat een klare zaak. Maar als jullie je eigen regels overtreden hebben en geld hebben aangenomen om dat proces te sturen, dan wordt het een heel ander verhaal.'

'Nee, nee, dat zouden we nooit doen, wij zijn er niet persoonlijk bij betrokken, alles gebeurt online.'

'Romantisch.'

'Waarom zouden we? Wij kijken niet naar dat soort dingen.'

Hij zei: 'En toen we op de proppen kwamen met Tara's foto? Je werd niet eens nieuwsgierig.'

Ze knikte heftig. 'Natuurlijk wel, maar het enige wat eruit kwam, was dat ze maar één Suikeroompje had gedatet, en dat was goed, we dachten dat we jullie in het ergste geval die data zouden geven en dan zouden jullie ons met rust laten.'

'Het feit dat ze zich een paar dagen na elkaar lieten registreren en elkaar vrijwel meteen vonden, deed geen belletje rinkelen?'

'Ik zweer het,' zei ze. 'Dat is ons niet eens opgevallen, we probeerden ons alleen in te dekken, moeilijkheden te voorkomen. Het spijt me, oké? En we hebben het nooit in verband gebracht met hem, die klootzak. Waarom zouden we? Hij kwam over als een sukkel. Zelfs nu kun je niet bewijzen dat hij er iets mee te maken had, dat hij aan onze data heeft gezeten.'

'Een match van vijf woorden, Suki? Cohiba's.'

'Wat ik zei, dat kan ook een van de andere vrouwen zijn geweest.'

Milo en ik zeiden niets.

'Oké,' zei ze. 'Het kan ook een ongelukje zijn geweest.'

Milo zei: 'Wat voor ongelukje?'

'Een programmafout, dat gebeurt en dan repareren we dat. Maar echt, het kan best een van de andere vrouwen zijn geweest. Misschien hebben ze ervaringen uitgewisseld.'

'Net als voetbalplaatjes,' zei Milo. 'Hé, dat is een idee: plaatjes van Suikeroompjes en Snoepjes, spaar ze allemaal jongens!'

'Zal wel.'

'"Gossie Tara, ik was aan het surfen met mijn gebruikersnaam en wachtwoord en kwam zomaar terecht bij een rijke oude kerel die iets heeft met Cubaanse sigaren, en toen dacht ik, dat is echt iets voor jou, jij houdt van rijke, oude kerels die naar tabak stinken en uit hun nek lullen over karma, alsjeblieft meid. En als je eenmaal je eigen gebruikersnaam en wachtwoord hebt, kun je mij een keer een plezier doen, en, o ja, collega, hier nog vier trefwoorden die je in je profiel kunt stoppen zodat zich een wiskundig volstrekt onwaarschijnlijke toevalstreffer zal voordoen, want ik heb een zorgvuldig uitgedachte zoekopdracht gegeven om jouw kans op succes maximaal te maken."' Hij gaf zich een tik op de wang. '"Oeps, je bent je gezicht kwijtgeraakt."'

Suki Agajanians ogen vulden zich met tranen. 'Ik zei dat het me spijt.'

'In dat geval, wat dacht je ervan om al dat berouw te kanaliseren in actie, Suki? Dus geen gedraai meer en juridisch gehakketak en je vertelt ons het adres dat Stefan je heeft gegeven toen hij solliciteerde naar zijn baan van tien dagen.'

'Natuurlijk, geen probleem.' Klik. 'Hier is het.' Ze drukte een pagina af.

Hetzelfde postbusnummer dat Connie Longellos de huisbaas

van Muhrmann had gegeven.

Milo vroeg: 'Waar is de rest van zijn sollicitatie?'

'Dit is alles, eerlijk. Ik weet dat het er erg armoedig uitziet, maar we werkten in die tijd dag en nacht om alles aan het draaien te krijgen en we hadden gewoon domweg geen tijd om alles officieel af te handelen, en zoals ik al zei, hij is hier maar heel kort geweest.'

'Hoe waren jullie eigenlijk bij hem terechtgekomen?'

'Hij had ons gevonden,' zei ze. Haar ogen schoten even naar links. Haar lippen trilden. Ze zou nooit slagen voor een test als psychopaat.

'Hoe had hij jullie gevonden?'

'Hij had een briefje met zijn naam en telefoonnummer onder de deur door geschoven, dat hij kantoorwerk zocht. Hij zei dat hij beneden had gevraagd en dat ze hadden gezegd dat wij een loopjongen zochten.'

'Wie beneden?'

'Dat weet ik niet.'

'Dat heb je nooit uitgezocht.'

'We hadden het drúk. We dachten dat we hulp nodig hadden. Toen we eenmaal op stoom waren en hij alweer weg was, merkten we dat de computers alles kunnen wat een mens kan, alleen dan beter. Dat is het mooie van online zakendoen, je beperkt je overhead tot een minimum.'

'Stelletje slimmeriken, jij en Rose en Brian,' zei Milo. 'Doen er nog meer mee in de familie?'

'Michael, onze jongste broer, heeft aan de website gewerkt, hij is creatief, maar dat is het.'

'Vertel eens alles wat je je kunt herinneren van Stefan Moore.'

'Hij was wel oké,' zei ze. 'Beleefd, hij zei niet zoveel.'

Ik zei: 'Hij liep jullie niet voor de voeten en jullie hadden het druk, dus dat kwam goed uit.'

'Ja. Je wilt toch niet beweren dat hij... O, mijn god!'

Milo zei: 'Wat we bedoelen is, dat wij met een dode jonge vrouw zitten, en dat die goeie, ouwe Stefan op de avond dat zij werd vermoord, bij haar in de buurt is gesignaleerd. Dat maakt hem voor ons, zoals wij dat zeggen, een interessante figuur.'

Ze liet haar hoofd weer op haar borst zakken. 'Dit is één grote shitnachtmerrie.'

'Voor Tara Sly was het een nachtmerrie, voor jou komt het alleen maar allemaal erg slecht uit.'

Ze keek op, haar donkere ogen spuwden vuur. 'Je begrijpt het niet. Als er ook maar iets van dit alles uitkomt, zijn wij kapot, en het kon niet op een slechter moment gebeuren.'

'Gaan de zaken een beetje stroef?'

'Integendeel, de zaak bloeit. Er is van een paar kanten een serieus bod voor overname gedaan en dat kan echt oplopen, dus, alsjeblieft, alsjeblieft, hang het niet aan de grote klok. Alsjeblieft.'

Milo zei: 'We zullen ons best doen, Suki. Als jij ons alles hebt verteld wat je weet.'

'Ik heb alles verteld! Dat zweer ik.'

'Laten we nog eens teruggaan naar wat Brian beweerde: jullie verzamelen geen verdere persoonlijke gegevens van Snoepjes als duidelijk is dat ze geen strafblad hebben.'

Een ogenblik van aarzeling. 'In principe... Oké, we slaan adressen en telefoonnummers op, er is geen reden waarom we dat niet zouden doen. Ik zal je de gegevens van Mystery geven. Heb je daar wat aan?'

'Uitstekend, Suki. En dan geef je ons ook haar echte naam.'

'Als het kon, zou ik dat doen.'

'Kom, kom...'

'Echt, ik ben nu eerlijk, ik wíl eerlijk zijn, ik heb geen reden iets achter te houden.'

'Jullie trekken wel een mogelijk strafblad na, maar controleren niet of de namen echt zijn.'

'We gaan af op wat ze ons vertellen,' zei ze. 'We zijn de FBI niet, je kunt niet van ons verwachten dat we... hoe noem je dat, dossiers bijhouden.'

Hij staarde haar aan.

'Ik zweer het.'

'Oké, Suki. Adres en telefoonnummer.'

'Oké, oké, oké.' Klik, klik, klik. 'O, mijn god.'

'Wat?'

'Niets,' zei ze. 'Het is gewist.'

'Door wie?'

'Niet te achterhalen.'

'Wanneer?'

'Dat staat er ook niet.'

'Het lijkt erop dat jullie database allesbehalve feilloos werkt. Daar zou ik maar eens flink aan werken als ik jullie was, voordat die overnames serieus worden.'

Ze glimlachte besmuikt naar ons. 'Ik word misselijk.' Met een stem alsof ze het volgende stuk aankondigde van een pianorecital.

Tegen de tijd dat ze deur had bereikt, kokhalsde ze.

Ze rende naar een toilet binnen gehoorsafstand.

Over misleiding gesproken.

20

Suki Agajanian keerde bleek en gebogen terug van het toilet, futloos haar bij elkaar gebonden in een slordige knoet.

'Maak je geen zorgen, het gaat wel,' zei ze, alsof wij ons bezorgd hadden betoond.

Milo zei: 'Wel, wat ga je ons nog meer vertellen?'

'Ik zweer het, jongens, verder is er niets. Ik heb haar nooit echt ontmoet, of zo. Of hem. Voor ons zijn het niet meer dan namen.'

We wachtten tot ze verder zou gaan.

Ze zei: 'Ik zweer het.'

'Nog één vraag: hebben nog meer mensen zich laten registreren op jullie site die Suss heten?'

Ze aarzelde, maakte een berustend gebaar met haar handen en begon te typen. 'Niemand.'

'En Longellos?' Hij spelde de naam.

'Niet.'

'Oké, Suki, we gaan, maar als we het idee hebben dat je ook maar iets hebt achtergehouden...'

'Dat heb ik niet,' zei ze. 'Dat zou getuigen van weinig inzicht en ik sta erom bekend dat ik de zaken goed inschat. We gaan voortaan alles nog beter beveiligen, maar niemand heeft ooit kunnen beweren dat we stom zijn.'

'Applaus voor de zusjes Agajanian,' zei Milo.

'Wij hebben ambities. Daar hoeft niemand zich voor te schamen. Nu moet ik echt met die e-mails aan de slag.'

We lieten haar achter aan haar bureau, terwijl ze met de ene hand een sms typte en met de andere op het toetsenbord aan de slag ging. Voordat we de deur van de ontvangstruimte naar de gang hadden bereikt, kwam ze op blote voeten achter ons aan rennen. 'Mag ik iets vragen? Jullie hoeven geen antwoord te geven, maar ik moet het vragen. Hoe hebben jullie eigenlijk het spoor gevonden van haar naar ons? Ik bedoel Tara. Hoe ze dan ook heette.'

'Precies wat we hebben gezegd,' zei Milo. 'Een anonieme tip.'

De grauwe onschuld op haar gezicht maakte plaats voor een sluwe glimlach. 'Kom op jongens, echt.'

'Echt.'

'Maar dat is niet logisch. Wie zou ons een loer willen draaien. Dat is vreselijk gemeen en laag-bij-de-gronds.'

Milo zei: 'Anonieme tips zijn de boter op ons brood.'

'Wat triest.'

'Wat?'

'Dat mensen zo met elkaar rotzooien.'

Hij knipoogde naar haar. 'En toch houden we van ons werk.'

Toen we naar de lift liepen, zei hij: 'Om eerlijk te zijn heb ik zelf ook over die tip na zitten denken en me afgevraagd wie er nog meer van dit alles op de hoogte zijn. Als je nagaat hoeveel moeite Muhrmann en Tara en waarschijnlijk ook Connie Longellos hebben gedaan om hun sporen te wissen, zou je denken dat ze niemand anders in vertrouwen hebben genomen.'

Ik hield mijn stem vlak. 'Dat zou je denken.'

Milo zei: 'Rijke familie, als puntje bij paaltje komt, draait het allemaal om de pegels.'

Ik zei: 'Ideetje voor een soap: Suss raakt verstrikt in zijn lustgevoelens en begint Tara een maandelijkse toelage toe te schuiven, wat voor iemand met zijn vermogen geen enkel probleem oplevert. Dan wordt het serieus en doet hij er nog wat extra pegels bovenop. Zo met Stevie en Connie en Tara die de opbrengsten delen, is dat een gunstige ontwikkeling. Maar de kip met de gouden eieren legt van het ene op het andere moment het loodje, de stroom inkomsten droogt op, en Tara weigert niet alleen in zee te gaan met een nieuw Suikeroompje, maar eist ook een mooi bedrag om met pensioen te kunnen gaan. Ze zet Connie onder druk met het dreigement dat ze de rest van de familie zal vertellen wat ze hebben gedaan. Dat zou voor Connie meer dan alleen maar een opgedroogde bron van inkomsten betekenen. Het zou een ramp zijn geweest.'

'Zwemmen met haaien,' zei Milo. 'Dom, naïef kind. Maar op wie zat ze die avond bij het Fauborg te wachten?'

'Misschien wel op Connie.'

'Jij zei dat ze eruitzag alsof ze een date had.'

'Dat is ook zo.'

De lift arriveerde. Leeg. Toen we waren ingestapt, probeerde Milo camera's te ontdekken. Hij zag niets, maar hield zijn mond.

Toen we weer op het parkeerterrein liepen, zei hij: 'Denk je dat de relatie tussen Connie en Tara meer om het lijf had dan puur zakelijk?'

Ik glimlachte. 'Dat komt voor.'

'Een triootje,' zei hij. 'Tara, Connie en Stevie, seks en geld, allemaal in één grote keukenmachine. O man, dat is veel meer dan een soap. Het lijkt meer op een realityserie.'

'*American Idols*?'

We lachten beiden.

Ik zei: 'Nog iets: Tara's ambities zijn misschien wel gegroeid door beloften die Suss haar heeft gedaan, zoals een permanente relatie.'

'Zijn vrouw in de steek laten voor het domme blondje?'

'Of hij het nu meende of niet, het zal haar niet heel erg buitenissig in de oren hebben geklonken. Blader maar eens een Westside-glossy door met foto's van de jetset. Allemaal ouwe kerels met snoepjes aan de arm.'

'En dan gaat hij dood en blijft zij achter als een ordinair sletje. Jaah, zoiets kan tot gekke dingen leiden.'

'Om ervoor te zorgen dat ze erin zou blijven geloven, kocht hij voor haar iets moois.'

'Het horloge.'

'Tara zou juwelen aantrekkelijk vinden, want je kunt ze vrij gemakkelijk verkopen zonder dat de belasting eraan te pas komt. Ze droeg het horloge waar Muhrmann bij was, maar veronderstel eens dat Suss haar een heleboel andere schitterdingen heeft gegeven die ze voor hem en Connie verborgen heeft gehouden? Als ze daarachter zijn gekomen, is dat nog eens een motief om haar te straffen.'

'Dat maakt de date bij het Fauborg een valstrik die zij met zijn tweeën in elkaar hebben gezet. Wat verwachtte Tara dan?'

'Een avond vol plezier.'

In de auto zei hij: 'Als ze van plan waren haar koud te maken, waarom gingen ze dan naar een hotel waar ze het risico liepen te worden gezien?'

'Muhrmann is nooit binnen geweest, het was puur toeval dat wij hem zagen. Neil de ober vertelde ons dat er niemand was komen opdagen toen hij aan het werk was, dus misschien had dat Connie moeten zijn, en is Tara vertrokken en liep ze Muhrmann tegen het lijf. Die vertelde haar dat de plannen gewijzigd waren, dat Connie iets had gehuurd in de Palisades. Ze reden naar een afgesproken plek waar Connie hen opwachtte, en met zijn tweeën hebben ze haar te grazen genomen met een .45 en een shotgun. Die overkill was opzet, omdat Tara het persoonlijk had gemaakt door spul achter te houden. En het aan flarden schieten van haar gezicht had nog als extra voordeel dat het moeilijker zou worden om haar te identificeren. En dat heeft gewerkt. We weten nog steeds niet wie ze echt was.'

'Ja, wrijf het er nog maar eens in... Goed, laten we maar een rondje gaan rijden en eens kijken waar al die mensen hokken.'

We reden langs Laurel Canyon de Valley in, over de 134 naar het westen tot de afrit White Oak, vandaar naar het zuiden, we kruisten Ventura Boulevard en reden de heuvels van het betere deel van Encino in.

Portico Place bestond uit een elegante reeks grote huizen die schuilgingen achter struikgewas en hoge hekken. Op het adres van Phil en Connie Suss bevond zich een van de voornaamste bouwsels: een torenende okergele, met de hand gestuukte, neo-Toscaanse villa, gedekt met Italiaanse pannen, en omgeven door kaarsrechte dadelpalmen en donkerrode bougainville. Voor het huis een met kinderkopjes bestrate oprit. Door het met fraaie ornamenten versierde dubbele hek waren een BMW 3 en een bronskleurige Lexus convertible te zien.

Milo zei: 'Mama en broer Frank houden meer van de regio 90210, maar Phil en Connie wonen nu ook bepaald niet in een achterbuurt. Heel aardig voor iemand zonder duidelijk inkomen.'

Hij floot zachtjes tussen zijn tanden.

'Wie uit het Goede Zaad geboren wordt...'

We observeerden bijna een uur lang helemaal niets en reden toen terug naar de stad.

Dr. Frank Suss en dr. Isabel Suss woonden weliswaar in 90210, maar je zou hun huis zo kunnen tegenkomen in de eerste de beste buitenwijk voor de middenklassen.

De bungalow had een rozeachtig beige kleur. Het petieterige voortuintje was voor het grootste deel geplaveid met beton. Er stond een oude Honda.

'Twee artsen,' zei Milo. 'Waarschijnlijk allebei aan het werk.'

Het enige wat er gebeurde in de twintig minuten dat we daar zaten, was dat een geüniformeerde dienstmeid van een van de buren een chihuahua zo groot als een muis uitliet.

Milo zei: 'Nogal gewoontjes voor twee dermatodingessen, toch? Ik dacht dat de botox in hetzelfde schip werd vervoerd als het grote geld.'

'Misschien geven ze niet om wereldse goederen.'

'Gezichtjes straktrekken voor de lol? Zoals de zaken zich ontwikkelen, ben ik bereid alles te geloven.'

Zo te zien aan de omvang van haar onroerend goed, geloofde Leona Suss heel duidelijk wel in wereldse goederen.

Het *Georgian* landhuis van bruine baksteen deed met zijn drie verdiepingen denken aan Monticello. Als Thomas Jefferson tenminste genoeg geld zou hebben gehad. Het huis was zo breed dat je er dertig auto's bumper aan bumper voor zou kunnen parkeren. Het werd omheind met bakstenen muren met bovenop geoxideerd bronswerk. Om de drie meter waren in de muur granieten medaillons aangebracht waarin camelia-bloesems waren uitgehakt. Mos begroeide de voegen zo keurig dat het geen toeval kon zijn. Tussen de sierlijke bronzen pennen, krullen en pinakels liepen verschillende soorten klimop gracieus omhoog, nauwgezet zo gesnoeid dat er wel licht door kon vallen, maar dat tegelijkertijd de privacy werd gewaarborgd.

Een bronzen hek voor voetgangers bood zicht op een klein deel van de voortuin. Geen parkeerplaats, alleen maar plekjes met schaduw op een gazon en een klinkerpaadje omzoomd door fraaie dennen, platanen en ceders. De helft van het terrein lag links van het huis, we vingen een glimp op van met buxus afgezette bloemperken, rijen Italiaanse cipressen, rozenperken waar de kleur van afspatte en een paviljoen van latwerk.

Ik reed langzaam langs de westmuur van het landgoed waar een drie meter brede stalen poort het terrein bereikbaar maakte voor auto's. Rechts ervan spreidde een fraai opgebonden Chinese iep haar takken. Iets in de boom ving zonlicht op en glinsterde.

Een beveiligingscamera, bevestigd aan een dikke tak, vrijwel niet te zien in het dichte gebladerte.

We keerden terug naar de voorkant, zochten naar meer camera's en vonden het knipperende rode lichtje in de grootste van de ceders.

Milo zei: 'Als juffertje Tara hier ooit ook maar een glimp van heeft opgevangen, zal haar dat ongetwijfeld hebben geïnspireerd. Wedden dat ouwe snoeper Markham het haar heeft laten zien?'

Ik zei: 'Pech voor haar.'

Zijn telefoon begon Schubert te spelen. Hij schakelde hem handsfree in en blafte: 'Sturgis.'

Een vrouwenstem blafte terug, nog luider: 'Jernigan!'

'Hoi, dok.'

De vrouw lachte. 'Hoi, inspecteur. Ik heb het sectierapport van je slachtoffer zonder gezicht. Ze had sporen van alcohol in haar systeem, maar niets wat een mens onmachtig maakt, misschien een of twee glazen drank. Geen drugs en geen medicijnen. Doodsoorzaak een kogel en een schot hagel, wat dat betreft geen verrassing. Ik vermoed dat de kogel eerder het hoofd is binnengedrongen dan de hagelkorrels, want er is een fraaie kogelbaan door de hersenen en als ze eerst geraakt was door de lading van de shotgun, zou het meer zijn geweest alsof de kogel was afgevuurd in een hoofd vol soep. Er zijn geen sporen van aanranding, ze heeft nooit een kind gedragen, maar er was wel sprake van aanzienlijke endometriose, misschien met een genetische oorsprong, misschien ook door vorming van littekenweefsel als gevolg van een soa. We hebben bovendien bindweefselvorming aangetroffen in en rond haar rectum, wat erop duidt dat ze op een bepaald moment waarschijnlijk vrij regelmatig anale seks heeft gehad. Maar voor het overige waren haar organen gezond.'

'Bedankt, dok.'

'Dat was het wetenschappelijke praatje, Milo,' zei Jernigan. 'Nu intuïtief: het verwondingspatroon zit me dwars, maar alleen op basis van gezond verstand. Als je ervan uitgaat dat ze eerst geraakt is door die kogel uit de .45 en dat ze door de inslag achterover is geslagen, zou de shotgun veel meer schade moeten hebben aangericht. Ze zou languit op de grond moeten hebben gelegen, dood of bijna dood en uiterst kwetsbaar voor een schot hagel. Maar het patroon van de hagelkorrels lag minder verspreid om de kogelwond dan je zou denken. Eigenlijk ligt het patroon verticaal op één lijn met de kogelwond. Bijna alsof twee trekkers gelijktijdig zijn overgehaald.'

'Vuurpeloton,' zei Milo.

'Dat is het beeld dat ik ervan had. Maar dan wel een vaardig vuurpeloton van twee man die naast elkaar staan en gecoördineerd schieten. De schade die de shotgun heeft veroorzaakt, is niet tot een klein gebied beperkt gebleven. De korrels zijn doorgedrongen in haar holten maar ook in het onderste deel van haar voorste hersenkwabben. Terwijl een schot met een .410 van dichtbij haar hele hoofd eraf geknald zou hebben. En ik zie niet hoe een schutter die niet op een trap staat, haar zo recht in het gezicht geraakt kan hebben als ze al op de grond lag.'

'Scherpschuttersteam,' zei Milo. 'Misschien zien we ze nog terug bij de volgende Olympische Spelen.'

'Eng, hè? Het heeft haast iets ritueels.'

'Alsof ze gestraft werd.'

'Zoiets,' zei Jernigan. 'Je weet hoe dat meestal gaat met zieke moorden. Verwurging, messenballetten. Dit is veel moeilijker te karakteriseren. Aan de ene kant dat berekenende van een executie, maar aan de andere kant iets diepers misschien. Iets waarmee Delaware je misschien kan helpen.'

'Grappig dat je hem noemt.'

Ik zei: 'Alex hier.'

'O, hoi,' zei ze. 'En wat denk jij?'

'Het past precies bij onze vermoedens op dit moment: geld en wraak.'

'Knappe koppen,' zei ze. 'Hou me op de hoogte als je verder iets ontdekt, want dit heeft me nieuwsgierig gemaakt.'

Milo zei: 'Ik hou van dat optimisme van jou, dok.'

Clarice Jernigan zei: 'Zonder optimisme heeft het niet zoveel zin, toch? Tot ziens, jongens, het wordt tijd dat ik me weer ga wijden aan een volgende van mijn altijd zo bereidwillig meewerkende cliënten.'

We liepen naar de poort van Leona Suss.

Milo zei: 'Vuurpeloton. Nu ze dat eenmaal in mijn hoofd heeft geplant, raak ik het niet meer kwijt.'

We probeerden te bedenken wat onze volgende stap zou worden toen een zwart-witte SUV achter de Seville parkeerde. De bestuurder trapte nog een keer op het gas en zette toen de motor af.

Politie van Beverly Hills. Een jonge agente in uniform stapte uit, bestudeerde de kentekenplaat achter op de Seville, trok haar broek op, en bestudeerde de kentekenplaat nog een tijdje.

Milo groette met zijn minisaluut. Ze was niet onder de indruk. Kleine vrouw. Een meter zestig hooguit, smalle heupen, kleine borsten, een open gezicht, een bruine paardenstaart.

'Ze lijkt wel twaalf,' zei Milo, terwijl hij met een hand in zijn zak groef. 'Misschien verkoopt ze koekjes voor de politieafdeling van de padvinderij.'

De agente vertrouwde iets toe aan haar radio. Trok opnieuw haar broek recht en kwam op ons af, met één hand op haar wapenstok.

Ze had sproetjes op haar open gezicht, was licht opgemaakt, met uitzondering van een royaal aangebrachte eyeliner en mascara die was veranderd in een gruizige pasta.

Een borderline goth, leer mij ze kennen.

W. BEDE op haar naamplaatje.

'Heren. Is dat uw Cadillac?'

'Hij is van mij.'

'Rijbewijs, papieren en verzekeringsbewijs graag.' Een te stoere stem spande de pezen in haar nek. Ze moest moeite doen, alsof ze les had gehad in autoritair optreden, maar het examen niet had gehaald.

Milo liet zijn penning en zijn ID zien. 'Mag dit ook, mevrouw?'

Bede's ogen leken groter te worden terwijl haar pupillen zich vernauwden.

Ze zei: 'L.A. Moordzaken? Er is vanochtend bij de instructies niets gezegd over een gezamenlijk onderzoek.'

'Er is een onderzoek,' zei Milo, 'maar het heeft zich nog maar een paar minuten geleden uitgestrekt tot aan het schitterende Beverly Hills.'

'Uitgestrekt? Ik weet niet zeker... of ik dat begrijp.'

'De bewoonster van dit huis is iemand waar we uiteindelijk wellicht mee zouden willen praten.'

'Dit huis?' Alsof het bezit van een landgoed met een prijs met zeven nullen je boven elke verdenking kon verheffen.

Milo zei: 'Mevrouw Leona Suss.'

'En waarom is zij voor u van belang?'

'Mogelijk kent zij interessante personen, en we willen graag kennis met haar maken.' Hij glimlachte. 'Bovendien biedt het ons de kans een beetje rond te hangen op aardige plaatsen. Maar daar bent u natuurlijk aan gewend.'

Bede ontspande, ze kreeg rimpeltjes om haar ogen. Nu werd ze een gezonde boerendochter in een getailleerd blauw uniform. 'U zou versteld staan, inspecteur. Wij krijgen alarm binnen, negentig procent daarvan is vals alarm, maar we reageren er toch op. U zou verbaasd staan over de onzin die mensen melden in Beverly Hills.'

'Veel geld, slechte smaak.'

'U zegt het.'

'Heeft mevrouw Suss ook alarm geslagen?'

'Vijf minuten geleden, over een gewone lijn.'

'Snelle reactie.'

'Daarom wonen mensen hier.'

'Wat was de klacht?'

Bede glimlachte opnieuw. 'Twee mannen in een oude auto die zich verdacht gedragen.'

'Met een Ferrari zou het anders zijn geweest?'

'Waarschijnlijk.'

'Misschien moet iemand haar uitleggen dat er een verschil is tussen oude auto's en klassiekers.'

Bede deed een stap achteruit en bekeek de Seville keurend. Daarna bekeek ze mij keurend. 'U verzorgt hem netjes. Is dit een in beslag genomen exemplaar? Als wij criminele organisaties oprollen, krijgen we allerlei mooie spullen binnen. Onlangs nog een fraaie Bentley van een drugsdealer uit San Diego die zo stom was om hier te dealen. Als ze toevallig net de juiste undercover tegen het lijf lopen, kan er weer iemand in een aantrekkelijke wagen de weg op.'

Ze wierp een blik op het landhuis. 'Ik moet wel terugrapporteren naar de klaagster. Wat moet ik tegen haar zeggen?'

Milo keek langs haar naar het huis. Zijden vitrage was opzij getrokken achter een raam op de begane grond. Een vrouw met een kat op haar arm.

Lang, slank, kort wit haar. Ze droeg een nauwsluitend, champagnekleurig trainingspak en een oversized zonnebril met een wit montuur.

Milo zei: 'Wat mij betreft de een of andere variant op de waarheid. Maar als u wilt, nemen wij het nu van u over.'

Agente W. Bede zei: 'Nee, ik moet contact met haar opnemen voor mijn rapport. Is het goed als ik haar vertel dat u bonafide bent, bezig met een onderzoek, maar de details weglaat? En als ze dan met u wil praten, kunt u uw gang gaan.'

'Het is een vrij land.'

'Niet echt in Beverly Hills.'

21

Leona Suss stapte door het poortje naar buiten, de kat in de elleboogholte van haar arm genesteld.

Agente W. Bede zei: 'Mevrouw, het blijkt dat ze van de politie in L.A. zijn.'

Leona klopte Bede op de schouder. 'Dank je, schatje. Ik red me wel.'

Bede fronste de wenkbrauwen. 'Dan ga ik maar weer eens verder, mevrouw.'

'Fijne dag nog, meisje.'

Even later reed de Suburban met Bede ronkend weg.

Leona Suss zei: 'Ze sturen nu al baby's de weg op.' Een met juwelen behangen arm met een slappe pols zwaaide in de richting van Milo. 'Dag jongens.'

'Inspecteur Sturgis, mevrouw. En dit is Alex Delaware.'

'Leona, maar dat wisten jullie al.'

Haar glimlach was zo breed dat hij dreigde haar gezicht in tweeën te splijten en de onderste helft prijs te geven aan de zwaartekracht. Ze had een facelift ondergaan, maar een tijdje geleden en niet al te zwaar aangezet. De aangetrokken spieren rond haar kaak en mond en in haar voorhoofd waren al weer iets verslapt. Het resultaat was niet onplezierig om naar te kijken en gaf een indruk van hoe ze er uitgezien moest hebben toen ze dertig was.

Een aantrekkelijke vrouw, ongeacht haar leeftijd. Toen ze de zonnebril afzette en haar amandelvormige, paarsblauwe ogen zichtbaar werden, bleek het ronduit een mooie vrouw.

Statig gebouwd, met een doorschijnende huid en een fijn beendergestel deed ze me denken aan het schilderij *Madame X* van Singer Sargent.

Milo zei: 'Het spijt me dat we u storen, mevrouw.'

'O, jullie storen me helemaal niet, geen probleem.' Haar zonnige, volle stem was in tegenspraak met het strenge uiterlijk. 'Ik zou niet eens hebben geweten dat jullie er waren als Manfred niet van slag was geraakt.' Ze tilde de kat omhoog. 'Hij is beter dan een hond en beduidend schoner. Het mooiste is dat ik hem nooit heb hoeven kopen, op een ochtend was hij er ineens, miauwend en schooiend. Ik heb hem verse tonijn gegeven en room van Whole Foods en vanaf dat moment hebben we een hele fijne relatie gehad. Ik houd niet van honden. Te klef. Hoe lang zijn jullie hier al, jongens, aan het, hoe noem je dat, surveilleren?'

'We zijn er nog maar net, mevrouw.'

'Dan heeft Manfred echt zijn best gedaan. Hij begon te miauwen en toen ik mijn Candace Bushnell niet weglegde, begon hij als een maniak naar de vitrage bij de voorgevel te slaan. Toen dat ook niet hielp, begon hij heen en weer te rennen tussen de ramen in de zijgevel en die in de voorgevel. Uiteindelijk heb ik mijn boek weggelegd. Midden in een heel sappig hoofdstuk. Ik heb op de monitor van de bewakingscamera's gekeken en daar waren jullie in dat schattige oude autootje. Wij hebben precies zo een gehad, destijds in... zesenzeventig.' Ze aaide Manfred. Hij keerde zijn kopje naar het huis.

'Wat een auto,' zei Leona Suss. 'Ik kon natuurlijk niet weten dat jullie van de politie waren. Ze zeggen dat we moeten bellen als er iets ongewoons gebeurt en dus heb ik gebeld.'

'Dat hebt u goed gedaan, mevrouw.'

'Natuurlijk,' zei Leona Suss. 'Goed, laat me eens raden. Jullie zijn hier vanwege haar.'

'Wie, mevrouw?'

'Tara.' Een glimlach die reikte van de Westkust tot de Oostkust. 'Wijlen mijn echtgenoot zijn laatste recreatieve bejaardenkunstje.'

'U kent haar.'

'Ik wist dat ze bestond.'

'En u weet dat we hier zijn vanwege haar, omdat...'

'Omdat ik haar op tv heb gezien,' zei Leona Suss. 'Die tekening. Ik bedoel, ik wist het niet zeker, maar de gelijkenis was treffend. Ik heb niet gebeld, want, ja, wat had ik uiteindelijk te bieden? Mark is nu bijna een jaar dood, dus wat kan hij ermee te maken hebben?'

Ik zei: 'U wist hoe ze eruitzag?'

'Mark heeft me haar foto laten zien, de opschepper, zo infantiel. Ze heeft hem een aantal foto's gegeven. Bikini's en zo. Hij was nogal trots op zijn verovering.' Leona Suss bood ons nog een splijtende grijns. 'Alsof het om ook maar iets anders ging dan geld.' Ze lachte. 'Jullie lijken nogal gechoqueerd. Ik wist niet dat je politiemensen kon choqueren.'

Milo zei: 'Nou, mevrouw, het is u gelukt.'

Leona Suss lachte bulderend. De kat trilde. 'Mark en ik hadden een nogal open relatie, inspecteur Sturgis. Niet als het om flikflooien ging, het is nogal gecompliceerd. Misschien kunt u beter even binnenkomen. Wat denk jij, Manfred? Zullen we de zo kwetsbare vertegenwoordigers van de wet uit Los Angeles gastvrijheid bieden, ook al zijn ze niet van ons soort uit Beverly Hills?'

De kat leek onaangedaan.

'Manfred lijkt er geen bezwaar tegen te hebben. Kom binnen, jongens.'

Achter de voordeur lag een ronde hal van wit marmer met achterin een dubbele trap van hetzelfde glanzende materiaal dat Leona in sneltreinvaart overstak. Ze leidde ons door een aantal met antiek gevulde, spelonkachtige ruimten die stuk voor stuk konden worden aangemerkt als woonkamer, naar een zeshoekige zaal die Delfts blauw was geschilderd met crèmekleurig lijstwerk.

Op abrikooskleurige, met gouddraad geborduurde stoffering prijkten prenten met tableaus uit het oude China. Overal stond blauw met wit porselein. Ondanks dat het een warme dag was, gloeide het elektrische vuur in de open haard van onyx. Al het schrijnwerk was gemaakt van diep glanzend mahoniehout. Zo op het oog oorspronkelijk Georgian en Regency. Aan de wanden hingen drie grote schilderijen in vergulde lijsten. Op twee ervan waren negentiende-eeuwse vrouwen in ragdunne gewaden afgebeeld in weelderige tuinen. Boven de haard hing een verzonnen Engels landschap in pasteltinten. Ik zocht handtekeningen en vond ze.

Zachte muziek, iets new-ageachtigs, misschien een nabootsing van het geluid van walvissen, klonk uit verborgen luidsprekers. Een paar dienstmeisjes in witte nylon broekpakken staakten hun schoonmaakwerk toen wij binnenkwamen. De een had grijs haar en een Slavisch uiterlijk, de andere was Afrikaans.

Leona Suss zei: 'Zouden jullie je werkzaamheden willen verplaatsen naar een andere kamer? Alsjeblieft, het is al veel te lang geleden dat de bibliotheek is afgestoft.'

'Ja, mevrouw.'

'Zeker, mevrouw.'

De kat sprong uit haar armen, landde geruisloos en schoot weg.

'O, en Manfred heeft honger, willen jullie zijn lunch klaarmaken?'

'Ja, mevrouw.'

'Zeker, mevrouw.'

Leona wuifde ons naar een drie meter lange sofa, opgeschikt met kussens van shantoeng. Op de chippendale tafel ertegenover stond een verzameling ingelijste zwart-witfoto's.

Een twintigtal glamourfoto's en stills uit oude films waarop steeds dezelfde schoonheid met donker haar te zien was. Op de meeste foto's droeg ze een cowboy-outfit, op sommige zat ze op een paard.

Er waren tientallen jaren voorbijgegaan, maar vergissen was onmogelijk. Leona Suss in haar beste jaren.

Ik zei: 'George Hurell?'

Ze nam plaats in een leunstoel, trok haar benen scheef opzij en vouwde ze onder zich, zoals alleen lenige mensen dat kunnen, alsof het origami was. 'Ken je Hurell?'

'Van naam.'

'George was niet alleen de beste, maar hij was ook een schat,' zei ze. 'Hij kon iedereen een spectaculaire uitstraling geven. En als je dan kijkt naar het materiaal waarmee hij kon werken,

Jane, Joan, Maureen, en later die jonge meisjes, Sharon Stone. Mijn god, het resultaat was verpletterend. George en ik hebben het vaak over een shoot gehad, maar er kwam steeds iets tussen, dus helaas, nee, dit is het werk van mindere goden. De studio's hadden natuurlijk hun eigen fotografen, en vanzelfsprekend waren er altijd hele volksstammen loonslaven die graag freelance klusjes opknapten.'

Ze speelde met de grote, witte zonnebril. Op de scharnieren glinsterden diamanten of kristallen. Hij leek op de zonnebril die Mystery in het Fauborg had gedragen, maar was toch anders.

Ze tikte met een zilverkleurige vingernagel op de rand van een lijstje. 'Dit is allemaal doorsnee pr-materiaal.'

Ik vroeg: 'U hebt een tijdje geacteerd?'

Ze glimlachte: 'Er zijn er die beweren dat ik nooit ben opgehouden. Mark, om maar iemand te noemen. Hij genoot van wat hij mijn gevoel voor drama noemde, zei dat ik zijn kleine filmsterretje was, wat natuurlijk pure flauwekul is. Ik heb in totaal elf films gemaakt. Stuk voor stuk slechte westerns, C-films. Meestal werd ik gecast als de donkerharige tegenspeelster van de prachtige blonde heldin. Later heb ik in een hele hoop series gespeeld. Maar over mij wil je niets weten, jullie zijn geïnteresseerd in Tara.'

Ze herhaalde de naam en liet er een hijgerig lachje op volgen. 'Tara is een huis, toch, jongens? Geen naam. Een paar keer noemde Mark haar Tiara, dat is nog smakelozer, toch? Misschien liet zijn geheugen de oude idioot in de steek. Hoe dan ook, het interesseerde me niet, het stonk naar woonwagenkampen.'

Milo zei: 'Weet u haar achternaam?'

'Nee, het spijt me. Alles wat ik van haar weet, is wat Mark verkoos mij te vertellen. En hij was zo barmhartig me weinig te vertellen.'

'Zou u ons willen vertellen wat u weet?'

Ze bestudeerde een zilverkleurige vingernagel. 'Jullie denken, wat bizar, die vrouw doet of ze ongenaakbaar is, of ze is knettergek. Maar je moet begrijpen wat voor relatie Mark en ik tweeënveertig jaar hebben gehad. Hij haalde mij uit het moeras van Hollywood-wanhoop waarin ik wegzonk toen ik nog maar vierentwintig was. Hij was zesentwintig, maar o zo wereldwijs in de ogen van een meisje uit Kansas. We waren onafscheidelijk. En toen had hij het lef om dood te gaan.' Een breekbaar lachje. 'Zelfs prachtige relaties gaan door diepe dalen, jongens. Mark en ik kozen ervoor om samen door die dalen te gaan, zodat het uitzicht van de bergtoppen des te geweldiger was. Dat vereiste een zekere mate van tolerantie.'

We knikten beiden.

'Niet doen alsof,' zei Leona Suss. 'Jullie worden betaald om een gezond oordeel te vellen.'

Milo zei: 'Wij vellen geen oordeel over dat soort zaken, mevrouw Suss.'

'Mevrouw. Dat hoor ik nog steeds graag. Ik was de enige mevrouw in het leven van Mark.' Ze wuifde loom met haar hand door het immense vertrek. 'Als de arme, naïeve knul zo nu en dan even uit de band moest springen, dan moest dat maar. We zaten in de kledingindustrie, daar heb ik geleerd realistisch te zijn.'

'Ten aanzien van...'

'De sletjes die model zijn voor bh's en slipjes en negligés lopen toevallig rond met het spectaculairste lijf van allemaal. We runden een bedrijf met een hoge omloopsnelheid. Dat betekende drie keer per jaar een nieuwe collectie slipjes en bh's en nachthemdjes. Dat betekende drie keer per jaar een nieuwe lading sletjes. Kun je je voorstellen hoe groot de verleiding was waaraan Mark dagelijks werd blootgesteld? Ik heb nooit gestudeerd, jongens, maar ik ben niet dom. Zolang Mark mij trouw bleef, mocht hij zich voor mijn part overgeven aan wat frivool tijdverdrijf.'

Ik zei: 'Avonturen.'

'Nee, tijdverdrijf. Mark was niet avontuurlijk aangelegd. Hij hield niet van reizen, verliet niet graag zijn eigen comfortabele terrein. Het kostte me de grootste moeite om hem één keer per jaar mee te krijgen op een Crystal Cruise. Tijdverdrijf. Als ik het duidelijker moet zeggen, ik heb het over dat hij graag zo nu en dan zijn kleine je-weet-wel in een verscheidenheid aan jonge, vochtige je-weet-wels stopte.'

'Dus Tara was niet meer dan het zoveelste hoofdstuk van het boek.'

De plechtige starende blik waarmee ze me aankeek, veranderde langzaam in geamuseerdheid. 'Jij weet je wel aardig uit te drukken. Ja, dat is wel een aardige manier om het te karakteriseren.'

'Was zij een van de lingeriemodellen?'

'Nee, Mark heeft haar opgeduikeld toen hij met pensioen was. Online. En dat vind ik echt om te gillen, want al die tijd dat we het bedrijf runden, was hij met geen stok in de buurt van een computer te krijgen en moesten we rare, autistische mannetjes inhuren om het technische werk te doen. Dus wat doet hij? Hij koopt een laptop en hij weet niet eens hoe hij hem aan moet zetten. Zet hem in zijn privéhol en zit er steeds vaker achter. Op een gegeven moment was hij urenlang verdwenen. Dat moet je, denk ik, een verslaving noemen.'

Milo vroeg: 'Wat heeft hij u nog meer over Tara verteld?'

'Bij de les blijven, hè? Oké, heel goed, het is een verademing om te zien dat er ook nog overheidsfunctionarissen zijn die hun werk goed willen doen. Wat heeft hij me nog meer verteld... Dat hij op zijn oude dag nog wat aangenaam tijdverdrijf had opgescharreld en hij beloofde dat hij niet al te veel geld zou uitgeven om haar te onderhouden.'

'Onderhouden...'

'Appartementje, uitgaven voor levensonderhoud,' zei Leona Suss.

'Vond u dat niet vervelend?'

'Ik zei: "Jij, oude idioot, als je het doet, moet je het goed doen, als je je portemonnee maar in de gaten houdt." Ik moest er niet aan denken dat hij al boemelend de stad door zou trekken en uiteindelijk in een sloot zou belanden. Mark had een afgrijselijk slecht gevoel voor richting. Omdat hij openlijk uitkwam voor zijn honger naar je-weet-wel, kreeg ik de kans om met mijn gezonde verstand zijn door viagra gevoede enthousiasme wat te temperen, zo keek ik ertegenaan. Bovendien dacht ik: wie ben ik om hem tegen te houden als hij zijn laatste dagen wil slijten met zich belachelijk te maken?'

'Was hij ziek?'

'Niet op een gewone manier, maar hij maakte zich altijd druk over de dood, zijn cholesterolgehalte was abominabel en hij weigerde ook maar iets te laten staan. Vlees, vlees en nog eens vlees. En dan nog eens vlees. Dan kaas en zoete toetjes. Hem op een gegeven moment met de tenen omhoog te zien liggen en me schuldig voelen omdat ik hem zijn pleziertjes had misgund, was wel het laatste wat ik wilde.'

Milo zei: 'Ik begrijp het, mevrouw, maar dat is wel heel tolerant.'

'Alleen als ik mezelf toestond haar als meer dan alleen maar een speeltje te zien. Mark hield zielsveel van mij, en alleen van mij. Hij was me emotioneel trouw, we hebben samen twee prachtige kerels grootgebracht en een mooi leven opgebouwd. Als hij er behoefte aan had om die kleine blauwe pilletjes te slikken en daarna een goedkoop sletje te wippen, waarom zou ik me daarom druk moeten maken?'

Ik zei: 'Dus u bepaalde het budget?'

'Ik heb een suggestie gedaan voor een bestedingslimiet,' zei Leona Suss. Haar grijns was nog niet zo breed geweest. 'Zesduizend per maand, en dat was natuurlijk veel te veel. Niet dat ik in een positie verkeerde om hem mijn wil op te leggen, want Mark had wat geld opzijgezet als privépensioen, iets met belasting op advies van onze accountant. De rest zat in een familiefonds dat wij samen beheerden. Hij kon naar believen uit zijn eigen spaarvarkentje snoepen, maar hij zei dat wat ik voorstelde, genoeg was.'

Milo zei: 'Voor sommige mensen is zesduizend per maand een gigantisch bedrag.'

Ze wuifde opnieuw het vertrek rond. 'Voor sommige mensen is dit ook heel wat, maar je raakt eraan gewend en voor mij is het gewoon een huis.'

'Alles is relatief,' zei ik.

'Precies.'

'Frieseke, Hasam en Thomas Moran zijn nu niet bepaald straatartiesten.'

De lavendelkleurige ogen vernauwden zich tot spleetjes. 'Een politieagent die iets van kunst weet? Wat verfrissend. Ja, die schilderijen zijn vandaag de dag vrij prijzig, maar je zou versteld staan als ik je zou vertellen hoe weinig we er dertig jaar geleden voor hebben gegeven. Het geheim van succesvol verzamelen, jongens, is uitzonderlijk goede smaak, en dan oud worden.'

Ik zei: 'Van zesduizend lag u niet wakker.'

Ze legde haar zonnebril naast een van de foto's. Verplaatste het lijstje iets, zodat we de foto beter konden zien.

Een prachtige vrouw met lang, donker golvend, verwaaid haar keek omhoog naar een wolkeloze hemel. Een glimlach die op duizend verschillende manieren kon worden geïnterpreteerd.

'Ik ga iets zeggen dat vreselijk snobistisch klinkt, maar wel de waarheid is: ik kan moeiteloos meer dan dat uitgeven bij één uitstapje naar Chanel.'

'Dus al met al was Tara een goedkope date.'

'Ze was goedkoop in alle opzichten. Ze praatte graag met Mark met een Brits nepaccent. Alsof ze Lady Di was. Hij lachte haar erom uit.'

Milo zei: 'Weet u waar haar appartement ligt?'

'West Hollywood. Mark had geen zin om ver te rijden. Als je even wacht, pak ik het adres.'

In minder dan een minuut was ze terug met een kaartje van zeven bij twaalf in een bij de abrikooskleurige sofa's passende kleur. De kat trippelde een paar passen achter haar aan, staart omhoog, de oren gespitst, ondoorgrondelijke blik in de ogen.

'Alsjeblieft,' zei ze. Ze schreef het adres over op een stuk papier dat ze aan mij gaf.

VAN HET BUREAU VAN LEONA SUSS

Een adres aan Lloyd Place, met vulpen geschreven in een elegant schuin schrift.

'Ik ben er precies één keer langs gereden,' zei ze. 'Niet om de oude idioot te stalken, maar om te controleren of hij wel waar voor zijn geld kreeg. Aardig optrekje, in ieder geval van de buitenkant.'

Milo zei: 'Hoeveel van die zes ging op aan huur?'

'Dat zou ik je niet kunnen vertellen. Bij het hele verhaal heb ik één eis gesteld: dat ze zich moest laten testen op ziekten. Ik had er geen zin in dat Mark mij zou besmetten met de een of andere godvergeten aandoening.'

Ze hield haar hoofd scheef en knipperde met haar wimpers. Wilde ons laten weten dat ze al die tijd seksueel actief was gebleven met haar echtgenoot.

Ik vroeg: 'Hebt u de uitslagen gezien van die tests?'

'Een paar keer. Niet echt de meest aangename taak, maar je moet nu eenmaal op je gezondheid letten.'

'Kunt u zich nog herinneren wie die tests heeft uitgevoerd?'

'De een of andere dokter aan San Vincente. En, nee, ik heb de rapporten niet bewaard, ik hou niet zo van smakeloze souvenirs.'

'U hebt de rapporten gezien,' zei Milo. 'Maar u weet niet wat Tara's achternaam is.'

'Op de rapporten stond alleen een nummer.'

'U hebt in goed vertrouwen aangenomen dat dat haar nummer was.'

'Natuurlijk heb ik dat gedaan, ik vertrouwde Mark. Zonder vertrouwen geen relatie.'

Ze strekte haar benen, huppelde naar de schoorsteenmantel en drukte op een knop. Het Slavische dienstmeisje verscheen in de deuropening. 'Mevrouw?'

'Ik wil graag een glas Diet Snapple, Magda. Perzik, en jullie, jongens?'

'Nee, dank u.'

Magda maakte een reverence en verdween.

'Ze komt uit Kosovo, is een groot deel van haar familie verloren,' zei Leona Suss. 'Mijn voorouders kwamen uit Bulgarije en hebben zich gevestigd in Lawrence, Kansas. Mijn vader heeft tot zijn tachtigste kerkorgels gebouwd Voor de Reuter Company. Immigranten werken het hardst.'

Magda kwam terug met een kristallen glas op een zilveren

dienblad. Op de rand van het glas waren schijfjes citroen, limoen en sinaasappel gestoken.

'Dank je hartelijk, Magda.'

'Mevrouw.'

Leona nam een slokje. 'Mmm, lekker. Hoe staat het met de keuken, schat?'

'Ik moet de oven doen.'

'Uitstekend idee.'

Het dienstmeisje danste weg.

Milo zei: 'Waren anderen in de familie op de hoogte van de relatie van meneer Suss met Tara?'

'Zeker niet. Waarom zouden ze dat moeten weten?'

'Ik dacht, omdat u er zo open over bent...'

'Dat was een heel specifieke vorm van openheid, tussen Mark en mij. Waarom zou ik in hemelsnaam mijn jongens betrekken bij iets zo belachelijks?'

Ze zette haar drinken neer. Het glas kwam met een bons op het zilver. 'Waarom begin je over mijn gezin?'

'Ik moet grondig zijn, mevrouw Suss.'

'Dat klinkt mij niet grondig in de oren, maar opdringerig.'

'Het spijt me, mevrouw...'

Leona Suss staarde hem aan. Draaide haar hoofd weg naar een raam met uitzicht op de tuin zodat we haar en profil zagen. Het licht deed wonderen met haar huid. George Hurell zou hebben ingestemd. 'Het spijt me. Het overkomt me niet iedere dag dat de politie mijn huis observeert.'

'Het spijt me dat we u moeten lastigvallen.'

'Het is geen lastigvallen. In feite heeft jullie bezoek een... hoe zal ik het zeggen, een soort therapeutisch effect. Door erover te praten, bedoel ik. Tot nu toe heb ik daar nooit een kans voor gekregen. Wie heeft haar vermoord, denk je?'

'Dat proberen we te ontdekken, mevrouw.'

'Nou,' zei ze. 'Als ik rechercheur was, zou ik in haar verleden gaan zoeken, want zo iemand moet in het verleden met allerlei ongure types te maken hebben gehad.'

'Zo iemand...?'

'Een vrouw die zichzelf verkoopt.'

Milo liet haar de foto van Steven Muhrmann zien.

Een nietszeggende blik in de ogen. 'Nogal een boeventronie. Is hij iemand uit haar verleden?'

'Mogelijk.'

'Mogelijk,' zei ze. 'Je bedoelt, bemoei je met je eigen zaken, je mag niet te veel prijsgeven. Goed dan. Is er nog iets anders wat ik voor jullie kan doen?'

'Nee, mevrouw, hartelijk dank voor uw tijd.'

'Het genoegen is geheel aan mijn kant. Ik zal jullie uitlaten.'

Toen we de ronde hal doorkruisten op weg naar de voordeur, kwamen we langs een halfrond tafeltje waarop één enkele ingelijste foto stond.

Groter dan de andere foto's, maar hetzelfde onderwerp, opnieuw in contrastrijk predigitaal zwart-wit. Leona Suss had haar cowboy-uitrusting verruild voor een witte jurk en een bijpassende sjaal die ze om haar hoofd had geslagen en die de fijne structuur van haar botten accentueerde.

Een pose zonder glimlach. Niet bedroefd, maar er speelde iets anders in de ogen. Iets aarzelends, iets afwachtends?

Milo en zij waren bijna bij de deur, toen ik zei: 'Dit is een bijzonder mooie foto, mevrouw Suss.'

Ze keerde zich om. 'Dat vreselijke ding? Ik zou hem weg moeten doen, maar het was de lievelingsfoto van Mark en steeds als ik erover denk om hem in de prullenbak te gooien, raak ik in een loyaliteitsconflict.' Ze snoof. 'Zijn kleren hangen nog in de kast. Zo nu en dan ga ik in de kast staan en doe ik me te goed aan zijn geur.'

Ze gooide de deur open. 'Vanaf hier redden jullie je vast wel, jongens.'

22

Milo stond even stil en bestudeerde het landhuis van Leona Suss voordat hij in de Seville stapte. 'De stijl waar ze aan gewend is geraakt. Zou jij er ooit aan gewend raken om zo te wonen?'

Ik zei: 'Die vraag is nog nooit aan de orde geweest.'

'Zesduizend bij Chanel. Geloof jij al die blasé shit van Leona?'

'Het klonk niet alsof ze iets achterhield. Maar het is nogal wat. Hoe dan ook, het feit dat zij op de hoogte was van de affaire, verandert niets aan het motief van een fout gelopen afpersingszaak. Je hebt gezien hoe ze reageerde toen je over de rest van de familie begon.'

'Mama leeuw,' zei hij. 'Dat Mark zijn vertier zocht bij een dom blondje dat hij op internet had gevonden, was tot daar aan toe, maar het zou allemaal heel anders zijn als ze te weten kwam dat haar schoondochter het allemaal had geënsceneerd.'

De camera van het beveiligingssysteem draaide naar ons toe en bleef op ons gericht.

Milo schraapte zijn keel. 'Tara is een huis, geen naam. Kom op, we zijn buitenspel gezet.'

Ik reed weg.

Hij zei: 'Voor Leona is zesduizend wisselgeld, maar voor Tara moet het heel veel zijn geweest. Dat ze negen maanden nadat Suss het loodje legde, is vermoord, kan erop wijzen dat ze heeft geleefd van spaargeld, dat ze, toen het uiteindelijk opraakte, Connie onder druk heeft gezet, en daar duur voor heeft betaald. Het zou aardig zijn als ik een echte naam had.'

'Probeer eens iets met Tiara. Soms zijn versprekingen heel betekenisvol.'

Hij zocht op *Tiara Sly* in de databases. Nog altijd niets. Hij rekte zich uit en rommelde met zijn notitieblok.

Een kilometer verder zei ik: 'Sta je open voor een alternatief scenario?'

'Alternatief waarvoor?'

'Voor Connie en Muhrmann als moordenaars.'

'Een keer diep ademhalen en het hele bouwwerk ondersteboven blazen en terug naar af? Waarom niet?'

Ik zei niets.

'Voor de draad ermee!'

'Leona heeft ons zojuist verteld dat ze Mark heeft leren kennen toen ze vierentwintig was. Dat is precies zo oud als Tara beweerde te zijn in haar profiel. Bovendien droeg Leona op die foto in de hal bijna precies dezelfde kleren als Tara op de avond dat ze is vermoord. Bewust of onbewust is Mark misschien wel op zoek geweest naar de Leona die ze ooit is geweest. Alles wat Tara deed, was erop berekend om dat uit te buiten.'

'En dat ze dat allemaal wist, moet betekenen dat ze contact had met iemand die op de hoogte was van de details van het leven van Mark en Leona. Bijvoorbeeld een schoondochter. Dus waarom een alternatief?'

Ik zei: 'Ik ga akkoord met het idee dat Connie het allemaal heeft beraamd, maar dat maakt haar nog niet tot moordenaar. Leona heeft de escapades van Mark alleen maar veertig jaar lang kunnen uithouden omdat ze een pantser om zich heen had gebouwd, een complex systeem van rationalisaties. Marks uitspattingen met snelwegsletjes waren gewoon de prijs die betaald moest worden om zaken te doen, zij was zijn enige liefde. Met dat soort gedachten en een portemonnee vol creditcards kom je heel ver, maar het eist wel zijn tol. Veronderstel eens dat Leona al haar hoop had gevestigd op Marks pensioen. Dat de oude geile bok eindelijk een keer níet zijn broek zou laten zakken, maar haar zou meenemen op een cruise. In plaats daarvan legt hij een voorraad kleine, blauwe pilletjes aan en verkwanselt hij de gouden jaren van zijn leven aan iets met een sluw krengetje wier kwaliteiten precies alles benadrukken wat Leona onderhand te kort komt. Leona doet alsof ze de zaak onder controle houdt door een voorstel te doen voor een toelage aan het kleine kreng. Dan sterft Mark en komt ze erachter dat hij veel meer heeft gespendeerd dan de zesduizend die ze hadden afgesproken. Of nog erger, ze komt erachter dat hij plannen had gesmeed om haar in de steek te laten en op de loop te gaan met genoemd krengetje. Als Tara het lef heeft gehad om Leona aan te spreken met financiële eisen, zie ik de dam al barsten.'

'Wat zou Tara tegen Leona kunnen gebruiken?'

'Het dreigement dat ze Leona publiekelijk zou vernederen met een rechtszaak, waardoor haar zonen erin betrokken zouden worden.'

'Dat zou alleen maar waarde hebben als de familie niet op de hoogte was van Marks kwajongensstreken. Denk je echt dat hij veertig jaar de bloemetjes buiten kan zetten zonder dat zijn zoons daar lucht van krijgen? Vooral als zij ook tijd doorbrengen op de zaak. In feite, als we ervan uitgaan dat Connie degene is die Tara oorspronkelijk op het toneel heeft gezet, betekent dat dat zij van de hoed en de rand wist.'

'In veel families worden stilzwijgende complotten gesmeed, die als een kaartenhuis instorten als de verkeerde steen wordt gelicht. Leona kon het allemaal aan zolang ze net kon doen alsof ze Marks "kleine filmsterretje" was. Toen ze met Tara te maken kreeg, voelde ze zich vernederd tot het spelen van een bijrolletje.'

'Wat haar dwarszat tot ze zich allesbehalve een *lustige Witwe* voelde,' zei Milo.

'Ik zie Leona nog niet in de weer met een shotgun of een .45, maar ze beschikt over genoeg fondsen om een paar profs in te huren.'

'Mama leeuw brult.' Hij wreef over zijn gezicht. 'En hoe pas je daar Muhrmann in op de avond dat ze werd vermoord?'

'Wat jij zei: als samenzweerder of als slachtoffer.'

'Als Leona kwaad genoeg was om een contract af te sluiten op het hoofd van Tara en Connie deel van het lokaas was, kan Connie serieus in gevaar zijn. Of niet. Maar dat valt niet zomaar te achterhalen.' Hij vloekte. 'Van Prinses naar Mystery naar Tara naar misschien wel Tiara. En morgen komen we erachter dat ze bij haar geboorte gedoopt is als Theodore en zich twee keer per dag schoor.'

'Wat Leona er dan ook mee te maken mag hebben,' zei ik, 'ze heeft je wel twee goede aanknopingspunten gegeven: een adres op Lloyd Place en een arts aan San Vincente die test op soa's.'

Hij haalde met een agressief gebaar zijn telefoon tevoorschijn, alsof hij een klit lostrok, en toetste het snelkiesnummer in van Rick.

Dr. Richard Silverman beantwoordde de oproep: 'Grote Man.'

'Ben jij thuis of op je werk?'

'Werk. Mis je me?'

'Voortdurend. Heb je even?'

'Perfecte timing, ik ben net klaar met een operatie. Necrotische galblaas, op het punt van een ruptuur, leven gered, op de achtergrond het geluid van trommelende vuisten op artsenborst. Trompetgeschal.'

'Gefeliciteerd.'

'En na deze eetlust opwekkende schets, wat dacht je van een kopje koffie? Waar zit je?'

'Onderweg. Sorry, vast in het verkeer.'

'Oké... Denk je dat je voor het eten thuis bent?'

'Moeilijk te zeggen. Alex zit hier naast me.'

'Ah.' Twee tellen stilte. 'Hoi, Alex. Probeer eens of je hem voor het eten thuis kunt krijgen.'

'Ik zal mijn best doen.'

'... alsof hij iets is wat te verplaatsen valt.'

Milo zei: 'Wie doet er ergens in een gebouw aan San Vincente soa-tests?'

'Dat kan elke arts.'

'Zijn er ook die zich daarin specialiseren?'

'En ik maar denken dat dit een gezellig sociaal babbeltje is.'

'Laat maar.'

'De tandpasta weer terug in de tube?' Rick giechelde. 'Ik heb geen idee wie er aan San Vincente zit en ik betwijfel of iemand die tests doet zijn beroepsgeheim zou prijsgeven.'

'Je hebt gelijk. Ik was dom bezig.'

Eén tel stilte. 'Ik zal eens vragen.'

'Bedankt.'

'Bedank me maar door op tijd thuis te zijn voor het eten.'

De volgende die Milo belde was een hem goedgezinde rechter bij wie Milo een verzoek plaatste voor een bevel tot huiszoeking op het adres op Lloyd Place.

Goedgezindheid kent grenzen.

'Ben je iets op het spoor, inspecteur?'

'Het spijt me dat ik u heb gestoord, edelachtbare, maar ik dacht dat u misschien geïnteresseerd zou zijn.'

'Waarom zou ik geïnteresseerd zijn?'

'Een nogal akelige zaak, edelachtbare. U staat pal voor misdaadbestrijding.'

'Geef eens een definitie van "akelig".'

Milo verstrekte hem de details.

De rechter zei: 'Dat klinkt niet goed. Wonen er nog meer mensen op dat adres?'

'Niet dat ik weet, edelachtbare.'

'Niemand die gaat piepen naar de clubs voor burgerrechten. Oké, dit zijn de voorwaarden: je moet kunnen aantonen dat je serieuze pogingen hebt ondernomen om de identiteit van je slachtoffer vast te stellen voordat je controleert of ze werkelijk op dat adres woonde. Als daaraan is voldaan, moet toestemming worden verleend voor het betreden van het pand door eventuele huidige permanente bewoners, inclusief huurders, terwijl de huiszoeking beperkt zal blijven tot de persoonlijke eigendommen en lichaamsvloeistoffen die door genoemd slachtoffer zijn achtergelaten.'

'Dank u, edelachtbare.'

'Ja, ja, je gaat je gang maar. Met al die idioten vandaag de dag die op de meest stompzinnige gronden rechtszaken aanspannen, heb ik je waarschijnlijk al veel te veel vrijheid gegeven.'

Terwijl het tegen zonsondergang liep, reden we langs de frambozensorbet die het Beverly Hills Hotel heet. Ik sloeg af in oostelijke richting op Doheny, reed langs de flank van de heuvel omlaag en ging op zoek naar Lloyd Place.

Volgens de gps van Milo lag dat dichter bij Santa Monica dan in werkelijkheid en ik reed er bijna voorbij. Zo'n gemakkelijk te missen afslag een straatje in dat doodloopt op de grens tussen West Hollywood en Beverly Hills.

Lloyd was smal en schaduwrijk en volgebouwd met kleine huisjes die stuk voor stuk uitstraalden hoe trots de eigenaren erop waren. Veel met klimop begroeide muren en druk bewerkte tuintjes.

Ik zei: 'Marilyn Monroe woonde hier ergens toen ze net begon.'

'Hoe weet jij dat soort dingen?'

'Sommige eenzame kinderen lezen veel.'

Ik reed langzaam langs een blok huizen tot ik het adres vond. Een bungalow, twee onder een kap, waarvan één aan de straatkant. Met de rug tegen elkaar. Bijna geheel verborgen achter palmbladeren. Een groen huis, niet milieutechnisch, maar letterlijk: mintgroen stucwerk tot halverwege de muren, daarboven limoengroene betimmering.

Een rustige straat met vrijwel geen verkeer. Perfect liefdesnestje.

Het nestje dat Mark Suss had ingericht was nummer B, aan de achterkant. Geen naam op de brievenbus. Nummer A stond op naam van Haldeman. Op de oprit stond een oude Mercedes convertible. Milo trok het kenteken na. Erno Keith Haldeman, adres in Malibu.

We liepen langs de auto, tussen oleanders door over een klinkerpaadje dat bezaaid lag met palmbladeren, uitgebloeide knoppen en felroze bloemblaadjes. Er hing een geur van Tahiti. Als Erno Haldeman op nummer A aanwezig was, gaf hij geen krimp. Niemand legde ons een strobreed in de weg bij onze tocht naar nummer B.

Een eenvoudige houten voordeur, gesloten jaloezieën. De kokosmat met WELKOM! was smetteloos gestofzuigd. Niemand reageerde toen Milo op de deur klopte. Hij belde de lokale belastingadministratie en vroeg wie de eigenaar was van het pand, schreef iets op en wees naar nummer A.

We liepen terug naar de dubbele voordeur van Erno Haldeman, voorzien van uitbundig houtsnijwerk, met centraal een olifant in reliëf over de volle breedte van beide deuren. Aan de slurf van de dikhuid hing een bronzen klopper.

Milo sloeg vier keer hard met de klopper op de deur. Het teakhout, of iets wat erop leek, produceerde vier keer een doffe bons.

Hij probeerde het opnieuw.

Een mannenstem, diep en bulderend, riep: 'Ga weg.'

'Meneer Haldeman...'

'Ik ben niet geïnteresseerd in wat je verkoopt.'

'Wij zijn geen...'

'En daar bedoel ik ook de genade van boven mee als jullie Jehova's getuigen zijn.'

'Politie, meneer Haldeman.'

'Die ken ik nog niet.'

'Het is waar.'

'Lees het nummer op je penning voor, dan bel ik het kantoor van de sheriff.'

'Politie L.A., meneer. Inspecteur Milo Sturgis.' Hij somde zijn gegevens op.

Dreunende voetstappen gingen vooraf aan een op een kier geopende deur. Een grijs oog gluurde naar buiten, ver boven ooghoogte voor Milo. 'Echt?'

'Heel erg echt, meneer.'

'Waar gaat dit over?'

'Uw huurster.'

'Tara? Wat is er met haar?'

'Ze is dood, meneer.'

De deur zwaaide open en bood zicht op een berg wit linnen.

Erno Haldeman was halverwege de veertig, had afzakkende schouders en de breedte van twee volwassen mannen, en mat minstens twee meter. Zijn handen waren zo groot als een ribeye, er groeide geen haar op. Zijn kogelronde hoofd was kaalgeschoren. Een vlezige, rode neus hing over een norse bovenlip. Zijn hangwangen vibreerden als hij ademhaalde. Zijn strokleurige wenkbrauwen waren zo borstelig dat je er een vettige braadpan mee zou kunnen schuren. Rond zijn grijze ogen lag een amberkleurige rand. Ze waren naar verhouding klein, maar schitterden van nieuwsgierigheid.

Het linnen bleek te bestaan uit twee kledingstukken, die op maat gemaakt moesten zijn: een shirt met een v-hals en een broek die met een koord om het middel op zijn plaats werd gehouden. De kolossale aapachtige voeten pasten amper in de sandalen van vlechtwerk. Haldemans teennagels waren geel en gerimpeld, de structuur van kalknagels, maar zijn vingernagels waren onberispelijk geknipt en glansden zacht.

'Tara?' zei hij. 'Je houdt me voor de gek.'

'Ik wou dat het waar was, meneer.'

'Wat is er gebeurd?'

'Iemand heeft haar doodgeschoten.'

'Hier in de buurt?'

'Nee, meneer.'

'Ik dacht dat jullie haar op heterdaad hadden betrapt bij het een of ander en informatie van me wilden.'

'Gaf ze u de indruk dat ze betrokken was bij illegale activiteiten?'

'Ik handel in futures in graan, inspecteur. Vertrouwen maakt maar een heel klein deel uit van mijn emotionele repertoire. Maar nee, ze is al die tijd dat ze hier woonde altijd heel aardig en voorkomend geweest, terwijl iemand anders de rekening betaalde. Ik ben me pas zorgen gaan maken toen het geld op was en ze uitvluchten begon te verzinnen. Ze beweerde dat ze werk zocht, maar dat heb ik nooit gemerkt. Niet dat ik aandacht besteedde aan haar komen en gaan, en bovendien ben ik de helft van de tijd sowieso de stad uit.'

'Wanneer was het geld op?'

'Ze was me nog drie maanden huur schuldig.'

Een witte vorm die nog groter was dan Haldeman trok voor het huis onze aandacht. Een vrachtwagentje van FedEx parkeerde achter de Mercedes.

Hij zei: 'Moment,' tekende voor een pakketje en kwam terug terwijl hij het etiket las. 'Fantastische prijs voor een Château Margaux premier cru bij een importeur in Chicago, zou binnenkort klaar moeten zijn. Normaal koop ik niet ongezien, maar ik ken deze fles en je kunt er bij John op aan dat hij zijn temperatuur onder controle heeft.'

Milo zei: 'Proost. Dus u hebt Tara drie maanden lang respijt gegeven.'

Haldeman pakte het pakket met één hand vast, tussen duim en wijsvinger alsof het een stukje piepschuim was.

'Oké, kom maar even binnen, ik ben wel klaar met geld verdienen voor vandaag.'

23

Erno Haldeman woonde in een kleine ruimte die helemaal was
ingericht voor een omvangrijk man. Alle niet-dragende muren
waren gesloopt en het plafond was eruit gebroken zodat de
dakspanten in het zicht lagen. Op de vloer lag zwart graniet,
glanzend als pas gepoetste schoenen. De wanden waren hoog
en wit en kaal. Een paar meubels van verchroomd buiswerk
met een bekleding van grijs vilt. Een drie meter lange glazen
plaat op drie metalen bokken herbergde een verzameling computers, printers en modems.

Haldeman legde zijn pakket op een witmarmeren aanrecht.

'Waarom heb ik Tara drie maanden respijt gegeven? Ik had
met haar te doen. En nee, dat had niets te maken met de een
of andere persoonlijke betrokkenheid. Ik ben gelukkig getrouwd, en zelfs als dat niet zo was, pedofilie trekt me niet erg
aan.'

Ik zei: 'U zag haar als een kind.'

'Mijn vrouw is ingenieur akoestiek met twee titels van M.I.T.
Ik heb aan Princeton gestudeerd. Je zou kunnen zeggen dat je
gewend raakt aan een zekere mate van intellectuele stimulans.
Voor mij was Tara niet meer dan een kind.'

'Dom blondje,' zei Milo.

'Het zal wel aan deze buurt liggen,' zei Erno Haldeman.
'Marilyn Monroe woonde hier ergens toen ze net begon.'

'Op de hoek van Doheny en Cynthia.'

Haldeman knipperde met zijn ogen. 'Een politieman die de
geschiedenis van Hollywood kent?'

Milo zei: 'Welke achternaam heeft Tara bij u opgegeven?'

'Sly. Hoezo? Is die nep?'

'We kunnen niemand vinden die zo heet.'

'Echt,' zei Haldeman. 'Ik zal u niet beledigen door te vragen of u in alle databases op internet hebt gezocht.'

'Dank u wel, meneer.' Milo ging zitten.

Ik ging ook zitten.

Haldeman zei: 'Een schuilnaam, hè? Nou ja, maakt voor mij niet uit, ze was een geweldige huurster.'

'Tot drie maanden geleden.'

'Niets duurt tot de eeuwigheid. Wat wilt u nog meer weten?'

'Alles over de huur.'

'Ze was de enige huurder die ik ooit heb gehad. Mijn vrouw en ik hebben dit hier drie jaar geleden gekocht met de bedoeling er één woning van te maken. Tegen de tijd dat we de offertes binnen hadden, moest Janice voor haar werk naar het buitenland. Haar bedrijf is adviseur voor een aantal grote Europese operatheaters, onder andere het Scala in Milaan. Daar heeft ze het grootste deel van dit jaar gezeten. Vervolgens pakten een paar transacties goed uit en hebben we een appartement in Malibu gekocht met het idee dat we dit zouden aanhouden voor verhuur.'

Hij sloeg met zijn hand zacht op een dijbeen als een boomstam. Het bracht hetzelfde geluid voort als de klopper op de deur. 'Maar om kort te gaan, besloten we om het hier niet samen te voegen. Wel hebben we van nummer A gemaakt wat je hier ziet, omdat het groter is en lichter, en zijn we nummer B gaan verhuren. Tara reageerde op de advertentie, kwam kijken en keurde het goed. Ze deed niet moeilijk over de huur, en kwam de volgende dag terug met een voorschot voor de huur van de eerste zes maanden en een waarborgsom. Dat heeft ze om de zes maanden gedaan. Twee keer.'

'Hoe hoog is de huur?'

'Achttienhonderd per maand,' zei Haldeman. 'Ze werkte niet, dus vanzelfsprekend vroeg ik me wel van alles af, maar een gegeven paard, en zo. Later werd duidelijk dat een oude kerel de rekening betaalde, want hij kwam twee, drie keer per week langs, meestal na donker. Soms gingen ze samen uit, soms bleven ze binnen. De hele nacht.'

Hij haalde zijn schouders op. 'De muren zijn niet echt dun, maar ook niet echt geluiddicht. Misschien deed ze net alsof,

maar het leek erop dat hij nog aardig presteerde voor zijn leeftijd.'

Milo liet hem de foto van Markham Suss zien.

'Dat is het suikeroompje, ja.'

'Hebt u ooit met hem gepraat?'

'Goedenavond, tot ziens... Hij was altijd vriendelijk, geneer-
de zich nergens voor. Integendeel, eigenlijk. Als ik hem zag vertrekken, en hij kreeg mij in de gaten, knipoogde hij.'

'Trots op zichzelf.'

'Misschien is dat op die leeftijd nog de enige score die je bij-
houdt. Voor mij is het nu nog een kwestie van hoeveel geld ik
verdien.'

'Waarom kwam u op het idee dat hij de rekening voor Tara
betaalde?'

'Al dat contante geld?' zei Haldeman. 'Plus dat ze nooit
werkte, maar wel altijd een aardige plunje aanhad.'

'Haute couture,' zei Milo.

'Ik heb geen verstand van haute couture, maar ze zag er
altijd piekfijn uit. Juwelen, ook. Ouderwets spul, niet echt het
soort juwelen die je bij zo'n meisje zou verwachten. Dat deed
ze natuurlijk allemaal voor hem.'

'Wat voor soort juwelen waren dat?'

'Alweer, ik ben geen expert, maar ik heb haar wel een paar
keer knotsen van diamanten zien dragen. Ik weet nog dat ik
dacht: als ze ooit geen geld meer heeft, kan ik altijd nog zo
eentje naar de lommerd brengen.'

'Maar toen het zover was, hebt u dat niet gedaan.'

'Wat moet ik zeggen? Ze beloofde iedere keer weer dat ze
de huur zou betalen. En huilen. Ik hoefde haar maar aan te
kijken of ze begon te huilen. Ik dacht dat het aanstellerij was.
Ik heb een keer mijn geduld verloren en zei: "Zoals jij tekeergaat, lijkt het wel alsof er iemand overleden is." Dat zette de
sluizen helemaal wagenwijd open. En toen heeft ze het me verteld, dat haar mecenas was overleden. Zo noemde ze hem.
"Mijn mecenas". Alsof ze Michelangelo was en hij een Medici.
Ze stortte helemaal in en heeft ik weet niet hoe lang zitten snotteren, zei dat ze tijd nodig had om het te verwerken, en als ik

haar die tijd maar gunde, dat dan alles goed zou komen.'

Ik zei: 'Heeft ze ooit betaling in natura aangeboden?'

'Je bedoelt... Ah, o,' zei Haldeman. 'Jaah, dat zou een aardig script hebben opgeleverd voor een pornofilm. Nee, dat heeft ze niet gedaan, en als het ooit wel zover zou zijn gekomen, dan zou ik hebben geweigerd. Misschien klinkt dat zelfingenomen, maar Janice is mijn vierde vrouw en ik ben vastbesloten om het dit keer vol te houden.'

Hij sloeg een been over het andere en masseerde de enkel. 'Ze mocht er wel zijn, maar ze had niets wat haar bijzonder sexy maakte, of verleidelijk. Tenminste vanuit mijn perspectief.'

Ik vroeg: 'Hoe was ze in de omgang?'

'Rustig, plezierig.'

Milo zei: 'Tenzij haar mecenas op bezoek kwam en het begon te swingen.'

'Jep. Tot hij de pijp uitging,' zei Haldeman. 'Ik gunde het hem wel. Ik bedoel, een beetje plezier.'

'Kreeg Tara ook nog ander bezoek?'

'Niet dat ik heb gezien.'

De foto van Steven Muhrmann ontlokte hem een hoofdschudden. 'Die ziet er gemeen uit. Heeft hij haar vermoord?'

'We zijn nog bij lange na niet zover dat we iemand verdenken, meneer Haldeman. We hadden eigenlijk gehoopt dat u ons haar werkelijke naam zou kunnen vertellen.'

'Ik kende haar alleen als Tara Sly.'

'Kunt u ons nog meer over haar vertellen?'

'Verder niets. Ik ben vroeg op vanwege de internationale markten en meestal slaap ik tegen het einde van de middag. In het weekend ga ik naar het appartement in Malibu. Eén keer per maand vlieg ik naar Milaan om bij Janice te zijn en soms blijf ik langer dan zou moeten. Als ik Tara één keer per week zag, was het veel.'

'Kreeg ze post op naam van Tara Sly?'

'Als ze post heeft gehad, is dat in haar brievenbus gestopt. Ik heb nooit iets gezien.'

'Mysterieuze vrouw,' zei Milo.

'Zo achteraf zou je dat best zo kunnen zeggen. Voor mij was ze een ideale huurster. Ze bemoeide zich alleen met haar eigen zaken, betaalde een halfjaar vooruit, bouwde nooit feestjes, draaide zelfs nooit muziek zodat ik het kon horen.'

'Had ze een auto?'

'Een BMW, het kleinste model. Zilverkleurig. Er zat een huursticker op de bumper.' Haldemans gezicht klaarde op. 'Daar hebt u iets: hij was van Budget in Beverly Hills. Misschien helpt dat.'

'Heel mooi, bedankt, meneer Haldeman. Staat de BMW nog steeds in haar garage?'

'O, nee, die is weg. Niet alleen die auto, maar alles.'

'Wanneer was dat?'

'Ergens tijdens mijn laatste trip naar Italië. Die duurde vier dagen. Janice was niet zo blij met de verhuur, dus toen ik terugkwam, was ik vastbesloten om te innen, of anders... Toen ik bij haar op de deur klopte, deed ze niet open, dus toen heb ik de deur opengemaakt met mijn eigen sleutel. De hele boel was leeg.' Zijn lippen weken van elkaar. 'Was ze toen al dood?'

'Nee, meneer.'

'Dan heeft ze me dus wel een poot uitgetrokken.'

'Staat het nog steeds leeg?'

'Helemaal,' zei Haldeman. 'Ga zelf maar kijken.'

24

Milo pakte de loper aan uit Haldemans gigantische klauw, schoof een latex handschoen om zijn eigen poot en deed de voordeur open.

Een witte lege ruimte. De verse geur van nieuwe latexverf.

'U hebt het geschilderd?'

'Maak u geen zorgen, er was niets meer wat de moeite waard was om te bewaren. Nog geen stofje in de kast, en ze heeft alle meubels meegenomen. Kijk, ik zal het u laten zien.'

Milo hield hem tegen.

'Ik zou graag uw toestemming hebben om er een forensisch team bij te halen om te zoeken naar vingerafdrukken en ander bewijsmateriaal.'

'Bedoelt u dat ze hier is vermoord?'

'Nee, we weten dat dat niet zo is.'

'Maar waarom dan wel?'

'We willen graag mogelijke bezoekers identificeren.'

'Dat zei ik al, die heeft ze niet gehad, behalve die oude man.'

'Maar als u haar maar één keer per week zag, dan was dat niet vaak.'

Haldeman krabde zich op zijn kale schedel.

'Gaan ze rotzooi maken?'

'Nee, meneer. En ze doen hun best om alles weer schoon te maken.'

'Dat klinkt nogal dubbelzinnig, inspecteur.'

'Het komt weer voor elkaar.'

'Maar als ze iets engs vinden, komt er schade.'

'Dat zie ik niet gebeuren, meneer.'

'God straft onmiddellijk, hè?'

Milo's favoriete credo. Hij bleef onbewogen. Ze zijn een dag bezig, meneer Haldeman, en daarna vallen we u niet meer lastig.'

'Heb ik een keuze?'

'Ja.'

'Maar als ik weiger, haalt u een dwangbevel op of zoiets en het eindresultaat is hetzelfde, behalve dat jullie de smoor in hebben omdat ik de zaak heb vertraagd en dus wordt de vloer ook opengebroken.'

'Niet als u zich niet bewust bent van een reden waarom we de vloer zouden moeten openbreken.'

Haldeman hapte naar adem. 'Goeie god, nee.'

'Dan zie ik geen problemen. Ze zullen hier en daar wat met poeder werken, misschien met een chemische spray. Maar dat is allemaal gemakkelijk weer te verwijderen en ik zal er persoonlijk voor zorgen dat u de woning weer terugkrijgt zoals we hem hebben aangetroffen.'

'U neemt het leven serieus.'

'Dat is een soort beroepsdeformatie, meneer.'

'Ik denk het. Oké, gaat uw gang maar dan. Laat me alleen wel even weten wanneer dat team van plan is te komen. Ik wil zeker weten dat ik er dan ben.'

'Dat zal ik doen, meneer. Bedankt.'

Haldeman glimlachte. 'Werk ik zo braaf en burgerlijk mee, maar u vertelt me niet wie haar heeft vermoord.'

'Dat weten we niet, meneer.'

Haldeman bestudeerde Milo. 'Volgens mij spreekt u de waarheid. Tsjonge, jonge, martelende onzekerheid.' Hij grijnsde breed, plotseling, speels maar boosaardig. 'Daar verdien ik mijn geld mee.'

De jongeman bij Budget Rent a Car in Beverly Hills was niet onder de indruk van Milo's penning. En evenmin van het verzoek. 'We hebben vier van die zilverkleurige BMW I's.'

'Dit exemplaar is gehuurd voor een langere periode, misschien anderhalf, twee jaar geleden, misschien door iemand met de naam Markham Suss.'

De jongeman begon te typen. 'Ik heb hier Markham Industries. Die hebben tweeëntwintig maanden geleden een BMW I gehuurd.'

'Voor wie?'

'Er staat alleen Markham Industries. En die is... vijf dagen geleden teruggebracht.'

'Door wie?'

'Ik vermoed Markham Industries. Hier staat dat hij na kantoortijd is teruggebracht zonder de vereiste papieren. Het contract liep nog een maand en er was geen schade, dus hebben we het laten lopen. Als er wel schade was geweest, zouden we een rechtszaak hebben aangespannen om te verhalen.'

Milo zei: 'Markham Industries is opgehouden te bestaan voordat die auto werd gehuurd.'

'Oké,' zei de jongeman. 'Dus daarom bent u hier.'

'Wat bedoel je?'

'Ze hebben hem voor iets illegaals gebruikt? Dat gebeurt voortdurend. Dan komen ze naar Beverly Hills om te huren, want ze denken dat ze dan respectabeler lijken als ze iets illegaals uitvreten.'

'Zoals?'

'Drugs, meestal. Vorig jaar waren er gasten uit Compton, die dachten dat ze ons geweldig konden oplichten omdat ze dure pakken aanhadden. We zijn behoorlijk strikt met screenen.'

Niet strikt genoeg om achter de status van Markham Industries te komen. Al had Mark Suss misschien wel een rekening op naam van het bedrijf aangehouden nadat het bedrijf was geliquideerd.

Milo zei: 'Wat voor onderzoek hebben jullie gedaan naar Markham Industries?'

De jongeman sloeg nog een aantal toetsen aan en keek op het scherm.

Als de revolutie uitbreekt, praten machines met machines en verschrompelen de menselijke stembanden.

'Er staat niet veel, kennelijk was het wel oké. We verhuren niet als de papieren niet in orde zijn... Zo te zien was het oorspronkelijk voor twee weken, dat is met een maand verlengd... toen met drie... toen nog eens met drie en toen, whoopie, daarna voor een heel jaar. Dat is superlang bij ons.'

Hij las de kleine lettertjes. 'Zo te zien hebben ze naar een speciaal tarief gevraagd voor lang verhuren, zo te zien hebben ze dat ook gekregen. Jee, dat hebben ze met terugwerkende kracht gehad, over de eerste zes maanden.'

'Hoe is er betaald?'

'American Express zakelijk.'

'Ondertekend door?'

'Hier staat M. Suss.'

'Het kaartnummer graag.'

'Ik weet niet of ik dat wel mag doen.'

Milo leunde over de balie. 'Vertrouw mij maar, dat kun je gerust doen.'

De jongeman twijfelde.

Milo zei: 'Suss is dood, dat doet het recht op vertrouwelijkheid van privégegevens teniet.'

De jongeman prikte met een vingernagel op het toetsenbord.

Milo schreef het nummer op. 'Heeft er nog iemand medeondertekend?'

'Hm... Zo te zien niet.'

'Als meneer Suss die auto voor iemand heeft gehuurd, had die dan ook moeten tekenen?'

'Niet voor de verhuur als hij de enige was die betaalde. We hebben wel een rijbewijs nodig van een bestuurder.'

'En heb je dat ook?'

'Wacht.'

Hij stak de kantoorruimte over naar een reeks stalen kasten, trok een aantal laden open en deed ze weer dicht, deed uiteindelijk een stap achteruit terwijl hij grijnzend een vel papier bekeek. 'Niet verkeerd.'

Een rijbewijsfoto uit New Mexico.

Tiara Melisse Grundy, een meter drieënzestig, bruine ogen, donkerblond haar.

Lang, sluik haar, niet zichtbaar opgemaakt. Maar het aantrekkelijke gezicht boven de witte, laag uitgesneden halslijn was het gezicht van de vrouw die zich had verkocht onder de naam Mystery.

Ze had bij SukRose de waarheid gesproken over haar lengte,

maar gelogen over haar leeftijd. Bij de Dienst voor Wegverkeer stond ze geregistreerd als op een maand na dertig.

Ze moest vierentwintig zijn omdat ze een fysieke kloon was van Leona Suss.

Zelfs vrijwel niet opgemaakt en met de bijna stuurse blik van iemand die uren in de rij heeft staan wachten, zag Tiara Grundy er jong genoeg uit om het te doen slagen.

Milo zei: 'Waarom stond je net te grijnzen?'

'Dat een kerel voor deze dame een auto huurt.'

'Gebeurt dat veel?'

'Vaak genoeg,' zei de jongeman. 'Het kost veel meer dan gewoon leasen van een leasebedrijf, maar bij ons kunnen ze ook voor korte tijd terecht en je hoeft geen aanbetaling te doen.'

'En praten we dan over gehuwde mannen?'

Een meesmuilend lachje. 'We vragen niet naar de thuissituatie.'

Toen we het kantoor verlieten, mompelde Milo: 'Tiara Grundy,' alsof hij een nieuwe diersoort had ontdekt.

Ik zei: 'Mark Suss begon voorzichtig met twee weken huren, zij bouwde vertrouwen op, hij maakte er een maand van, rekte dat nog verder op en kwam uiteindelijk uit bij een heel jaar. Op dat moment zou leasen veel goedkoper zijn geweest, maar dit was beter onder de pet te houden, dus vroeg hij met terugwerkende kracht korting.'

'Meneer de ritselaar.'

'Zelfs met korting hebben we het over een heleboel geld boven op die zesduizend per maand. En juwelen. En er zullen nog wel meer extraatjes zijn geweest waar Leona niets van afwist. Daar kun je uit afleiden dat Suss de relatie serieus nam. Misschien Tiara ook wel.'

'Liefde die opbloeit uit duistere poelen van zonde?'

'Poëtisch.'

'Katholiek,' zei Milo. 'De zonde groeit in het duister.'

Zijn wijsvinger prikte naar het adres op het rijbewijs.

Een postbusnummer op een adres aan Cerillos Road, Santa Fe. Hij was al aan het bellen voordat we bij de auto waren.

Zijn eerste telefoontje was naar het forensisch lab om een verzoek in te dienen voor sporenonderzoek in het appartement aan Lloyd Place. Daarna belde hij rechercheur Darrell Two Moons bij de politie in Santa Fe.

Two Moons zei: 'Hé, L.A., dat is lang geleden. Ik wil wedden dat je geen fatsoenlijke kerst-chili hebt gehad sinds je hier was.'

'Niets wat ook maar in de buurt kan komen,' zei Milo. 'Hoe gaat het, Darrell?'

'De kinderen groeien,' zei Two Moons. 'Helaas mijn buik ook. En die van Katz, we beginnen er echt uit te zien als een stel van die waggelende rechercheurs die je ziet in die series met waar gebeurde misdaadverhalen op tv.'

'Moet je pilates proberen,' zei Milo. 'Versterkt je innerlijk, verbetert je houding en verbrandt lichaamsvet.'

'Doe jij dat soort dingen?'

'Ik drink nog liever accuzuur.'

Two Moons lachte. 'Waar gaat het om?'

'Ik heb een identiteit in New Mexico van een slachtoffer en een postbusadres.' Hij vatte de zaak summier samen en dreunde de gegevens op.

Two Moons zei: 'Ik ken haar niet van naam, dus is het waarschijnlijk niet zo'n hoer die voortdurend problemen veroorzaakt. Dat adres ken ik wel, dat is een winkelcentrum aan de zuidkant van St. Michael. Misschien Mailbox Incorporated of de winkel voor kantoorartikelen, of misschien verhuren ze nog steeds postbussen bij de biologische drogist. Als je dat wilt, kan ik er wel even een patrouillewagen langs sturen om het uit te zoeken.'

'Dat zou fantastisch zijn, Darrell.'

'Hoe is ze overleden?'

'In haar gezicht geschoten.'

'Onaangenaam,' zei Two Moons. 'Iemand die niet onder de indruk was van haar techniek, of zo?'

'Zoiets.'

We reden terug naar het bureau.

Milo zei: 'Tiara Grundy,' alsof het noemen van de naam tot

wijsheid zou leiden. 'Grundy is vast geen gangbare naam. Als ik lokaal een bloedverwant vind, laat ik je wel weten waar en wanneer die op de hoogte wordt gebracht.'

Ik zei: 'Ik zit vol tot morgenmiddag.'

'Rechtbank?'

'Neu.'

'Ga je weer therapiesessies doen?'

Ik glimlachte.

Hij zei: 'Weer Mona Lisa? Wat is er zo bijzonder aan? Ik vraag geen klinische details.'

'Mooi.'

'O, man, als ik ooit geheimen zou hebben die ik niet kwijt wou, zou ik ze bij jou stallen. Oké, goed, jij gaat onaangepaste figuren genezen en daar heb ik niets mee te maken, dus ik moet mijn mond houden en me met mijn eigen zaken bemoeien.'

Ik zei: 'Dat lijkt me een goed plan.'

2 5

De volgende ochtend om elf uur drukte ik op de bel van de intercom bij het appartement van Gretchen Stengel. Een vrouwenstem, die duidelijker articuleerde dan Gretchen zou doen, reageerde: 'Eén moment.' De deur werd zoemend ontgrendeld.

Tegen de tijd dat ik bij de voordeur van het appartement arriveerde, stond die open. Een mollige vrouw met grijs haar, gekleed in een losse jurk met een bloemetjesmotief glimlachte en legde een vinger op haar lippen.

Toen ik dichterbij was gekomen, fluisterde ze: 'Ze slaapt. Eindelijk.'

Ze gebaarde me naar de reling van de galerij en stak haar hand uit. 'Ik ben haar zuster, Bunny Rodriguez.'

'Alex Delaware. Een slechte nacht?'

'Het was moeilijk. Gelukkig was ik er voor Chad.'

'Is Chad thuis?'

'Die slaapt ook,' zei ze. 'Tegen Gretchen aan gekropen.' Haar ogen begonnen te glanzen. Ze knipperde tegen het vocht. 'Het is een lieve jongen.'

Alsof ik daarvan nog moest worden overtuigd.

Ik zei: 'Het is goed dat hij jou heeft.'

'Ik heb altijd van Chad gehouden.' Ze ademde in en weer uit, haar lichaam trilde als lavendel onder haar dunne kunstzijden jurk. Op de jurk waren de bloemen van de hortensia en blauwe regen geprint in een doolhof van groene ranken. Haar ogen waren donkerbruin, bloeddoorlopen langs de randen. Aan ovaalvormige deukjes aan weerszijden van een dunne, rechte neus was te zien dat ze regelmatig een bril droeg. 'Mijn eigen kinderen zijn volwassen. Het wordt best een avontuur, denk ik. Hopelijk niet al te lang.' Haar glimlach drukte niet veel geluk uit. 'Niet erg positief, hè?'

'Je moet roeien met de riemen die je hebt.'

'Ja, dat is waar.' Bunny Rodriguez boog iets naar me toe. 'Haar oncoloog heeft me verteld dat hij het onvoorstelbaar vindt, dat ze nog leeft. Ik denk dat ze teert op haar liefde voor Chad. Hij is het eerste...' Ze schudde haar hoofd.

'Ik wou zeggen dat hij het eerste goede is in haar leven, maar wie ben ik om zo'n oordeel te vellen?'

'Gretchen heeft een zwaar leven gehad.'

'Jazeker. Als zij... Laten we het over Chad hebben, want daarom ben je hier. Hij is het liefste schepsel op twee benen, dat is hij altijd geweest. Het grappige is dat mijn eigen kinderen helemaal niet lief waren. Goed, ja. Gewetensvol, absoluut. Maar lief en braaf? Het leek er niet op. Ik was het brave kind en ik heb twee drukke kwajongens geproduceerd, terwijl Gretchen Chad heeft gekregen.'

'Daarom noemen ze het een genenpoel,' zei ik. 'We duiken erin en we weten van tevoren nooit wat er boven komt drijven.'

Ze bestudeerde me. 'Jij kunt wel aardig met taal omgaan. Taal is echt iets wat bij me hoort, ik geef les in Engels. Dit wordt een nachtmerrie, maar we zullen ons erdoorheen slaan, niet? Hoe dan ook.'

'We zullen ons best doen. Is er iets wat je me wilt vertellen over Chad?'

'Eigenlijk...' Ze legde een duim tegen haar onderlip. 'Hij is deze keer een beetje afstandelijk. Alsof hij... Ik denk dat ik wel weet wat het probleem is. Gretchen heeft me gevraagd hem te vertellen dat zij gaat sterven, ze kon zelf de moed niet opbrengen. Dus dat heb ik gedaan. Nadat ik een paar boeken had gelezen. Op zijn leeftijd, zeggen ze, zou hij moeite hebben om van haar gescheiden te worden. Ik kon het niet over mijn hart krijgen om tegen hem te zeggen dat hij haar nooit weer zou zien, dus ik heb alleen het woord gebruikt. Dood, bedoel ik. Hij leek het te begrijpen. Was dat niet goed?'

'Hoe reageerde hij?'

'Hij reageerde helemaal niet. Hij staarde me alleen aan alsof ik in vreemde tongen praatte.'

'Hij heeft je begrepen,' zei ik. 'Dat heeft hij me verteld.'

'Heeft hij een hekel aan me? De boodschapper van het slechte nieuws?'

'Helemaal niet.'

'Het lijkt alsof hij me buitensluit.'

'Misschien moet hij zich concentreren op zijn moeder.'

'Ja, natuurlijk. Ik denk als een... Ik ben egoïstisch. Ik denk dat ik me alleen zorgen maak omdat ik nu een goed fundament wil leggen, zodat als het zover is...'

'Alles lost zich vanzelf op.'

'Ik denk het. Uiteindelijk,' zei ze. Ze huiverde. 'Wat een afstotelijk woord.'

Een rauw 'Hé!' trok onze aandacht naar de voordeur van het appartement.

Gretchen leunde, aangesloten op haar zuurstoftank, tegen de deurpost, stak een driftige middelvinger op en ontblootte haar rotte tanden in een grijns.

'Hé, jullie tweeën! Hou op te smoezelen, het gaat allemaal om míj.'

Bunny maakte aanstalten om Gretchen te ondersteunen, maar Gretchen schudde zich los. 'Ik ben niet invalide, ga maar naar Chad, die is bezig wakker te worden. Je weet hoe langzaam dat gaat. Als hij melk of sap wil, mag hij dat hebben, maar geen fokking frisdrank.'

Bunny gehoorzaamde.

Gretchen lachte. 'Ze is ouder, maar ik ben haar altijd de baas geweest.'

'Hoe gaat het met Chad?'

'Wat vind je ervan als ik daarover wil praten in plaats van over Chad? Over het manipuleren van Bunny. Wat vind je ervan als ik dat vandaag op mijn lever heb?'

'Je kunt praten waarover je wilt totdat Chad wakker is.'

'Oo,' fleemde ze. 'Wat een man. Kon Sturgis mijn ahum, ahum, anonieme tip wel waarderen?' Ze deed alsof ze haar keel schraapte, alsof dat haar deed hoesten, waarna ze werkelijk een hoestbui kreeg, een reeks akelige blaffende geluiden die uitmondden in een hoestbui die haar deed dubbelklappen.

Toen ze eindelijk weer normaal kon ademhalen, zwaaide ze met een vinger. 'Arme kankerpatiënt stikt bijna en jij staat er gewoon bij te kijken?'

'Daarstraks was je nog niet invalide.'

'O, man, jij bent... Het moet een hel zijn om met jou een relatie te hebben. Ben je getrouwd?'

'Hoe gaat het met Chad?'

'Mij negeren? Tuurlijk, waarom verdomme ook niet? Straks ben ik dood en dan kijk jij gewoon verder naar *Jeopardy!* of waar jullie slimmeriken ook maar naar kijken.'

Ik wachtte.

Ze zei: 'Met Chad gaat het goed. Heb je tegen Sturgis gezegd dat die tip van mij kwam?'

'Heeft Chad...'

'Bla-bla, bla-bla, bla-bla.' Ze legde een hand op mijn schouder. Drukte, maar met haar tanende kracht leek het alsof er een vlinder neerstreek om even uit te rusten van het zoeken naar nectar. 'Eerst de website, toen Stefan. Wat denk je, moet ik hem nog meer vertellen?'

'Dat is aan jou.'

'Het kan jou geen flikker schelen.'

'Laten we over Chad praten.'

De hand op mijn schouder verkrampte tot een klauw. Een oversized roofzuchtige mot die zich schrap zette om weg te fladderen. 'Zeg maar tegen Sturgis dat ons kleine juffertje Mystery niet zo heel mysterieus was toen ze gewoon haar kunstje deed. Zeg maar dat ze toen gewoon kleine Tiara was van het woonwagenkamp, dat ze zich niet kon kleden, dat ze niet fatsoenlijk kon praten, dat ze niet wist hoe ze moest lopen. Dat ze niet fatsoenlijk kon pijpen. Zeg maar dat hij me rustig mag bellen voor meer, en weet je wat? Als hij dat doet, dan zal ik zeggen: flikker op, vetklep. Want ik dans niet naar de pijpen van die onbeschofte flikker. Hij had me als mens kunnen behandelen, maar hij behandelde me als een stuk stront.'

De hand steeg op. Ze prikte lucht met een vinger. 'Lady G. vergeet niets.'

Ik zocht koortsachtig in mijn geheugen naar iets wat mij bij de ontmoeting tussen haar en Milo was ontgaan. Niets.

Mensen met een persoonlijkheidsstoornis zijn gemakkelijk te kwetsen.

In weerwil van alle grappenmakerij ging het werkelijk om haar, haar, en nog eens haar.

Moeilijk om zo te leven, maar ik kon me niet losmaken van de vraag of het misschien een goede manier was om te sterven.

Sterfelijkheid weerstaan met een razende woede en een egocentrisme met een hoog octaangehalte.

Ik zei: 'Als je zover bent, praten we over Chad.'

Ze snauwde met strakgetrokken lippen over bruine tanden. 'Ik krijg echt godskleregenoeg van jou.' Ze bewoog snel naar voren en kuste me hard op mijn lippen. Deed me pijn met de zuurstofbuis. Pleegde met de geur van ziekte een aanslag op mijn reukorgaan.

Ze stapte achteruit, greep mijn arm en zei zangerig: 'Laten we eens gezellig kletsen. God, we kunnen allebei wel een verzetje gebruiken.'

Ze liet zich met zichtbare pijn zakken op een bank, hoestte opnieuw, hield me met een uitgestoken handpalm tegen toen ik naar haar toe liep. 'Laat me. Goed.' Ze hapte naar adem.

Een paar minuten later: 'Ik zou aardig tegen je moeten zijn. Eén keer praten met Chad en hij is beter.'

'Beter...'

'Slaapt de hele nacht.' Haar borst zwoegde. Ze paste de zuurstoftoevoer aan. 'Aanhalig. Ik vind het heerlijk als hij zo aanhalig is. Dan is het net of er niets aan de hand is en of alles net zo is als altijd. Kom eens hier, alsjeblieft.'

Ik ging naast haar zitten.

'Dichterbij, ik beloof dat ik niet zal bijten.'

Ik schoof iets op. Ze pakte mijn hand en kuste mijn knokkels. 'Het spijt me van die andere. Die kus. Dat was onsmakelijk.' Ze masseerde mijn vingers. 'Deze is aardig. Deze drukt uit wat ik echt voel: je bent een schat van een man.'

Ze begon te huilen, maar brak dat abrupt af op het moment

dat Chad de kamer inkwam en riep: 'Ik heb dorst, tante Bunny zegt dat ik chocomel mag, als het van jou mag.'

'Tuurlijk,' zei Gretchen grinnikend. 'Kijk eens wie er is.'

Chad richtte zijn blik op mij.

'Zeg eens dag tegen dr. Delaware, engel.'

'Mag ik chocomel?'

'Ik zei tuurlijk. Wil je niet even dag zeggen tegen dr. Delaware?'

Hij haalde zijn schouders op.

Bunny Rodriguez kwam de kamer in. 'Ik heb tegen hem gezegd wat je...'

'Chocomel is melk, dus is het gezond, schenk maar in.'

Bunny sjokte naar de keuken en schonk een groot glas vol. De jongen dronk het leeg. 'Meer.'

Bunny zei: 'Gretchen?'

'Doe maar.'

Glas nummer twee was even snel verdwenen als het eerste. En het derde. Milo-in-training.

Ik liep naar Chad. 'Heb je zin om te gaan tekenen?'

'Is goed.'

'We kunnen ook wat anders gaan doen.'

'Tekenen.'

Gretchen zei: 'Je moet ook nog iets gezonds nemen, behalve al die chocomel. Iedereen moet gezond leven.'

'Nee.'

'Oké, engel.'

In zijn kamer zei Chad: 'Mama wordt de hele tijd wakker. Ze is nat.'

'Nat in haar gezicht?'

'Helemaal. Haar pyjama.'

'Ze moet zweten.'

'Denk ik.'

'Weet je wat zweet is?'

'Dat komt uit je lichaam als je het warm hebt.'

'Klopt. Zweet jij wel eens?'

'Als het warm is.' Hij tikte op de hoek van een schetsboek. 'Zij zweet als het koud is.'

'Zelfs als het niet warm is, kan ze het nog wel warm hebben.'

'Waarom?'

'Soms gaat dat zo als mensen ziek zijn.'

'Haar huid,' zei hij. 'En dan moet ze hoesten en houd ik haar vast. Ze stuitert helemaal, zeg maar.'

'Van het hoesten.'

'Ik houd haar vast.'

'Omdat je voor haar wilt zorgen.'

Hij dacht erover na. 'Ik wil niet dat ze valt.'

'Uit bed?'

'Overal.'

'Dat zou eng zijn.'

'Dat zou pijn doen.'

'Net als wanneer je op de grond valt.'

'Ik ben een keer uit bed gevallen,' zei hij. 'Dat deed pijn. Mama bleef slapen. Toen ben ik zelf weer in bed gekropen.'

'Jij kunt heel goed voor jezelf zorgen.'

'We gaan tekenen. Ik win.'

Zes ronden verwoed zwarte, scheuren in vellen papier trekkende cirkels tekenen later zei hij: 'Mama gaat niet dood.'

Ik zei niets.

Hij zei: 'Dat denk ik.'

26

Het duurde een paar dagen, maar toen kwam Darrell Two Moons op de proppen met informatie.

De postbus die Tiara Grundy had opgegeven als postadres in New Mexico was in een opgeheven winkel voor kantoorartikelen geweest. Grundy was in Santa Fe drie keer opgepakt, twee keer toen ze achttien was en één keer toen ze twintig was. Eén keer in het bezit van marihuana, twee keer openbare dronkenschap. Alle aanklachten waren geseponeerd, ze had alles met elkaar nog geen uur in een cel doorgebracht.

Ik zei: 'Misschien de volgende klant voor de verslavingskliniek.'

Milo zei: 'Misschien, maar die dronkenschap stelt waarschijnlijk minder voor dan het lijkt. Darrell zegt dat ze destijds regelmatig de Plaza schoonveegden, omdat de winkeliers klaagden over overlast. Dat betekent dat je al opgepakt kon worden als je daar gewoon rondhing, en omdat ze daarna nooit meer is gearresteerd, was het misschien niet meer dan dat.'

'Misschien is ze uit Santa Fe vertrokken en heeft ze ergens anders voor problemen gezorgd.'

'Luister naar de pessimist. Jij gelooft niet in de goddelijke genade en de verlossing van zonden?'

'Jawel, maar ze heeft hier in L.A. als prostituee gewerkt, voordat ze haar heil zocht op internet.'

Hij keerde zich naar mij. 'En dat weet jij, want...?'

'Als ik jou was, zou ik me eens gaan verdiepen in mensen die zo'n vijf, tien jaar geleden dure meisjes beheerden.'

Hij rolde zijn stoel achteruit. 'Als jij mij was, hè?'

Ik zei: 'Dat zou ook wel eens een lijntje kunnen opleveren naar Muhrmann. Dat lijkt me echt het type dat zich aan een pooier verhuurt als spierbundel.'

'Een pooier die spierbundels inhuurt bij gebrek aan testosteron?' zei Milo. 'Bijvoorbeeld zo iemand als Gretchen Stengel? Als ik daar zo aan denk, die huurde inderdaad bodybuilders in.'

'Bijvoorbeeld Gretchen, maar ik zou aan haar geen tijd verspillen.'

Hij rolde zijn stoel nog iets verder achteruit, botste tegen een prullenbak. Terwijl de prullenbak rondtolde en met een tinkelend geluid omviel op het vinyl, zat hij me aan te staren.

Ik staarde terug.

'Oké,' zei hij. 'Waar zit je nog meer omheen te draaien?'

'We zouden diepzinnige dingen kunnen gaan zeggen over eeuwigdurend geluk.'

Hij lachte. Ik ook, maar er hing weinig vrolijkheid in de lucht.

Hij zette zijn vingertoppen tegen elkaar en bestudeerde een barst in het plafond. 'Ik denk zomaar dat dit te maken heeft met jouw mysterieuze afspraak van gisteren.'

Ik gaf geen antwoord.

'Ik zit ook zomaar te denken dat het wel eens iets te maken zou kunnen hebben met die tip over SukRose.'

Ik deed alsof ik een stofje van mijn mouw wegveegde.

'Ik heb je! Er is een reden waarom ze zo'n riant salaris op mijn rekening storten.' Hij greep de rand van zijn bureau en trok de stoel ernaartoe met als resultaat dat hij zo dicht tegen het bureau aan zat dat zijn pens er half bovenop lag. 'Als jij vindt dat we op jacht moeten naar pooiers, dan volg ik jouw superieure intuïtie. Ook al hebben ze bij Zeden nog nooit gehoord van Tiara Grundy of Tara Sly of iemand die zichzelf Mystery laat noemen. Maar om te beginnen ga ik iets doen met een sappig spoor dat ik zelf heb ontdekt.'

Hij sloeg de dossiermap open en produceerde een fotokopie van een arrestatiefoto.

'Maak kennis met Maude Grundy, alias Mamsie.'

Maude Stella Grundy was vijfentwintig geweest toen ze was opgepakt, maar ze zag er twee keer zo oud uit.

Een code voor de overtreding die ik nog niet eerder had gezien.

Donker, vlassig haar hing om een mager, maar slap gezicht. Ingevallen wangen en de bolle ogen van een drugsverslaafde maakten duidelijk dat haar leven een aaneenschakeling was geweest van verkeerde beslissingen. Achter al die ellende gingen wel een botstructuur en de symmetrische trekken schuil van een vrouw die ooit mooi was geweest, en als ik heel goed mijn best deed, herkende ik Tiara in haar.

Of misschien deed ik ook wel te veel mijn best.

De geboortedatum van Maude Grundy ging maar vijftien jaar aan die van Tiara vooraf.

Ik zei: 'Dat zou een oudere zuster kunnen zijn.'

'Zou kunnen, maar dat is ze niet. Darrell heeft de geboorteakte van Tiara gevonden. St. Vincent Hospital, het grootste ziekenhuis in Santa Fe. Vader onbekend, moeder minderjarig. Adoptie is aan de orde geweest, maar het is er nooit van gekomen. Wat je eigen is, wil je niet kwijt, hè? Bij alle arrestaties heeft Maude steeds een adres opgegeven in Española, een fabrieksstadje vijftig kilometer buiten Santa Fe. Darrell heeft het uitgezocht, hij kwam erachter dat het een woonwagenkamp was, en nu een Walmart. Tiara mag er dan in zijn geslaagd een veroordeling te ontlopen, dat geldt niet voor Maude. Die heeft minder geluk gehad, een hele serie veroordelingen, ze heeft wel wat tijd in de cel gezeten, maar nooit echt in de gevangenis na een veroordeling. Fraude met cheques, drugs, winkeldiefstal en, wat een verrassing, bij razzia's opgepakt voor tippelen.'

Hij pakte het vel papier terug en stond op.

Ik zei: 'Waar naartoe?'

'Hé, ik heb ook geheimpjes.'

'O, boy.'

Hij sloeg me op de schouder. 'Nah, ik lieg. In mijn werk geen vertrouwelijkheid. Als ik in kennis word gesteld van vreselijke geheimen, betekent dat een geweldige ommekeer in iemands leven. Kom op, we gaan op mamajacht.'

Met één grote stap lanceerde hij zichzelf uit zijn kabouterkantoortje. Fluitend liep hij de gang in.

'Woont Maude in L.A.?'

'Pico, in de buurt van Hoover. Geen rijbewijs, maar een jaar geleden is ze in de binnenstad opgepakt voor diefstal. Ze probeerde prulletjes te jatten bij zo'n stalletje van een latino in een van die oude theaters aan Broadway. Ze pleitte winkeldiefstal, kreeg dertig dagen in de districtsgevangenis en stond na tien dagen weer op straat wegens overbevolking. Ik heb geen vast of mobiel nummer van haar kunnen vinden en ze betaalt geen belasting, maar ik kan het net zo goed wel proberen. Maakt niet uit wat voor een ze is, ze moet het weten.'

Ik zei: 'Tiara neemt het ervan op kosten van Markham Suss, terwijl mammie downtown de eindjes aan elkaar knoopt.'

'Misschien was het kind minder ingenomen met haar eigen.'

Het adres hoorde bij een vervallen, honderd jaar oud flatgebouw van vier verdiepingen, aan weerszijden geflankeerd door vergelijkbare architectonische meesterwerken. Het was volgespoten met graffiti van jeugdbendes: Stompy, Topo en Sleepy vierden een of andere overwinning in een vet, zwart pseudo oud-Engels schrift.

Roestige brandtrappen eindigden halverwege de eerste verdieping in afgebroken stompen. Een groot aantal ramen was dichtgetimmerd met plaatmateriaal, en de ramen die niet waren dichtgetimmerd, waren donker. Geen brievenbussen buiten. Alles wat zich in het publieke domein zou bevinden, zou een ongeschonden leven van hooguit vijf minuten beschoren zijn geweest.

Een groep latino tieners met kaalgeschoren schedels sloop weg toen we uitstapten. Misschien waren Stompy en Topo er wel bij. Vrouwen die model hadden kunnen staan voor een fresco van Diego River, duwden kinderen in wandelwagentjes voorbij alsof op de hele wereld niets belangrijkers bestond dan het moederschap. Een verschrompeld oud mannetje zat in grijze werkkleding op een bankje van een bushalte voor de flat te kijken naar het verkeer op Pico. Het lawaai van het verkeer in twee richtingen over de boulevard, was van een wagneriaans kaliber.

Milo bekeek de muurkunst. 'Waarom mochten Dopey en Sneezy niet meedoen?' Hij drukte op de bel van de flat.

Er klonk geen bel of zoemer en toen hij een tweede keer op de bel wilde drukken, viel het ding op de stoep. 'Laten we eens achterom kijken.'

Terwijl we naar de hoek van het gebouw liepen, rekte de oude man zijn nek om over zijn schouder naar ons te kijken. Een volumineuze witte snor was breder dan zijn gezicht. 'Hé, politie.'

Milo zei: 'Hé daar.'

'Zoeken jullie iemand in die puinhoop?'

'Jazeker, meneer.'

'Meneer. Dat mag ik wel.' De snor met opgestreken krullende punten werd met was in model gehouden. Zijn bruinverbrande huid deed denken aan het leer waarmee het bureau van een wetenschapper wordt ingelegd. Zijn diepzwarte ogen leken op die van een vogel. Ruwe, maar schone handen. Dat gold ook voor de werkkleding. Op een ovaal naamplaatje op het linkerborstzakje stond JOSE.

'Daar vind je niemand.'

Een dubbele bus kwam met veel geraas op de bushalte af. De man bleef onbewogen zitten. De bus schraapte de keel en braakte het resultaat uit, trok abrupt op terwijl het licht op rood sprong en reed het kruispunt over, begeleid door getoeter en obsceniteiten.

Milo zei: 'Wat zei u, meneer?'

'Daar woont niemand, het is onbewoonbaar verklaard.'

'Wanneer?'

'Een paar maanden geleden, een maand of drie misschien. Er is brand geweest, een illegaal, een vrouw, die aan het koken was op een ondeugdelijk kookplaatje. Ze hebben de brand geblust, maar het fundament was ontzet. Bouw- en woningtoezicht is wezen kijken en die hebben de zaak gesloten.'

'Woont u hier in de buurt?'

'Niet in de buurt. Daar.' Een eeltige vinger priemde naar een flat verderop naar het oosten.

'Er hangt geen kennisgeving,' zei Milo.

'Dat is ook wat,' zei de man grinnikend. 'Misschien had iemand kladpapier nodig.'

'Zijn er nog mensen gewond geraakt bij de brand?'

'De twee kinderen van die illegaal zijn omgekomen en ik heb begrepen dat zij veranderd was in iets wat je niet wilt zien. Een paar buren werden ziek van de rook en één daarvan is ook overleden. Bel de brandweer maar, die weten er alles van. Maar als je zelf wilt kijken, toe maar. Het is compleet zwartgeblakerd en leeg vanbinnen en je kunt alleen naar binnen door een gat in de schutting van een van die andere flats. Ze zeggen dat ze de boel gaan slopen, maar ze doen niets. Ik snap niet waarom de hele zaak niet gewoon instort.'

'Van wie is de flat?'

'Van het soort lui dat flats heeft. Wie zoek je?'

Milo zei: 'Een vrouw die Maude Grundy heet. Vierenveertig, maar ze ziet er ouder uit.'

'Dood,' zei de man.

'Hebt u haar gekend?'

'Ik wist dat ze Maude heette, ze heeft nooit een achternaam genoemd. En zelfs als ik haar niet had gekend, had ik geweten dat ze dood was, want de vrouw die omkwam bij de brand, was de enige blanke vrouw die in die flat woonde. Zelfs als ze zich niet had gedragen zoals ze deed, zou ze zijn opgevallen.'

'Hoe gedroeg ze zich?'

'Dronken, ze liep over straat alsof ze kierewiet was. Probeerde zich te verkopen.' Hij kuchte. 'Alsof iemand dát zou kopen. Zei je dat ze veertig was?'

'Vierenveertig.'

'Ik zou zeventig hebben gezegd. Misschien vijfenzestig met een beetje lippenstift, maar dat deed ze niet. Ik ben zevenenzeventig en zelfs in mijn ogen was ze oud.'

'Hoe betaalde ze de huur?'

'Misschien was ze wel hersenchirurg,' zei de oude man. 'Hoe moet ik dat weten? Ik heb vijftig jaar als tuinman gewerkt. Ik was zo stom om voor particuliere bedrijven te werken en niet voor de overheid, dus heb ik geen opgeblazen pensioen en zit ik hier. In die flat van mij betaalt iedereen huur, het zijn gezinnen, voor het merendeel prima mensen. Maar die flat daar? Minderwaardig volk. Niemand was er rouwig om toen het in de fik ging. Er kwam en ging voortdurend allerlei volk, en nooit een keer een beheerder. Maar hoe dan ook, ze is dood. *Ten-dollar Maude*. Dus je hoeft geen tijd te verspillen om haar te zoeken.'

'Tien dollar was haar tarief?'

'Dat zeggen ze. Als ze mij aankeek, liep ik de andere kant op. Als je arm bent, heb je misschien wel pech, maar daarom hoef je nog niet stom te zijn.'

Een bezoek aan de lijkschouwer bracht de overlijdensakte van Maude Grundy boven tafel. Twee maanden en twee weken geleden, longfalen als gevolg van het inademen van rook. Voor het lichaam was getekend door Tara Sly, Lloyd Place in West Hollywood. Het was overgebracht naar een mortuarium aan Mission Road, tegenover de crypte.

Milo zei: 'Dat ken ik wel daar,' maar hij belde niettemin.

Een school voor begrafenisondernemers op een slim gekozen locatie. De laatste bestemming van de stoffelijke resten van Maude Grundy was het klaslokaal voor aankomende uitvaart-verzorgers geweest, een praktijkles voor eerstejaars.

'Mama doneren aan de wetenschap,' zei hij. 'En dan nog niet eens een medische faculteit. Met de poen van Markham Suss had Tiara best iets van een begrafenis kunnen regelen, of op zijn minst een crematie. In plaats daarvan levert ze mama uit aan de formaldehydegangsters. Oké, laten we eens op zoek gaan naar de mysterieuze ondernemer in vrouwenvlees die niet Gretchen is.'

Hij wreef over zijn gezicht. 'Wil je daar nog iets aan toevoegen?'

Ik zei: 'Ik ben benieuwd hoe ver onze Prinses het heeft geschopt vanaf transacties van tien dollar.'

27

Een rechercheur Zeden van Westside met de naam David Maloney, die oud genoeg was om het zich te herinneren, gaf een korte beschrijving van de duurdere sekssector in Westside na de arrestatie van Gretchen. We spraken met hem in de grote recherchezaal, waar Maloney een bureau in de hoek opeiste.

Ik was Maloney al eerder tegengekomen, toen hij nog lang haar had en piercings. Nu was zijn haar grijs als dat van een gerespecteerde directeur van een onderneming, en kleedde hij zich als profgolfer. Drie gaatjes in beide oren waren stille getuigen van het verleden.

Hij praatte snel, op de automatische piloot, alsof hij een kwartaalverslag presenteerde aan verveelde aandeelhouders.

De eerste pooier die erin was geslaagd door te dringen in de markt van vijfsterrenhotels was Suzanna 'Honingpotje' Gilder, een vrouw die gewerkt had voor Gretchen. Lange tijd had men tegen haar de verdenking gekoesterd dat zij een stroman was voor Gretchen, terwijl die gevangenzat. Uiteindelijk hadden ze dezelfde belastingtechnische druk op haar uitgeoefend die een einde had gemaakt aan het tijdperk Gretchen. Ze hield het twee jaar vol, gaf toen op en vertrok naar Las Vegas. Daar trouwde ze met de verloren zoon van een mormoonse senator, publiceerde in eigen beheer haar memoires waarin ze opening van zaken gaf, en kreeg kinderen.

Niet lang nadat Honingpotje met pensioen was gegaan, overspoelden twee Oekraïners en een Let de markt vanuit pakhuizen in Orange County, met ladingen meisjes uit de voormalige sovjetrepublieken. Een paar meisjes overleefden het niet en binnen een jaar werden twee van de drie mannen gevonden op de bodem van Lake Elsinore. De overlevende verplaatste het bedrijf naar Fresno en de stal van Honingpotje werd nieuw leven ingeblazen door Olga Koznikov, een vrouw die jarenlang de concurrente was geweest van Gretchen.

Milo zei: 'Had zij iets te maken met die kerels in het meer?'

Maloney glimlachte voor het eerst sinds hij aan zijn relaas begonnen was. 'Je hebt logica en je hebt bewijzen. Olga is minder snel geworden, maar waarschijnlijk runt ze een klein, select groepje. Het echte werk zijn nu de jongens uit Zuidoost-Azië met al die massagesalons. Maar ik zou bij Olga beginnen, omdat zij in de tijdlijn past.'

Milo zei: 'Bedankt. Ik zal haar dossier opgraven.'

'Dat vind je niet. Ze heeft geen slechte gewoonten en ze heeft zich altijd netjes gedragen, inclusief belastingen.'

'Hoe wast ze het geld wit?'

'We denken met stalletjes op vlooienmarkten, en bij antiekbeurzen, en met het importeren van meubels uit China. Ze heeft ook een stel Russische restaurants. En dan zal er nog wel het een en ander zijn waar we niets vanaf weten.'

'Is zij in beeld of onder de radar?'

'We concentreren ons op de salons.'

'Hoe krijg ik dit juweeltje te pakken?'

'Je slaat gewoon het telefoonboek open, ze heeft een kantoor van waaruit ze zaken doet. Maar ik heb het nummer hier voor je.'

'Je bent geweldig, Dave.'

'Geen probleem. Het spijt me dat ik je niet kon helpen met het identificeren van je slachtoffer. Ik heb alles drie keer nagekeken, maar niemand wist iets van een Tara Sly of een Tiara nog wat en haar foto deed ook geen belletjes rinkelen. Maar Olga weet haar sporen uitstekend uit te wissen.'

Far Orient Trading and Design Modes opereerde vanuit een soort rode schuur achter op een terrein met discountzaken voor meubels aan La Cienega, aan de zuidkant van Jefferson. Dat betekende een snelle, directe rit naar L.A.X. Airport, dus snel wegbrengen en ophalen van allerlei zaken.

Voor de schuur stond allerlei nepantiek. Tussen een rij geparkeerde auto's stond ook een zilverkleurige Suburban, het enige voertuig op naam van Olga Koznikov. Geen getint glas, geen gepimpte wielen, geen rare versieringen, en het interieur was smetteloos. Op de middelste rij stoelen was een babyzitje vastgemaakt.

Toen we naar de schuur liepen, werden we enthousiast begroet door een aantrekkelijke Vietnamese, gekleed in skinny jeans en een zwarte coltrui, op goudlamé schoentjes.

'Hallo, jongens, kan ik jullie ergens mee van dienst zijn?'

Milo liet zijn vingers over een gigantische groene urn glijden, verlegde daarna de aandacht naar een kast van namaakpalissander die het misschien één droge zomer zou uithouden. 'Aardig, welke dynastie?'

Het meisje giechelde. 'Zoek je iets speciaals?'

'Is Olga in de buurt?'

De glimlach op het gezichtje bevroor. 'Wacht.'

Ze snelde terug naar binnen. We liepen achter haar aan, zagen hoe ze haastig een nauw gangpad door schuifelde, tussen tafels, stoelen, kasten, altaren en gipsen boeddha's.

Voordat ze helemaal achterin was, kwam een man haar tegemoet door een deur. Hij was een jaar of dertig, zwart, gekleed in een antracietkleurige overal, met een wit T-shirt eronder. Hij was klein en gedrongen. Het meisje zei iets tegen hem. Hij tikte haar op het hoofd, alsof hij een kleuter geruststelde en ze verdween uit beeld.

Hij kwam met vlezige dijen waggelend en vriendelijk glimlachend op ons af. Je hoorde het schuren van de spijkerstof.

'Ik ben William. Kan ik u helpen?' Een jongensachtige stem met een licht zangerig Jamaicaans accent, maar een onberispelijke uitspraak.

De overal was met oranje garen afgewerkt en paste zo perfect dat het op maatwerk leek. Hij was glad geschoren, zijn huid gloeide en hij toonde een strakke rij kaarsrechte tanden.

Het gezonde, blijmoedige gelaat van O.J. Simpson voor zijn val. Milo toonde zijn penning. 'Ik ben inspecteur Sturgis. Is Olga in de buurt?'

'Mag ik vragen waar het om gaat?'

'Herinneringen.'

'Pardon?'

'Een beetje kletsen over vroeger,' zei Milo.

De rechterduim van William schoof in het borstzakje van zijn overal. Kwam weer tevoorschijn met een pakje kauwgum. Hij stak een plakje in zijn mond en begon te kauwen. 'Geen idee wat u bedoelt.'

'Dat hoeft ook niet,' zei Milo. Hij stapte naar voren. William week geen millimeter.

Daarna wel.

De vrouw die aan haar bureau een broodje zat te eten, had wit haar, was zwaargebouwd, en zag er ouder uit dan de zevenenzestig jaar die ze volgens haar rijbewijs moest zijn. Haar haar krulde als dat van een poedel op een hondenshow en was kortgeknipt als dat van een man, met een belachelijke pony. Het gezicht onder de krullen was nagenoeg rond om een klein mondje en een varkensneusje. De wangen waren bleek, met roze accenten. Lichtelijk verzakt, maar zonder rimpels. Vet vult rimpels heel aardig op.

Het broodje was een architectonisch meesterwerk van pastrami, ham, kalkoen, koolsla, witte en oranje kaas, en rode en groene paprika. Toch zat er geen spatje op de bleekblauwe jurk en waren haar lippen schoon. Ze had zachtgrijze, wereldwijze ogen. Het kantoor was groot, helder, niet pretentieus. Er stonden een kopieerapparaat, een klein koelkastje en een oude grijze pc die de zusjes Agajanian meewarig zou hebben doen glimlachen.

Olga Koznikov oogde als een vrouw die zichzelf accepteerde zoals ze was en dat verleende haar een zekere waardigheid. Alleen de lange nagels, met een wit randje en glanzend, wezen, zoals ze zich als klauwen om het broodje klemden, op spanning en ijdelheid.

'Hallo,' zei ze. Ze maakte een gebaar naar twee stoelen tegenover het bureau. 'Daar zijn jullie dan eindelijk.'

Ze wikkelde wat er nog over was van het broodje in een servet, sjokte naar de koelkast en verruilde het eten voor een Diet Pepsi.

'Jullie ook iets?' Een zwak, maar duidelijk Russisch accent.

'Nee, dank je.'

'Jullie zijn hier voor Tara.'

'En dat weet je, omdat...'

Omdat Gretchen heeft gezegd dat we onderweg waren.

'Dat weet ik, omdat ik heb gehoord dat ze dood is.' Ze zuchtte. 'Het arme kind.' Ze zuchtte opnieuw. 'Soms zie ik ze als mijn kleine meisjes.'

'Ze, dat zijn...'

'Jonge vrouwen op zoek naar het geluk,' zei Olga Koznikov.

'Jij bent hun gids.'

'Ik doe mijn best, inspecteur Sturgis.'

Milo had zich nog niet voorgesteld.

'Vertel ons eens wat meer over Tara.'

'Je wilt herinneringen. Te veel herinneringen kan heel naar zijn.'

Dat had William niet doorgegeven. Tussen al die spullen in de schuur waren camera's en microfoons verborgen, en wie weet wat nog meer. En ze wilde dat wij dat wisten.

Milo zei: 'Wij zijn niet van Zeden.'

'Als dat zo was,' zei Olga Koznikov, 'zaten we hier niet eens te praten.' Ze dronk van haar frisdrank en leunde achterover. 'Nu wil ik graag dat je je shirt losknoopt, inspecteur Sturgis. En je knappe collega ook. Bovendien graag alle zakken binnenstebuiten, als je het niet erg vindt.'

'En als we dat wel erg vinden?'

'Ik ben een oude vrouw. Mijn geheugen gaat achteruit.'

'Dit is voor het eerst dat me dat wordt gevraagd, Olga.'

'Ik weet het. Het spijt me. Maar toch.'

'Krijgen we ook achtergrondmuziek?'

'Ik zou op mijn bureau kunnen trommelen met mijn handen, als je dat graag wilt.'

Toen we onze shirts weer hadden dichtgeknoopt, zei Olga Koznikov: 'Dank je wel. Ik hoop dat ik jullie niet al te erg in verlegenheid heb gebracht?' Ze knipoogde. 'Twee fraaie borstkassen.'

Milo zei: 'Bedankt dat je het hierbij hebt gelaten.'

'Er zijn grenzen, inspecteur Sturgis. Ik heb altijd geloofd in grenzen.'

'Vertel eens over Tara.'

'Wat ik je zal vertellen, is een verhaal. Als een sprookje. Het zou een sprookje kunnen zijn. Begrijp je?'

'Er was eens...'

'Er was eens een theoretische situatie. Oké?'

'Oké.'

'Dan begin ik,' zei ze. 'Veronderstel dat op een goede dag een prachtige jonge vrouw naar Californië komt en de verkeerde keuzes maakt. Veronderstel eens dat ze slechte mannen tegen het lijf loopt die bij busstations en treinstations en luchthavens posten? Dat kan heel triest zijn, niet dan?'

'Tara kwam in handen van een straatpooier.'

'Veronderstel eens dat deze prachtige jonge vrouw een aantal, wat zal ik zeggen, slechte ervaringen opdeed. Veronderstel eens dat je moet vaststellen dat ze geluk heeft gehad dat ze het er fysiek heelhuids afbrengt.' Olga Koznikov maakte een tweede blikje frisdrank open en nam een teug. 'Veronderstel eens dat ze daarna nog meer geluk heeft en goede mensen tegenkomt die voor haar zorgen. Dat zou toch wel heel gelukkig zijn, toch?'

'Een soort moederfiguur.'

'Moeders zijn goed.' Ze legde een zachte hand met lever-vlekken op haar linkerborst. 'Iedereen heeft een moeder nodig.' Ze glimlachte. 'Misschien wel een grootmoeder.'

Milo zei: 'Toen ze eenmaal de juiste begeleiding kreeg, waar werkte ze toen?'

'Veronderstel eens dat dat overal was waar de cliënt maar wilde? Binnen bepaalde grenzen natuurlijk.'

'Op afroep.'

'Het is een héél grote stad.'

'Welke grenzen?'

'Het is een héél grote stad. Benzine is duur.'

'Ze opereerde alleen in Westside,' zei Milo.

'Westside is fijn.'

'Welke andere grenzen waren er?'

'Veronderstel eens,' zei Olga Koznikov, 'dat ze een keer per maand werd onderzocht, dat ze altijd condooms gebruikte, en dat de mensen met wie ze afspraken maakte, werden gescreend om zeker te weten dat het aardige mensen waren die haar niet zouden dwingen lichaamsdelen te gebruiken die ze niet wilde gebruiken.'

De beschrijving door dr. Jernigan van anaal littekenweefsel schoot door mijn hoofd. Samen met andere beelden die ik probeerde te verdringen.

'Dat klinkt goed. Hoorde het Fauborg Hotel ook bij Westside?'

Olga Koznikov knipperde met de ogen. 'Heerlijk hotel.'

'Werkte Tara daar?'

'Als een cliënt naar een heerlijk hotel wilde gaan, zou dat een goede keuze zijn, toch?'

Ik dacht aan de doorsnee clientèle van het Fauborg en zei: 'Was Tara een favoriet voor veel oudere mannen?'

Ze bestudeerde me. 'Het is goed dat jij je borsthaar niet scheert. Mannen doen dat tegenwoordig. Ik begrijp niet waarom.'

'Vonden oudere mannen...'

'Je vraagt me dingen te herinneren van heel lang geleden.'

Milo zei: 'Louter theoretisch dan. Werkte ze theoretisch met ouwe kerels?'

De hand van Olga Koznikov lag zwaar op haar borst. 'Dit is zo lang geleden.'

'Olga, ik heb het gevoel dat jij je alles kunt herinneren wat je ooit hebt gedaan of gedacht.'

'Wat aardig, inspecteur, om dat te zeggen, maar we krijgen allemaal moeite met herinneringen.'

'Tara heeft nooit de kans gekregen om zo oud te worden dat ze last kreeg van een tanend geheugen. Daarom zijn we hier.'

Olga Koznikov kromp in elkaar. Heel even gaf ze zichzelf bloot achter het masker van de vriendelijke madam.

Als een volleerd therapeut greep Milo zijn kans: 'Ze heeft geen zachte dood gehad, Olga.'

Alsof hij een geladen pistool op het bureau legde.

Olga Koznikov vertrok geen spier in haar gezicht, maar de hand op haar borst trok wit weg.

'Help ons, Olga.'

'Ze was zo mooi. Barbaren.'

'En denk je ook aan bepaalde barbaren in het bijzonder?'

'Waarom zou ik zulke mensen kennen?'

Milo zei: 'Barbaren, een naam, iets.'

Olga Koznikov schudde haar hoofd, langzaam, mismoedig. 'Ik zou het je vertellen, Het spijt me.'

'Hoe lang is het geleden dat Tara voor je werkte?'

'Drie jaar.' De eerste keer dat ze het theoretische kader verliet. Ze besefte het en haar kaak verstrakte. 'Drie jaar is bijna duizend dagen. Ik tel graag. Als oefening. In gedachten. Om mijn geheugen te trainen.'

Ze babbelde.

Milo zei: 'Ze is drie jaar geleden vertrokken.'

Een jaar voordat ze haar heil zocht op internet.

'Ik houd ook van kruiswoordpuzzels. Voor het geheugen. Maar het Engels? Te verheven.'

'Waarom ging ze weg, Olga?'

'Mensen worden moe.'

'Persoonlijke problemen?'

'Mensen worden moe.'

'Had het iets te maken met drugs of drank?'

'Mensen worden ook moe zonder drugs en drank.'

'Geen problemen met misbruik van genotsmiddelen.'

'Sommige mensen beschikken over zelfbeheersing.'

'Haar moeder niet.'

'Welke moeder? Ze had geen moeder,' zei Olga Koznikov.

'Komt ze uit een reageerbuis?'

'Haar moeder is overleden toen ze een klein meisje was. In Colorado.'

'Waar in Colorado?'

'Vail. Ze is opgegroeid in de sneeuw. Ooit, lang geleden.'

'Is dat zo?'

'Haar moeder was skilerares, kwam om het leven bij een ongeluk, de overheid heeft de zorg voor haar op zich genomen.'

'En haar vader?'

'Een Zwitserse toerist, ze heeft hem nooit gekend.'

'Dat heeft ze je verteld.'

'Ze heeft me een foto laten zien.'

'Van Vail.'

'Een mooie vrouw met een baby. Sneeuw.'

'Interessant,' zei Milo.

Olga Koznikov bloosde.

'Olga, haar moeder was een vrouw die Maude Grundy heette. Ze was een aan alcohol verslaafde tippelaarster uit New Mexico en kreeg Tara toen ze vijftien was. Volgens de geboorteakte van Tara is de vader onbekend. Maude heeft een ruig leven geleid, is op een bepaald moment naar L.A. gekomen, al weten we niet precies wanneer. Of Tara haar hierheen heeft gehaald of niet, is onduidelijk. Als dat wel zo is, zijn ze waarschijnlijk in onmin geraakt, want Tara liet Maude in een krot wonen dat tweeënhalve maand geleden is afgebrand. Maude is bij die brand omgekomen en Tara heeft geen cent uitgegeven om haar te begraven.'

Olga Koznikov had het verhaal onbewogen aangehoord. Nu nam ze lange teugen van haar blikje. Onderdrukte een boer en glimlachte. 'Dat zeg je allemaal om mij bedroefd te maken.'

'Ik vertel het je voor het geval Tara jou iets heeft verteld wat waar was en wat ons zou kunnen helpen om de moordenaar te vinden.'

Ze richtte zich tot mij. 'Ik kan nu jouw vraag beantwoorden. Ja, oudere mannen zagen haar graag. Ik dacht oké, ze heeft geen vader, dat is logisch. Dat is in ieder geval waar, ook al kwam hij dan ook niet uit Zwitserland.'

'Wat heeft het feit dat ze geen vader had, ermee te maken dat oudere mannen gek op haar waren?' vroeg Milo.

'Zij waren gek op haar omdat zij gek op hen was. Daar gaat het om bij liefde, seks en plezier. Ik mag jou, jij mag mij. Er was er één... Veronderstel eens dat er ooit een man was, een heel oude, vriendelijke man, die me vertelde dat Tara "geduld had". Dat verklaart veel, niet dan? Dan begrijp je het beter.'

Ik zei: 'Geduld is een goede karaktertrek voor een jong mens.'

'Goed en zeldzaam.'

'Geef ons eens een tijdlijn,' zei Milo. 'Wanneer is ze voor jou begonnen en wanneer is ze weer vertrokken?'

'Drie jaar achter elkaar hetzelfde doen is heel lang.'

'Hoe lang heb je dit hier al?'

'Achttien jaar.'

'Jij wordt kennelijk niet moe.'

'Ik heb geluk.'

'Drie jaar hetzelfde klusje,' zei Milo. 'Hoe lang heeft ze daarvoor in L.A. gewerkt voor slechte mensen?'

'Een jaar.'

'Dus ze is hier zeven jaar geleden gekomen.'

'Jij kunt goed rekenen. Ik heb steeds een rekenmachine nodig.'

'Heeft ze het er ook wel eens over gehad dat ze nog ergens anders had gewoond, behalve in Colorado?'

'Ja, maar ik weet nu niet meer wat waar is en wat niet.'

'Dat zoeken we wel uit, Olga. Waar had ze nog meer gewoond?'

'Texas, Arizona, Oklahoma.'

'Niet in New Mexico.'

'Nee.'

'Wat kun je ons nog meer vertellen?'

'Niets.'

'Niets, hè?'

'Helaas.'

Ik zei: 'Wat is ze gaan doen toen ze bij je wegging?'

De hand verliet haar borst en friemelde met haar krullen. Ze trok ze strak en liet ze als metalen veren terugspringen. 'De computer.'

'Ze begon zichzelf online te verkopen?'

'Niet verkopen,' zei Olga Koznikov. 'Ze adverteerde. Voor een relatie.'

'Ze zei dat ze op zoek was naar een relatie.'

'Ik bemoei me niet met de meisjes.'

'Maar je ontdekte dat ze online gegaan was.'

'Er wordt gepraat.'

'Heb jij er met haar over gepraat?'

'De computer,' zei ze, 'is magie. Dat kan ook zwarte magie zijn.'

'Geen bescherming,' zei ik. 'In tegenstelling tot zaken in levenden lijve met jongens als William als bescherming.'

'William verkoopt meubels.'

'Ben je er ooit achter gekomen met wie ze online in contact is gekomen?'

'Ik vermoed een rijk man.'

'Dat heeft ze je niet verteld.'

'Daar bemoei ik me niet mee.'

'Er wordt gepraat,' zei ik.

'Er wordt gepraat.'

'Je hebt het haar niet kwalijk genomen dat ze is vertrokken?'

'Er is werk dat je ook kunt doen als je moe bent.'

'Maar niet het werk van Tara.'

'Een koe met lege uiers geeft geen melk.'

'Waarom denk je dat ze het heeft aangelegd met een rijk man?'

'Ik heb haar uit een auto zien stappen,' zei Olga Koznikov. 'Rodeo Drive, de dure winkels voor magere vrouwen. Aardig, klein BMW'tje. Ze droeg allerlei tassen.'

'Van welke winkels?'

'Te ver weg om het te kunnen zien.'

'Was ze alleen?'

'Ja.'

'Je nam aan dat een rijke vriend betaalde voor die kooporgie.'

'Ze had nu niet bepaald veel te makken, met haar carrière.'

Milo zei: 'Ik ga je op weg helpen, Olga, want we waarderen je hulp. De rijke man die ze aan de haak had geslagen, heette Mark Suss.'

'Oké.'

'Ouwe kerel. Was dat een vaste klant?'

'Ik ken die Suss niet.'

'Ken je een andere Suss?'

Olga Koznikov trok aan een krul. 'Ik ken hem niet, ik weet niet wat Tara met hem heeft gedaan, ik weet niets.'

'Heeft ze het nooit met jou over Suss gehad?'

'Hoe spel je dat?'

'S-U-S-S.'

'Een korte naam,' zei ze. 'Is die echt?'

'Behoorlijk. Rijkelui uit Beverly Hills.'

'Denk je dat zij haar pijn hebben gedaan?'

'Op het moment niet. Hoe zou het met die slechte mannen zijn, waar ze voor werkte voordat ze begeleiding kreeg? Zou een van hen misschien kwaad genoeg kunnen zijn om haar iets aan te doen?'

Olga Koznikovs lach klonk als het sputteren van een motor die niet wil aanslaan. 'Dat is vuiligheid.'

'Vuiligheid kan ook een heel slecht humeur hebben.'

Ze kreeg een kille blik in de ogen. 'Als je vuiligheid aan je schoenen hebt, moet je die afvegen.'

'Dus we hoeven niet te gaan zoeken bij haar eerste pooiers.'

'Hoeft niet.' Ze balde een hand tot een vuist. 'Die Suss, heb je met hem gepraat?'

'Hij is dood.'

'Ah.'

'Is ze, nadat ze bij jou was vertrokken, ooit nog wel eens weer terug geweest?'

'Waarvoor?'

'Even bijpraten?'

Ze verzonk in stilzwijgen. Ontspannen vingers als worstjes.

'Olga?'

'Oké, ik zal je iets vertellen. Ze is één keer terug geweest. Voor advies.'

'Wanneer?'

'Ongeveer twee jaar geleden. Kan iets langer of korter zijn geweest.'

'Een jaar nadat ze bij jou was vertrokken.'

'Oké.'

'Waarover wilde ze advies?'

'Hoe ze een goede relatie moest opbouwen.'

'Met wie?'

'Dat heeft ze niet gezegd. En later heb ik haar in die kleine BMW gezien, met die kleren.'

'Ze had een goudmijn aangeboord en wilde zich gaan settelen. De droom van alle callgirls.'

'Grappig voor jou,' zei Olga Koznikov, 'maar niet altijd leuk.'

'Het gebeurt, toch?'

'Ik zou je namen kunnen noemen. Vrouwen die in films acteren, vrouwen van rijke mannen. Zelfs advocaten.'

'Zelfs.'

Olga Koznikov grinnikte. 'Niet iedereen weet precies hoe dat moet met de mond.'

Ik zei: 'Tara wilde een relatie opbouwen. Meer dan alleen seks.'

'Ze was gelukkig, ik was blij voor haar. Ze was een aardig meisje.'

'Wat kun je ons nog meer over haar vertellen?'

'Niets.' Ze staarde ons aan. 'Nu is het écht niets.'

Milo zei: 'Kende William haar?'

'William verkoopt meubels.'

'Maar afgezien daarvan.'

'Maar zelfs afgezien daarvan, nee.'

'Destijds, in de theoretische situatie, had je meer zoals hij in dienst, om grenzen te stellen?'

Olga Koznikov spreidde haar handen.

'Was er bij jouw spierballen ook eentje die Steven Muhrmann heette?'

Olga Koznikov rukte hard genoeg aan een krul om een paar sneeuwwitte haren te ontwortelen. Ze zweefden door de lucht en vielen op haar bureau. Ze veegde ze weg. 'Waarom vraag je naar hem?'

'Dus hij heeft voor jou gewerkt.'

Haar vingers trommelden op het bureau. Ze pakte het blikje frisdrank op, kneep het in één keer fijn. 'Even.'

'Toen Tara voor jou werkte.'

Ze zweeg.

Milo zei: 'Waren Tara en hij goede vrienden?'

'Nee.'

'Je klinkt erg overtuigd.'

Olga Koznikov wreef over haar voorhoofd.

'Ja, Olga?'

'Hij,' zei ze. 'Ik zei het tegen Tara, zij was het met me eens.'

'Je zei tegen haar dat ze bij Muhrmann uit de buurt moest blijven.'

'Alle meisjes,' zei Olga Koznikov. Ze boog voorover, haar boezem drong zich op aan het bureau. 'Wou je zeggen dat hij het is?'

Milo zei: 'Wat we zeggen is dat hij met Tara is opgetrokken nadat ze bij jou is weggegaan. We willen met hem praten, maar we kunnen hem nergens vinden. Enig idee?'

'Heeft hij het gedaan?'

'Dat weten we niet, Olga.'

'Maar het is mogelijk.'

'Alles is mogelijk, maar, nee, hij is geen verdachte en ik wil niet dat je doet alsof het wel zo is.'

'Ik doe niet alsof.'

'Ik meen het, Olga.'

'Idioot!' spuwde ze. 'Hij doet alsof, hij is de acteur.'

'Wilde hij acteren?'

'Waarschijnlijk.'

'Waarschijnlijk?'

'Hij loog.'

'En?'

'Liegen is een goede training voor acteren.'

'Waar loog hij over?'

'Lijntrekken, niet werken.'

'Drank, drugs, rock-'n-roll.'

'Loser,' zei ze.

'Hoe ben je aan hem gekomen?'

'Bij een van mijn huizen waren ze aan het bouwen. Hij deed graafwerk voor de fundering. Flinke spieren. Ik dacht dat hij misschien wel oké was, omdat het een homo was.'

'Muhrmann is homo?'

'Ik dacht het,' zei ze. 'De manier waarop hij zijn lichaam verzorgde en zo, dat stroblonde haar, heel bruin.'

Milo glimlachte. 'Dat doen alleen homo's.'

'Homo's zijn het beste,' zei ze. 'Die zorgen goed voor de meisjes, geen problemen.'

'Muhrmann zorgde nergens voor.'

'Hufter,' zei ze. 'Loser.'

'Had hij een oogje op Tara?'

'Nee. Idioot.'

'Geen slimme jongen?'

'Ik heb het over háár,' zei Olga Koznikov.

'Ze was dom omdat ze met Muhrmann optrok.'

'Geen rozen zonder doornen.' Ze wreef zich in de handen. 'Oké, ik ben klaar.'

Ze hees zich overeind uit haar stoel en wees naar de deur. Hooguit een meter vijftig. Met haar dunne, strakgetrokken lippen zag ze eruit als een giftige pad.

Milo zei: 'Als je ons nog op weg zou kunnen helpen naar meisjes met wie ze heeft samengewerkt, zou ons dat heel erg helpen.'

'Ik ken geen meisjes, ik ken helemaal niemand.'

'Maar je wist dat Tara dood was.'

'Ik kijk tv,' zei ze. 'Meestal naar programma's over interieurontwerp en tuinieren, soms naar doe-het-zelfprogramma's. Tot ziens.'

'Olga...'

'Tot ziens. Maar kom niet terug.'

Ze zwaaide de deur open. William stond centimeters van de drempel energiek op kauwgum te kauwen.

'Hé,' zei hij.

Olga Koznikov zei: 'Breng ze naar buiten.'

Milo zei: 'Als je nog iets te binnen schiet...'

'Ik ben oud. Ik kan niet zo goed meer denken.'

William maakte een beweging in de richting van Milo's elleboog, bedacht zich, maakte een kleine buiging, stapte achteruit en zei: 'Na u, heren.'

Milo liep het gangpad in, maar Olga Koznikov greep mijn

pols en hield me tegen. Een stevige greep die nog net geen pijn
deed.

Ze ging op haar tenen staan, legde een arm om mijn middel
en hield haar mond een centimeter van mijn oor.

Ik probeerde weg te lopen, maar ze hield vol. Haar mond
een centimeter van mijn oor, ik voelde hete adem en hoorde
haar fluisterende stem: 'Bedankt, dat je Gretchen helpt.'

Ik maakte me los uit haar greep en liep weg.

Ze lachte. 'Ik dacht wel dat je dat zou zeggen.'

28

William volgde ons door de schuur. Toen we terug in de buitenlucht waren, zei Milo: 'Verder redden we ons wel, vriend.'

William maakte zich wat breder.

'Of eigenlijk, vriend, identificeer jezelf eens.'

'Mag ik vragen wat daarvan de reden is, meneer?'

'Dat mag je, maar je krijgt geen antwoord. Papieren.'

William kauwde luidruchtig. 'Natuurlijk.' Hij haalde een portemonnee tevoorschijn. Achter een gouden klem in de vorm van een dollarteken zat een heel pak bankbiljetten.

Milo zei: 'Marcy William Dodd. Park La Brea Towers, hè? Aardig.'

'Ik woon er graag, meneer.'

Milo wees naar de rij auto's. 'Welke is van jou?'

'De Hyundai.'

'Is dat je enige wagen?'

William stopte met kauwen. 'U verwachtte een verlengde Escalade, meneer? En ik onderuitgezakt achter het stuur, met een bontmuts op mijn hoofd?'

'Waarom zou ik dat verwachten?'

'U weet hoe dat gaat, meneer.'

'Heb jij Tara Sly gekend?'

'Nee, meneer, van voor mijn tijd.'

'Wanneer is jouw tijd begonnen?'

'Dat moet zijn geweest nadat de persoon over wie u praat, ontslag heeft genomen als werkneemster van Madam.' Zijn tanden schitterden als een stroboscoop. 'Weet u wat, meneer, ik vind dit niet zulke gemakkelijke vragen en in de wet staat dat ik er geen antwoord op hoef te geven. Tot ziens en pas goed op uzelf.'

Hij liep terug naar de schuur.

Tegen de tijd dat ik de Seville had gestart, had Milo zijn naam nagetrokken, maar niets anders gevonden dan het adres.

'De schoonste verzameling misdadigers die ik ooit heb gezien.'

'Ze verkopen meubels,' zei ik.

'En ik schaats mee voor medailles op de Olympische Spelen. Oké, wegwezen hier.'

Terwijl ik La Cienega opreed, zei hij: 'Wat fluisterde ze in je oor?'

'Zoete lieve woordjes.'

'Nee, echt.'

'Ze vindt mijn borsthaar echt mooi.'

'Klassieke charme werkt altijd. Heb je haar je nummer gegeven?'

'Zeker,' zei ik. 'Samen eten en naar de film.'

'Zou een volledig nieuwe ervaring voor jou zijn,' zei hij.

'Robin bedriegen met een psychopaat op leeftijd? Jeetje, dat is verleidelijk.'

'Persoonlijk offer voor het bestwil van de hermandad.'

'In tegenstelling tot Muhrmann heb ik grenzen.'

'Stoute Meneer,' zei hij. 'En hij heeft al een heel verleden met Tara, Tiara. Hij wordt steeds duidelijker hoofdverdachte.'

Hij pakte zijn aantekenboekje en een pen. 'We moeten de gebeurtenissen vóórdat ze Mark Suss in haar netten strikte, maar eens op een rijtje zetten. Nadat ze voor de derde keer is gearresteerd, smeert ze hem uit Santa Fe, dat moet meer dan negen, tien jaar geleden zijn geweest. Ze reist wat rond en trekt naar het westen. Misschien is ze wel echt op die plaatsen geweest die Olga noemde. Een paar jaar later is ze in L.A., waarschijnlijk blut en aan de grond, want ze pikken haar op uit de bus en laten haar tippelen. Een jaar later komt ze bij Olga terecht, ontwikkelt zich tot een dure hoer met stijl, houdt dat drie jaar vol, en gaat na een lange vruchtbare carrière op de indrukwekkende leeftijd van zesentwintig met pensioen. Nadat ze Muhrmann is tegengekomen en de een of andere relatie met hem heeft opgebouwd. Sla ik iets over?'

'Ik vind het interessant dat ze zo ongeveer op het moment dat haar moeder overleed, is gestopt met het betalen van huur.'

'Hoezo? Zo getraumatiseerd dat ze haar financiële verantwoordelijkheden niet meer aankon?'

'Misschien heeft dat toch een verandering in haar leven teweeggebracht.'

'De huur niet meer betalen als een teken van psychische groei?'

'Sparen voor de toekomst zou een teken van groei kunnen zijn,' zei ik. 'Ze was klaar voor een verandering. Is ze nog ergens geweest tussen het moment dat zij bij Haldeman wegging en het moment dat ze is gevonden?'

'Bij iemand ingetrokken?'

'Of op zichzelf gewoond.'

'Waar?'

'Goede vraag.'

'Ik heb al in de databases van het kadaster gezocht, er staat niets op haar naam. Als ze een nieuwe huisbaas had, zou je verwachten dat die zich wel zou hebben gemeld toen haar portret op tv was.'

Ik zei: 'Tenzij degene bij wie ze woonde een heel goede reden had om dat niet te doen.'

'Muhrmann. Of Connie Longellos. Of allebei. Er is ergens iets geheimzinnigs gaande.' Hij fronste zijn wenkbrauwen. 'Of geen van beide. Tijd om het spoor van het geld te volgen.'

We schonken ons in de grote recherchezaal een kop raketbrandstof in en namen die mee naar Milo's kantoor om met de computer te gaan spelen.

Zonder wettige toegang tot de gegevens van banken en investeringsmaatschappijen waren we aangewezen op vastgoedgegevens.

Philip Suss en Connie Longellos-Suss waren eigenaars van vier commerciële panden in L.A. County, het huis in Encino en een appartement in Huntington Beach. Onroerendezaakbelasting was trouw betaald. Geen hypotheken of andere lasten. Op een pakhuis in het Toy District en een gezondheidscentrum dat aan een sportclub was verhuurd, rustten hypotheken, maar niets wat ook maar in de buurt kwam van de taxatiewaarde.

Milo telde de recentste taxatiewaardes bij elkaar op en floot tussen de tanden.

'Vierentwintig miljoen ballen.'

Ik zei: 'Waarschijnlijk ondergewaardeerd, want dat vastgoed is al jarenlang niet meer getaxeerd.'

Er was een jaar eerder één pand verkocht: het pand dat onderdak had verleend aan de galerie van Connie Longellos. Veertig procent van de aankoopsom was met een kortlopende lening gefinancierd geweest, maar die was moeiteloos uit de winst bij de verkoop afgelost, en Phil en Connie hadden er per saldo bijna een miljoen aan overgehouden.

'Connie is niet failliet gegaan,' zei Milo. 'Ze wilde van het pand af. Shit, daar gaat haar motief, rijke klootzakken, nog een reden om een hekel aan ze te hebben.'

Hij ging op zoek naar het vastgoed van Franklin en Isabel Suss, haalde het huis aan Camden Drive boven water, en een praktijkruimte aan Bedford Drive waar beiden spreekuur hielden, een tweede huis in een beveiligde wijk in Ventura, een appartementencomplex met zes woningen in West L.A. Hypotheken op alle panden, maar opnieuw niets wat problematisch was. Waarde van het pakket: negen miljoen.

'Aardig,' zei Milo. 'Maar slechts een derde van wat zijn broer waard is. Frankie studeerde medicijnen, maar Flippo ontpopt zich als de grote zakenman?'

Ik zei: 'Studie medicijnen, coassistentschap en specialisatie betekenen jaren van inkomstenderving. In al die tijd heeft Phil misschien wel zaken gedaan. Of misschien vindt Frank andere dingen belangrijker dan geld bij elkaar schrapen.'

'Zoals?'

'Doktertje spelen.'

'Een rechte lijn tussen twee punten? Als je het over vergezocht hebt...' Hij lachte.

'Maar misschien is Frank wel net zo rijk als Phil, maar heeft hij zijn geld in andere dingen geïnvesteerd, aandelen bijvoorbeeld.'

'Misschien... Hé, als het er op papier nu eens heel mooi uit-ziet, maar als een van beiden nu eens onlangs een geweldige smak geld is kwijtgeraakt met aandelen of zo?'

'Als een van beiden in acute financiële problemen zou zijn geraakt, mag je verwachten dat ze panden verkopen of extra hypotheken nemen. Maar geen van beiden zit tot aan zijn oren in de hypotheekschuld en op het meeste van Phil zit helemaal geen hypotheek.'

Hij wreef over zijn gezicht.

Ik zei: 'Zelfs als er economisch niets aan de hand is, kan er nog wel een niet-economisch motief zijn. Tiara had besloten de familie af te persen en zij kozen ervoor de schade beperkt te houden.'

'Het kasteel verdedigen.' Hij klapte de laptop dicht. 'Ik moet op de een of andere manier dichter bij deze aristocraten zien te komen.' Hij legde een handpalm tegen zijn pokdalige wang en grinnikte. 'Misschien moet ik maar eens beginnen bij die dokters. Gewoon een afspraak maken en vragen naar een der-male zandstraaltherapie, of wat ze dan in vredesnaam ook doen met zo'n maanlandschap als dat van mij. Shit, meteen ook een liposuctie. Als ze tenminste industriële brandslangen hebben.'

Ik zei: 'Meneer Rogers houdt zo wel van je.'

'Bovendien wordt sloop en herbouw niet gedekt door mijn ziektekostenverzekering. Maar Connie Longellos was een drankorgel dat zich inliet met Muhrmann, dus laten we maar op de meest voor de hand liggende plek beginnen.'

'Een rechte lijn tussen twee punten.'

'Niet langer vergezocht, vriend.'

'Hoezo dat?'

'Omdat ik het zeg.'

We reden terug naar Encino. Het huis aan Portico Place lag er aantrekkelijk bij in de middagzon, de okergele gevel nu eerder een zachte karnemelktint, een reliëf met diepte waar de troffel sporen had achtergelaten, de bloesem van bougainville zo rood als granaatstenen.

Evenals eerder stonden op de met keitjes geplaveide parkeerplaats een witte BMW en een bronskleurige Lexus.

Milo wees me naar een plek verderop waar we verdekt opgesteld de hekken in het oog konden houden. We zaten een tijdje te niksen. Toen belde hij John Nguyen en vroeg om een dwangbevel voor het opvragen van alle financiële gegevens van de familie Suss.

Nguyen zei: 'Waarom doe je me dit aan?'

'Wat?'

'Mij de rol opdringen van de boze ouder. Het antwoord is nee, en nu opschieten, je kamer opruimen.'

Er gingen tien minuten voorbij waarin Milo de Seville bevuilde met sigarenrook en reageerde op een sms van Rick. Er was een kliniek aan San Vincente, die verbonden was aan het Cedarsziekenhuis, waar werd getest op soa's en genetische stoornissen. Rick had de directeur gebeld, een immunoloog die hij oppervlakkig kende, maar had nul op het rekest gekregen.

Elke poging tot inbreuk op de privacy van cliënten zou met kracht worden bestreden en Rick had dat moeten weten.

Milo zei: 'Er gaat niets boven collegialiteit. Sorry.'

'Die kerel is altijd al een lul geweest, maak je geen zorgen.'

'Daarom houd ik van je.'

'Is dat de enige reden?'

'Wil je het lijstje horen?'

'Neu, wacht maar tot je thuis bent, dan kun je het toelichten.'

Na nog een kwartier besloot Milo om maar eens op de bel bij het hek van Phil en Connie Suss te drukken.

'Niet dat ik ook maar een idee heb hoe ik mijn interesse moet verklaren.'

'Je kunt ze altijd op de zachte manier benaderen, kijken hoe ver je komt.'

'Je bedoelt?'

'Verontschuldigend, vermoorde onschuld, je hebt de naam Suss aangetroffen bij de persoonlijke spullen van een slachtoffer. Of ze een paar minuten voor je hebben.'

'Diep buigen en kontlikken,' zei hij. 'Ik laat nog liever mijn wangen zandstralen.' Even bleef het stil. 'Oké, dat lijkt me een goed plan.'

Net op het moment dat hij zijn hand uitstak om de portierhendel te pakken, stapte Connie Suss-Longellos de voordeur uit, gekleed in een joggingpak van zwart velours, op loopschoenen, het blonde haar bij elkaar gebonden in een hoge paardenstaart. Ze startte de Lexus, het dak ging zoemend open en ze reed naar het hek.

Het smeedwerk week elektrisch aangedreven uiteen. Ze draaide naar het zuiden.

Milo zei: 'O Heer der Openbaringen, leid ons naar het Beloofde Land.'

Dat was de vorige keer een trip van veertig jaar door de woestijn geweest.

Ik hield mijn mond dicht.

29

Connie Longellos-Suss reed naar een pedicure aan Ventura, in de buurt van White Oak.

Milo zei: 'Ik zie de rivier de Jordaan nergens.'

Ze bleef er tweeëndertig minuten, waarin Milo de kans greep een *chili dog* te verorberen die hij kocht bij een stalletje in de buurt, en twee blikjes cola leeg te slurpen. Toen ze weer naar buiten kwam, intussen haar zilverkleurige gemanicuurde nagels bestuderend, probeerde hij een vettige vlek van een revers te poetsen met bronwater.

Het dak van de Lexus ging omlaag voor een ritje van een kilometer, naar het oosten naar Sherman Oaks. Ze parkeerde voor een boetiek die Poppy's Daydreams heette.

Op de enige vrije plek.

Milo zei: 'Rijd maar een rondje.' Gevolgd door: 'Verdomme.'

'Wat?'

'Daar zit een Orange Julius, terwijl ik net vol zit met die bruine rommel.'

Ik reed een rondje en naderde de kledingzaak toen Connie weer naar buiten kwam, op de parkeermeter keek, munten in het apparaat gooide en te voet verderging.

Een zijstraat verder, naar een bistro die Max Cuisine heette.

Milo zei: 'Ik vraag me af of dat op de grootte van de porties slaat. Keer maar om en parkeer aan de overkant.'

Tegen de tijd dat wij bij het restaurant waren, was het eten van Connie al geserveerd. Haar bord verraadde dat de porties allesbehalve genereus waren: er dreef iets kleins en bleeks, dat wat weg had van restjes vogel, op een wolkje van groenige sliertjes. Naast haar elleboog stonden een flesje duur bronwater en een onaangeroerd mandje brood. Haar vork hing stil in de lucht terwijl ze een exemplaar bestudeerde van *Modern Painter*.

Ze was de enige gast, te laat voor de lunch en te vroeg voor het diner. Afgezien van de tippelaarsters in met kant afgezette kleren en de door absint benevelde bohemiens die de prenten van Toulouse-Lautrec bevolkten, was het enige andere gezicht dat van een zwaargebouwde vrouw met een koksmuts op die zat te roken aan een tafeltje achterin en in *Le Monde* bladerde.

Toen we binnenkwamen, negeerde Connie Suss ons. Pas toen we tot op een meter waren genaderd, besteedde ze aandacht aan ons.

Milo's penning ontlokte haar meteen een reactie. 'Is er iets? Met mijn man?'

'Er is niets aan de hand, mevrouw. Mogen we gaan zitten?'

'Eh... ja, ik denk het. Wat is er aan de hand?'

Ze legde de vork neer en vervolgens het tijdschrift. Een knappe vrouw met helderblauwe ogen en fijne, symmetrische gelaatstrekken. Ze was erin geslaagd een bruine tint te behouden zonder zichtbare schade aan te richten. Misschien kwam het uit een spuitbus. Of misschien was het het resultaat van het werk van haar zwager en schoonzuster. Deden huidartsen dat soort dingen? In Beverly Hills wel waarschijnlijk.

We gingen aan weerszijden van haar zitten. Het kleine tafeltje maakte het moeilijk de gewenste sociale afstand te bewaren. Ze schoof een paar centimeter weg van de lichaamsmassa van Milo, kwam voor haar gevoel te dicht bij mij in de buurt en trok een grimas. Ik gaf haar een beetje meer ruimte.

'Wat is er aan de hand, heren?'

'Het spijt me dat we u moeten lastigvallen, mevrouw, wat moet ik zeggen, Suss of Longellos?'

'Dat hangt ervan af.'

Milo trok een wenkbrauw op.

'Ik bedoel,' zei ze, 'dat ik professioneel de naam Longellos gebruik, maar officieel Suss heet. Toen ik mijn man leerde kennen, had ik mij al gevestigd en dus leek het handig mijn eigen naam te blijven gebruiken.'

'Wat voor soort werk doet u?'

'Deed. Ik ben gestopt. Financieel, investeringen, zo heb ik mijn man leren kennen, ik beheerde kapitaal voor een bedrijf dat de financiën van de familie deed. Daarna ben ik in de kunst gegaan. Waarom vraagt u dat? Waarom praat ik eigenlijk met de politie?'

'Het is niet zo belangrijk,' zei Milo. 'Maar we mogen niets over het hoofd zien. We zijn uw naam tegengekomen bij de persoonlijke spullen van een slachtoffer.'

'Een slachtoffer? Wat voor slachtoffer? Ik begrijp het niet.' Ze schoof iets achteruit.

'Een moord, mevrouw.'

Connie Longellos' hoofd schoot vooruit alsof iemand haar onverhoeds een duw had gegeven. 'Wat? Hoe kan mijn naam in hemelsnaam iets te maken hebben... Dit is waanzin, u moet u vergissen.'

'Connie Longellos,' zei Milo. 'Met die naam hebben we u gevonden.'

'Nou, dat is waanzin, volstrekte waanzin.'

Ze friemelde met haar vingers aan de rits van haar jack. Soepel velours, een klein logo op de mouw. Een Italiaans merk waar ik nog nooit van had gehoord.

'Wie is het slachtoffer?'

'Een vrouw die Tiara Grundy heette.'

'Dan weet ik zeker dat het waanzin is. Ik heb geen idee wie dat is.'

'Ze stond ook bekend onder de naam Tara Sly.'

'Zelfde antwoord, heren. Dat klinkt als een naam die een pornoster zou gebruiken. Nee, u vergist zich, ik ken geen Tiara of Tara hoe-dan-ook. Hoe is mijn naam opgedoken? Op een kunstwerk? Ik heb door de jaren heen heel wat kunst verkocht, ze kan natuurlijk een klant zijn geweest.'

'Nee, mevrouw,' zei Milo.

'Hoe dan? Waar hebt u mijn naam vandaan?'

'Persoonlijke bezittingen.'

'Wat bedoelt u daarmee?'

Milo gaf geen antwoord.

'U komt hier binnenstormen, maar dat wilt u me niet vertellen?'

'In deze fase moeten we discreet zijn, mevrouw Suss. Hebt u wel eens van Steven Muhrmann gehoord?'

'Wie?'

'U kent geen Steven Muhrmann?'

Ze giechelde. 'Heren, u verspilt uw tijd, er moet iets zijn misgegaan in de computer.'

'En Stefan Moore?'

'Wat denkt u zelf?' zei Connie Suss. 'Dat klinkt als een filmmonster, uit zo'n Japanse film.'

'Stefan?'

'Merman. De invasie van Merman in Tokio.' Ze lachte. Milo niet.

'Het spijt me, u doet uw werk,' zei ze. 'Maar u zult moeten toegeven dat het wel een beetje vreemd is dat u hier komt opdagen terwijl ik mijn dunch gebruik. Dat woord heb ik zelf bedacht voor lunch en diner. Ik heb last van oesofagale reflux. Dat is maagzuur. Dus eet ik graag vroeg. Als een bejaarde.' Ze keek naar de vage vlek op Milo's jasje. 'U komt hier binnenwandelen en bestookt mij met namen. Dat is nogal vreemd.'

Ze reikte naar haar tijdschrift.

Milo zei: 'Markham Suss.'

Ze trok haar hand terug. 'Mijn schoonvader? Wat heeft híj hiermee te maken?'

'Tiara Grundy kende hem. Heel goed.'

'Mark is een tijdje geleden overleden.'

'Die relatie lijkt u niet te verbazen.'

'Natuurlijk ben ik verbaasd.'

'Eerlijk, mevrouw, zo zag het er niet uit.'

Ze blies haar adem uit. 'Oké, u doelt waarschijnlijk op een van Marks vele sletjes, maar dat heeft niets met mij te maken. Hé, zij wordt vermoord en heeft mijn visitekaartje, of zo? Misschien heeft Mark haar mijn galerie aangeraden. Al kan ik me niet herinneren dat hij ooit in een galerie geïnteresseerd is geweest. Of dat hij een van hen meenam naar de galerie. Ik heb hier niet ver vandaan een galerie voor glaswerk gehad, maar ik heb de zaak gesloten omdat iemand een geweldig bod op het gebouw deed, en eerlijk gezegd had ik ook geen zin meer in werken.'

'Een van zijn sletjes,' zei Milo. 'Hij heeft er nogal wat versleten?'

'Sletten waren zo ongeveer ijkpunten in Marks leven, dat is geen geheim, agent, of is het rechercheur?'

'Inspecteur.'

'Het spijt me, inspecteur. Toen het serieus werd tussen mij en mijn man, heeft hij me gewaarschuwd voor een aantal vreemde zaken voordat hij me aan zijn ouders voorstelde.'

'Zoals?'

'Iets meer... vrijheid van zelfexpressie dan bij andere mensen.'

'Extreme tolerantie?'

'Zo zou Mark het genoemd kunnen hebben,' zei ze, 'maar voor mij was het extreme kop-in-het-zand-stekerij. Niet onder woorden brengen wat er werkelijk gebeurt, begrijpt u?'

'Ontkenning.'

'Ontkenning impliceert doen alsof. Mark deed niet alsof. Het spijt me, hier zo over praten voelt als een gebrek aan loyaliteit. Wilt u me nu in alle rust laten genieten van mijn dunch?'

Ik zei: 'Iedereen was op de hoogte van Marks gedrag, maar niemand bevestigde het.'

'Als Lee, mijn schoonmoeder, ermee kon leven, waar zou ik me dan mee bemoeien?' Ze fronste de wenkbrauwen. 'Al is dit allemaal uw zaak niet. Mark is er nu al bijna een jaar niet meer, dus kan hij natuurlijk niets te maken hebben gehad met wat die Tiara is overkomen.'

Milo zei: 'En u hebt nooit gehoord van Steve of Stefan Muhrmann.'

'Door de vraag nog een keer te stellen verandert u niets aan de feiten, inspecteur.'

'Hmm.'

'Wat hmm?'

'Uw naam is nogal direct in verband gebracht met Steven Muhrmann.'

De blauwe ogen van Connie Longellos-Suss puilden uit. 'Waar hébt u het over?'

De chef-kok in haar hoekje keek op van haar krant.

Milo zei: 'Mevrouw, het spijt me vreselijk als ik u van streek maak, maar er is een afgrijselijke misdaad gepleegd en als er aanwijzingen opduiken, ben ik verplicht die na te trekken.'

'Ik ken geen Merman. En ook geen Godzilla, en ook geen Rodan. Dit is onwerkelijk.'

'Bent u niet nieuwsgierig op welke manier uw naam ermee in verband is gebracht?'

'Nee, want het is belachelijk.' Ze zakte in. 'O, nee, u houdt me voor de gek.'

'Wat?'

'Is dit weer zoiets van identiteitsdiefstal?'

'Hebt u problemen gehad met identiteitsdiefstal?'

'Een paar jaar geleden heeft iemand misbruik gemaakt van een van mijn creditcards. De idioten gebruikten een platina creditcard om fastfood en computerspelletjes te kopen. Ik heb de rekening opgeheven en toen was het afgelopen. Maar als zoiets op internet terechtkomt... Wilt u beweren dat die Merman zich voor mij uitgeeft?'

'Steven Muhrmann heeft u als referentie opgegeven om een huis te huren. En iemand die uw naam gebruikte heeft daadwerkelijk een brief verstuurd.'

'Dit is angstaanjagend.'

'Een huis aan Russell Avenue, in Los Feliz,' zei Milo.

'U zou net zo goed Grieks kunnen praten. Dat zou ik tenminste verstaan, want mijn vader was Grieks.'

Milo bladerde door zijn aantekenboekje, las het postbusnummer voor in Palisades.

Ze zei: 'Ik heb nog nooit in mijn leven een postbus gehad.'

'Mevrouw, ik moet u een vraag stellen die wat... gevoelig ligt, dus ik hoop dat u zich niet beledigd zult voelen. Hebt u ooit een ontwenningskuur gedaan?'

Ze staarde hem aan. Barstte in lachen uit. 'Ontwenningskuur? In hemelsnaam waarvoor?'

'U bent wel een keer veroordeeld voor rijden onder invloed.'

'Dat? O, man, u bent echt... Dat was zo dom.'

'Dom? Hoe?'

'Staan er geen details in die dossiers?' zei ze. 'Wat er echt gebeurt bij een arrestatie?'

'In het dossier staat dat u bent veroordeeld voor het rijden onder invloed.'

'Dan zal ik u vertellen wat er is gebeurd: het was bij zo'n oudejaarsavondcontrole, waarbij u willekeurig auto's aanhoudt. De ironie van het geval is dat mijn man en ik niet eens aan het feesten waren, we hadden besloten thuis te blijven, te genieten van rust en vrede.' Ze lachte zacht. 'We dronken een paar glazen wijn. Riesling. Ik had twee glazen gedronken en toen had ik... Ik was mijn...'

Een perzikkleurige blos verspreidde zich over haar gebruinde huid. 'O, wat kan het mij ook schelen, u hebt mijn maaltijd toch al geruïneerd. Ik had een product voor dames nodig dat ik niet meer in huis had, oké? Normaal gesproken gaat Phil, mijn man, als we 's avonds iets nodig hebben van de drogist of de 7-Eleven, of wat dan ook, maar van dit soort dingen wordt hij zenuwachtig, dus ben ik gegaan. En werd ik een halve minuut later aangehouden. En...' ze zuchtte, '...ik kwam niet door de blaastest. Maar met niet meer dan maar een tiende van een procent, het hele gedoe was belachelijk. Ik heb nog geprobeerd het uit te leggen aan die debielen, ja, ze gedroegen zich als debielen, dat ik alleen maar onderweg was om een pakje tampons te halen en dat ik niet meer had gedronken dan twee glazen riesling. Ze keken me aan alsof ik een crimineel was, en zeiden dat ik 0,09 had geblazen, en dat dat meer was dan de wettelijk toegestane limiet van 0,08. Toen hebben ze me gearresteerd. Ik ben hysterisch geworden. En wat denkt u dat die geniale agenten toen deden? Ze hebben me in de handboeien geslagen en achter in een patrouillewagen gezet. Op dat moment ben ik helemaal overstuur geraakt, ik begon te krijsen en heb ze gesmeekt of ik Phil mocht bellen. Ze negeerden me totaal. Van de spanning begon ik heviger te bloeden en ik was geboeid, dus ik kon er niets aan doen.'

Haar ogen vulden zich met tranen. 'Alleen al eraan denken is zo vernederend, maar wat kan het mij ook schelen, u wilt details, dan krijgt u de details. Die hele patrouillewagen zat onder het bloed en toen ze dat zagen, werden ze compleet gek. Ze dachten dat ik mezelf had gesneden. Als ze naar me hadden geluisterd, hadden ze me alleen maar een stomme tampon hoeven te geven, maar nee, dat lag te veel voor de hand. In plaats daarvan riepen ze een ambulance op. Toen die me onderzocht hadden, kreeg ik van hen eindelijk die stomme tampon. Tegen die tijd was ik al meer dan een uur van huis en Phil maakte zich zorgen. Hij stapte in zijn auto, reed naar de drogist, zag mijn auto en stopte. U mag raden wat ze deden.'

Milo zei: 'Ze lieten hem blazen.'

'Bingo,' zei Connie Suss. 'Willekeurig? Ik geloof er geen bal van. Jullie hebben vast ergens een handleiding waarin precies staat hoe je eerlijke burgers die braaf hun belasting betalen, moet lastigvallen. Gelukkig kwam Phil door de blaastest. Al had hij ook drie glazen riesling op. Hij weegt veel meer dan ik en er was meer tijd overheen gegaan, dat scheelde ook. Uiteindelijk heeft Phil ze kunnen overtuigen om me niet mee te nemen, maar ik kreeg wel een boete en een taakstraf. Ik heb een stel kinderen uit de binnenstad lessen kunstgeschiedenis gegeven. Ze hadden beloofd dat mijn dossier zou worden gewist. Maar dat waren blijkbaar leugens? Het verbaast me niks.'

Ze tikte met een nagel tegen een van de tanden van haar vork, wat een klein, tinkelend geluidje maakte. 'Ik heb u nu alles verteld over de vernederendste gebeurtenis in mijn leven. U mag nu vertrekken.'

Milo zei: 'Het spijt me dat u dat allemaal hebt moeten doorstaan.'

'Verontschuldig u niet, gun me alleen een beetje rust.'

Milo liet zijn hoofd op zijn borst zakken.

Connie Suss zei: 'Waarom doet u zo somber?'

'Al die vragen die ik u moet stellen.'

'Mijn god, wat nu weer?'

'Uw naam is genoemd als cliënt bij een verslavingskliniek. Waar Steven Muhrmann ook is behandeld.'

Haar handen grepen de tafel. 'Dit is psychotisch. Welke kliniek?'

'Pasadena. Awakenings.'

'Het enige waarvoor ik in Pasadena kom is de Rose Bowl, en de laatste keer dat we zijn gaan kijken, is vier jaar geleden geweest. Dit moet absoluut iets te maken hebben met identiteitsdiefstal.' Ze fronste haar wenkbrauwen, maar haar gelaat klaarde meteen weer op. 'Misschien is het zo'n geval van verzekeringsfraude met ziektekosten, dat ze rekeningen sturen voor behandelingen die nooit hebben plaatsgevonden? Ik zweer op een hele stapel bijbels dat ik nog nooit een ontwenningskuur heb gedaan, dat ik geen drankprobleem heb, dat ik geen van de sletten van mijn schoonvader van naam ken en dat ik ook nog nooit een postbus heb gehuurd.' Ze haalde adem. 'En dat geldt ook voor wat voor soort relatie dan ook met Mer-Man.' Ze giechelde. Schel. Ze liet haar hand een duikvlucht maken alsof het een straaljager was. 'Pas op, Tokio!'

De chef-kok gluurde in onze richting.

'Om te gillen,' zei Connie Suss.

Milo zei: 'Tiara Grundy's portret is op tv geweest.'

'Ik kijk nooit naar het nieuws. Te deprimerend.' Ze tikte Milo op zijn mouw. 'Bedankt, inspecteur.'

'Voor...'

'Het volledig doen oplossen van mijn eetlust, ik probeer al een tijdje een paar pond kwijt te raken, u hebt me geweldig geholpen.'

Terwijl ze bankbiljetten uit een portefeuille van krokodillenleer schoof, liep ze naar de chef-kok. 'Het was heerlijk, Françoise, maar ik neem dit mee naar huis.'

'Goed, Connie.'

Françoise nam het bord mee naar de keuken. Connie wachtte met haar rug naar ons gekeerd.

Milo zei: 'Hartelijk dank voor uw tijd, mevrouw.'

Geen reactie.

Toen we naar buiten liepen, zei ze: 'Terecht dat u me bedankt. Per slot van rekening is het ons soort mensen dat die lachwekkende vertoning die u werken noemt, financiert.'

30

Een reeks telefoontjes naar de verkeerspolitie van de Valley bevestigde de details van Connie's uitleg van het rijden onder invloed.

'Ik baal ervan als ze niet lijken te liegen,' zei Milo. 'Heb jij iets ongeloofwaardigs aan haar ontdekt?'

'Je kunt iedereen voor de gek houden,' zei ik, 'maar zij kwam echt over.'

'Oké, streep door het eerste familielid. En de hele zaak die we aan haar hadden opgehangen. Misschien heeft ze gelijk en is het inderdaad oplichting, waar die psychiater Manlow ook nog eens bij betrokken was. Die kwam ook betrouwbaar over, maar het is zoals je zei.'

Ik zei: 'Als Manlow betrokken was bij fraude, waarom zou ze dan hebben laten weten dat iemand die Connies naam gebruikte opgenomen was in de kliniek?'

'Dat heeft ze in feite niet letterlijk gezegd, Alex. Ze heeft het alleen niet ontkend.'

'In principe heeft ze het ons duidelijk gemaakt zonder het met zoveel woorden te zeggen.'

'Misschien kwam dat omdat we haar overvielen. Of ze is zo'n leugenaar die er halve waarheden doorheen vlecht.'

Hij belde de Raad van Toezicht op Medische Aangelegenheden en liet zich doorverbinden naar de afdeling Klachten. Helemaal niets over Elizabeth Allison Manlow.

Ik zei: 'Iemand kan zich ook hebben laten inschrijven en betaald hebben op naam van Connie zonder dat Manlow het wist. Zolang de verzekering er niet aan te pas komt, is er geen reden om naar identificatie te vragen.'

'Zoveel geld,' zei hij. 'Dat betekent dat het iemand moet zijn die veel overheeft. Zoals de leden van het geslacht Suss.'

'De naam van iemand anders gebruiken zou een aardige manier zijn om te verbergen dat je wordt behandeld. Maar het is ook een vorm van agressie, dus misschien moeten we zoeken naar iemand die iets heeft tegen Connie.'

'Dat kan iedereen wel zijn.'

'Families zijn emotionele kruitvaten, maar je voordoen als vrouw, betekent hoogstwaarschijnlijk ook dat het een vrouw is,' zei ik. 'Dan blijven alleen Leona en de schoonzuster Isabel over. Ik zie nog niet voor me dat Leona zo'n risico zou nemen. Isabel is ook arts. Moeiteloos toegang tot drugs en dat kan maar zo tot verslaving leiden. En omdat ze arts is, zou dat maar zo een schorsing tot gevolg kunnen hebben, dus zou ze er alle baat bij hebben om haar identiteit te verbergen. En net als Connie zou ze waarschijnlijk ook op de hoogte zijn van Marks seksuele escapades.'

'Ze laat zich inschrijven op naam van Connie, wordt vriendjes met Muhrmann en vertelt hem over haar idiote schoonfamilie.'

'Bij ontwenningskuren worden schuldbekentenissen aangemoedigd. Een viespeuk als Muhrmann hoort dan Groot Geld Oude Kerel Jonge Vrouwtjes. Hij zoekt contact met Tiara en zegt: ik heb een fantastisch idee.'

'Die stoute dr. Isabel.' Hij drukte beide handpalmen tegen zijn slapen. 'Misschien zitten we er wel helemaal naast en is de nep-Connie iemand buiten de familie die genoeg wist om voor problemen te zorgen. Bijvoorbeeld iemand van het personeel, Joost mag weten hoeveel mensen je wel niet nodig hebt om zo'n huishouden te runnen. Een van de dienstmeiden, of een butler die denkt dat er wel een paar duizend binnen te harken valt, dat zou al genoeg motivatie kunnen zijn.'

'Miljoenen zijn meer dan duizenden.'

'Jij zoekt het in de familie, hè?'

'Misschien is dat mijn beroepsafwijking, maar het voelt alsof dat klopt.'

Milo belde de praktijk van dr. Frank Suss en dr. Isabel Suss. Nadat hij lijdzaam een ingesproken minipreek over blootstelling aan zonnestraling tegen de achtergrond van newagemuziek over zich heen had laten gaan, kreeg hij een menselijke stem aan de lijn.

'Met de doktersassistente.'

'Ik zou graag een afspraak willen maken voor dermabrasie.'

'Bent u een cliënt, meneer?'

'Nee, maar dat wil ik graag worden. Hebt u morgen nog ruimte?'

'Eens kijken... Dr. Frank zit vol, maar bij dr. Isabel heeft iemand afgezegd, zij heeft tijd om drie uur.'

'Perfect.'

'Mag ik het polisnummer van uw ziektekostenverzekering?'

'Dat heb ik nu niet hier, maar ik beloof dat ik het zal meenemen.'

'Heel graag, meneer, het is belangrijk.'

Hij verbrak de verbinding. 'Dit kan vervelend worden als Connie thuis al tegen de rest van de familie loopt te mopperen over haar verstoorde dunch.' Hij snoof. 'De genieën bij de verkeerspolitie hebben haar absoluut een warm onthaal bereid. Eén tiende promille en ze behandelen haar als een crimineel.'

'Zet regels op papier en allerlei mensen houden op met denken.'

'En of dat waar is, amigo! Rick en ik kennen een vent die vroeger proftennisser is geweest. Hij kreeg problemen met zijn hak, dus de dokter zorgt voor een parkeervergunning voor gehandicapten. Een paar weken later is die hak weer hersteld, maar Jean-Georges parkeert zijn Jaguar nog steeds waar hij maar wil. Tegelijkertijd leent een arme sloeber met maar één arm en een verkreukeld been de auto van een vriend en parkeert op een plek voor gehandicapten. Als hij terugkomt, staat een parkeernazi te schrijven. Zo gaat dat zonder vergunning. Maar hoe groot is de kans, denk je, dat die parkeernazi die bon verscheurt als hij de kreupele met één arm ziet?'

Een grote hand viel met een platte klap op het dashboard. 'Ongeveer even groot als de kans dat ik op de eerstvolgende familiereünie van het geslacht Suss wordt uitgenodigd.' Hij schudde zijn hoofd. 'Dunch. Dan heb ik vast craatzucht.'

'Chronische vraatzucht?'

'Ik dacht meer aan constante vraatzucht, maar chronisch klinkt ook wel goed.'

Terwijl ik door Benedict Canyon over de heuvels reed, bekeek Milo de binnengekomen berichten. Een sheriff met de naam Palmberg had tien minuten geleden gebeld.

Hij tuurde naar het nummer. 'Bureau Malibu. Ik kan geen reden bedenken om niet een dagje aan het strand door te brengen.'

De baliemedewerker van bureau Malibu zei: 'Hier werkt niemand die zo heet.'

'Hij heeft mij van jullie uit gebeld.'

'Hmm.'

'Inspecteur Sturgis. LAPD.'

'Moment.' Even later: 'Hij is van bureau Downtown, maar hij was vanochtend hier. Dit is zijn mobiele nummer.'

De telefoon ging één keer over. Toen zei een diepe bas: 'Larry Palmberg.'

'Milo Sturgis die terugbelt.'

'Milo,' zei Palmberg alsof hij de naam proefde. 'Ik heb een moord hier in Topanga waar je misschien in geïnteresseerd bent. Nog geen kilometer van de plek waar jij er vorige week een hebt gehad, en het lijk zal er ook ongeveer zo lang hebben gelegen. Maar misschien heeft het ook wel niets met elkaar te maken.'

'Man of vrouw?'

'Man, twee keer in de rug geschoten met een pistool, magnum. Complete ruggenwervel en alles wat ervoor zat weggeblazen.'

'Enig teken van een shotgun?'

'Nee, alleen twee kogelwonden. Ontbinding in vrij vergevorderd stadium, maar wat ik je zo kan vertellen is: een man met een redelijke lengte, geblondeerd haar en een rijbewijs dat beweert dat zijn moeder hem Steven Muhrmann heeft genoemd. Ik heb hem nagetrokken, de man heeft een bont verleden. Ken je hem?'

'Ik weet van alles over hem, Larry,' zei Milo. 'Ik sta te trappelen om met hem kennis te maken.'

Laurentzen Palmberg, de rechercheur Moordzaken van de sheriff, was een meter negentig lang en woog meer dan honderd massieve kilo's. Hij was halverwege de vijftig, had grijs, kortgeknipt haar en stevige, roze wangen. Een klein brilletje met een goudkleurig montuur zat op een forse neus. Hij rookte enthousiast, maakte zijn sigaret uit toen we uit de Seville stapten.

We stelden ons zonder omhaal aan elkaar voor. Palmberg haalde een doosje Parliaments uit zijn zak, liet dat voortdurend van de linkerhand naar de rechterhand gaan en weer terug, maar was voor het overige de rust zelve. Het wemelde er van de *deputy's* in bruine uniformen. Palmberg was de enige in burgerkleding: een goed gesneden pak met een krijtstreepje, een shirt met een tabkraag, een oranje stropdas, opgesierd met de nobele koppen van Ierse Setters. Met de neus van een stoffige, zwarte instapper tikte hij tegen de stoeprand.

Hij wees naar een plek waar in het wit gehulde technische rechercheurs aan het werk waren, tien meter lager. Het object van hun bezigheden lag op een drie meter grote, uitstekende rotspunt, die door eeuwen erosie uit de heuvel was gekerfd. Als het lichaam daar niet terecht was gekomen, zou het nog eens dertig meter verder zijn gerold in dicht struikgewas.

'Hier is het begonnen.' Palmberg liep naar een sporenmarkering en knikte naar een grote bruine vlek die zich uitspreidde over het asfalt, en het zand en het gras van de berm. Klonten van iets wat eruitzag als een soort koek met stukjes en brokjes, lagen verspreid in het onkruid.

Ooit stukken van vitale organen, nu gedroogd door de zon. Een harde les in sterfelijkheid.

Ik vroeg: 'Wat had hij aan?'

'Een zwart pak en iets wat ooit een wit shirt is geweest. Zwarte stropdas. Zijn laatste avond moet iets bijzonders zijn geweest.'

Dezelfde kleren die ik hem bij het Fauborg had zien dragen.

Ik wachtte tot Milo daarop zou reageren, maar hij zei: 'Wie heeft hem gevonden?'

'Helikopter,' zei Palmberg. 'Een vastgoedhandelaar die op zoek was naar percelen. De piloot is zo laag gaan vliegen als hij maar kon om bevestigd te krijgen dat het klopte wat hij zag, en toen heeft hij ons gebeld.'

'Scherpe blik.'

'Hij heeft ooit voor jullie in een verkeershelikopter gevlogen. Oude gewoonten zijn moeilijk af te leren, denk ik.'

Palmberg streek een reeds onberispelijke revers glad. 'De beste schatting is van een afstand van drie meter, beetje meer of minder. Vanwege de ontbinding is het lastig om uitspraken te doen, maar er zijn geen kruitsporen, dus waarschijnlijk niet van heel dichtbij. Ik kan me voorstellen dat de schutter is gestopt en heeft voorgesteld van het uitzicht te genieten, met een of ander voorwendsel weer terug gedoken is in de auto, het wapen heeft gepakt en Muhrmann heeft neergeknald voordat die in de gaten kreeg wat er aan de hand was. Jouw slachtoffer was met een shotgun gedaan, hè? Maar toch ben je hier?'

'Een shotgun en een .45.'

'Twee man?' zei Palmberg. 'Dat hebben we hier niet gezien, en de patroon die we hebben gevonden, was een .357. Maar wat weet je van déze man?'

Milo schermde met zijn hand zijn ogen af tegen de zon en tuurde naar de plaats delict. 'Hij was de hoofdverdachte bij mijn moord, maar ik denk dat ik nu nieuwe acteurs zal moeten zoeken voor mijn film. Hoe wist je van mijn slachtoffer?'

'Wat denk je?' zei Palmberg. 'Ik ben een toegewijd rechercheur en neem het dagelijkse papierwerk door alsof het mijn cholesterolrapport is.' Hij liet een lange, diepe lach horen. 'Neu, ik heb het op tv gezien en toen ik te horen kreeg waar ze deze hadden gedumpt, begon ik na te denken. Oké, zeg eens, Milo, als Muhrmann jouw hoofdverdachte was, waarom is hij niet op tv geweest dan?'

'Ik had alleen maar een vaag gevoel.'

'Dat is oké, ik heb heel wat zaken opgelost door af te gaan op mijn gevoel.'

'Dat moet je de hoge omes vertellen,' zei Milo. 'Zij vonden dat ik te weinig had om het op tv te laten zien.'

Palmberg gniffelde. 'Mijn hoge omes zouden waarschijnlijk net zo reageren. Hoe dan ook, je zou er niet veel mee zijn opgeschoten, gezien het feit dat Muhrmann hier al dagen heeft liggen rotten, en misschien wel overhoop is geschoten op dezelfde avond als jouw slachtoffer.'

'Mijn slachtoffer heeft ondertussen een naam. Tiara Grundy, heeft gewerkt als callgirl en schopte het uiteindelijk tot minnares van een Suikeroompje.'

'Heb je Suikeroompje in je vizier?'

'Ook dood, een halfjaar geleden, natuurlijke doodsoorzaak.'

'Sjonge, de stad vreet ze op. Wat was er natuurlijk aan die dood?'

'Zijn hart, hij liep tegen de zeventig en hield zijn cholesterol niet in de gaten.'

'Heb je aanwijzingen?'

'Het lijk van Muhrmann zou een spoor kunnen zijn, Larry. Hij is in de buurt van Tiara gezien op de avond dat zij werd vermoord en we vermoeden dat ze een date had, maar niet met hem.'

Hij knikte naar mij.

Ik vatte het verhaal van het Fauborg samen.

Palmberg zei: 'Nepfilmster met een neplijfwacht. Een soort spelletje, hè? Denk je aan een nieuw rijk doelwit?'

Milo zei: 'Een rijke psychopaat die in een complot met Muhrmann Tiara heeft doodgeschoten en vervolgens een kilometer verder heeft afgerekend met Muhrmann om de losse eindjes op te ruimen. Heb je ook bandensporen gevonden?'

'Als die er al zijn geweest, zijn ze allang verdwenen.' Palmberg zette zijn bril af, keek naar de glazen en verwijderde een stofje. 'Heb je ook kandidaten in gedachten voor de rol van de dood en verderf zaaiende slimmerik?'

'We hebben gekeken naar de erfgenamen van het Suikeroompje vanuit de gedachte dat Tiara ze misschien probeerde af te persen toen haar bron van inkomsten wegviel.'

'Rijke mensen houden van delegeren.'

'Zeker weten,' zei Milo. 'Het probleem bij een huurmoordenaar is het geldspoor te pakken te krijgen.'

Palmberg zette zijn bril weer op. 'Het klinkt alsof we er allebei goed voor staan. Zullen we dossiers uitwisselen?'

'Zodra ik terug ben, gaat het op de fax.'

'Dan doe ik dat ook, maatje. Zodra ik een dossier heb.'

Ze wisselden visitekaartjes uit.

Milo zei: 'In mijn dossier zit Muhrmanns moeder, een aardige dame, ze woont in Covina.'

'Zoals altijd,' zei Palmberg. 'Je geluksdag, dat je net een kilometer naast het brengen van de treurige boodschap hebt gezeten.'

'Ah, kut.'

'Het mooiste van het werk, toch? Hebben we het over doorsnee aardig of echt aardig?'

'Echt aardig.'

Palmberg vloekte opgewekt.

Milo bestudeerde de plaats delict opnieuw. 'Ben je al daar beneden geweest?'

'Twee keer. De tweede keer heb ik mijn broek gescheurd. Ik heb een ander pak moeten aantrekken. Ik zou er nog maar eens over nadenken.'

Milo zei: 'Heb jij reservekleren bij je?'

'Na al die jaren met lichaamsvloeistoffen?' zei Palmberg. 'Jij niet dan?'

Palmberg wachtte op de weg, pratend in zijn mobiel, toen Milo en ik naar beneden klommen, zijdelings schuifelend, maar regelmatig wegglijdend.

Het vlakke plateau bleek een soort holte te zijn, groter dan ik dacht, eerder een meter of zes breed. De lucht erboven was een gigantische diepblauwe koepel met sluierbewolking. De grond was hard, grijs waar die niet bruin was, begroeid met wilde salie, mosterdplanten, verlepte klaprozen en een paar treurige zaailingen van dennen.

Een prachtige plek, open en zonnig. Maar al die welriekende plantenlucht kon de stank van ontbinding niet de baas. We bereikten het plateau net op het moment dat de lijkschouwer de stoffelijke resten in een lijkenzak had geborgen.

Drie technisch rechercheurs, een vrouw en twee mannen. Ze hadden een opvouwbare brancard langs de helling omlaag laten zakken en leken zich niet te verheugen op de tocht terug omhoog.

Een van de mannen zei: 'Hé, inspecteur.'

'Walt. Mag ik hem nog even zien voordat jullie hem meenemen?'

Walt ritste de zak open tot aan het middel. Een vormeloze menselijke massa, deels leerachtig, deels vocht uitzwetende hoofdkaas, kwam tevoorschijn in het licht van die glorieuze hemel. De ogen waren weg, lekkere hapjes voor slimme vogels. Een of andere vleeseter had zich te goed gedaan aan de hals, er bloedvaten, spierweefsel en pezen uit getrokken. Het witte shirt was aan flarden gereten, de zwarte stropdas verworden tot een bloedig lint. Versplinterde ribben staken uit een groot gat waar de kogel het lichaam had verlaten. In de verwoeste borstkas waren delen zichtbaar van de verrotte spons van de longen en het gedegenereerde rubber dat het hart was geweest. Over alles lag een laag dode maden alsof iemand er, als op een macabere bruiloft, rijst over had gestrooid.

Milo keerde zich naar mij. 'Is dat ook nog maar een beetje herkenbaar?'

Ik zei: 'Het haar is hetzelfde. En de kleren en zo ongeveer het formaat.'

Walt zei: 'Neemt u nu ook al getuigen mee naar de plaats delict, inspecteur?'

'Dit is een bevoegde getuige.' Hij introduceerde me als adviseur, maar legde niet uit wat ik met Muhrmann te maken had. De drie technici keken verbaasd, maar geen van drieën zei iets.

De vrouw zei: 'Als hij geregistreerd staat, kunnen we hem identificeren. We hebben afdrukken van de linkerduim en ringvinger, de rest is tot op het bot afgekloven.'

Walt zei: 'Anders nog iets, inspecteur?'

Milo zei: 'Nee, bedankt. Rits hem maar dicht.'

Walt ritste de zak dicht zonder naar het lijk te kijken.

De tweede man, jonger, donkerder, zei: 'Nu wordt het leuk, hem die helling opslepen. Dat zouden wij niet hoeven te doen, maar de jongens zitten vast in het verkeer en rechercheur Palmberg wil hem zo snel mogelijk hier weg hebben.'

Walt zei: 'Als dit tv was, zouden ze ons een helikopter sturen, met zo'n blits mandje. Hij is ook gevonden door een helikopter.'

'Tv,' zei de vrouw. 'Ik zou een visagist inhuren en valse tieten kopen en gaan praten als een debiel.'

Ze knipperde met haar ogen. 'csi tot uw beschikking, laten we een ultrasonische magnetische kruissectie doen van de linker laterale dorsale fibriofilamentale inclusie. Dan weten we wie zijn overgrootvader was, wat hij zes jaar geleden met Thanksgiving heeft gegeten, en wat de schnauzer van zijn neef vindt van hondenbrokken.'

Iedereen glimlachte.

De jongere man zei: 'Volgens mij kost het meer moeite met de brancard. Als jullie het lichaam doen, neem ik de brancard.'

De vrouw zei: 'Zolang je maar niet met het corpus delicti hoeft te zeulen, hè, Pedro?'

Pedro zei: 'Als jij liever de brancard doet, Gloria, doe ik het lijk wel.'

'Jongens, jongens,' zei Walt. En tegen Milo: 'Je kan ze ook nergens mee naartoe nemen.'

Milo zei: 'Als je nog twee paar handen kunt gebruiken, helpen we mee.'

Pedro zei: 'Hoeft niet, wij hebben goed naar csi gekeken, we hebben hem boven voor het volgende reclameblok.'

Walt zei: 'Dat kun je wel zeggen, grote held. Maar ik weet nu al dat ik deze week last krijg van mijn rug, dus als ze willen helpen, zijn ze meer dan welkom.'

Milo bestudeerde de helling. 'Is er nog iets anders hier beneden behalve hem, waar ik naar zou moeten kijken?'

'Een beetje bloed,' zei Walt, 'maar het meeste ligt op de weg en op de eerste paar meter van de helling. We hebben stukjes huid geborgen, maar het enige wat we hebben gevonden was meer van hem, ze hebben niet gevochten.'

Milo keek niettemin rond op het plateau, met trillende neus-vleugels. 'Als twee van jullie nu eens die brancard doen, dan vormen we met de rest een begrafenisstoet.'

'Goed plan,' zei Walt.

We begonnen te klimmen.

Pedro zei: 'De Heer is mijn herder. Jammer dat dit geen schaap is.'

De dag erna hoorde ik niets van Milo en toen ik Gretchen belde om te vragen hoe het met Chad ging, kreeg ik geen gehoor.

Robin en ik gingen uit eten bij een Italiaans restaurantje waarover ze had gehoord. Little Santa Monica Boulevard aan de westrand van het zakendistrict van Beverly Hills. Een familiebedrijf, de vrouw stond in de keuken, de man fungeerde als gerant, twee meisjes serveerden. Alles zelf bereid, goede wijn.

Knoflookbrood voor ons beiden, een betere definitie voor diplomatie is er niet.

Toen we weer thuis waren en Blanche uit de bench lieten, likte ze mijn hand ongewoon aandachtig. Daarna Robins hand. Daarmee was de eenstemmigheid volmaakt.

De bel ging.

Blanche racete naar de voordeur en ging er pontificaal voor zitten kwispelen.

Robin zei: 'Iemand die ze graag wil zien.'

Een stem aan de andere kant van de deur bulderde: 'Vast omdat ik zo knap ben.'

Ze liet Milo binnen. 'Ik hoop dat ik jullie niet stoor, kinderen.'

Een kus op haar wang liet hij vergezeld gaan van een grimas. 'Spaghetti con olio y mucho knofloki.'

'Meesterspeurder. Ik zal mijn tanden poetsen.'

'En nu had ik net bedacht om met zijn allen uit te gaan. Helaas.'

'We maken met plezier eten voor je.'

Hij wapperde met zijn handen. 'Al die opofferingen die ik me moet getroosten voor de vriendschap.'

We liepen naar de keuken. Robin zei: 'Hoe is het met Rick?'

'Je bedoelt: hoe komt het dat ik alleen moet eten?'

'Nee, schat, ik bedoel: hoe is met Rick?'

'Druk,' zei Milo. 'Op afroep en waarschijnlijk staat hij op dit moment zijn scalpel te slijpen. Ik heb het ook druk, het enige verschil is dat hij iets voor elkaar krijgt.' Hij hield in. 'Maar laat me jullie gezonde, huiselijk geluk niet verstoren. Het is misschien beter dat ik vertrek voordat mijn geklaag op jullie overslaat.'

'Doe niet zo raar,' zei Robin. 'Wat wil je eten? Ik hoop iets met knoflook, zodat we met zijn allen sociaal kunnen doen.'

Drie gulzig naar binnen geschrokte broodjes met verschillende soorten vlees, en een even groot aantal flesjes Grolsch later, trok hij zijn riem een paar gaatjes losser en keek hij Robin stralend aan. 'Waar is prozac nog voor nodig met jou als reddende engel?'

'Zware dag, Grote Man?'

'Een dag van niets.'

Ik zei: 'Niets met dr. Isabel?'

'Als die nog een druppeltje zoeter zou zijn, had ik insuline nodig. Ze heeft een halfuur tegenover me gezeten, nauwkeurig mijn hele medische dossier gelicht en naar mijn maanlandschap gekeken. Ze deed net of het nog wel meeviel, en legde me de voor- en nadelen van dermabrasie uit, plus een heleboel alternatieven. Na verloop van tijd voelde ik me zo schuldig dat ik haar beduvelde, dat ik bijna een afspraak had gemaakt voor behandeling.'

Robin zei: 'Hebben we het over een van de schoondochters?'

'Jep. De andere was minder vriendelijk, maar als je nagaat hoe we haar overdonderden en onplezierige herinneringen ophaalden, gedroeg ze zich bijna als een heilige. Conclusie: ze komen beiden over als eerlijk, solide en volstrekt niet crimineel, terwijl er in hun verleden helemaal niets is wat op iets akeligs wijst.'

'Waarom heb je hen nagetrokken in plaats van de zonen?'

'Omdat iemand de naam van de eerste schoondochter heeft gebruikt om zich in te schrijven bij een verslavingskliniek, een andere vrouw dus.'

'Dr. Isabel,' zei ze. 'Hoe heet die andere?'

'Connie Longellos.'

Robin zei: 'Er zijn ook mannen die Connie heten. Connie Mack was ooit manager bij de Yankees.'

'Hoe weet jij dat soort dingen?'

'Dochter van mijn vader.' Ze keek omlaag, zoals ze altijd doet wanneer ze aan haar vader wordt herinnerd.

'Ik ben onder de indruk,' zei hij. 'Maar helaas zei de huisbaas dat het een vrouw was.'

Robin zei: 'Heb ik je leven net weer een stukje ingewikkelder gemaakt, Grote Man?'

Ik zei: 'Eigenlijk wel.'

Ze keerden zich naar mij.

'De huisbaas kan best hebben aangenomen dat het een vrouw was, afgaande op de naam in de referentie. Hij heeft nooit iemand gesproken.'

'Inderdaad,' zei Milo. Hij huiverde. 'Misschien heb je net een ernstig geval van tunnelvisie voorkomen. Ik zou je moeten bedanken voor het denken buiten de gebaande paden, maar iedereen die het over denken buiten de gebaande paden heeft, heeft er geen loot verstand van.'

Robin klopte hem op zijn hand. 'Wil je nog een toetje?'

32

Ik liep met Milo naar de auto.

'Bedank Robin voor me voor het eten.'

'Dat heb je zelf al gedaan.'

'Doe het nog maar een keer. Voor het toetje.'

'We hebben geen toetje gehad.'

'Ik wel,' zei hij. 'Zoet Inzicht.' Hij schudde zijn hoofd. 'Connie Mack, waarom ook niet? Morgen gaan we eens goed naar die jongens kijken.'

Ik zei: 'Dat postbusnummer van Nep-Connie was in Pacific Palisades. Dat is niet zo ver van die beide moorden. Op de route eigenlijk, als je van Beverly Hills komt.'

'Dat moet er iets mee te maken hebben... Oké, zet je schrap, Flippo en Frankie. Als ik back-up kan krijgen, zal ik ze allebei laten observeren. Zo niet, dan begin ik met Phil, want zijn uren zijn flexibeler. Bovendien is hij getrouwd met de echte Connie, en ik kan me maar zo voorstellen dat een misnoegde echtgenoot zo'n stunt uithaalt.'

'Phil heeft geen boetes voor rijden onder invloed op zijn naam.'

'Frank ook niet, maar dat zegt niets, dat kan ook mazzel zijn. Zoals Phil die avond dat hij door de blaastest kwam.' Hij lachte. 'Uit het Goede Zaad geboren en dan ook nog mazzel hebben. Oké, lekker slapen, en als er iets is wat je moet weten, dan hoor je het.'

Het telefoontje om elf uur de volgende ochtend kwam niet van hem. Geheim nummer, rechtstreeks naar mijn privélijn.

'Dok, Moe Reed hier. De baas heeft me gevraagd u te bellen omdat hij downtown moest komen opdraven. Hij heeft geen idee hoe lang het duurt.'

'Problemen?'

'Als een ComStat-vergadering een probleem is...'

'Die mijdt hij al een tijdje.'

'Als je persoonlijk door de Chief wordt gebeld, en als die dan eh... zijn mening uit, houdt alles op.'

'Bedankt, Moe. Anders nog iets?'

'De Chief belde hem om zes uur wakker,' zei Reed. 'Wat een genot om de dag zo te beginnen.'

Ik stopte de beide namen van de Suss-tweeling in diverse zoek-machines, koppelde ze aan andere trefwoorden als *Topanga*, *Pacific Palisades*, *Malibu* en nog een paar steden in de weste-lijke Valley. Niets.

Tegen het middaguur liep ik de trap uit de keuken af, stak de tuin over naar Robins atelier en hield even stil om de vissen te voeren. Robin bestudeerde dezelfde gitaarhals, hield hem te-gen het licht, tikte er op verschillende plaatsen op en liet een vinger langs de randen glijden. In mijn ogen was er niet veel aan veranderd. Drie meter verder lag Blanche op haar matrasje te dutten.

'Zeg het eens, schat.'

'Milo is bezet. Ik zat erover te denken nog een keer te gaan kijken bij het huis van Philip Suss.'

Ze pakte een beitel, veegde de vouw af en legde hem weer neer. 'Ik ga mee, kijk niet zo geschokt. Waarom niet?'

'In de eerste plaats omdat het saai is.'

'Als ik je gezelschap houd? Je beledigt me.'

'Ik red me wel, maar jij valt in slaap.'

Ze sloeg een arm om mijn middel. 'Ik zou helemaal niet aan het werk moeten zijn. Veel te veel afgeleid.'

'Waardoor?'

'Door haar. Ik weet wel dat er geen goede reden is, maar soms word ik moe van het negeren van mijn eigen gevoelens. Wat was de tweede plaats?'

'Welke tweede plaats?'

'Je zei "in de eerste plaats"...'

Ik stond met de mond vol tanden.

Ze zei: 'Zie je wel? Met mij erbij kunnen we doorgaan voor een verliefd paartje. Dan is de kans kleiner dat ze je aanzien voor een rare gluurder.'

'Ik geloof dat ik mijn vettige regenjas en vermommingsneus niet nodig heb dan.'

'Die neus doet het misschien wel leuk, maar absoluut geen regenjas.'

Ze duwde me in de richting van de deur. Blanche werd wakker, spitste de oren en hobbelde achter ons aan in de stijl van een buldog.

'Weet je zeker dat je mee wilt? Waarschijnlijk levert het allemaal helemaal niets op.'

'Kop op,' zei Robin. 'Het wordt leuk. Of in ieder geval is het weer eens iets anders.'

'Dashiell Hammett.'

'Hm?'

'Nick en Nora, het beroemde detectivepaar.'

'En nemen we dan Asta mee?'

Daar moest ze over nadenken. 'Nee, die verveelt zich te snel.'

We waren voor één uur op Portico Place. Kraaien krasten en eekhoorns klommen in bomen, maar er was geen enkel teken van menselijke aanwezigheid. Heel normaal in de betere wijken van L.A. Ik had op dezelfde plek kunnen parkeren, maar om een herkenbaar patroon te vermijden koos ik een plek aan de zuidkant van het huis, verder weg.

Het zicht was daar minder goed, maar goed genoeg om de BMW en de Lexus te zien staan op de met keitjes geplaveide parkeerplaats.

Robin zei: 'Aardig ding in zijn soort.'

'En de soort is?'

'Dat soort huizen, pretentieus en smakeloos. Dit hier heeft wel aardige verhoudingen, al wordt het nooit echt wat met dat namaken van oude huizen, hè? Toch is dit een dappere poging.'

Ze gaf me een van de broodjes die ze had gesmeerd.

Rosbief op roggebrood, mierikswortelmosterd, zorgvuldig in folie gewikkeld. Chips, plakjes augurk, blikjes frisdrank bedauwd met condens. Alles in een koeltas.

'Dit is veel te beschaafd,' zei ik.

'Wat eet Milo?'

'Het liefste burrito's, maar hij gaat voor alles wat snel naar binnen te werken is en veel massa heeft en veel vet.'

'Nou,' zei ze, 'waarom niet een beetje beschaafder? Ook al zijn we met iets verschrikkelijk onbeschaafds bezig.'

'Wat is er onbeschaafd aan observeren?'

'We observeren niet, schat, we zijn aan het jagen. We wachten tot iemand hulpeloos trappelend gevangen komt te zitten in de vossenklem.'

'Heb je daar moeite mee?'

'Helemaal niet.'

We aten de broodjes en dronken de frisdrank en zaten nog eens drieëntwintig minuten niets te doen toen de hekken openzwaaiden.

Connie Longellos reed stapvoets de straat op en zette koers naar het zuiden. Ze reed pal langs ons, maar staarde recht voor zich uit.

'Knappe vrouw,' zei Robin. 'Maar een beetje nors, zo op het eerste gezicht. Als dat door haar echtgenoot komt, is knap zijn kennelijk niet genoeg.'

Veertien minuten later volgde de BMW. Philip Suss zat hoog boven het stuur, zijn lippen bewogen en hij glimlachte terwijl hij praatte.

Robin zei: 'Bepaald niet nors. Ik weet niet met wie hij zit te praten, maar die maakt hem wel gelukkig.'

Suss zette ook koers naar het zuiden.

Ik wachtte even en reed toen achter hem aan.

Robin zei: 'Dit is helemaal niet saai.'

Toen Milo en ik Connie Suss volgden, was ze over Ventura Boulevard naar Sherman Oaks gereden. Haar echtgenoot nam dezelfde route naar het westen, vermeed de freeway en sukkelde voort door de trage middagdrukte. Gemakkelijk te volgen terwijl hij in de richting van Encino schoof. Ik bleef drie auto's achter hem, kwam soms iets dichterbij, en liet dan weer een gat vallen en ving zo nu en dan een glimp op van zijn nog steeds bewegende lippen.

Hij reed over Ventura door Tarzana de Woodland Hills in. Daar sloeg hij links af Canoga Avenue op, opnieuw links af Celes Street in en rechts af op Alhama Drive. Hij parkeerde voor een geel huisje met een verdieping in de stijl van de jaren veertig, liep naar de voordeur, belde aan en verdween naar binnen.

Robin zei: 'Mooi wit, linnen shirt, getailleerde broek, gepoetste schoenen en zijn haar glimt aan alle kanten. Die gaat niet met de jongens pokeren.'

'Nora slaat toe.'

'Je merkt nu pas wat je altijd hebt gemist, hè? Echt, Alex, vond je ook niet dat hij er opgedirkt uitzag? Alsof hij op weg was naar een afspraakje? En wat vind je van die Mustang op de oprit? Dat is de auto van een vrouw.'

Lichtblauwe lak, witte bekleding. Een bumpersticker met iets van een Japans karakter erop.

手

Ik schreef het kenteken op. Robin schetste het karakter op een blaadje uit mijn aantekenblok.

Ik reed voorbij het huis, keerde aan het einde van de straat en koos aan de noordkant een plek om te parkeren en het huis in de gaten te houden. Ik zette de motor af, omdat Philip Suss misschien niet van plan was alleen even naar binnen te wippen.

Een paar seconden later kwam hij weer naar buiten, gevolgd door een vrouw.

En nog een.

Twee lange, goedgevormde vrouwen, achter in de twintig of voor in de dertig, beiden gekroond met een bos lang, dik haar dat genoot van het briesje.

Philip Suss slenterde lachend en gearmd met beiden naar zijn auto.

De afstand was te groot om iets over hun etnische herkomst te zeggen, maar beide vrouwen droegen een miniem strak topje, de een rood, de ander zwart, superstrakke jeans ter aanbidding van goddeloos mooie benen, en fragiele hakjes die zo hoog waren dat lopen werd verheven tot evenwichtskunst.

Philip Suss hield het portier aan de passagierskant open en klapte de stoel naar voren om een van de vrouwen achterin te laten stappen. Toen ze zich bukte en zich naar binnen wurmde, tikte hij haar op de billen. De andere vrouw draaide met haar heupen en sloeg hem op de billen. Hij gaf haar een kus. Ze beantwoordde de gulle gift.

Robin zei: 'Knap was duidelijk niet genoeg.'

Ik wachtte tot de bmw Celes Street weer was ingedraaid voordat ik achter hem aan reed. Bereikte het kruispunt met Canoga net op tijd om te zien dat Philip Suss er de sokken in zette in zuidelijke richting. Hij sloeg rechts af Dumetz op, na een kilometer links af Topanga op, vervolgde zijn weg over Old Topanga en draaide uiteindelijk van de weg af, een parkeerplaats met gravel op bij een houten restaurant.

Satori.

Robin zei: 'Kijk eens aan.'

Wij hadden er een paar keer gegeten, op momenten dat we tijd overhadden en behoefte hadden aan romantiek. Het was alweer een tijdje geleden. Te lang geleden?

Het restaurant bestond uit een losse verzameling schaduwrijke patio's en gezellige eetzaaltjes met natuurstenen vloeren. Sommige van de terrasjes buiten boden uitzicht op Topanga Creek. Ik herinnerde me een menu dat biologisch was zonder pretenties. De menukaart neigde naar vegetarisch, maar was niet verstoken van dierlijke eiwitten, goede wijn en gepeperde prijzen.

Fantastische plek, als je in het juiste gezelschap verkeerde en als de bijen niet zwermden. De laatste keer dat Robin en ik er waren geweest, zorgde een wasbeertje beneden bij de kreek voor een nest piepende jongen.

Philip Suss en zijn vrouwen liepen onder een houten boog door naar binnen, de armen om elkaars middel geslagen.

Robin en ik keken toe vanuit de Seville, nu dichtbij genoeg om iets over hun herkomst te kunnen zeggen. En de stemming.

Blank.

Vrolijk, op het randje van euforisch.

Het waren allebei prachtige vrouwen die hun weelderigheid vanzelfsprekend tentoonstelden.

Ik dacht aan Tiara Grundy en vroeg me af of zij hier ooit was geweest met Mark Suss.

Of een van zijn beide zonen.

Robin zei: 'Die broodjes waren niet zo groot. Laten we maar gaan lunchen.'

'Ik ben Milo niet.'

'Milo zijn heeft zo zijn voordelen, schat. Kom op, we gaan naar binnen. Ik zei toch dat ik voor dekking zou zorgen. Een man alleen die zit te spioneren, trekt de aandacht. Wij zijn verliefd, dat maakt iedereen blij.'

Ze opende het portier en hield in. 'Hebben we een plan nodig?'

'Gewoon onopvallend doen en oppikken wat er op te pikken valt.'

'Onopvallend, dat lukt me wel,' zei ze. 'Geef me je hand, dan doen we net alsof er verder niets is in de wereld wat ons interesseert.'

Het restaurant was bijna geheel leeg. Het voordeel daarvan was dat de gastvrouw strategisch te werk ging bij het plaatsen van gasten.

Ze ging ons voor naar een door dennen overschaduwde patio en leidde ons naar een tafeltje met veel privacy en uitzicht op het kabbelende water.

Charmante plek. Het nadeel was dat het te dicht bij het tafeltje van Philip Suss en de weelderige brunettes was, en dat we met de rug naar het uitbundige trio zaten.

Robin zei: 'Kan dat ook?' Ze wees naar een minder mooi

plekje met een duidelijk frontaal zicht op Suss en de zijnen.

De wenkbrauwen van de hostess schoten omhoog. 'Wat u maar wilt.'

'Hartelijk dank voor dat andere tafeltje, maar dat is ons speciale tafeltje,' zei Robin. 'We zijn hier geweest toen we onze trouwdag vierden, reden nu langs en hebben in een opwelling besloten om te stoppen.'

De hostess glimlachte. 'Aan opwellingen moet je gehoor geven.'

Philip Suss bestelde twee glazen ijsthee. Van het ene glas dronk hij, op het andere legde hij een opgevouwen servet. De vrouwen kozen voor champagne.

Vrolijke vrouwen, met ingestudeerde gebaartjes. Ze wierpen hun haar op de juiste manier over de schouder, likten de lippen en raakten Phil op de juiste momenten aan op zijn schouders, armen en wangen.

De ene met het rode topje, een haltertopje dat een gave, fluweelzachte rug blootgaf, had een dichte bos zwart golvend haar met kunstig aangebrachte coupes soleils.

De gladgestreken lokken van Zwart Topje waren bronskleurig met ivoren accenten.

Alsof ze als een team samenwerkten en een gecoördineerde feromonenaanval uitvoerden.

Beide vrouwen vertoonden sporen van uitvergroting op alle strategische plekken: borsten, wimpers, jukbeenderen. Ik herzag mijn inschatting van hun leeftijd: halverwege de dertig, tegen de veertig.

Phil gloeide en genoot van alle aandacht.

Robin en ik pakten onze menu's, verscholen ons achter de oversized, in hennep gebonden, opsomming van heerlijkheden en wierpen steelse blikken op het gezelschap.

Een nieuwe ronde champagne, meisjesachtig gegiechel.

Robin zei: 'Hm, veganistische eend. Dat hadden ze eerder niet.'

'Ik wist niet dat eenden zo filosofisch waren.'

Ze lachte. We raakten even elkaars handen aan, bestelden

een salade en spioneerden verder.

Als je mocht afgaan op de verrukte blikken op de gezichten van de dames, was Philip Suss de grappigste man op de wereld.

Een andere man liep langs ons heen.

Een van de vrouwen riep: 'Schatje!'

Robin en ik deden of onze neuzen bloedden, maar lieten onze ogen dwalen.

Dr. Franklin Suss, zijn kale schedel glanzend, gekleed in een grijsblauw Nat Nast-shirt, waarop biljartballen waren geborduurd, een crèmekleurige linnen broek en bruine kalfsleren instappers, kuste de vrouw met het zwarte topje en daarna haar vriendin.

Toen liep hij naar zijn broer en gaven beide mannen zich over aan een omslachtig ritueel van omhelzingen, kussen op beide wangen, nog meer omhelzingen, klopjes op de schouders en krachtig handenschudden.

Rood Topje zei: 'Zo kan-ie wel weer, jullie, ik word jaloers.'

Zwart Topje zei: 'Straks gaan we nog denken dat jullie tweeën echt een beetje vreemd zijn.'

Frank en Phil kusten elkaar opnieuw. Frank wiebelde met zijn heupen om vrouwelijkheid na te bootsen.

Iedereen lachte.

Frank schoof aan naast Rood Topje.

Zijn arm gleed om haar schouder met alle vanzelfsprekendheid van een gewoonte. Phil sloeg zijn arm om de schouder van Zwart Topje.

Phil haalde de servet van het tweede glas ijsthee en schoof het naar Frank.

Frank maakte een high five in het luchtledige en hief zijn glas. 'Bedankt, broer.'

Phil hief zijn glas. 'Broer.'

Ze bogen voor de vrouwen langs en tikten de glazen tegen elkaar.

Rood Topje zei: 'Daar gaan we weer. Jongens, let op, er zijn hier ook nog prachtige, sexy vrouwen.'

'Dat haalt het niet bij broederliefde,' pruilde Zwart Topje.

Frank zei: 'Broederliefde. Dan moeten we zeker maar verhuizen naar Philadelphia.'

Rood Topje zei: 'Huh?'

Ze keerde zich naar Zwart Topje, die haar schouders ophaalde. 'Wat bedoel je, Frankie?'

Phil zei: 'Laat maar, Lori, laten we bestellen.'

'Is dat een soort grapje? Philadelphia is helemaal niks.'

'Ben je er ooit geweest?'

'Nee, maar ze hebben er geen strand.'

Phil zei: 'Ah, een aardrijkskundig genie.'

Frank hinnikte.

Zwart Topje zei: 'Kom op, Frankie, wat is de grap?'

Frank rolde traag met zijn ogen. 'Een foute grap, schatje. Wat gaan we eten?'

Rood Topje zei: 'Waarom zou je een foute grap maken?'

Franks gezicht verstrakte. 'Ik had pas door dat het een foute grap was, toen ik het had gezegd.' Hij zei het langzaam, alsof hij tegen een kind sprak.

Rood Topje zei: 'O, oké.'

Phil zei: 'Je moet het zo zien: als jullie de verkeerde bikini aantrekken, ben je verbaasd, toch? Aan het rek lijkt hij mooi, maar op het lijf zit hij voor geen meter.'

Lori pruilde. 'Op dit lijf zit alles goed, Philly.' Ze blies een substantiële borstpartij op.

Haar vriendin deed hetzelfde. Toen klaarde haar gezicht op. 'O,' zei ze, 'ik snap het: Philly van Philadelphia.'

Gegiechel.

Zwart Topje zei: 'Maar Frankie van Philadelphia, dat werkt niet.'

Dr. Frank Suss zei: 'Kijk, altijd een bruidsmeisje, nooit de bruid.'

Gefronste wenkbrauwen.

Phil zei: 'Genoeg flauwekul. Jullie zijn het heetste wat er op aarde te vinden is en Frankie en ik houden van jullie en ik heb honger.'

33

Phil, Frank, Lori en de vrouw die na verloop van tijd Divana bleek te heten, onderbraken de lunch regelmatig voor kussen, aaien over de wang en iets minder subtiele graaipartijen onder tafel.

Het viertal was losjes verdeeld over twee paren. Frank met Divana, Phil met Lori. Maar ik herinnerde me de tikken op de billen bij Alhama Drive en had het vermoeden dat het ingewikkelder lag.

Robin en ik prikten ons door een paar salades en probeerden er ontspannen uit te zien. Naarmate het langer duurde, had haar glimlach steeds meer weg van een plakplaatje.

Maar ze was ontspannen toen we Satori luttele seconden na het viertal verlieten.

De broers in het midden, een arm om elkaars middel geslagen. Zwijgende vrouwen die hen flankeerden.

Phil en Lori stapten in de BMW. Frank liet Divana plaatsnemen in een zwarte Cadillac XTS.

Ik zei: 'Wat doen we als ze uit elkaar gaan?'

Robin zei: 'Ik zou in de buurt van Phil blijven. Het was de naam van zijn vrouw die misbruikt is.'

Nora sloeg opnieuw toe.

Beide auto's reden het parkeerterrein af. Naar het noorden door de canyon zou hen terug naar de Valley voeren, naar het zuiden langs de plekken waar Steven Muhrmann en Tiara Grundy waren vermoord.

De tweeling Suss deed geen van beide. Ze bleven op Old Topanga en drongen dieper door in de beboste, stille hoekje van de canyon.

Twee broers, twee auto's.

Twee broers, twee wapens?

Een soepele, non-verbale communicatie paste goed bij het beeld van een perfect tweemans-vuurpeloton. De synchrone verwonding die Clarice Jernigan zo aan het denken had gezet.

Klaar, richten. Broer.

Waarschijnlijk hadden ze dat als jongetjes duizenden keren gedaan, met katapulten, speelgoedpistooltjes, waterpistolen.

Eenmaal volwassen veranderde het spel en zochten ze de opwinding in het na-apen van de manier waarop papa met vrouwen omging.

Namen ze papa's Snoepje over, als een gruwelijke erfenis.

Een domme, naïeve jonge vrouw die er geen idee van had dat ze niet meer was dan roerend goed, dat je bij het vuil kon zetten, net als andere zaken waar je geen zin meer in had.

De witte auto van Phil ging langzamer rijden.

De zwarte auto van Frank ging ook langzamer rijden.

De omgeving veranderde met verscholen bewoningen. Veel ervan waren campers en hutjes en zelf in elkaar getimmerde extravagante bouwsels, een flink eind van de weg. De broers draaiden een ongemarkeerde, scherp kronkelende landweg op. Een plattelandsbrievenbus hing aan een scheef paaltje. Ruige ceders en eikensoorten die goed tegen droogte kunnen, hingen over het pad.

Beide auto's waren in een mum van tijd in het duister onder de bomen verdwenen.

Ik reed twintig meter verder, liet de motor van de Seville lopen en maakte aanstalten om uit te stappen.

'Wat ga je doen?'

'Kijken.'

'Ik ga mee.'

'Niet handig,' zei ik. 'Ga jij maar aan het stuur zitten en laat de motor draaien. Als ik dan als de bliksem moet maken dat ik wegkom, zit jij klaar.'

'Moet maken dat je wegkomt? Wat zou je ervan zeggen als we geen van beiden gaan en het adres doorgeven aan Milo?'

'Ik ga alleen even kijken, dat stelt niet zoveel voor.'

Ze pakte mijn pols. 'Te veel testosteron, schat, terwijl we

weten waartoe ze in staat zijn.'

'Al die testosteron werkt in mijn voordeel. Zij hebben hun zinnen op pleziertjes gezet, niet op misdrijven.'

'Dat weet je allemaal niet zeker, Alex.'

Ik bevrijdde mijn pols uit haar greep en liet haar bij de auto achter.

Verdroogde plakletters met de cijfers van het adres krulden van de brievenbus. Ik prentte het in mijn geheugen en keek in de bus. Leeg.

Na tien meter maakte het pad een scherpe s-bocht, wat verklaarde waarom de auto's zo snel uit het zicht verdwenen waren.

Ik liep dicht langs de linkerrand van het pad, op de helft van eventueel mij tegemoetkomende auto's, op een verend bed van bladeren dat ritselde en zompige geluiden maakte. Bleef staan om te luisteren, maar hoorde niets.

Een paar meter verder: lachen.

Plezier, de beste afleiding die er maar is.

Aan het einde van het kronkelende pad scheen verblindend wit zonlicht.

Ik schuifelde voetje voor voetje verder. Bleef vijf meter van de half verharde open plek staan, die een doorsnee had van een meter of vijftig.

De schittering van zonlicht op het water van een zwembad. Achter het zwembad een laag, breed uitgemeten huis van boomstammen. Achter het huis het bos.

De auto's van de tweeling Suss stonden slordig aan de rand van het zwembad geparkeerd en benamen mij een deel van het zicht.

Geroezemoes, gespetter, lachen.

Een mannenstem zei: 'O, ja, schatje.'

Ik kroop tot achter de Cadillac, tuurde door beide ramen, maar zag niets vanwege het getinte glas.

Ik waagde het een blik over de motorkap te werpen.

Philip Suss zat op de rand van het zwembad, naakt en bruin, omvangrijke spierbundels verzacht door onderhuids vet. Zijn ogen dicht, de mond wagenwijd open terwijl een van de vrouwen, die op het plankier lag, zich met zijn schoot bemoeide. In het water, aan de andere kant van het zwembad waar het ondiep was, omhelsde Frank Suss, bleek maar dik, de andere dame. Ze had haar benen om zijn middel geslagen. De synchrone bewegingen van hun heupen creëerden een lome zwemslag die nog niemand had uitgeprobeerd tijdens de Olympische Spelen.

Op het moment dat ik me omkeerde, stak Phil een vuist in de lucht. 'Yes!'

Frank opende zijn ogen. Glimlachte dromerig. 'Broer!'

'Broer!'

Beide vrouwen lachten. Maar het klonk gemaakt.

Robin liet de Seville in mijn richting rollen en ik stapte in. Voordat ik mijn gordel kon vastmaken, trapte ze op het gas. Ze reed Satori voorbij zonder het ook maar een blik waardig te gunnen.

De handen om het stuur geklemd, het gezicht strak.

'Gaat het?'

'Heb je nog iets schokkends meegemaakt?'

'Neu.'

'Wat dan?'

'Wat je zou kunnen verwachten.'

Ze fronste. 'Met zijn vieren?'

'In paartjes, maar tegelijkertijd.'

'Gewoon waar anderen bij zijn. Het is bijna incestueus. En die twee geile dametjes hebben geen idee waar ze zich mee inlaten.'

'Ze krijgen nu de kans om erachter te komen,' zei ik.

Ze ging harder rijden, voorbij de plek waar Steven Muhrmann was vermoord. Ik kon geen goede reden bedenken om de plek aan te wijzen. Ook niet toen we langs de plek reden waar Tiara haar gezicht was kwijtgeraakt.

De tocht maakte duidelijk hoe dicht die twee plaatsen delict bij elkaar lagen. Een nacht van snelle actie, bloed en verrassingen.

Robin zei: 'Ik vraag me af wat die bumpersticker betekent. Dat moet iets obsceens zijn.'

Dat was het niet.

Een website over Japanse bumperstickers maakte duidelijk dat het kanji was voor 'vrede'.

Robin zei: 'Oké, laat ik maar weer gaan doen waar ik goed in ben.'

Lori Divana leverde in combinatie met de namen van de tweeling niets op.

Ik belde Milo om hem het adres te geven dat op de brievenbus van de blokhut had gestaan.

Opnieuw voicemail. Ook op het nummer van Moe Reed. Ik probeerde Milo's tweede volgeling, rechercheur Sean Binchy.

'Ik geloof dat hij downtown is, dok.'

'Dat is een verrekt lange vergadering.'

Binchy zei: 'Dat zijn ze bijna allemaal.'

'Zeg tegen hem dat hij me moet bellen, als je hem ziet.'

'Doe ik, dok. Luister, mag ik u wat vragen?'

'Tuurlijk.'

'De zuster van mijn vrouw denkt erover om psychologie te gaan doen. Mag zij binnenkort een keertje met u komen praten?'

'Zeker, Sean.'

'Bedankt. Ik zal de baas uw bericht doorgeven.'

'Kun jij een paar adressen opzoeken om te kijken wie daarvoor belasting betaalt?'

Een kleine aarzeling. 'Dok, met al die nieuwe privacyregels, ze doen erg moeilijk over privégebruik van gegevens. Er zijn zelfs jongens die denken dat ze, om ons in de gaten te houden, daarboven speciale programma's hebben waarmee ze onze toetsaanslagen registreren.'

'Het gaat niet om privégebruik, Sean, dit hoort bij Milo's onderzoek.'

'Maar hij heeft er niet officieel opdracht voor gegeven, dok. Ik wil geen watje zijn, maar...'

'Ik wil het je niet lastig maken,' zei ik. 'Maar het gaat niet om vertrouwelijke informatie, ik zou ook zelf downtown de gegevens kunnen opvragen.'

'Dat is waar, hmm,' zei hij. 'Hebben we het over de moord op die juffrouw zonder gezicht, als u begrijpt wat ik bedoel?'

'Jep.'

'Arme vrouw... Luister, ik zal het opzoeken en op zijn bureau leggen. Met een briefje dat u een suggestie had gedaan dat op te zoeken op grond van...'

'Iets wat ik een uur geleden heb gezien.'

'Oké, komt voor elkaar. En dan geef ik Dorrie uw nummer.'

Ik zei: 'Zou het een probleem zijn, Sean, om het ook nog aan mij door te geven als je het op zijn bureau hebt gelegd? Gezien het feit dat het daar dan toch open en bloot ligt?'

Stilte.

'Dat scheelt hem tijd, Sean. Ik weet zeker dat hij het niet erg zal vinden.'

'O, man,' zei hij. 'Jaah, u bent altijd goed voor me geweest, dok. Om welke adressen gaat het?'

34

Het huis aan Alhama Drive was eigendom van ene Oral Marshbarger.

Internet produceerde slechts één man die gezegend was met die naam, een accountant bij een firma in St. Louis.

Een beetje laat om nog die kant op te bellen, maar ik probeerde het toch.

'Voor meneer Adams, kies 101. Voor meneer Blalock, kies 102.'

Ik liet het alfabet lijdzaam aan me voorbijgaan en koos 117.

Een man nam de telefoon op. 'Marshbarger.'

Jezelf valselijk uitgeven voor politieman is een ernstig misdrijf. Een misleidend verhaal ophangen en wijselijk details weglaten is op zijn minst een schimmig juridisch terrein. Het is ook een vrij sluwe truc, want de meeste mensen luisteren maar half en letten niet op de details. Marshbarger was registeraccountant en misschien dus wel een uitzondering, maar niet geschoten...

'Meneer Marshbarger, u spreekt met Alex Delaware voor de politie van L.A. over een zaak. Er zijn vragen gerezen naar aanleiding van een pand dat u in eigendom hebt aan Alhama Drive in Woodland Hills.'

'Politie? Ga me niet vertellen dat ze het dáárvoor hebben gebruikt.'

'Waarvoor?'

'Porno-opnamen, wat anders? Toen ze kwamen aanzetten, een en al suikergoed en marsepein... Verleidelijk, zal ik maar zeggen, natuurlijk was ik achterdochtig. Ik was van plan om het ze ronduit te vragen, of ze aan het scouten waren voor de een of andere producent van porno, maar ik was bang dat ik dan een zaak wegens seksuele discriminatie aan de broek zou krijgen. Zo van: zou u dat ook aan ons vragen als wij mannen waren? Tegenwoordig klaagt iedereen iedereen aan om niks.'

Ik zei: 'Wanneer hebben ze het gehuurd, en wat hebben ze u over zichzelf verteld?'

'Dus ze hebben het er echt voor gebruikt. Jezus.'

'U zit niet in de problemen, meneer Marshbarger.'

'Waarom zou ik in de problemen zitten? Ik ben het slacht-offer. Waar het om gaat, is dat het walgelijk is. En bedrog, ik heb het huis heel duidelijk aangeboden als privéwoning. Hebben ze er een rotzooi van gemaakt? Heeft iemand geklaagd?'

'Het huis lijkt niets te mankeren.'

'Hebben ze bloemen geplant?' zei Marshbarger. 'Ze hadden beloofd dat ze dat zouden doen, dat was een deel van de af-spraak.'

'De tuin ziet er mooi uit, meneer.'

'Ik verzeker u, als er een manier was geweest waarop ik ze had kunnen screenen, had ik dat gedaan, maar wat kon ik doen?'

'Zeker, meneer.'

'Het was een noodsituatie,' zei hij. 'Ik heb het huis gekocht om er zelf te gaan wonen. Drie maanden later werd ik over-geplaatst hierheen. Ik heb van de firma compensatie gekregen tot ik het huis kon verhuren, maar het onuitgesproken bericht was wel: een beetje snel, Marsh. Die meiden waren de eersten die kwamen opdagen met echt geld en kredietwaardigheid. Wat wel logisch is, denk ik, als stromannen voor een pornobedrijf. Totale omzet van porno is meer dan die van Hollywood, toch? En het meeste blijft buiten de boeken. Gaat het dáár om? Iets met belasting, waarvan u denkt dat ik ervan afweet omdat ik accountant ben? Het spijt me, nee, niets. En meer heb ik niet te zeggen.'

'Meneer Marshbarger, er is niets aan de hand met de belas-ting en uw huurders worden nergens van verdacht. Ook niet van pornografie.'

'Wat dan wel?'

'Ze hebben betrekkingen aangeknoopt met, wat wij noemen, interessante personen.'

'Georganiseerde misdaad? O, jezus...'

'Nee, meneer, u hoeft zich wat dat betreft absoluut geen zorgen te maken. Ik heb alleen wat informatie nodig.'

'Wat voor soort informatie?'

'Basale feiten om gegevens te verifiëren. Welke namen gebruiken ze op het huurcontract?'

'Kennelijk hun echte namen,' zei Marshbarger. 'Dat beweerde het bedrijf dat de kredietwaardigheid heeft onderzocht, of je het nu gelooft of niet.'

'U twijfelde?'

'Divana Layne? Lori Lennox? Klinkt dat echt?'

En dat zei Oral Marshbarger.

Ik zei: 'Wat hebben ze opgegeven als werkzaamheden?'

'Modellen. Ze zeiden dat ze vooral in Japan werkten.' Hij snoof. 'Die Aziaten houden wel van een beetje weelderig vlees, hè?'

'En beiden waren kredietwaardig.'

'A-plus. Beiden een inkomen met vijf nullen. Misschien dat de wisselkoers tussen de yen en de dollar ze ook nog een beetje meehielp.' Hij gniffelde opnieuw. 'Modellen, misschien voor *Hustler*, maar in ieder geval niet voor een van die modebladen die mijn ex altijd las, met die uitgemergelde typjes.'

'Bij wie hadden ze eerder gehuurd?'

'Vastgoedbedrijven in Tokio. Ze hebben me referentiebrieven laten zien. In het Japans, maar ze hadden ook vertalingen. Beetje lachwekkend, eigenlijk. Met het Engels van handleidingen die je bij camera's en stereoapparatuur krijgt.'

'U hebt ze gecontroleerd.'

'Ik heb een paar nummers gebeld, kreeg ingesproken boodschappen in het Japans, heb zelf een boodschap ingesproken en er nooit meer wat van gehoord. Ik had geen tijd voor al dat gebel naar het buitenland. Ik moest verhuizen en ze hadden het geld. En ze hebben trouw iedere maand betaald. Eigenlijk ben ik blij dat ik het hun heb verhuurd, als ze de boel netjes onderhouden en er niets illegaals gebeurt. Waarom is al deze informatie zo belangrijk?'

'Hoe hadden die vrouwen u gevonden?'

'Craigslist,' zei Marshbarger. 'Ik heb het met advertenties geprobeerd, met makelaars, maar het enige wat erop afkwam, waren losers. En zoals ik al zei, ik zat onder tijdsdruk, dus heb ik gedaan wat iedereen tegenwoordig doet. Ik had er niet veel van verwacht. Maar zij doken op met wat ik nodig had. Financieel gesproken dan.'

'Is er nog iets anders wat u me over hen zou willen vertellen?'

'Dus ik hoef ze er niet uit te gooien.'

'Ik zou geen reden kunnen bedenken, meneer Marshbarger. Neem geen contact met hen op. Ze hebben niets verkeerds gedaan.'

'Porno is oké?'

'Er zijn geen aanwijzingen dat ze zich met porno bezighouden.'

Hij bleef even stil. 'Waarom voeren we dan dit gesprek?'

'Omdat ze omgaan met een paar mensen waarin het bureau geïnteresseerd is. Nu we het daar toch over hebben, laat me u een paar namen noemen. Steven Muhrmann.'

'Nooit van gehoord.'

'Tara Sly?'

'Dat is nog eens een pornonaam,' zei hij. 'Of een naam voor een stripper. Is het dat? Zijn het paaldansers?'

'Markham Suss.'

'Nee.'

'Iemand anders die Suss heet?'

'Nee.'

'Hoeveel huur betalen ze voor het huis?'

'Ik vroeg tweeduizend, we zijn zestienhonderd overeengekomen, plus dat ze alle nutsbedrijven voor hun rekening nemen en de tuin doen. En bloemen planten en die verzorgen. Ziet het er goed uit?'

'Heel netjes. Betalen ze per cheque?'

'Automatische overboeking via Wachovia,' zei Marshbarger. 'Ze betalen altijd. Dus u zegt dat ze wel kunnen blijven?'

'Jazeker, meneer.'

'Oké... Hoe zei u dat uw naam was? Gewoon voor het geval

het toch ingewikkeld wordt.'

'Dan belt u de divisie West L.A. en vraagt u naar inspecteur Sturgis.'

Ik gaf het nummer aan hem door.

Hij zei: 'Dat bent u niet.'

'Inspecteur Sturgis is de baas.'

'Prima, maar...'

Ik verbrak de verbinding en bedankte Robin in stilte voor het feit dat zij had aangedrongen op een geheim nummer. Ik sprak een uitgebreide boodschap in op Milo's privémobiel en typte de trefwoorden *divana layne lori lennox lingerie*.

De computer zette vijf Japanse websites op het scherm en twee uit Bangkok. Automatische vertalingen maakten van de tekst een verhaspelde woordenbrij vergeleken waarbij camera-handleidingen veel weg hadden van Shakespeare.

Maar dat was geen probleem, want de afbeeldingen spraken voor zich.

Pagina na pagina met Aziatische handelsbeurzen. Divana, Lori en andere even goed bedeelde schoonheden paradeerden op de catwalks in Tokio in gevarieerde verzamelingen satijn, zijde, rayon en visnetmotieven.

Naamsbekendheid voor lingeriemodellen. Ze hadden een bescheiden beroemdheid verworven in een cultuur die op geniale wijze omging met microscopische verhulling en exquise verfijning.

De recentste show was drie jaar geleden. Beide vrouwen waren zo oud dat ze gemakkelijk al tien jaar geleden begonnen konden zijn.

Dat gaf hun ampel gelegenheid om contact te leggen met allerlei Suss-achtige heren. Een paar jaar naar de andere kant van de planeet en daarna weer terug om het contact met de tweeling te hernieuwen.

Tot nu toe waren ze glansrijk geslaagd.

Het lot dat Tara had ondergaan, deed hopen dat het zo zou blijven.

Het huis aan Old Topanga Road was eigendom van ene Olna

Fremont. Ik maakte een trefwoord van de naam. De informa-
tiesnelweg strekte zich voor me uit.

Ik snelde erlangs. Nam gas terug als een toerist die de omgeving in zich opneemt.

Kwam met gierende banden tot stilstand.

35

Lori Lennox, geboren Lorraine Lee Bumpers, deed de deur open met het haar in krulspelden, gehuld in een badstof badjas waarop HILTON was geborduurd.

Volgens haar rijbewijs: blanke vrouw, een meter zeventig, vijfenvijftig kilo, een geboortedatum die aangaf dat ze tweeëndertig was.

Haar werkelijke geboortedatum op een proces-verbaal bij een arrestatie door de LAPD eenentwintig jaar geleden, verraadde dat ze negenendertig was.

Het was de enige keer dat ze in L.A. County was gearresteerd, maar een verzegeld minderjarig strafblad deed vermoeden dat er al eerder iets was gebeurd. De aanklacht wegens prostitutie was niet zo bijzonder. Als achttienjarige had ze getippeld op Sunset en Highland, was ze meteen de eerste week opgepakt, veroordeeld tot verblijf in een groepshuis en begeleiding. Een jaar later was ze voor een vergelijkbaar vergrijp opgepakt in Las Vegas, maar sindsdien was ze uit handen van justitie gebleven.

Het inkomen met vijf nullen bleek te kloppen, maar alleen gedurende de jaren dat ze in Japan als model had gewerkt. Het was nog aangevuld met de honoraria van een paar tv-reclames die daar waren opgenomen, en het gedeeltelijk eigendom van een appartementencomplex in Laughlin, Nevada. Sinds ze was teruggekeerd naar L.A., werden de gaten opgevuld met een jaarlijkse gift van zesentwintigduizend dollar uit onbekende bron. Omdat de grens voor vrijstelling van belasting op giften bij dertienduizend dollar lag, was het aannemelijk te veronderstellen dat een tweetal donoren voor de gift verantwoordelijk was.

Deze ochtend kwam ze op blote voeten aan de deur, de nagellak op de tenen afgeschilferd, het gezicht niet opgemaakt. Een automatisch glimlachje bevroor toen ze Milo's penning zag.

'Morgen,' zei hij.

'Dat dacht ik al.' Ze keek op haar pols. Een bleke strook waar gewoonlijk haar horloge zat, op haar bruine arm.

'Kwart over acht,' zei Milo. 'Ik hoop dat dat niet te vroeg is, mevrouw Lennox.'

Ze slaagde erin opnieuw te glimlachen en er min of meer gepijnigd bij te kijken. 'Eigenlijk wel.'

Een stralend wit gebit, maar haar adem was niet fris.

'Is Divana al wakker?'

'Net,' zei Lori Lennox. 'Wat is er aan de hand?'

'Mogen we binnenkomen?'

'De politie? Het is een beetje...'

'Maak je geen zorgen, Lori, we willen alleen even praten.'

'Waarover?'

'Phil en Frank Suss.'

Grijsblauwe ogen schoten heen en weer als de eendjes in een schiettent. Ze wilde liegen, maar kon zo snel niets geloofwaardigs bedenken. 'Oké.'

'Je kent ze.'

'Jaah.'

'Daarom willen we even binnenkomen,' zei Milo.

'Is alles goed met ze?'

'Fantastisch, Lori. Twee vrolijke jongens.' Hij wees naar de smalle strook bleke huid op haar arm. 'Lekker bruin. Ik wil wedden dat je echt in de zon hebt gelegen, niet uit een spuitbus.'

'Ja, puur natuur.'

'En ook geen zonnebank,' zei hij. 'Meer iets van bij het zwembad.'

Ze ontspande. 'Zou ik wel willen.'

'Ik bedoel niet dat jij zelf een zwembad hebt, Lori. Beter dan dat, je kunt er wel over beschikken, maar hoeft de rekeningen niet te betalen.'

'Huh?'

'Old Topanga Road.'

Ze knipperde met haar ogen.

Milo haalde zijn aantekenboekje tevoorschijn, zocht erin en las het adres voor. Dat kende hij uit zijn hoofd, maar oplezen van papier maakt het officieel, voegt iets intimiderends toe.

Lori Lennox begon te prutsen aan de ceintuur van haar badjas.

Milo zei: 'Drie uur gistermiddag.'

Geen reactie.

'Zwarte bikini, al heb je die niet erg lang aangehouden.'

Ze bloosde van borstbeen tot voorhoofd. Dat deed me plezier. 'U hebt het recht niet.'

'Welk recht?'

'Om te gluren.'

Milo wees met zijn duim naar zijn borst. 'Wij. Geen denken aan. Maar aan de andere kant had het ook erger kunnen zijn. Dus als je niet wilt praten...'

'Hoe bedoel je "erger"?'

'Tara Sly.'

'Wie?'

'Schattig blond vrouwtje.'

'Daar zijn er heel veel van,' zei Lori Lennox.

'Maar nu eentje minder.' Hij liet zijn kaartje zien. Tikte met een vinger op het woord *Moordzaken*.

Ze hapte naar adem. Deed een derde poging om te glimlachen, brak die halverwege af en deed een stap achteruit om ons binnen te laten.

Het huis was neutraal ingericht, licht, keurig schoon. Glazen tafelbladen glansden, dikke kussens op de bank, uitbundige bossen verse bloemen puilden uit vazen, posters die getuigden van een slechte smaak, hingen op strategische plaatsen aan de wanden. Het tuintje aan de andere kant van een schuifpui stond veel te vol, maar het groen tierde welig.

Lori zei: 'Ik zal haar halen.' Even later kwam ze terug in een wijde beige blouse, een verbleekte spijkerbroek en op platte sandalen. Ze had haar haar losgemaakt en droeg een paar grote oorringen. Divana Layne, geboren Madeleine Ann Gibson, sjokte achter haar de kamer in, gekleed in een grijs *Power Gym*-sweatshirt en een zwarte yogabroek.

Ze had geen strafblad voor prostitutie, maar amper volwassen was ze tot drie keer toe betrapt op winkeldiefstal, en ze was uiteindelijk in hetzelfde groepshuis beland als Lori.

Milo zei: 'Dag dames. Ga alsjeblieft zitten.'

'Het is goed,' zei Divana. Er was geen aanleiding om te lachen, maar ze lachte niettemin. Hetzelfde diepe keelgeluid dat ik bij het zwembad had opgevangen.

Milo zei: 'Ga toch maar zitten. Dan hoef ik niet zo omhoog te kijken.'

De vrouwen keken elkaar aan. Gingen op het randje van met blauw velours beklede stoelen zitten en kruisten de enkels zedig.

Milo zei: 'En, wie begint er?'

'Begint er met wat?' zei Divana.

'De sage van Phil en Frank.'

Lori zei: 'We zijn vrienden, meer niet.'

'Zwemvrienden,' zei Milo.

'Is het illegaal?'

'Is wat illegaal?'

'Getrouwde mannen,' zei Divana. 'Als je dat denkt, moet je in Arabië gaan wonen of zo.'

Lori zei: 'Het is een prima deal. Maakt iedereen gelukkig.'

'Zesentwintigduizend per jaar houdt jullie gelukkig.'

Divana draaide aan een ring rond een vinger. Klein steentje, misschien wel echt.

Ze zei: 'We houden de boel vredig, jullie zouden ons dankbaar moeten zijn.'

'De boel vredig houden en de huur op tijd betalen,' zei Milo. 'Al betekent tweeënvijftigduizend nu ook weer niet zoveel voor jongens als Phil en Frank.'

Beide vrouwen gingen rechtop zitten.

Divana zei: 'Waarom zijn jullie hier?'

'Steven Muhrmann.'

Lege blikken in de ogen.

'En natuurlijk Tara Sly.'

Divana trok haar neus op. Onbegrip.

Lori zei: 'Wie zijn dat? Je praat in raadsels.'

'Misschien kennen jullie Tara bij haar echte naam. Tiara Grundy.'

Divana giechelde. Lori keek haar aan.

Milo zei: 'Zei ik iets grappigs?'

Divana zei: 'Grundy klinkt als een oud dametje. Uit een film of zo.'

'Helaas, Divana. Ze zal nooit oud worden.'

'Jammer,' zei Divana. 'Wat heeft dat met ons te maken?'

Milo liet hun de SukRose-foto van Tara in bikini zien.

Divana's zelfgenoegzaamheid smolt weg. Lori zei: 'O, o mijn god.'

Divana zei: 'Dat is krankzinnig, ik moet wat drinken. Iemand anders ook iets?'

'Coke Zero,' zei Lori.

'Nee, dank je,' zei Milo.

'Ik voel me niet goed,' zei Lori. 'Ik word gek.'

Een halve bloody mary later likte Divana baksteenkleurig gruis van haar lippen. 'Jaah, we weten wie zij is. Ze is het vriendinnetje van hun vader. Nou en?'

'Jullie hebben haar ontmoet?'

'Nee, ze hebben ons over haar verteld.' Ze aarzelde. 'Ze hebben haar foto laten zien.'

'In welke context?'

'Wat bedoel je?'

'Hoe kwam ze ter sprake?'

'Hmm?' zei Divana. 'Volgens mij was het bij Cabo... Nee, bij Sedona. Toch? Jaah, Sedona. Toch, Lori?'

Lori trok haar benen onder zich, in kleermakerszit, tikte op een sandaal. 'Ik denk het,' zei ze. Ze frunnikte aan een oorring. 'Ja, zeker weten Sedona.'

Ik zei: 'Een van jullie tripjes met Phil en Frank.'

Ze knikten.

'Doen jullie dat vaak?'

'Lang niet vaak genoeg, dat kan ik je wel vertellen,' zei Divana.

'Hun agenda's,' zei Lori.

'Gelukkig hebben ze geen kinderen,' zei Divana. 'Alleen werk.'

'En vrouwen.'

Ik zei: 'Kinderen zijn handenbindertjes.'

'Dat zeggen ze.'

'Phil en Frank?'

'Nee, vrienden van ons die kinderen hebben.'

'Maar ondanks de vrouwen lukt het de broers om tijd vrij te maken.'

'De broers,' zei Divana met een scheef lachje. Alsof ze het nog nooit van die kant had bekeken. 'Het zijn brave kleine jongetjes.'

'Hoe kwam het onderwerp van hun vaders vriendin zo ter sprake?'

'Hmm... We lagen in bed, zeg maar. Toch, Lori?'

'Waarschijnlijk.'

'We liggen heel veel in bed,' zei Divana. 'Roomservice, champagne, pay-per-view, wat wil je nog meer? Die dag gingen zij naar een paar rode rotsen kijken. Frankie en Philly, wij niet. We zeiden: doe maar, jongens, wij blijven hier met meneer Moët en meneer Chandon.'

Ik zei: 'Maar op een gegeven moment lagen jullie allemaal in bed en toen kwam het liefdesleven van Markham Suss ter sprake.'

'Liefdesleven?' zei Divana. 'Meer zijn seksleven. Ze zeiden dat het een grote dekhengst was, daar hadden zij het van.'

'Trots op hun afstamming.'

'Huh?'

'Ze vonden het een fijn idee dat ze op hun vader leken.'

'Jaah, precies. En toen zei een van hen, ik weet niet meer of het Philly of Frankie was, die zei hé, je raadt nooit, de ouwe heeft iets met een stuk dat hij online heeft opgeduikeld, terwijl hij nooit iets met computers wou. Dat vonden ze grappig.'

'En dat wisten ze, omdat...'

'Dat weet ik niet,' zei Divana. 'Misschien had hij het hun verteld.'

Lori zei: 'Misschien was hij er trots op en heeft hij het hun daarom verteld.'

'Op zijn leeftijd, Lore? Waarschijnlijk was hij supertrots. Waarschijnlijk viagra, maar toch.'

'Wat ik niet leuk vond,' zei Lori, 'was dat ze er zo druk over deden dat ze jong was.'

'Tiara.'

Ze knikte. 'Zij zo van: "Ze is vers, geen rimpeltje." Ik zei: ga maar door zo, jongens, dan krijg je zo een flinke trap in je je-weet-wel.'

'Dat vonden ze mooi als we dat soort dingen zeiden,' zei Divana.

Ik zei: 'Onderdanig.'

'Niet echt, ze willen graag dat wij karakter laten zien.'

'Zo zeggen ze dat. Karakter.'

'Dus ze waren ervan onder de indruk hoe jong Tiara was.'

Lori zei: 'Philly begon, want ik kan me herinneren dat ik die keer met Frankie was en dat zij met Philly was, en dat Frankie begon te lachen toen Philly dat had gezegd, en dat hij me hard raakte met zijn kin en dat ik kwaad werd en hem bijna van me af had geduwd.'

'Die keer was jij met Frankie,' zei ik. 'Andere keren was je met Philly?'

Beide vrouwen keken omlaag.

'Jullie hebben niet allerlei regeltjes, het is allemaal relaxed.'

Divana staarde mij aan. 'Het is niet illegaal, oké?'

'Absoluut.'

'Bekijk het maar als een club. Fun Club, exclusief lidmaatschap.'

Ik zei: 'Misschien is dit een stomme vraag, maar weten hun vrouwen ervan?'

'Misschien wel,' zei Lori.

'Ik denk het wel,' zei Divana. 'Misschien.'

Ik zei: 'Echt.'

'Ze doen niet overdreven voorzichtig. Ze gebruiken overal

creditcards voor en ze zijn zeg maar vaak van huis.'

'Met ons,' zei Lori. 'Twee maanden geleden zijn we naar Jackson Hole geweest, heteluchtballonnen, een privéballon. Het was prachtig.'

'Het Four Seasons ook,' zei Divana. 'Die open haard. Lekkere chocola.'

Ik zei: 'Wat vonden Frankie en Philly echt van Tiara?'

'Dat zeiden we net,' klaagde Lori. 'Ze vonden het fijn dat hij plezier had. Dat vonden ze grappig. Ze hadden er geen last van.'

'Ze waren niet jaloers?'

'Helemaal niet.'

'Ook niet vanwege geld dat hun vader haar gaf dat zij nooit meer zouden krijgen?'

'Geld interesseert ze niet,' zei Lori.

'Ze hebben massa's geld,' zei Divana. 'Het enige wat ze interesseert is je-weet-wel.'

'Ze hebben nooit iets negatiefs over Tiara gezegd?'

'Zo zijn ze niet, ze zijn gelukkig. Als kleine jongetjes.'

'Jongetjes,' echode Lori.

Milo vertelde wanneer de moord was gepleegd. 'Heeft een van jullie enig idee wat Phil en Frank op dat moment deden?'

Lori zei: 'Kom op, zeg, je denkt toch niet echt dat ze zoiets verschrikkelijks zouden doen?'

'Als wij kunnen vaststellen dat ze de gelegenheid hebben gehad, gaan we achter ze aan en dan komen jullie ook in beeld.'

'Wat hebben wij gedaan?' vroeg Divana.

'Omgang met foute vrienden.'

'Jíj bent fout. Zo zijn zij niet.'

Hij herhaalde het tijdstip van de moord. 'Kunnen jullie instaan voor waar ze op dat moment waren?'

Lori schudde haar hoofd. 'Maar dat zegt niets.'

Ik zei: 'Het klinkt echt als een fun club.'

'We proberen alleen wat plezier te maken, wat zij met hun vrouwen doen is hun probleem.'

'Of niet doen,' zei Lori giechelend.

'Over Tara Sly,' zei ik. 'Wat hebben ze jullie nog meer verteld?'

'Alleen dat.'

'De vriendin van hun vader.'

'Jep.'

'Ze hadden er geen moeite mee.'

'Helemaal niet.'

Lori zei: 'Wie heeft haar vermoord?'

'Daar proberen we achter te komen.'

'Hoe is het gebeurd?'

'Ze hebben haar gezicht opgeblazen.'

Divana zei: 'Met dynamiet of zo?'

'Met wapens.'

'O, nee, hè?' zei Lori.

'Iegh,' zei Divana. Er klonk meer spanning door in haar stem. Maar ze was de eerste die zich hervond. 'Waarom doet iemand zoiets?'

'Als we dat weten, pakken we ze. Als je goed hebt geluisterd, heb je gehoord dat ik "wapens" zei. Meervoud.'

Lori zei: 'Ze is door twee mannen vermoord?'

'Daar lijkt het op.'

Divana's ogen puilden uit. 'Dat moet een grapje zijn. Nee, onmogelijk.' Ze kronkelde in haar stoel. Kruiste haar enkels omgekeerd. 'Eigenlijk,' mompelde ze.

Lori boog zich naar haar toe.

Divana zuchtte diep. Haar borstkas zwol op. Schudde twee keer haar bos haar.

'Divvy?' zei Lori.

'Het is niet belangrijk, Lore.'

'Wat?'

Milo zei: 'Jij weet waar ze die nacht waren, Divana.'

Ze knikte.

'Wat, Div?'

'Ik weet het, oké?'

'Dat was die avond toen je zei dat je naar je moeder moest.'

Divana glimlachte slapjes.

Lori's mond viel open. 'Jij... O, wow, dat geloof ik niet.'

'Het is niet mijn schuld, Lore. Zij belden.'

'Ik was hier.'

Divana zei: 'Ik weet het, maar...'

'Wat, maar?'

'Het was... zij, Lore, niet ik...'

'Ik was gewoon hier!

'Het spijt me, oké? Dat wilden ze niet, oké?'

'Ze wilden mij niet?' Lori klemde beide handen om haar buik.

'Zo was het niet, Lore. Het ging niet om jou, het was... Ze wilden een keer wat anders, oké? Het is niet belangrijk, ze houden nog steeds van je, denk eens aan al die keren sinds toen... Het was maar één keer, oké? Oké?'

Lori's kaken maalden.

Divana probeerde Lori's hand te pakken. Lori rukte haar hand weg.

'Het is niet míjn schuld, Lori. Dat wilden zij, zíj vroegen erom. Heel specifiek, zeg maar.'

'Alleen jij, hè. Dat zeiden ze? Of heb jij het voorgesteld?'

'Waarom zou ik dat doen, het zou juist meer... Zij wilden dat proberen, oké? Een keer iets anders. Het. Is. Niet. Belangrijk.'

Lori smeet haar glas cola door de kamer. Het viel op een kleedje, maakte een bruine vlek en bleef liggen. 'Ik kan dit verdomme niet geloven.'

'Het is niet belangrijk, Lore.'

'Misschien niet voor een vuile hoer.'

'Ik een hoer? Van jou moest ik kijken toen je...'

'Dat is wat ánders! Je was erbij, dat was allemaal eerlijk. Wat jij hebt gedaan, was... was... achterbaks!'

Divana sloeg haar armen over elkaar. 'Zo zie ik het niet.'

'Verdomme, nee, dat is duidelijk!'

'Oké, het spíjt me. Oké?'

'Het is helemaal niet oké.' Lori verdween stampvoetend uit de kamer.

Divana richtte de blik op ons. 'Kijk nou eens wat jullie hebben gedaan.'

Milo zei: 'Kun je bewijzen dat je die nacht bij Philip en Franklin Suss was?'

'Waarom zou ik dat verzinnen? Om ruzie te krijgen met Lori? Natuurlijk kan ik dat bewijzen. We hebben om een uur of acht ingecheckt bij het Beverly Hilton, naar een pornofilm gekeken en toen nog een. Toen... en daarna roomservice. We zijn pas de volgende ochtend vroeg vertrokken. Ik kon niet vroeg naar huis omdat Lori dacht dat ik bij mijn moeder was en die woont in Oxnard en dan blijf ik altijd tot de volgende ochtend. Frankie ging als eerste weg, hij moest werken, een of andere procedure, een laser of zo, hij trok zijn doktersspullen aan, een witte jas en zo, en Phil maakte nog een grapje dat ik dan de patiënt kon spelen. Frankie lachte en zei dat dat veel leuker zou zijn dan het wegbranden van de levervlekken van een oud wijf. We waren met zijn drieën met de auto van Phil, dus toen zijn we vertrokken en hebben we Frankie naar zijn praktijk gebracht. Dat was nog vroeg, halfacht of zo. We hadden de kamer tot elf uur, dus toen zijn Phil en ik... Dat is niet belangrijk.'

Ik zei: 'Jij en Phil zijn weer teruggegaan om een tijdje met zijn tweeën te zijn.'

'Maakt niet uit. Het belangrijkste is dat ze bij mij waren.'

'De hele nacht is geen van beiden weggeweest.'

Divana grinnikte. 'Geloof me maar, ze waren bij mij. Ze waren er helemaal.'

Lori kwam niet meer terug en Divana bleef zitten waar ze zat. Ze bestudeerde haar nagels toen we de deur achter ons dichttrokken.

Toen we weer in de auto zaten, belde Milo het Hilton en kreeg bevestigd dat er een kamer was betaald met de platina creditcard van Philip Suss. Uit het logboek van de elektronische sleutel bleek dat niemand de kamer had verlaten tot halfacht de volgende ochtend, en dat de kamer een halfuur later weer was betrokken.

Ik zei: 'Dat is nog eens een ondubbelzinnig alibi.'

Milo's grijns was breder dan die van Divana. 'Driedubbelzinnig.'

'Ik wil wedden dat ze daar meer lol hebben gehad dan jij downtown.'

'De dood zelve moet aangenamer zijn dan die vergadering. Dat was het nirwana.'

We deden een high five.

'Broer.'

'Broer!'

Onze volgende stop lag een kwartiertje naar het oosten over de 101 naar Noord-Hollywood.

De oude man woonde in een oudroze bungalow aan de zuidkant van Victory Boulevard. Het vriendelijkste huisje in de wijde omtrek. Toen we arriveerden, was hij een reusachtige paradijsvogelstruik aan het snoeien, die het vrijwel onmogelijk maakte om door het raam naar buiten te kijken. Door een van nature iets gebogen rug was hij klein van postuur, zodat hij een krukje nodig had om tot halverwege de struik te reiken.

Ik vermoed dat hij een soort steiger had gehad om de bar van het Fauborg te kunnen doen. In al die jaren had ik daar nooit bij stilgestaan.

Toen hij ons zag, legde hij de snoeischaar weg.

'Kan ik u helpen?'

Een Duits accent. Ik had hem nog nooit iets horen zeggen. Gustave.

Ik had zijn achternaam opgeduikeld in een artikel over de beste barkeepers van L.A.

Milo zei: 'Meneer Westfeldt, wij kunnen wel een beetje hulp gebruiken.'

De oude man luisterde naar het verzoek. 'Natuurlijk, geen probleem.'

36

Kleren maken de man.

Voor deze klus betekende dat mijn beste pak, een zwart pak van Zegna dat ik ooit in de uitverkoop had gekocht, een geel shirt met een tabkraag en Franse manchetten, een stropdas in zwart en goud die ik bij diezelfde uitverkoop had gekocht en Italiaanse instappers, die ik zo weinig had gedragen dat de zolen nog glansden.

Mijn ene hand vrij. De andere om het handvat geklemd van een verchroomde aktetas met roestvrijstalen gespen.

'Heel erg James Bond,' zei Robin. 'Zit de tank van de Aston vol?'

'Met kerosine.'

'Probeer de schietstoel met rust te laten.'

Ze liep met me mee naar de Seville, tikte tegen de oude in Detroit vervaardigde flank en zei: 'Dan moet het hier maar mee.'

'Dan is er nog iets om van te dromen,' zei ik. 'Vroem, vroem, vroem.'

Het bronzen voetgangershek van het landhuis was gesloten. Toen ik op de bel had gedrukt, begon de camera van het bewakingssysteem te draaien. Even later ging de voordeur op een kier open en werd ik bespioneerd door het Slavische dienstmeisje Magda.

Manfred de kat zat aan haar voeten, een eigenwijs pluizig bolletje.

Ik glimlachte en wuifde.

Ze duwde de deur helemaal open en kwam naar buiten. De kat bleef zitten. 'Ja?'

'Dr. Delaware voor mevrouw Suss.'

'Dokter?'

'Dr. Alex Delaware.' Ik keek op mijn horloge. Druk, druk, druk.

Ze bestudeerde me aandachtig. 'U was hier eerder.'

'Zeker.'

Ze fronste haar voorhoofd.

Ik liet haar mijn visitekaartje van de universiteit zien. De eerbiedwaardige faculteit aan de andere kant van de stad laat heel fraaie kaartjes drukken met een indrukwekkend goudkleurig logo. Mijn aanstelling voor zowel kindergeneeskunde als psychologie.

Een bijzondere leerstoel, ha, ha. Een paar colleges per jaar, geen honorarium, maar wel de titel. Iedereen blij.

Magda zei: 'Weet mevrouw dat u komt?'

'Nou en of.' Ik tilde de verchroomde aktetas op.

'Mevrouw ziek?'

'Gewoon controle.' In zekere zin was dat ook zo.

Ik stak het kaartje weer weg. 'Ik heb eigenlijk een beetje haast.'

Er gaat niets boven een keurig pak. Ze maakte het hek open.

Eenmaal binnen leek Magda niet goed te weten wat ze met me aan moest. Ik liet haar delibererend achter in de hal en begaf me naar dezelfde Delfts blauwe salon waar we eerder waren geweest. Ik nam plaats op dezelfde donzige sofa, zette mijn verchroomde aktetas naast me op de grond, maakte de gespen los, maar deed de klep niet open. Ik sloeg mijn ene been over het andere, leunde achteruit en genoot van de schilderijen en het prachtige uitzicht over de tuin.

Magda kwam geheel ontdaan binnen.

'Ga haar maar halen,' zei ik.

'Dokter?'

'Delaware.'

'Ze slaapt.'

Ik zei met stalen stem: 'Dan moet ze wakker worden.'

Leona Suss kwam als een snelwandelaar het vertrek ingestormd in een nauwsluitend zachtpaars joggingpak, op schoenen die bezaaid waren met namaakdiamanten, en met make-up op volle oorlogssterkte. Haar bleke vingers omklemden een mobiele telefoon in dezelfde kleur als het joggingpak.

Lichtbruine ogen zochten de mijne. De lavendelkleur van de vorige keer moest worden toegeschreven aan contactlenzen.

Valse wimpers knipperden als rondfladderende motten.

'Morgen, Leona,' zei ik.

'Wat denk je wel dat je hier doet. Je moet onmiddellijk vertrekken.'

Ik vouwde mijn handen achter mijn hoofd.

'Heb je gehoord wat ik zei?'

Ik sloeg de klep van mijn tas open, haalde er een kleine zwarte laptop uit en zette die naast me.

'Ik dacht dat je van de politie was.'

'Nee.'

Ze zei: 'Goed, het interesseert me niet wie je bent, ik bel de politie van Beverly Hills.'

Ze begon een nummer in te toetsen op de zachtpaarse telefoon.

Ik zei: 'Ga je gang, Olna.'

Haar vingers hielden op met bewegen. Haar kin schoot naar voren als een springmes. Ze liet de telefoon zakken. 'Wat wil je?'

'Herinneringen ophalen.'

'Waarover?'

'Het oude Hollywood,' zei ik. 'Het hele oude Hollywood.'

Ze kromp in elkaar alsof ik haar had geslagen. 'Niet zo grof.'

'Ik bedoelde jou niet,' zei ik. 'Ik houd gewoon van oude films.'

Ik opende de klep van de laptop en bood haar zicht op het scherm.

Ik haalde een muis uit de tas die ik op de opengeslagen klep zette.

Klik.

Op het scherm verscheen een titelrol. Hardgroene letters op een zwarte achtergrond. De titel van een film.

Guns of Justice.

Leona Suss zei: 'Ik wil dat je onmiddellijk mijn huis verlaat.'

Maar ze deed geen moeite om die wens kracht bij te zetten.

Ik zei: 'Geniet eens even, kom op, ga er eens lekker voor zitten.'

Ze bleef staan. 'Je krijgt precies één minuut, dan bel ik míjn politie.'

Klik.

Een close-up van een schoonheid met bruin haar, gekleed in de onwaarschijnlijke interpretatie van cowboykleren die opgeld deed in Hollywood. Geweer in de hand, een laatdunkende grijns om de mond. 'Eindstation, Goldie.'

Cameraswitch naar keurig verzorgde vinger om de trekker.

Bombastische muziek.

Een shot van verder weg met de brunette voor een blokhut. Een overduidelijk vaag geschilderd decor van bergen op de achtergrond.

Nieuw shot: twee personen, van achteren gefilmd, tegenover de vrouw met het geweer.

Switch naar een shot vanuit het standpunt van de brunette met het geweer. Tegenover haar een blonde vrouw met een fris gezicht en ernaast een even knappe jongeman met een witte stetson op.

Hij zei: 'Niet doen, Hattie.'

De brunette sneerde: 'Je laatste adem, Rowdy.'

Ze zette het geweer aan haar schouder.

De blonde gilde.

Stetson trok vliegensvlug een revolver en schoot.

Een vuurrode bloesem ontvouwde zich op de linkerborst van de brunette. Een cardiochirurg had het ze niet verbeterd.

Ze keek omlaag naar de zich uitbreidende vlek. Er verscheen een vreemd charmante glimlach om haar mond. Haar vingers ontspanden zich.

Ze liet het geweer vallen.

Het viel op de grond.

Close-up van het stervende gezicht. Gemompel.

'Wat zeg je, Hattie?'

'Rowdy... Ik heb... altijd... van je gehouden.'

De blonde zei: 'Volgens mij is ze al dood.'

Stetson zei: 'Maar jij bent er nog wel.'

Lange, veelzeggende blikken. Een nog langere kus.

Een fade-out naar een zwart beeld.

Leona Suss zei: 'En de Oscar gaat naar...'

Ik zei: 'Het heeft wel iets charmants.'

'Het is troep, dat heb ik je de eerste keer al verteld. En nu, eruit!'

Ik drukte op de muisknop.

Een tweede titelpagina.

Passion on the Pecos.

Zelfde jonge vrouw met bruin haar, ander wapen.

Bam.

Een man viel uit een boom.

Bam.

Een man viel van het dak van een saloon.

Bam.

Een man kwam rennend achter een kruiwagen vandaan, schoot. Het fluiten van een afketsende kogel.

De jonge vrouw schoot hem ondersteboven.

Het interieur van de saloon. Een grijsaard zette een whisky-glas voor haar neer. 'Waar heb jij zo leren schieten, miss Polly?'

Gezeten achter de tafel van de saloon, draaide de brunette rondjes met de loop van haar revolver, blies ze de rook weg. Likte langs haar lippen. 'Aw, Chappie, stelt niks voor.'

'Daar ben ik het niet mee eens. Wie heeft je dat geleerd?'

Zacht, vrouwelijk giecheltje. 'Je moet je als meisje toch een beetje kunnen beschermen.'

Camerashot van heen en weer zwaaiende saloondeurtjes. Man met een witte stetson en een veel te grote penning op zijn op maat gesneden vest.

De jonge vrouw sneerde: 'Jij!'

'Leg die revolver neer en kom zonder tegenwerken...'

Bam.

Fade-out naar zwart.

Leona Suss zei: 'Je krijgt mijn handtekening en dan is het afgelopen.'

Klik.

'Genoeg!' schreeuwde ze.

Ik zette het beeld stil.

De kat trippelde de salon in.

'Manfred,' zei ze, 'deze idioot verveelt me, krab zijn ogen uit.'

Manfred ging zitten.

Ik zei: 'Heeft hij in het asiel een gelofte afgelegd om zich te onthouden van wreedheden?'

'O, hou je kop!'

'Wat dacht u van "Hou je kop, stuk tuig"? Dat vond ik een van uw mooiste. Eigenlijk heb ik die hier.'

Klik.

'Je verveelt me!'

'Deze is anders,' zei ik.

En dat was ook zo.

37

Geen bewegende beelden. Tekst.
  Ik las het voor.

www.iluvnoirflix.com

Death Is My Shadow (1963)
Met Olna Fremont als Mona Gerome
Stuart Bretton als Hal Casey
En een heel assortiment sullen en snollen, schurken en ploerten
die je zo weer kunt vergeten

Dit is een van die moeilijk te vinden obscure schatten die zonder
meer de moeite waard zijn, zelfs als je er een videorecorder voor
moet gebruiken (probeer het eens op de pagina's met
heruitgaven van blackdeath.net, mollheaven.com of
entrywound.net).
Niet alleen is het een budget-*noir* meesterwerk dat minstens
tien jaar te laat is uitgebracht, *Death Is My Shadow* is ook de
zwanenzang van Olna Fremont met het ebbenhoutkleurige
haar, de koningin van de slechte meisjes in goedkope westerns.
De film biedt een glimp van hoe de carrière van de Dame van
het Kwaad had kunnen lopen als ze twintig jaar later was
geboren. Daarnaast is het de enige niet-western waarin Olna
ooit een rol heeft gespeeld, en dat vinden we eeuwig zonde.
Ik bedoel, stel het je eens voor, de sensualiteit van Olna's van
feromonen druipende Cruella de Vil, gepaard, eh, aan het
onwaarschijnlijke talent de liefde te bedrijven met de Goden
van Destructie, en dan in de handen van een Tarantino of
Scorcese.
Hot.

En dan hebben we het over benen. En lood.

De plot van deze film moet je niet willen navertellen, vermeldenswaard is alleen dat Olna de rol van psychopaat nooit beter heeft gespeeld, dat ze als een sexy kameleon het ene bondgenootschap moeiteloos inruilt voor het andere en dat ze in het voorspel voldoende vuurwapens hanteert om een lokale afdeling van de National Rifle Association eendrachtig te laten klaarkomen. De climax, en die term gebruiken we bijna letterlijk, is een explosie van hete... kogels, die het publiek uitgeput achterlaat.

Helaas blijft Olna voorgoed uitgeput achter. Zoals gewoonlijk. Want in het zelfgenoegzame moralistische spel dat Hollywood nu eenmaal altijd speelt, mogen de slechte meisjes nu eenmaal niet winnen.

Maar Olna gaat pas ten onder nadat ze de onvermijdelijk houterige Stu Bretton, van wie je niet begrijpt dat die een rol mag spelen, van zijn in brogues gestoken voeten heeft geblazen. Om maar te zwijgen over een heel peloton andere slijmerige onderkruipsels met uitpuilende ogen, rechtstreeks afkomstig uit vierderangs scenario's.

Olna's hongerige, vochtige lippen, puntige borsten en buitensporige, masturbatie-achtige omgang met vuurwapens (we zijn vooral onder de indruk van de scène waarin ze haar pistool kust) alleen al zijn de prijs van het kaartje waard. Shit, gewoon de onbewogen kop zien van Bretton als hij echt dood is, rechtvaardigt al de zesentachtig bloederige, debiele minuten die je zult moeten doorbrengen met dit onbedoelde, maar daarom niet minder geslaagde meesterwerk van zanderigheid, viezigheid en kartonnen personages.

Het negatieve toppunt van artistieke waar voor je geld.

Vijf Roscoe's.

Ik zei: 'Iedereen is een criticus.'

Leona Suss richtte haar mobiele telefoon op me en zei geluidloos: 'Boem.'

Ze schuifelde dichterbij, leek mijn kruin te bestuderen. Ging soepel en geruisloos op de sofa zitten, slechts centimeters van me verwijderd. Ze sperde haar neusgaten open, maakte haar haar los met haar vingers en verspreidde de geur van Chanel. Tegen de zeventig, prachtig, leeftijdloos.

'Jij bent een schatje,' spinde ze, terwijl haar vingers door mijn haar kroelden. Toen ze haar hand terugtrok, gaf ze even een venijnig, pijnlijk rukje aan een plukje haar. 'Ik snap het nog steeds niet, ben jij nu van de politie of ben je echt een dokter?'

'Betrouwbare psycholoog,' zei ik. Ik somde het nummer op van de vergunning om mijn beroep uit te oefenen.

'Psycholoog bij de politie?'

'Ik werk geregeld met hen samen, maar ik sta niet op de loonlijst.'

'Wat betekent "geregeld"?'

'Ingewikkelde zaken.'

Ze gniffelde. 'Iemand denkt dat ik gek ben.'

'Eerder fascinerend. En daar ben ik het mee eens.'

Ze sloot haar ogen en liet zich achterovervallen in donzen kussens. 'Dus je staat niet op hun loonlijst.'

'Daar gaat het om,' zei ik.

'En wat doe je dan precies voor ze?'

'Ik verschaf hun diepgravend psychologisch inzicht.'

'En wat is je inzicht in mij?'

'Dat we het op een speelse manier kunnen oplossen.'

Ze floot zachtjes. 'Ben jij een speels mannetje?'

Ik zei: 'Soms.'

Ze deed één oog open. Haar rechterwijsvinger volgde de contouren van een ring aan haar linkerhand. Een rond geslepen diamant, gigantisch, wit, fonkelend.

'Aardig.'

'Kleurloos en foutloos,' zei ze. 'Ik vind dat hij erg goed is geslepen, vind je ook niet?'

Ze pakte mijn hand en legde die op de steen. Haar huid was koel, zacht. Ze had een of andere camouflage gebruikt om zonnevlekken te maskeren en de vlekken leken als waterlelies in een diep vat met melk te zweven.

Ik zei: 'Ik vind dat alles aan jou heel aardig functioneert.'

Ze trok zich terug. 'Jochie, ik heb de praatjes aangehoord van de allerbesten. Begin er maar niet eens aan, zou ik zeggen.'

'Ah, jeetje,' zei ik.

Ik keerde de laptop in haar richting.

Ze zei: 'Als je een spelletje wilt spelen, moet je het zeggen. Als je hier alleen bent gekomen om mij de troep te laten zien die ik heb gemaakt toen ik te jong en te stom was om beter te weten, dan maak ik nu een einde aan dit gezellige gesprek.'

Ze sprong op. 'Eigenlijk, als je niet onmiddellijk van je luie reet komt, ga ik naar mijn kamer en haal ik mijn Glock. Je weet vast wel wat dat is, als schoothondje van de politie.'

'Licht van gewicht en prima constructie,' zei ik. 'Een 19?'

'Een 22, en ik weet hoe je ermee omgaat. Misschien kunnen de meeste vrouwen jou niet weerstaan, het is je heel aardig gelukt om net te doen of je er netjes uitziet, wat is dat, Brioni? Nee, Zegna, ik herken de naad, Mark kocht ze als snoepgoed. Maar voor mij ben je een schooier en dat zal mijn politie ook vinden als ik ze in tranen vertel hoe je je een weg hebt weten te wurmen langs mijn achterlijke dienstmeid en mij daarna hebt belaagd.'

Ik zei: 'Dat klinkt als het script van een van je films. En dat geldt ook voor die leuke oneliner of er iemand was die dacht jij gek was. Dat probeerde Mona toch in *Death Is My Shadow*? Zich voordoen alsof ze gek was, zodat niemand aan voorbedachten rade zou denken?

'Waardeloze kutfilm,' zei ze. 'Die recensie was veel te vriendelijk.'

'Ik denk dat je te hard over jezelf oordeelt.'

Klik.

Ze zei: 'O, jezus, jij bent echt een idioot.'

Maar ze verroerde zich niet, de ogen aan het scherm gekluisterd.

Eens een actrice.

De tekst maakte plaats voor een diashow.

Leona als Olna in een witte jurk. Het mooie gezicht van het kwaad, gehuld in een bijpassende sjaal. Gracieuze vingers rond de steel van een glas martini.

Een olijf en een zilveruitje dobberend in een kristallijnen bad. Olna in dezelfde outfit met een oversized zonnebril.

Olna met blote schouders onder een verleidelijk gedrapeerde sprei, die een sigaret rookt in een ivoren pijpje. Tussen glanzende, iets van elkaar wijkende lippen nauwelijks waarneembare tanden. Oogleden onder zware wimpers, half geloken in postcoïtale loomheid.

Naast haar de 'onvermijdelijk houterige' Stu Bretton die omhoog in het niets ligt te staren. Armen met opgepompte spierballen. Hoekig, knap, uitdrukkingloos gezicht onder golvende manen.

Olna richt een pistool.

Close-up van het wapen: een dubbelloops pistool. Twee lopen naast elkaar. Een plomp, naargeestig wapen, de lopen amper uitstekend buiten haar gehandschoende handen.

Close-up van Stu Brettons gezicht. De karikatuur van verrassing.

Close-up van de klerenkast Stu Bretton op zijn buik op het bed, een bloederig gat tussen de schouderbladen.

Close-up van Olna Fremonts gezicht. Verbazing.

Teleopnamen van politieagenten, in uniform en civiele kleding, gewapend.

Olna. Prachtig, vredig. De kogelwond midden in haar gladde, witte voorhoofd als de punt achter een allerlaatste opname.

Ik zei: 'Het leven bootst de kunst maar tot op zekere hoogte na. Jij mocht tenminste je gezicht houden.'

Leona reikte naar de laptop.

Ik trok hem buiten haar bereik, maar zorgde ervoor dat ze de laatste scène die ze ooit had opgenomen, kon blijven zien.

Ze zei: 'Waarom haal ik mijn Glock niet?'

'Ik weet zeker dat je raak zou schieten als je hem zou ophalen. Waar heb je dat geleerd. In Kansas?'

Ze glimlachte. 'Het leven op het platteland is soms prachtig. En papa's houden wel van kleine meisjes die leergierig zijn. Wist je dat grondeekhoorns uit elkaar spatten als gehaktballetjes?' Ze stond op en kroelde weer in mijn haar. Gunde zich de tijd om er harder aan te trekken dan de vorige keer en mijn reactie af te wachten.

Toen ik mijn hand omhoog liet gaan om haar tegen te houden, trok ze haar hand terug, maakte een gebaar alsof ze zich als een geisha met een waaier koelte toewuifde en sloeg me in het gezicht.

Ze glimlachte alsof ze zojuist een uitzonderlijk goed geslaagde scène had gespeeld en zweefde naar de deur. 'Tenzij je levensmoe bent, ben je vertrokken als ik terugkom.'

Ik zei: 'Tenzij jij levensmoe bent, houd je op met goedkoop toneelspelen en let je even goed op.'

Ze kwam naar me toe, de vuisten geheven, klaar om te slaan.

'Geen goed idee, Leona. Het gezin is de hoeksteen van de samenleving.'

Ze bleef vlak voor me stilstaan, maar hield haar vuisten geheven. 'En wat heeft dat verdomme te betekenen?'

'Dat betekent dat je in ieder geval iets goed hebt gedaan. Met die jongens van jou gaat het geweldig. Het zou jammer zijn als dat veranderde.'

Eerst zakte de ene arm, toen de andere. Ze staarde rond in haar schatkamer.

Ze ging weer zitten.

38

Een tijdlang zei ik niets. Gaf ik haar gedachten de gelegenheid haar te overmeesteren.

Wat er dan ook door haar hoofd mocht gaan, ze kreeg er een waas van voor de ogen. Ze zat als in trance. Even was ik bang voor dissociatie. Ze schudde het van zich af. 'Als je iets wilt zeggen, moet je het nu doen.'

'Er is één ding waarover we het eens kunnen zijn, Leona. Bij de politie zitten geen genieën. In feite zijn ze intellectueel vrij beperkt. Dus soms, als een zaak interessant begint te worden, ga ik er in mijn eentje op uit en kom ik achter dingen die hen ontgaan.' Ik haalde mijn schouders op. 'Soms leveren die ontdekkingen iets op.'

'Ah, onvermijdelijk,' zei ze. 'Je bent een hoer, maar dan wel een heel dure. Goed, ter zake: wat denk je te weten en hoeveel denk je daarvoor in je wildste fantasieën te kunnen krijgen.'

'Een hoer?' zei ik. 'Ik beschouw het liever als freelance onderzoek.'

'Je mag denken wat je wilt. Benen wijd, dan maken we het af.'

Ik liet haar nog een tijdje stoven. Toen de pezen in haar hals strak stonden, zei ik: 'Wat ik van deze zaak heb geleerd, is dat het leven inderdaad de kunst nabootst. Als je tenminste dat wat jij hebt gedaan, kunst zou willen noemen. De eerste keer dat we elkaar hebben ontmoet, vond ik je boeiend, dus toen heb ik het een en ander uitgezocht. Ik kwam te weten dat je vijf jaar geleden van een paard bent gevallen. Al die pijn en de verslavingsproblemen met de voorgeschreven medicijnen, dat heeft aan je gevreten.'

'Dat soort dingen gebeurt nu eenmaal. Daar moet je niet moeilijk over doen.'

Ik zei: 'Het is eigenlijk ironisch. Je maakt al die films, zit eindeloos op paarden en er gebeurt nooit iets. En dan val je van een twintig jaar oude knol bij een liefdadigheidstochtje in het maanlicht voor een hospice voor acteurs.'

'Geen goede daad,' zei ze. 'Nou en? Ik heb nu nergens meer last van.'

'Je hebt geprobeerd er op eigen kracht bovenop te komen, maar toen dat niet lukte, was je zo slim om je in te schrijven bij een kliniek. Awakenings in Pasadena, in de buurt van de renbaan. Je wist wat je nodig had, maar het zou een vernedering zijn om dat in het openbaar te doen, dus leende je de identiteit van Connie en betaalde je contant. Of misschien mag je Connie wel niet en kon je haar op die manier een aardige hak zetten. Hoe dan ook, het personeel bij Awakenings heeft jouw foto herkend. Ze denken met plezier aan je terug. Het enige wat ze op je aan te merken hadden, was je vriendenkeuze. Steven Muhrmann, een prototype van het luie uitschot dat ook L.A. bevolkt, twistziek, gespeend van enig vermogen tot inzicht en volstrekt niet gemotiveerd zijn leven te veranderen, want hij was daar op last van de rechtbank. Het personeel maakte zich zorgen dat hij jou zou corrumperen.'

Ik lachte. 'Dat was nog eens een klinische misser, hè? Stevie kon niet tippen aan jouw niveau en vanaf het moment dat jij en hij samen begonnen op te trekken, bepaalde jij de agenda. Maar uiteindelijk werd hij meer dan een speeltje. Toen jij hem jouw plannen vertelde voor Marks pensioen, zei hij: "Ik weet precies wie je nodig hebt."'

Ze zat uitdrukkingsloos op de sofa.

'En het meisje over wie Stevie het had, bleek perfect te zijn, Leona. Prachtig, gedwee, niet al te slim. Precies dat waar Mark altijd voor was gevallen. Ik heb me verbaasd over je motieven. Waarom zou een vrouw, zelfs een tolerante vrouw haar man aanmoedigen om op internet te gaan vissen naar een minnares? Terwijl Mark er altijd prima in was geslaagd zijn eigen snolletjes te vinden. Dat was iets wat je inspecteur Sturgis en mij vertelde zodra je de kans kreeg. We schatten jou in als iemand die er al heel lang onder leed. Maar dat was niet alles, Leona.'

Geen reactie.

Ik zei: 'Mijn eerste gedachte was logisch, maar fout. Een valkuil die hoort bij het beroep van psycholoog. Ik dacht dat als jij aannam dat Mark de bloemetjes buiten zette, dat je dan net zo goed kon proberen daar greep op te krijgen. Het ware Hollywood, iedereen wil regisseur zijn. En misschien kon je ook wel een beetje in de gaten houden hoeveel geld hij aan haar spendeerde als je erbij betrokken was.'

Alle leven was uit haar ogen verdwenen. Een spiertje in haar wang trok.

'Niemand wist beter op welke knopjes je bij Mark moest drukken. Vandaar *Cohiba*, *avontuur*, enzovoort, al die trefwoorden. Alle spelfouten en grammaticale fouten om er maar voor te zorgen dat het verhaal werkelijk de literaire topprestatie van het blonde snolletje leek. Want Mark wilde altijd domme blondjes, en jij had zijn verhaal al gelezen. Goh, Leona, het zou me niet verbazen als jij achter het toetsenbord zat met Mark naast je als de geile oude digibeet die hij nu eenmaal was. Je liet hem in de waan dat hij 'Mystery' had gevonden. Nadat je Stevie Muhrmann bij SukRose naar binnen had gesmokkeld, zodat hij de trefwoorden in Mystery's bestand kon planten. Elegant, Leona, maar hoe meer ik erover nadacht, hoe meer ik het gevoel kreeg dat je dan toch wel heel ver zou zijn gegaan, alleen om een beetje Hitchcock te spelen. En dan waren er nog de kosten om Tiara te installeren als Marks minnares. Ook al kon je dat in de gaten houden. Zelfs als Stevie daar een behoorlijk deel van incasseerde en een deel daarvan weer naar jou doorspeelde. Waarom om te beginnen Mark aanmoedigen? Er moest meer aan de hand zijn.'

Ze knipperde met haar ogen.

'Wil je horen wat ik toen bedacht, Leona? Het idee dat heel vruchtbaar bleek?'

Ze keerde zich met een ruk naar me toe. 'Moet ik jouw werk voor je doen, verachtelijke zwendelaar?'

Ik zei: 'Gustave Westfeldt.'

'Wie?'

Ik herhaalde de naam.

Ze gooide het hoofd in de nek en lachte. Stond op. 'Nu weet ik zeker dat je stront in je hoofd hebt in plaats van hersens. Verdwijn uit mijn huis!'

'Is er iets grappigs aan Gustave Westfeldt?'

'Wat zo grappig is, is dat ik nog nooit van hem heb gehoord en dat jij een eind uit je nek lult. Eruit!'

'Je kent hem wel, Leona.'

'Ik heb jou niet nodig om mij te vertellen wie ik...'

'Jawel, je hebt mij wel nodig,' zei ik. 'En je kunt maar beter goed luisteren.'

Ze maalde met haar kaken. Haar vingers klauwden in het velours.

'Je kent hem niet van naam, Leona, maar je kent hem wel. Ik was iets beter geïnformeerd, ik had het *Gustave*-gedeelte wel opgevangen, maar ik had geen idee van *Westfeldt*. Ondanks al die jaren van eersteklas plengoffers...'

'Waar heb je het in vredesnaam over?'

'Gustave Westfeldt,' herhaalde ik, alsof ik een godheid aanriep. 'Ouwe kerel, krullend wit haar en een klein snorretje.' Ik wachtte even. 'Bochel.'

De kleur trok weg uit haar gezicht.

Ik zei: 'De barkeeper van het Fauborg Hotel. Al drieëndertig jaar, blijkt het. We nemen nooit de tijd om al die mensen die ons bedienen te leren kennen. Maar ik ben veel over Gustave te weten gekomen. Hij is vierentachtig en blij met zijn pensioen. En scherp, mentaal. Hij heeft je naam nooit geweten. En die van Mark ook niet. Omdat jullie altijd aan een tafeltje gingen zitten, nooit aan de bar. Maar hij herinnert zich jullie gezichten maar al te goed. En wat jullie dronken. Sapphire martini voor jou, zonder ijs, olijf en zilveruitje. Met zilveruitje maar zonder olijf zou het een Gibson zijn geweest, maar jij wilde allebei. In *Death Is My Shadow* dronk je precies zo'n martini, kennelijk vind je het al een tijdje lekker. Ik moet zeggen dat Gustave het er niet mee eens was, hij vond dat iemand een salade moest bestellen als hij een salade wilde. Hij had er een eigen naam voor bedacht: gibsini. Hij lacht als hij dat zegt. En zo ben jij in zijn geheugen opgeslagen. Als *De Dame Die Gibsini's Dr-*

inkt. Mark wilde altijd een achttien jaar oude Macallen, een gangbare bestelling, dus hij had hem opgeslagen als *De Man Van De Dame Die Gibsini's Drinkt*. Op een gegeven moment werden jullie vergezeld van een derde partij, een paar jaar geleden. Blond, verleidelijk, jong, zodat Gustave er in eerste instantie van uitging dat het jullie kleindochter was. Zij ging zijn geheugen in als *De Jongedame Rum-Cola*. Ze dronk altijd rum-cola, met één uitzondering. De laatste avond van haar leven. Die avond bestelde ze een, je raadt het al, gibsini.'

Het spiertje in haar wang trok opnieuw. Ze wendde haar gezicht af om het te verbergen. Zag niet dat ik de laptop iets verplaatste.

'Dit is zo bijzonder aan barkeepers,' zei ik. 'Zelfs als het lijkt alsof ze niet opletten, doen ze dat vaak wel. Er is van alles wat hen opvalt. Wat Gustave opviel was dat de Jongedame Rum-Cola altijd tussen jou en Mark in zat, en dat Mark de tweede keer dat ze met jullie meekwam, zijn hand tussen haar benen schoof toen hij dacht dat niemand het zag. En zijn hand daar hield. En het bijzondere was dat Rum-Cola deed alsof er niets aan de hand was terwijl het gesprek voortkabbelde. Gustave is een integer mens en het stuitte hem tegen de borst, maar hij had al heel veel meegemaakt wat hem tegen de borst stuitte, en had altijd zijn werk gehouden omdat hij zijn mond kon houden. Zijn tolerantie werd nog verder op de proef gesteld toen tegen het einde van de avond Mark zijn hand terugtrok om plaats te maken voor jóúw hand. En zo ging het steeds als jullie met zijn drieën op zondagavond naar het Fauborg Hotel kwamen en aan het tafeltje in dat rustige hoekje gingen zitten. Marks hand, jouw hand, Marks hand, jouw hand. Andere vaste gasten konden het niet zien, maar Gustave had er onbelemmerd zicht op. "Toen begreep ik het," zei hij. "Ze waren pervers. Ik kreeg de neiging om in hun drankjes te spugen."'

Ze schrok.

Ik zei: 'Maak je geen zorgen, hij heeft het niet gedaan. Zoals ik al zei, is het een verstandig man. Hij heeft ook nooit iemand iets verteld. Totdat hij het mij heeft verteld. Want ik ben echt een capabel psycholoog en ik weet de juiste vragen te stellen.

En...' – ik wreef mijn duim en wijsvinger over elkaar – 'ik weet hoe je mensen moet motiveren.'

Ze mompelde iets.

'Wat zeg je, Leona?'

'Jij bent walgelijk.'

'Vind je dat niet een beetje een wrang oordeel, Leona, uit de mond van iemand van wie je op zijn minst zou kunnen zeggen dat ze een ietwat verwarde moraal heeft? Om het vriendelijk te houden.'

'Nou en?' zei ze, terwijl ze me aankeek. 'Ze was volwassen, ze is ruimschoots gecompenseerd en het heeft niemand kwaad gedaan. Het heeft ons gezond gehouden en de intimiteit tussen ons in stand gehouden. Nou en?'

'Als het daarbij gebleven was, zouden we hier nu niet zitten te praten, Leona. Maar ze is dood en ik heb naar jouw films gekeken en ik heb geleerd dat jij het een en ander hebt opgestoken over wapens. Ik heb het niet over de flauwekul die je leert bij Actors Studio. Jouw relatie met vuurwapens is echt, intens en bijna erotisch. Ik geloof zonder meer dat je nu naar boven zou kunnen gaan om je Glock te halen en met één schot met mij af te rekenen. Maar dat doe je niet. Omdat je slim bent. Want het belangrijkste wat ik heb ontdekt is niet dat jij een pistolenmeisje bent. Het is iets wat ik te danken heb aan je tegenspeler.'

Een hand ging omhoog naar haar lippen, schroefde zich om haar kin en kneep zo hard dat de huid eromheen rood begon te kleuren.

'De onvermijdelijk houterige Stu Bretton, Leona. Als acteur was hij inderdaad waardeloos, maar wat hem zo interessant maakt, heeft niets met techniek te maken. Maar wel met het feit dat hij sprekend op iemand lijkt.'

De tic die haar wang in zijn greep had gehouden, gleed omlaag naar haar lichaam. Palingen die zich in paniek kronkelden onder haar huid. Haar hele lichaam beefde. Ze boog haar hoofd.

Ik zei: 'Stu was een grote kerel, gespierd, knap om te zien, een grote bos golvend haar. Diezelfde beschrijving past naadloos bij jouw zoon Phil. In feite zou Phil wel een kloon kunnen zijn van Stu Bretton. Qua timing past het: Phil is een jaar na de opnamen van *Death Is My Shadow* geboren. Het is niet zo ongebruikelijk als de hoofdrolspeelster in bed kruipt met de hoofdrolspeler, dat gebeurt aan de lopende band. Wat de vraag naar het vaderschap van Phil zo interessant maakt, is dat hij een tweelingbroer heeft die het sprekende evenbeeld is van Mark. Hoe kan dat nu, Leona?'

Ze begroef haar gezicht in beide handen.

Ik zei: 'Groot raadsel, maar op dat moment kwam mijn opleiding me goed van pas. Kijk hier eens naar.'

Ik hield haar hetzelfde visitekaartje voor dat ik Magda had laten zien.

In eerste instantie reageerde ze niet. Toen schoven een paar vingers opzij en gluurde ze ertussendoor.

'Ik mag dan misschien een hoer zijn, Leona, ik ben een hoogopgeleide hoer en in mijn werk als hoogleraar aan een medische faculteit ben ik allerlei interessante zaken tegengekomen. Hoe ongelooflijk mensen zich in de nesten kunnen werken. Je snapt wel wat ik bedoel.'

Ze begon luid adem te halen.

Ik zei: 'Superfecundatie.'

Ze trok haar schouders hoog op. Ze kreunde.

'Een groot woord, maar een simpel begrip, Leona. Een vrouw heeft in korte tijd seks met twee mannen en heeft de pech dat er die cyclus niet één, maar twee eitjes tot rijping komen. Het resultaat is een tweeling met dezelfde moeder, maar verschillende vaders. Bij zogenaamde lagere diersoorten is het niet ongebruikelijk, bij mensen komt het minder vaak voor, maar waarschijnlijk toch vaker dan we denken. Want welke vrouw zal haar geheim verklappen, als ze doorkrijgt wat er gebeurd moet zijn? Ik heb het in ieder geval twee keer meegemaakt in een medische omgeving bij weefseltypering met resultaten die eh... prikkelend zijn, zou je kunnen zeggen.'

Ze dook dieper in elkaar. Een vrouwelijke tegenhanger van Gustave Westfeldt.

Ik zei: 'Jóúw probleem, Leona, was dat je het niet geheim

kon houden. Mark kwam erachter. Waarschijnlijk toen de jongens in de puberteit kwamen en Phil eruit ging zien als een man en Mark de gelijkenis als een klap in zijn gezicht ervoer. Want hij had al jouw films gezien, was misschien wel vriendschappelijk omgegaan met Stu Bretton. Een groot probleem voor jou, Leona. Maar ook een probleem voor Mark, want door de jaren heen was hij van beide jongens gaan houden en de gedachte dat hij Phil zou afwijzen vanwege jouw misstap was onverdraaglijk. Dat sierde hem, heel nobel. Maar Mark was ook een oude geilaard die besloot dat hij munt zou slaan uit de situatie. Zoiets van: we blijven bij elkaar, Lee, we gaan door alsof er niets is gebeurd. Maar ik mag vanaf nu naaien wie ik wil en ik mag jou daar onbeperkt van mee laten genieten. Eigenlijk, Lee, je zult het niet alleen moeten tolereren – als ik wil dat je meedoet, dan doe je verdomme mee.'

Haar handen vlogen van haar gezicht. Ze glimlachte. Met behuilde ogen. Met woeste ogen. 'Jij vindt jezelf zo briljant? Mark is er helemaal niet achter gekomen. Ik heb het hem verteld. Vóórdat Philip een man werd, toen de jongens zeven waren. Want ik had foto's gezien van Stu als kind en ik wist wat er ging komen, ik wist dat ik er iets aan moest doen. En houd je zelf niet voor de gek, stomme schooier, Mark had geen enkel excuus nodig om zijn pik ergens in te steken. Hij bedroog me al tijdens onze huwelijksreis.'

'Dan neem ik dat terug, Leona. Het resultaat wordt er niet anders van. Jouw bekentenis gaf Mark voor de rest van zijn leven macht en heeft de relatie meer dan veertig jaar beheerst. Misschien was het zo gek nog niet toen je eenmaal de onnozele taboes achter je had gelaten. Wie maakt zich druk om triootjes, kwartetjes en weet-ik-veel-wat-jes? Wat kon het jou schelen wat allemaal waarin werd gestopt, zolang jij je huis had, en de auto's en de speeltjes? En, gut, Leona, je kwam erachter dat je het net zo leuk vond met jong spul als Mark. Steven Muhrmann. En Tiara Grundy. Ik ben nieuwsgierig naar één ding: heeft Stu Bretton het ooit geweten van Phil?'

Ze ging rechtop zitten, klaar om me van repliek te dienen. Haalde haar schouders op.

'Het vaderschap interesseerde hem niet?'

'Stu was oppervlakkig,' zei ze. 'Daarom kon hij ook voor geen meter acteren.' Ze wuifde een vinger naar me. 'Híj was niet hebzuchtig. De enige keer dat hij Phil wilde zien, was toen ze kanker bij hem hadden geconstateerd. Niet om problemen te maken, maar gewoon om hem te zien. Ik ben met Phil gaan lunchen bij Spago. Stu had een tafel aan de andere kant van het restaurant. Stu was een spook, leek niet meer op zichzelf. Philly en ik hebben heerlijk gegeten. Mousse van foie gras op een kumquattaartje.' Ze likte haar lippen. 'Bruschetta met *favabonen*... Stu zat in een salade te prikken. Hij vertrok als eerste. We keken elkaar aan. Hij wierp me een kus toe op een moment dat Phil niet keek. Een week later was hij overleden.'

'Vredig heengegaan,' zei ik. 'Privékamer in het hospice voor acteurs.'

'Jij klootzak! Je hebt zitten wroeten?'

'Een beetje schoffelen hooguit. Ik kwam een foto van jou en Mark tegen bij een liefdadigheidsevenement voor het hospice. En ik zag Stu's in memoriam in *Variety*.'

'Al dat roken op het scherm,' zei ze. 'Daar ga ik waarschijnlijk ook nog een keer kapot aan.' Ze lachte. 'Toen de jongens nog echt klein waren, voordat ik het Mark heb verteld, was Phil altijd Marks lieveling. Groter dan Frankie, sterker, atletischer. "Dat kind is een krachtpatser, Lee, waar heeft hij dat van?" En dan gniffelde ik met hem mee. Daarna ging ik naar mijn kamer om te huilen.'

Ze gaf een demonstratie, liet haar tranen stil vloeien. Misschien acteerde ze, maar het leek echt. Ik had medelijden met haar kunnen krijgen. Als ze iemand anders was geweest.

Ik zei: 'Ging Mark zich anders gedragen toen je het hem had verteld?'

'Volstrekt niet,' zei ze. 'Mark gedroeg zich als een prins.'

'Een prins die jou bedroog.'

De tranen droogden op. Ze produceerde een akelig keelgeluid.

Ik zei: 'Jij organiseerde Marks pensioen, je dacht: als iedereen genoeg plezier beleeft, ontspant hij misschien wel en neemt hij me eindelijk mee op een cruise. Helaas gebeurde precies het tegendeel. Mark liet het script los en begon te improviseren. Hij begon echt iets te voelen voor Tiara. Ze amuseerde hem. Zelfs haar namaak Britse accent amuseerde hem. Hij begon haar te zien als meer dan een seksspeeltje en begon zich achterbaks te gedragen. Speelde haar meer geld toe dan jullie hadden afgesproken. Gaf haar een diamanten horloge dat veel te duur was. En Stevie Muhrmann gedroeg zich geen haar beter, die ging erin mee. Als Tiara meer incasseerde, kwam er ook meer zijn kant op. Maar het probleem met improvisaties is, dat acteurs op hol slaan. De nachtmerrie van elke regisseur. Al kreeg jij pas in de gaten hoe ernstig de situatie was toen Mark zo stom was om onverwacht dood te gaan, en jij helemaal een stommiteit beging toen je de geldkraan naar Tiara dichtdraaide.'

'Ik ben geen bank,' zei ze. 'Ze kon de tering krijgen.'

'Eigenlijk was jij wel de bank, Leona. En banken komen in de problemen als ze te maken krijgen met ongenaakbaarheid. Want dat is precies wat Tiara van zichzelf was gaan denken toen Prins Mark haar een soort almacht had gegeven door haar te vertellen wie de vader was van Phil.'

Ik zweeg.

Ze ademde snel en luid. Gromde. 'Klootzak.'

Het was niet helemaal duidelijk wie ze bedoelde. Misschien wel iedereen.

Ik zei: 'Misschien was het een intiem moment in bed, misschien was het ook wel opzettelijk bedoeld om jou pijn te doen. Hoe dan ook, de schade was aangericht en Tiara nam de boodschap serieus. Er is een patholoog die haar jarenlang heeft getest op soa's en ze heeft hem gevraagd of hij ook vaderschapstesten deed. Ze wilde de wetenschap aan haar kant voor het geval jij zou besluiten alles categorisch te ontkennen.'

'De teef,' zei ze. 'Mij onder druk zetten, steeds maar weer nadat ik haar had gewaarschuwd. Het was tuig uit een woonwagenkamp, een goedkoop, stom stuk vreten. Ze wist niet eens hoe ze iets te drinken moest bestellen toen ik haar voor het eerst ontmoette.'

'My Fair Lady, inclusief het accent,' zei ik. 'Misschien deed ze zo stom omdat haar moeder net was overleden, sommige mensen worden pas volwassen als hun ouders dood zijn. Of misschien was het wel gewoon omdat de geldkraan dichtging en ze de stijl waaraan ze gewend was geraakt voor haar ogen zag verdampen.'

'De teef.'

'Een toelage werkt verslavend,' zei ik. 'Er zijn geen klinieken en ontwenningskuren voor en cold turkey is shit. Tiara's ultimatum was helder: een heleboel geld of ik geef je zoons een lesje genetica. Over het drukken op knopjes gesproken, Leona. Jouw grootste prestatie was dat je twee zoons hebt grootgebracht die van elkaar houden. Zou die broederliefde tegen de waarheid bestand zijn? Misschien, maar je wilde het risico niet lopen dat het niet zo zou zijn. Dus je stemde in met de eisen van Tiara, maar je zei erbij: ik bepaal zolang ik betaal, honnepon. Je bent nog een paar keer met haar naar bed geweest. Ze mocht zelfs in je huis aan Old Topanga Road toen ze geen zin meer had om huur te betalen. En toen heb je plannen gemaakt voor een laatste date. Terug naar het Fauborg, waar Mark en Tiara en jij zo vaak een vredige avond hadden doorgebracht voordat jullie je terugtrokken voor het grote plezier. Het hotel ging voor altijd dicht, een prachtige metafoor. Jij schreef het script: het naïeve meisje, de lijfwacht. Ervaren rijpere vrouw die de lakens uitdeelt. Het onvermijdelijke vleselijke samenzijn. Je liet Tiara zich zelfs zo kleden als jij in *Death Is My Shadow*. Ze moest dezelfde cocktail bestellen. Roken met hetzelfde sigarettenpijpje, dezelfde zonnebril dragen. Omdat we weten hoe het met dat konkelende personage is afgelopen. Misschien was er ook nog wel een andere reden, Leona: misschien was je eindelijk bezig de laatste sporen uit te wissen van het personage dat je je hele volwassen leven had gespeeld. Het slechte meisje dat te zwaar onder druk komt, maar onvermijdelijk verliest. Tijd om te winnen, tijd voor een nieuwe Leona.'

Ik glimlachte: 'Het hoogtepunt van Miss Olna Fremont.'

Ze wuifde het weg.

Ik zei: 'Zo op het oog deed Tiara mee, maar eens te meer

improviseerde ze. Ze droeg het horloge dat Mark haar had gegeven. Over een subtiel "krijg de kolere" gesproken.'

Ze zat zenuwachtig te wiebelen.

Ik zei: 'Het plan was dat jullie met zijn drieën bij elkaar zouden komen in de een of andere schemerige cocktailbar, er samen
vandoor zouden gaan, ergens naartoe, misschien wel hiernaartoe, naar de satijnen lakens. Stevie keek reikhalzend uit naar
een nacht van plezier. Hij vond het heerlijk om Geheim Agentje
te spelen.'

Ze snoof. 'Potgrond in plaats van hersens.'

'Twee tegen één, Leona. Je hebt wel lef.'

'Dat hebben ze wel eens eerder gezegd.'

'Hoe is het gelopen?'

'Wat maakt dat uit, ik wil zaken doen.'

'Volgens mij ging het zo: je liet Tiara wachten, belde uiteindelijk Stevie op en vertelde hem dat de plannen waren gewijzigd, dat het absoluut niet mogelijk was om met zijn drieën
naar het huis hier te gaan. Stevie zei: "Jammer." Jij zei: "Geen
probleem, we maken gewoon een feestje in het andere huis.
Waar Tiara nu woont." Jouw blokhut, gekocht met eigen
geld, zodat het nog niet was bevlekt door Mark. Het trok jou
aan omdat het je deed denken aan al die filmdecors van westerns. Je maakte ergens een afspraak met die twee en haalde
ze op met een van je auto's. Niet de Rolls-Royce, die was te
kwetsbaar, en ook niet met de Mercedes, die was te klein. Het
moet de Range Rover zijn geweest, perfect voor heuvelachtig
terrein. Jij reed, zij reden mee. Een paar kilometer voor Old
Topanga Road ben je gestopt, heb je de auto geparkeerd en
heb je gezegd: "Deze plek heeft een prachtig uitzicht. Ik wil
naar de sterren kijken." Jullie zijn uitgestapt, misschien heb
je nog een paar sterrenstelsels aangewezen, want 's nachts is
het daar prachtig. En daarna heeft Tiara kennisgemaakt met
de ASP.'

Ze keek me aandachtig aan. Schoof dichter naar mij toe,
streelde mijn vingers. 'Ik neem alles terug. Je bent een heel slimme jongen.'

'Dank je, maar je hebt het me wel gemakkelijk gemaakt. Die

laatste scène in *Death* als die politieman probeert jou je wapen te ontfutselen, en jij dodelijk geraakt wordt tijdens de worsteling. Een klein pistool met twee lopen naast elkaar, het pistool dat je in eerdere scenes had gekust. Het is een heel opvallend wapen. Ralston Firearms model XC324, ook bekend als de ASP. Voor het laatst vijftien jaar geleden vervaardigd, onbehouwen maar flexibel. In elke loop past een .45-kogel of een .410-hagelpatroon, en je kunt ze ook combineren. De lijkschouwer vroeg zich af hoe het kon dat de schotwonden zo keurig op één lijn lagen in het gezicht van Tiara, omdat zij uitging van twee schutters. Maar met één dubbele knal, afgeschoten door één persoon, valt het uitstekend te verklaren. Afgaand op wat ik erover heb gelezen, is de terugslag niet gering, maar zo'n stoere meid als jij, die de vloer aanveegt met loopjongens, kan dat wel aan. Wel riskant overigens, want als je zou missen, zou je tijd nodig hebben om opnieuw te laden. Maar je barstte van het zelfvertrouwen. Zeg maar dag met je handje naar je mooie gezichtje. Daar ging het allemaal om. Je had schoon genoeg van al die slaafse verknochtheid aan de jeugd en vergelijkbare vergankelijke zaken. Hoe reageerde Stevie?'

'Wat denk je?' Haar onderkaak zakte omlaag als een valluik en bleef op halfnegen hangen. Haar ogen puilden uit.

Ze bootste de verbazing na van een sul.

'Je maakte je geen zorgen dat hij je zou aanvallen?'

'Geen denken aan,' zei ze. 'Hij deed altijd wat ik zei.' Ze glimlachte. 'Ik denk dat dat hem aantrekkelijk maakte.'

Ze speelde met haar haar. 'Niet dat ik hem de tijd heb gegeven daar eens grondig over na te denken. Ik ben in de auto gestapt en heb de contactsleutel omgedraaid. Hij stond daar maar, aan de grond genageld, alsof hij zou gaan kotsen. Ik zei: "Blijf je daar staan als een stomme ezel, of kunnen we eindelijk eens met de echte pret beginnen?"'

Haar vingers gleden langs de rand van een kussen. 'Ik heb de pret nog een beetje toegelicht. Wat jij positieve bekrachtiging zou noemen. Hij wist niet hoe snel hij in de auto moest klauteren. Ik heb hem nog even geraakt waar hij graag geraakt wilde worden. Ik gooide hem in zijn schoot.'

'De ASP.'

'Die was nog gloeiend heet,' zei ze. 'Dat is een probleem bij die dingen, ze worden heet. Ik had handschoenen aan.' Ze barstte uit in een schor lachje. 'Toen het in zijn schoot viel, schoot hij omhoog en knalde hij met zijn kop tegen het dak. Ik zei: "Kalm aan, lieve, we gaan straks knallen." Dat was niet grappig bedoeld.'

Ze sloeg met haar vlakke hand op haar knie. Ze kneep in mijn hand.

Ik zei: 'Maar dat zei je niet zonder opzet. Een kilometer verder ben je weer gestopt en heb je een tweede wapen tevoorschijn gehaald van de plaats waar je het had verstopt. Een .357 die je achter elkaar door kon afvuren. Je liet hem uitstappen. Waarom heeft hij zich toen niet verzet?'

'Bang,' zei ze. 'Als een zielig klein meisje. Ik zou bijna gewild hebben dat hij zich zou hebben verzet. Dan zou ik zijn gezicht ook aan flarden hebben geschoten. Maar het was te veel werk om dat allemaal op te ruimen.'

'Hij stapte gewoon uit?'

'Hij ging door de knieën en begon te smeken.' Ze snoof. 'Zielig. Hij begon me te vragen waarom. "Dat is jouw zaak niet," zei ik, "nou, schiet op, ga staan, dan kunnen we als volwassenen met elkaar praten."'

'En toen heb je hem in zijn rug geschoten. Twee keer. Waarom?'

'Wat ik wilde,' zei ze, 'wat ik van tevoren had bedacht, was om hem zijn broek te laten zakken en hem dan daar te raken. De blik in zijn ogen te zien als hij zich zou realiseren wat ik met hem had gedaan. Te zien hoe hij zich zou realiseren dat hij langzaam leegliep. Maar goed, als vrouw moet je praktisch blijven. Ik moest er een einde aan maken en wegwezen.'

Ze raakte mijn wang aan, liet haar vingers omlaag dwarrelen in de richting van mijn borst. Ik hield haar tegen. Ze zou nergens een wapen hebben kunnen verbergen onder dat nauwsluitende joggingpak, maar mijn hart bonsde en ik wilde niet dat ze dat zou voelen.

Zo dicht bij haar kreeg ik de neiging weg te vluchten.

Alsof je een slang zonder giftanden aan je borst koestert. Een aspisadder. Je grote hersenen zeggen dat het veilig is, maar dat deel van je hersenen dat van zich doet spreken op het moment dat je voortbestaan op het spel staat, schreeuwt: Wegwezen, verdomme!

'Jammer,' zei ze. 'Je bent slecht, maar wel grappig, we hadden een boel lol kunnen beleven samen.'

'Totdat jij er genoeg van zou krijgen.'

'Touché. Oké, hoeveel wil je voor de rechten van je kleine toneelstukje? Je eindbod, want ik onderhandel niet.'

Ik zei: 'Ik vermoed dat Mark in twee jaar tijd Tiara ergens in de buurt van de honderdvijftigduizend heeft toegeschoven, misschien wel meer. Gezien de omstandigheden denk ik dat twee keer dat bedrag heel redelijk zou zijn.'

Ze wurmde zich bij mij vandaan. Ik liet haar gaan. Ze probeerde me opnieuw een klap te geven. Ik deinsde achteruit. Ging staan.

'Je bent gek,' zei ze.

'Nou, tweehonderd dan? Dat is minder dan je hebt betaald voor je Rolls-Royce, en Phil en Frank blijven voor eeuwig dikke vriendjes. Nog los van het feit dat jij de bak niet in hoeft.'

'Ik zal het interieur van de gevangenis nooit te zien krijgen, schattebout. Het is maar een verhaaltje, meer niet.'

'Een waargebeurd verhaal.'

'Bewijs het eens.'

'Als je zo zeker bent van je zaak, waarom heb je dan je Glock nog niet opgehaald?'

'Dat ligt voor de hand,' zei ze. 'Dat andere.'

'Phil en Frank.'

'Maar toch, tweehonderd is belachelijk. Zelfs de helft is belachelijk.'

'Dat ben ik niet met je eens, Leona. Tweehonderd is mijn laatste bod en als je daar niet mee akkoord gaat, vertrek ik nu en vertel ik mijn verhaal aan inspecteur Sturgis. Zoals ik al zei, het zijn geen genieën daar bij de politie, maar ze kunnen wel lijntjes trekken tussen genummerde puntjes.'

'En wat gebeurt er dan met jou?'

'Ze zullen me hartelijk bedanken en me het honorarium voor advieswerk uitbetalen.'

'Vijftigduizend. Dat is mijn laatste bod en je doet er goed aan dat te accepteren.'

'Honderd.'

'Je bent vermoeiend. Vijfenzeventig.'

'Het verschil delen,' zei ik.

'Zevenentachtigeneenhalf, buitensporig, maar goed. Ik heb het geld contant voor je over drie dagen. Geef me dat kaartje van jou maar, dan bel ik je en laat ik je weten waar je het kunt ophalen.'

'Dat denk ik niet, Leona. Ik maak de afspraak wel. Als jij de partituur schrijft, gaat het orkest vals spelen.'

'Niet in mijn oren,' zei ze vrolijk. 'Ik vond het prachtige muziek.'

'Drie dagen,' zei ik. 'Ik bel je.'

'Goed,' zei ze. Veel te snel. Veel te zoetig. Het werd tijd om te vertrekken.

Ik pakte de laptop en liep de salon uit, doorkruiste de enorme hal.

De foto van de vrouw in het wit was verdwenen.

Leona Suss deed geen poging me te volgen en toen ik dat besefte, gingen mijn nekharen overeind staan.

Toen ik bij de voordeur was, kon ik niet langer weerstand bieden en keek ik met een ruk over mijn schouder.

Ze stond met de handen op de heupen aan de voet van de trap. Ze wreef even over haar kruis. Zei: 'Dag-dag.' Ik wist dat ze al een script aan het schrijven was.

De kat streek spinnend langs haar benen.

Ik draaide de deurkruk om.

Het leger stormde naar binnen.

39

Een charge van de infanterie.

Milo.

Rechercheur Moordzaken Laurentzen 'Larry' Palmberg van het bureau van de sheriff.

Drie deputy's van de sheriff in uniform, drie man in het uniform van de LAPD.

Twee keer zoveel van politiebureau Beverly Hills, samen met twee rechercheurs van Beverly Hills, die opgewonden waren omdat ze 'iets boeiends gingen doen'.

Zeven technisch rechercheurs. Omdat het zoveel vierkante meters waren.

Dr. Clarice Jernigan, gekleed in een handgemaakt lijkschouwersjack en een duur broekpak, al was zij zelden te vinden op een plaats delict en was er helemaal geen lijk. Maar als de moordwapens mochten opduiken, wilde ze onbesmet bewijsmateriaal.

En als laatste: John Nguyen, met in de ene hand het bevel tot huiszoeking, waarvan hij wist dat hij het nodig zou hebben, en in zijn andere hand het arrestatiebevel, waar hij nog niet zo zeker van was geweest, tot hij de beelden had gezien die ik met mijn laptop had verstuurd.

Omdat 'stinkend rijke mensen mediagenieke schreeuwlelijkerds inhuren die iedereen een rad voor de ogen draaien, en ik moet zorgen dat er niets stoms gebeurt'.

'Bovendien,' vertrouwde Milo me toe, 'wil iedereen graag zo'n sprookjeskasteel vanbinnen zien.'

Eén man alleen, die op zijn gemak door het huis was gelopen, had het kunnen vinden.

In de klerenkast met de grootte van een woonkamer, die

grensde aan de in Louis XIV-stijl ingerichte slaapkamer van Leona Suss, bood een deur achter rekken met Chanel, Dior, Gucci en Patrice Lerange toegang tot een één meter tachtig hoge, met fineer van gemoest esdoorn beklede, juwelenkluis. Wat er aan schatten in schuilging, zou moeten wachten tot er een slotenmaker was gearriveerd.

De roestvrijstalen wapenkluis die ernaast stond, dertig centimeter hoger en dubbel zo breed, was niet afgesloten. In de kluis lagen in dozen, geolied en zorgvuldig onderhouden, twee shotguns, een geweer en veertien handwapens, waarvan een groot aantal nog voorzien van het originele etiket en nooit afgevuurd. Een ervan was een indrukwekkende, met goud beklede Magnum Research Desert Eagle Mark VII.

Milo tilde het met gehandschoende handen op. 'Kunstwerk. Waarschijnlijk veel te zwaar voor haar.'

Palmberg zei: 'Jaah, een prachtstuk... Net doen alsof ze van ons niveau is, hè? Mijn beide dochters waren ook zo toen ik ze meenam naar de schietbaan. Ik doe mijn best ze naar een kleiner kaliber te krijgen, zij willen alleen maar atoombommen gooien.'

'Schieten ze nog steeds?'

'Neu, te druk, allebei chirurg. De een doet bloedvaten, de ander botten.'

'Aardig.'

'Je haalt eruit wat je erin stopt.'

Het probleem van het gewicht gold blijkbaar niet voor de ASP, een vierkant, lelijk, grof ding. Wie in de beide lopen keek, zag het teken omega.

Op een plank midden in de kluis vond Milo de Smith & Wesson .357, waarvan achteraf bleek dat hij was gebruikt om Steven 'Stefan' Muhrmann naar de eeuwigheid te leiden.

In een la onder in de kluis lagen foto's van Leona Suss' films. Een paar liefdesscènes, maar veel meer foto's waarop dood of doodsangst was afgebeeld, of simpelweg het slechte meisje met wapens stond te zwaaien. Foto's uit latere jaren, de meest recente een jaar geleden genomen, lieten een vrouw zien die weliswaar geleidelijk ouder werd, maar nog steeds fit en atletisch was en die nooit uitgekeken was geraakt op vuurwapens. Op sommige foto's richtte ze wapens op schietschijven, op andere hield ze wapens in haar armen alsof het baby's waren. Met name op die laatste soort foto's glimlachte ze veelvuldig.

'Alsof het haar kinderen zijn,' zei John Nguyen. 'Dit is een interessante vrouw.'

'Ze heeft echt kinderen,' zei ik. 'Dat maakt het nog interessanter.'

'Je brengt het nooit tot de rechtszaal.'

'En als ik dat wel wil?'

'Is niet van belang.'

Niets wees erop dat Mark Suss ooit de passie van zijn weduwe voor vuurwapens had gedeeld.

De Glock waarmee ze mij verbaal had bedreigd, was ook nergens te vinden. Die dook later op in de blokhut aan Old Topanga Road, geladen, in de la van een nachtkastje in een slaapkamer.

Die kamer zelf was roze geschilderd, er stond een met kant afgewerkt, hartvormig hemelbed. Een kwart zo groot als de suite in haar landhuis, vol tierelantijntjes en geurend naar lavendel en in schril contrast met het landelijke karakter van de rest van het huis. Er zat een grendel voor de deur, maar die was niet bestand tegen een stormram. Niets wees erop dat er in de afgelopen jaren iemand had geslapen.

Een serre met een terrasverwarmer op propaan was nog wel onlangs gebruikt. Er stonden vrouwenproducten op een vensterbank. In een vanbinnen met ceder beklede kast hingen gemakkelijke kleren. DNA, geborgen van een veldbed dat in een hoek was geschoven, bleek later het DNA van Tiara Grundy te zijn. Drie weken lang had ze hier gewoond en misschien wel genoten van de kreek achter het terrein. Misschien had ze zichzelf wel voor de gek gehouden en in de illusie geleefd dat Leona Suss niet alle touwtjes in handen had.

Twee kleinere slaapkamers aan de andere kant van het huis waren ingericht als holen voor jongens in hun puberteit, met posters van rocksterren en raceauto's, en elektrische gitaren zonder snaren. Met forensische lichtbronnen werden overvloedige hoeveelheden sperma zichtbaar op beide bedden. En op de grenen vloer, de gehaakte kleden en in de badkamer.

In dezelfde lade van het nachtkastje waarin de Glock werd gevonden, lag ook een Patek Philippe Calatrava dameshorloge met een diamanten rand. Vijfendertigduizend winkelwaarde. Mark Suss had het budget ruimschoots overschreden.

Monsters van de achterkant van het horloge kwamen ook overeen met het nucleïnezuur van Tiara Grundy. Geen spoor van het DNA van Leona. Ze had de verleiding weerstaan om het stuk te erven.

Maar ze had wel uitdrukking gegeven aan haar gevoelens. De kristallen wijzerplaat was vernield, met een scherp voorwerp bewerkt tot een rafelig, grijs oppervlak. De punt van een lege balpen waarin het adres en telefoonnummer van Markham Industries waren gestanst bleek later te passen bij de beschadigingen.

'Liefde is genieten, maar haat bloeit eeuwig.'

Leona Suss huurde een team advocaten uit Beverly Hills in die snel klaar waren met John Nguyen. Zonder ophef en in alle stilte werd een deal gesloten: de beklaagde zou schuld bekennen aan doodslag, een veroordeling krijgen van vijftien jaar, met de mogelijkheid van vervroegde invrijheidstelling na tien jaar, en haar gevangenschap doorbrengen in een licht beveiligde gevangenis met acceptabele mogelijkheden voor psychiatrische behandeling.

Ze hoefde niet te bekennen, ze hoefde geen motieven op te biechten.

Nguyen zei: 'Zeg niet: "Dat heb ik je wel gezegd."'

Ik zei: 'Aan het einde van de rit, kun je hier wel gelukkig mee zijn.'

'Waarom?'

'Omdat je je nu kunt douchen zonder dat je je dan achteraf nog steeds vies voelt.'

Drie dagen na de arrestatie gingen Robin, Milo, Rick en ik met zijn vieren eten. Hetzelfde Italiaanse tentje waar Robin en ik waren geweest, het familiebedrijfje aan Little Santa Monica.

Milo zei: 'Sir Alex Olivier. Je legt het er wel dik bovenop, amigo. Bij de politie zitten alleen debielen, hè?'

'Ik getroost mij offers voor mijn kunst.'

Hij lachte. 'Jaah, ik zie je lijden.'

Rick zei: 'Debielen? Dat had jij zelf gezegd kunnen hebben, Grote Man. Als je in de stemming bent.'

'Zeker weten,' zei Milo. 'Hoe dan ook, bedankt voor het slimme denkwerk, *dottore*. De Chief beweert dat je dit keer een echt honorarium voor je advieswerk tegemoet kunt zien. Zo gauw hij een manier heeft gevonden om het koosjer in de boeken te krijgen.'

'Het spijt me,' zei ik. 'Maar ik word blauw.'

'Hè?'

'Als ik mijn adem moet inhouden.'

We lachten. Ik was er met mijn hoofd niet echt bij, maar ik had het idee dat het me aardig lukte om sociaal te doen.

Toen we de glazen tegen elkaar tikten, ging mijn mobiel.

Robin zei: 'Heb je hem niet uitgezet?'

Ik hield de telefoon bij mijn oor, zei een paar keer 'Uh-uh,' verbrak de verbinding, stond op en kneep in Robins hand. 'Sorry, een crisis.'

'Dat is al een tijdje niet meer gebeurd.'

'Des te belangrijker dat ik erop reageer.'

Ze staarde naar me omhoog. 'Enig idee wanneer je ermee klaar bent?'

'Het duurt wel een tijdje. Geniet van je maaltijd, jongens.'

'Het is in ieder geval niet weer een acteerklus,' zei Milo.
'Nee, dit is eerlijk werk.'

Bunny Rodriguez kwam me tegemoet in de hal van het ziekenhuis. We namen zwijgend de lift naar de IC.

Ze zei: 'Ik wilde je niet storen, maar het ging zo snel. Ze is gewoon...'

Ze vocht tegen de tranen.

Ik hield haar hand stevig vast.

'Er is hier helemaal niets voor kinderen,' zei ze. 'Niets voor zijn leeftijd, bedoel ik. De verpleging was zo aardig om een zijkamertje van de wachtruimte open te maken. Mijn man is bij hem. Die was tenminste nog zo slim om een paar boeken en tekenspullen mee te nemen. Maar het is behoorlijk deprimerend.'

'Wat begrijpt Chad van wat er aan de hand is?'

'Ik was van plan dat aan jou te vragen. Ontwikkelingstechnisch, bedoel ik. Ik heb geen flauw idee wat hij echt voelt. Het gebeurde zo snel, dat ik helemaal niet op Chad heb gelet. Als je het over plichtsverzuim hebt.'

'Je was met je gedachten bij Gretchen.'

'Zelfs terwijl ze me had gezegd dat dat niet hoefde. Gisteren. Toen we het hadden over een school voor Chad in de Bay Area en ik haar tussendoor vroeg hoe ze zich voelde. Ze werd bijna gek. Ze blafte dat ik me met mijn eigen zaken moest bemoeien en moest doen wat ze zei.'

'Dat is wel ongeveer haar stijl.'

'Lichtgeraakt tot op het einde... bijna het einde. Het ene moment lag ze rustig te slapen, ze zag er zelfs beter uit. Het volgende moment kwam de verpleegster van het hospice bij ons en zei dat ze was gestopt met ademhalen, ze had haar ademhaling weer aan de gang gekregen, maar zwakjes, en ik moest zeggen wat er nu moest gebeuren. Ik weet dat Gretchen niet wil lijden, maar dat was ik vergeten, ik was het helemaal kwijt, want het enige wat ik wilde doen, was mijn zuster redden. Alsof dat mogelijk is. Ik hoop dat ik het allemaal niet erger heb gemaakt.'

'Hebben de artsen nog iets gezegd?'

'Ze verwachten dat ze morgenochtend niet haalt.' Ze maakte een gebaar met haar vrije hand. 'Dus misschien heb ik het dan niet erger gemaakt.'

De hand die ik vasthield, werd klam. 'Je hebt het goed gedaan, Bunny.'

'Waarom zeg je dat?'

'Omdat het uit je hart kwam.'

'De weg naar de hel en de goede voornemens, en zo? Het spijt me, maar dat is een schrale troost.'

'Linksom of rechtsom, er zal een einde aan komen,' zei ik. 'Ze zal niet nodeloos lijden.'

'Ik wil je graag geloven.' Ze greep me bij mijn arm. 'Je komt geloofwaardig over. Daar heb je waarschijnlijk veel aan.'

Onder allerlei omstandigheden.

We liepen naar de ingang van de ic. Ze wees naar een gesloten deur zonder opschrift.

'Daar. Ik ga bij Gretchen kijken.'

Chad Stengel zat met zijn gezicht naar een muur, de armen over elkaar geslagen, zijn benen languit voor zich, op een te hoge stoel die achter in een hoek was geschoven. Boeken, schetsblokken en viltstiften lagen netjes in een andere hoek. Een man met een witte baard, gekleed in een shirt met een Schotse ruit en een corduroy broek, stond bij het stapeltje spullen.

Een argeloze voorbijganger zou de indruk kunnen krijgen dat de jongen ergens voor werd gestraft.

De man mompelde: 'Eindelijk.' En toen: 'Dr. Delaware? Leonard Rodriguez.'

'Aangenaam.'

'U neemt het over?' Zonder op antwoord te wachten liep hij naar de deur.

Ik zei: 'Ja.'

Rodriguez zei: 'Het komt allemaal goed, Chad. De dokter zal je helpen.'

Hij vertrok.

Ik zette een stoel op anderhalve meter van Chad.

Lange tijd zaten we daar. Of misschien was het ook wel niet zo lang. Ik heb de tijd niet opgenomen. Dat was niet belangrijk.

Uiteindelijk zei hij: 'Ze is echt ziek.'

'Ja, ze is echt ziek.'

'Ze is écht ziek.'

'Ja.'

'Ik wil haar niet zien.'

'Dat is aan jou.'

'Niet dood,' zei hij. 'Ik wil haar goed zien.'

Ik zei niets.

'Dood is niet goed.'

'Niet goed, en verdrietig.'

'Heel erg niet goed,' zei hij. 'Ben jij haar vriend? Dat zei ze.'

'Dat is zo.'

'Je bent een dokter, maar je bent ook haar vriend.'

'Ook jouw vriend.'

'Ze is niet kwaad.'

'Nee.'

'Niet op mij,' zei hij. 'Ze is nooit kwaad op mij.'

'Nooit.'

'Ze is een beetje kwaad op Bunny.'

'Waarom?'

'Ik weet het niet... Ze is goed.'

Hij keerde zijn kleine, ronde gezichtje naar me toe. Heldere, ernstige ogen. 'Niet gezond goed. Goed.'

'Je hebt gelijk,' zei ik. 'Je moeder heeft een paar dingen heel goed gedaan.'